在今生，找到屬於你的印記

古梅——著

CONTENTS

前言

荷魄：今世再相遇

這是發生在中國杭州，一個偏遠小村莊山腳下，一條小池溝的故事，這個小池溝，在它主人口中，過去卻是一個大荷花池，盛產的蓮藕，獨家焙製的荷花茶，荷包、蓮子蜜餞、藕酥排骨等。一家獨味，成為大家爭相購買的美食，其中尤以荷花藕粉和蓮子糕更是遠近馳名的好產品，然而，卻因為他們最會經營這個荷花池的曾姑婆淹死在池裡，後輩子孫再也沒能耐製出好產品，只得任它荒蕪，如今，大荷花池變成沼澤，雜草叢生，在池邊一角僅僅彎出一條小池溝，卻長年長出一枝白荷，隨著季節，花開花落。歲歲年年，似乎在默默的、有耐心的等待那個發生在它身邊的故事，它執著的要用蓮子心，洗滌幾世前，白荷花開得最聖潔的時候，被人的貪念玷污了整個池塘，使得荷花池像受了污染般日漸敗落，它是荷花魄，它一直盼望能渡化當時在此犯錯的人。它知道，在這裡埋下怨恨的種子，雖然經歷過幾世輪迴，在生生死死的人間道上，心中那顆「恩怨」種子如不剔除，哪怕千秋萬載仍會隨著人身飽受煎熬。它靜靜的等待，要用它最苦的蓮子心，用它擁有的千年愛心解開他們的「恩怨」。在小池溝，它耐心的盼望機緣，時間對白荷花沒什麼意義，它已經等了一百五十年，夏天，它綻放梗上帶著一條紫斑的白荷花，歲歲年年它一成不變的花開花落，它相信，最初把它栽進這裡的主人見了它梗上這一條紫斑，哪怕她記不得幾世前生死輪迴的恩怨果報，也一定會喜歡它。它用荷花的魂魄等待，用蓮子苦心化解這池中曾被玷污的清蓮。

五十歲生日

她，林波心，今天是她五十歲生日，為了不讓讀大學的兒子失望，故作開心的跟他到她常去的廟裡祈福，見她最尊敬的師父，吃齋飯、念經，布施，一切圓滿。兒子牽著她的手回家，才高高興興的收好行囊叮囑她：「媽，我會每天跟妳通電話，妳血壓高，要記得按時吃藥，期末考要到了，下星期我就不回家陪妳了。」她把兒子送到門口，拍拍他的肩：「別這麼擔心媽媽，兒子，媽還年輕得很，要不要我抱抱你。」

兒子摟摟她：「媽，別閃了腰，我已經二十歲了。」說完拎起背包「登登登」的步下樓梯。她望著兒子的背影，知道他不喜歡搭電梯，也不勉強他，任他的背影消失在樓梯間。

兒子走了，整個屋子變得好空曠。她習慣坐在窗前的藤椅上，望著窗外的街景，台北的冬天習慣地下著濕冷的小雨，她想到從上海回來半年，總算談成一筆生意，又多認識了一位能幹的新朋友，心中舒坦不少，這位叫李見心的小姐，本身學商，對經營管理很有概念，波心很欣賞她，也答應在生意上跟她合作。在上海的那些日子，她不時地約她一起吃飯，喝咖啡、談工作、談理想，也很自然的談起私生活。

「接到妳名片的第一眼，我就好心動——林波心——我叫李見心，我們真可是心心相印啊！」見心拿著她的名片說的第一句話。

「希望咱倆心心相印，不要再來一個心。」波心說。

「為什麼？」見心問。

波心搖搖頭：「我有宗教信仰，是佛教，我的師父，是位道行很高在家修持的師姑，我什麼事都會請示她，這次我來，她只說兩心相印不要三心二意。」

「這倒怪了，妳師姑愛打禪語嗎？」

波心點點頭：「我師姑不愛說話，常常點到為止。」

「現在我倆談事業不可能會三心二意了吧。」見心端起桌上的咖啡用小湯匙慢慢攪弄：「不要再遇到一個名字有心的女子吧！」

「我也這麼想，搞不好這個名字有心的女子跟我們倆有緣呢。」波心說。

見心突然冷笑：「妳要不提起，我幾乎把她忘了，對，過去，我在一家進出口貿易公司當經理。一個英文名叫 Elisa，中文名字叫莊靖心的業務員，是個很不一樣的女人。」

「哇！真妙。她是個怎樣的女子？妳現在還跟她來往嗎？」波心突然好奇的問。

見心嘆口氣：「不來往好長一段時間。不過現在又攪在一起了。」

這更引起波心的好奇：「怎麼回事？能說來聽聽嗎？」

見心冷冷地攪動面前的咖啡：「三年前她來公司就是一個沒人理睬的小業務員，我看她可憐像親妹妹般照顧她，沒想到她卻搶走我身邊男人。妳說，我能原諒她嗎？」

波心心中一動，不知該怎樣接口，只好拿起碟子上的小叉子撥蛋糕，安慰對方：「這樣用情不專的男人，不值得珍惜。」

「我也這樣安慰自己，我和我的男友五年的感情比不上一個容貌俗麗、學識不高、帶著村姑氣息的女子，這女子有天生的本事，只要她看上的男人，沒人能逃得過她的臂膀。」見心悻悻然的說。

「妳說她很會交男朋友？」波心問。

「是呀。我見過她幾次，膀子挽著不同的男人都像情侶，可親熱呢。」見心說。

「妳要想，她的臂膀總是挽不住一個男人，不就釋懷了嗎？」波心安慰她。

見心搖搖頭：「不容易啊。不過這樣也好，開甚是我交的第一個男友，我對他處處遷就，處處包容。慣壞了，倒不如來這樣一個女人徹底檢驗。」

「徹底檢驗？怎麼回事？」波心好奇。

「有意思。」見心撩撩頭髮：「靖心兩個月前來找我，很坦然地帶來新交的男朋友，還對我說，見心，那男人不中用，沒出息，交不得。妳瞧，這不是她幫我徹底檢驗？」

波心不覺笑了，遂說：「她倒很直接。」

「也是。」見心抿口咖啡：「從她身上我也長了見識，對男人太心軟，吃虧的是自己，別看她外表單純，心思可精密呢。」

「妳的男友沒再來找妳？」波心把話岔開來問。

「有。說來好笑，他來電話，說我一定跟靖心說了他什麼。不然靖心不會離他而去，還口出惡言，如果靖心不回到他身邊，他會給我好看。」見心鄙視地輕敲一下杯子：「就是我對他太好，他把我吃定了。他幾通電話倒是激起我跟她合作的企圖心。」

「也對，這種男人就得給他點顏色看。」波心說。

「其實我也不想跟她來往，波心。不瞞妳說，這一年來，自己開公司，抓客戶，真的很辛苦，這點，她比我強，她很會攬生意，在商場上也很能抓客戶，她主動找上我，要跟我合作，我們也談成了幾筆生意，我跟她合作一向把原則定好，她還算是個不錯的夥伴。」見心說出她的看法。

「她何嘗不覺得孤單，商場上，要的是朋友，沒有人跟自己的事業過不去。」波心在心裡這麼說。

她果然在見心的牽引下見到靖心，很愛打扮，很熱情。一起吃過兩次飯，波心直覺上感受到她是個企圖心很強的女人。或許受到見心的影響，她沒把這個女人放在心上，她不想讓自己三心二意。回到台灣，手頭上很多瑣事待理，也沒跟見心聯繫。

坐在窗前，看街景能淨空自己。她喜歡牆上的掛鐘發出一連串清脆的鳥鳴聲，這是兒子特別替她裝配的鳴聲，聽到這聲音就告訴她「吃藥的時間」到了。

她站起，走到壁櫃前，推開玻璃櫃櫥，很習慣地拉開抽屜取藥，一張十寸大的照片立在壁櫃裡。她瞄了一眼，沒什麼感覺，就如同兩年前，兒子高中畢業，請他父親參加他的畢業典禮，他以現在的小兒子生病為由拒絕。然而，當兒子考上國立大學醫學院時，他主動約兒子，帶著他再娶的老婆、上小學的一雙兒女去吃館子，並在醫學院校門口合照，這是他們父子倆的合照，看來兒子還滿珍惜，放在櫃子裡。對一個一輩子靠開一家藥房維生的人，想當醫生是他終生的夢想，如今兒子能達成他的願望，是多麼得意的事，不錯，兒子隨他姓，身上流著他的血，可是孩子三歲就被他趕出家門跟她相依為命。

離婚的理由很簡單。我不安分在家過日子，在外工作不幫他照顧生意。男人如果嫌棄老婆，什麼理由都有，何必賴在一起。當時離婚，她只有一個意念，靠自己過出一片天。「這不，離婚十幾年，我有自己的事業，住在高級公寓，出入有汽車代步，孩子雖然跟你姓，又如何？心在媽媽這裡。」她瞄了照片一眼在心裡想著。想到他還在巷子裡守著那間小藥舖就輕視的抿嘴一笑。

她吃了藥，坐回窗前椅子上，心又飄向上海，不知她跟見心商談的幾個項目哪個有進展的可能，近來她自己拚事業很辛苦，她很明白，因為她得罪了一個男人——鍾正雄——想到這個人，剛吃過藥，血壓幾乎又升起。她趕快倒杯溫開水喝下，思緒卻無法停止。

鍾正雄。她什麼時候認識的？不記得了，七、八年該有了。當時她在做直銷，在一次新產品說明會上認識的，事後，他又帶她進入房地產仲介這一塊，算是她事業上的貴人。這人事業做得很大，對人很四海，尤其對她很照顧，一個五十多歲的成功男人，外型挺拔，妻子死了，膝下無子女，是很多女人理想的對象。當然，她也不例外。他跟她交往，成為她閨中密友，甚至盼望有一天能修成正果。鍾正雄把這裡當成自己的家，她也樂意接受。一次，他把秀鑾帶來家裡，她是個按摩師，當時是她介紹給鍾正雄按摩的，鍾說，她有一手按摩的好手藝，把她帶到這裡，他會覺得比在按摩館舒服。聽他這麼說，心中雖覺不快，卻認為鍾大哥絕不會對這樣的女孩有非分之念，對他的起居更加體貼。

一日，鍾大哥帶著秀鑾來到她家很慎重的說：「波心，我交代妳一件事，妳知道我老婆死後沒給我留下一兒半女。我也是五十多歲的人了，現在秀鑾終於替我懷上兒子，我決定娶她為妻。」她腦門「轟」地一聲炸進她心扉，木木的問：「秀鑾，她不是在高雄有個要結婚的男友？」鍾正雄「哈哈」一笑：「我知道，那個小技工早就沒來往了。她在我身邊半年多，沒離開過，昨天驗了身孕，確定已過三個月，是個男孩。」

「恭喜。」波心靜靜地說。

「我決定把她送到美國待產，在舊金山。我的別墅已經安排好保母和傭人，妳陪她過去，她很親妳，我也很放心，一個禮拜後，我隨她家人過去，一邊補辦婚禮，一邊安排醫院，不能有半點閃失。」她清醒了，很不高興的說：「我手邊的工作根本放不下，你請別人吧！」

「波心姐，我要妳陪我，我不要別人。」秀鑾說。

「波心，我不會讓妳白辛苦，妳的那點生意，我會叫公司的張經理幫妳處理。」鍾正雄補充說著。

「謝了，我自己的生意別人無法處理。」波心說。她沉默地低下頭，盡量壓制心中的不悅。

手機突然響了。她拿起，傳來見心的聲音：「喂，林姐，好久不見，妳還好嗎？台北的天氣有沒有下雨？」

「有呀，我正坐在窗前看雨景。」波心說。

「真有雅興，我可有點煩。」

「煩什麼？」

「想找妳幫忙。姐，妳記得我上次跟妳介紹的莊靖心那個女孩子嗎？她真有本事耶，最近她接到一個案子，台灣水果行銷中國的總代理，我們公司可以拿到北京、上海的行銷權，我跟這裡的負責人見過幾次面，關係建立得很好，他說，如果台灣的青果公會理事長鍾正雄肯幫忙，就一切ＯＫ。」

「台灣有好幾位青果公會理事長，他未必有能力。」波心不想管這事。

「他很有實力的。半年前妳不是跟他到上海談生意，我們還一起吃飯嗎？由他出面，這筆生意咱們是拿定了。」

她強忍著心中怒氣壓低聲音說：「他現在不在國內，我試試看，不過我沒把握。」

「那我就等好消息囉，掰掰。」

放下電話，她洩氣地靠著椅背，再也壓抑不住委屈的情緒，雙手蒙住臉大哭。哭過一陣，心裡舒坦些，那口怨氣卻衝進她五臟六腑，連頭都痛起來。她勉強站起，走到櫃前拿了一粒阿司匹靈，倒了一杯溫開水隨水吞下，倒臥在沙發上。阿司匹靈是她慣用的鎮痛劑。她閉上眼，懶懶的不想動，雨似乎大了，雨點刷進陽台上的棕櫚，她感受到雨珠落進盆栽裡的聲音。

家裡真的很靜，藥性讓她安靜下來，寧靜中，她的思緒又飄浮到遙遠的某個夜晚，有雨，有風，她在家裡招待一些生意上的朋友。剛走了最後一批客人，她正準備收拾杯碗，鍾正雄卻按門鈴走了進來，他有些微醺，進門把她緊緊抱住。爾後，兩人緊偎在沙發上聽雨聲，直到他睡在她懷中。她捨不得動，又怕他受涼，輕輕地拿了一床被子蓋在兩人身上，直到天明。

沙沙的雨聲敲打在玻璃窗上，她雙手擁抱仍感到一絲溫暖，捫心自問：「是我不對，還是他不對？」她望著窗外閃爍的雨珠，鍾正雄像是站在窗前。這個跟她相處了幾年的男子，在事業上真的幫了她很多，她依賴他，卻也照顧他。甚至用行動語言讓周遭朋友認定他倆是一對。連秀鑾出現在她屋裡，她也刻意隱瞞。窗前的人影沒了，她心裡打了一個冷顫。

「是我不對，我太一廂情願。」她喃喃自語，苦笑。倒回沙發，雙手枕在腦後，望著天花板，水晶吊燈冷冷的反射著光，沒開電源更透出寒意。寒意，令她分外清醒，腦子不聽使喚，又飛到那段刻意想忘卻揮之不去的日子。

／／／

她陪秀鑾去美國居住，秀鑾帶了一位她口中的阿姨，四十多歲，為了胎兒，必須很注重飲食，她親自帶著阿姨去超市購物，回來後拿著菜單竟然要她料理，起初她勉為其難煮了幾餐，秀鑾還好，阿姨卻嫌鹹論淡，諸般挑剔。她氣得打電話給鍾正雄，顧不得他諸般安慰，自己買機票返台。

回來後，她的助理也有一堆的埋怨。替鍾正雄辦事的一位經理還不許她告訴波心，要她陪一位自稱是鍾正雄的乾媽老太太去北京，一路上小助理像小丫鬟，受盡支使不說還擔驚受怕。老太太話很多，朋友聚在一起講家鄉話她聽不懂，插了兩句，引得她們當笑話說了好幾天，毫不給她留面子，還問她月薪多少。她說剛畢業在學習，起薪兩萬五千元。老太太們說這點錢比工人差，她聽得很不是滋味。

新仇舊恨壓得她喘不過氣來，想找他理論，此人遠在美國當新郎官去了，根本聯絡不上。這還不說，一些拿到手的訂單，沒經她允許就被張經理轉給了別人，她去找客戶，客戶的理由是她要在美國住一段時間，生意不能耽誤，只好聽張經理的建議，加價轉給其他貿易公司代理。

真是豈有此理，她打電話去美國找鍾正雄理論。鍾正雄沒接，張經理卻回電告訴她，老闆這幾天很忙，什麼事等回來再談。電話斷了。很快的，她手邊靠鍾正雄關係接觸的生意全沒了。也有好心的朋友偷偷問她，怎麼得罪了鍾老闆的乾媽和新娶的太太？她百口莫辯，覺得自己像一塊被人嚼乾的甘蔗渣。

「用這樣的手段對付她未免太絕情。」

心情盪到谷底，恨歸恨，日子仍然要過，舊客戶沒了，她找新的。為了證明自己的能力，她更積極活絡她的社交圈子，陪客人旅遊、唱卡拉ＯＫ、上夜店，甚至把過去不以為然的小案子也重新整理，主動接洽。所幸到上海和李見心談成假髮及化妝品專櫃系列，讓她安心不少。

好面子、虛榮心，每每讓她在朋友面前誇張地談論自己的人際關係及辦事能力，遠在中國上海的見心哪裡想得到，才不到半年，她過去跟她談的鍾正雄如今是她最大的絆腳石。

／　／　／

天色已暗，屋子裡整個暗下來，她覺得冷，從心裡冷，站起身，走到酒櫃前按亮檯燈，隨手拿起一瓶威士忌倒進水晶杯，啜了一口，全身有了暖意，又啜一口，索性半杯全灌進嘴裡，一飲而下。喉頭有點辣，想找點東西吃，走到冰箱前，打開冰箱，呈現在眼前的是沒吃完的生日蛋糕。兒子替她訂的，為了讓兒子開心，他倆吃完蛋糕才一起去廟裡見師父。剩下的半個蛋糕，白色的奶油如融雪般的化在泛綠的糕面上。她用手指挖了一塊奶油放進嘴裡，冰涼甜膩。她望著蛋糕突然想到她讀過的一篇小說中的一句話，她極喜愛，「放下的，能如積雪消融，留存的，歲歲年年，芳菲更替。」

她關上冰箱，抬頭望著沒有按亮的水晶吊燈，被櫃前檯燈反射一些光芒，多添了一些疊影。「歲歲年年，芳菲更替」，她心中默念，像是給了自己力量。走到窗前，雨停了，遠處街景閃爍著綿延不斷的街燈，車燈流暢的疾駛在馬路上，她隔著玻璃窗聽不到車聲，遠望天空，一片蒼然，沒有星星，也見不到月亮，她雙手攀附在胸前，深深吸口氣，她明白，隔著一層玻璃窗讓她看到的寧靜世界，絕不能平復她激動的心。

無塵師兄

生日過後，波心滿腦子都是商業計畫，很努力的去拜訪並建立關係，卻處處碰壁，眼睜睜地看著費盡心思寫好的計畫，會也開了好幾次，客戶也應酬得很開心，臨到簽字，不是拖延就是出問題，甚至眼睜睜的被別家搶去，她心中的懊惱已到沮喪的地步。

連最崇拜的蓮心師父的精舍，波心都懶得去，她坐在臥房，喝酒、吃零食，屋裡很凌亂，她覺得這樣很好，像她此刻的心情，「家」是自己的，整理得舒服雅致給別人當安樂窩真是笨蛋，自己也是夠蠢的。

她賴在床上渾渾噩噩，枕邊的手機響了半天，她根本不想接。客廳的電話響了，「鈴」了一聲就斷了。她知道是師父來電，勉強坐起，拿起電話：「喂。」她無力的回應。「是靜明師妹嗎？」一個男人的聲音。

「你是誰？」波心疑惑的問。

「我是蓮心師父的弟子，我現在在師父的佛堂，我俗名叫陳火木，師父叫我打電話給妳，妳方便來一下嗎？」

「請你跟師父說，我不舒服，改日去看她。」

「好的。不過我剛從上海回來，在一個商務會議上有兩位女士提起妳，我聽過妳的大名——林波心——她們還談起和妳合作的事項，和我都有些關聯，叫我來台灣一定要和妳聯繫，沒想到我先見師父，在師父開釋中才知道妳我是同門師兄妹。」

她心中一動，遂問：「她們叫什麼名字？」

「莊靖心，李見心，我有她們的名片。」

「唔。」她心中嘀咕了一聲：「師兄，幫我問候師父，我頭痛的毛病又發作了，真希望見到你，我跟李見心確實是好朋友。」她沒提莊靖心。

「妳好好休息，我會跟妳聯絡。」對方掛下電話，她那顆連烈酒都暖不了的心，像丟進一根火柴，燃得她焦躁不安，她滑下床，拿起茶几上的小茶壺，對著壺嘴「咕嘟、咕嘟」飲了個夠，呆坐在沙發上，想蓮心師父一定知道她感到慚愧的心情，為了生意，好久沒去向師父請示，也許這個陳火木就是師父安排的人來幫她一把。過去師父不也是這樣幫過她嗎？她耐著性子在家裡摸摸索索捱過兩小時，換過衣服，拎起包包走出家門，她習慣的先到花店買七朵荷花，再去素食店買些糕餅，搭計程車去師父的精舍。

師父的精舍是在半山腰的一棟日式建築，已有上百年的歷史，古樸幽雅，維護得非常好。尤其是庭院，她最思念。大門口兩株近百年的櫻花樹是精舍的景點，離精舍不遠的池塘裡種的是七種不同色彩的荷花，分別是正紅、粉紅、純白、帶紅邊奶白、杏黃、漸層的淡黃，和一種白中透綠、似玉散銀光的珍貴荷花。師父非常珍惜這一池荷花，說連這一棟房子都是她母親留給她的。師父也曾經說起過自己的身世，師父的祖父是滿人，正黃旗，是貴族，但她的母親卻是漢人。

她只記得七歲那年，她跟母親從美國搬到這兒，爸爸就帶著他同居的女人離開這裡，再也沒有回來過。她的外祖父是位成功的商人，她的母親也很會理財，母親帶她住進這裡，誠心禮佛，直到現在。她的母親雖然早已歸天，師父卻稟承母志，在家修行，能被她接受的入門弟子不多，然而，只要能坐在她身邊，心就安定下來。更玄奇的是，她會用一些禪語點化你心中的疑惑，有一種莫名的力量會幫你解決一些事情。可是，自從被鍾正雄把她耍成這樣子，她怕來精舍，更怕師父溫柔卻洞穿肺腑的眼神。今天要不是接到這樣一通電話，她還是怯於見師父。想著、想著，車已經停在精舍門前，她下車，按門鈴，開門的是管家邢嫂，她笑著問：「怎麼好些日子沒見到妳，師父昨日還念妳呢。」

「是嗎？」她習慣把花遞給邢嫂：「麻煩妳把花換上。」邢嫂望著荷花讚嘆的說：「難得冬天妳能買到荷花，精舍的荷花是按節氣開的，這荷花美得像成了仙一般。」

「這是花店從國外運來的，店裡為了滿足顧客需求，是不分季節，四季花開的。」波心說。

「這七朵真美呀。」邢嫂捧在胸前。

「再美，也比不過精舍的荷花有靈氣。」波心雖這麼說，卻因為一進大門習慣望著門口兩株她最愛的百年櫻花樹被砍伐一空，心裡有些空蕩蕩的，很沒精神地跨進舍前玄關，探頭想見師父，一個仆身垂頭跪在佛前的男子進入她眼簾，師父並不在禪房，她換上軟鞋輕輕走進去，很自然地打量這個男子，男子的頸子有幾條紅疤痕，很像被爪子抓過的傷痕。她望著，似乎在哪見過，怎麼那麼熟悉？可是，她明白地告訴自己，打從她有記憶起，絕沒見過頸子上有紅傷痕的人。

男人抬起頭，兩人互望，波心望著他的眼神心中　動，好熟悉，眸光中透著無奈也透著溫柔，無端端地激起她想幫助他些什麼的念頭。念頭剛閃過，胸口像堵住一塊石頭，壓得她幾乎喘不過氣來。

「你就是靜明師妹，跟我想像的一樣。」男人站起，向波心點點頭說。

她也點點頭：「是你打電話給我嗎？」

男人站著，很自然地摸摸他頸子上的傷口說：「師父說妳今天一定會來，我想。妳不舒服最快也會是明天。」她打量眼前這個男人，高大，斯文中透著靦腆，五官端正，皮膚白皙，是個俊秀的男子，對他，她似乎有似曾相識的感覺。

「師妹，我在電話中聽到妳的聲音覺得好熟悉，好像我們認識了好久一般。」陳火木突然熱絡地說。她正有此感，只是沒說出口。再怎麼說，也是第一次見面，覺得這男人有些冒失。陳火木似乎也覺得自己說話有些唐突，從口袋裡掏出皮夾，抽出兩張名片遞給林波心：「這是莊小姐和李小姐的名片，妳看背面還有李小姐寫的妳的電話，叫我務必要和妳聯繫。」

她接過來瞄了一眼：「我以為是師父叫你打電話給我。」

「也是。我跟師父說起在上海的事，師父叫我打電話的。」

她點點頭，請他到一邊的椅子前坐下。

邢嫂端來兩杯茶，笑著同波心說：「師姐，這是無塵師兄帶來的青蓮茶，師父很喜歡呢。」

「這是我親手焙製的，請妳品味，無塵也是師父賜給我的法名。」陳火木並沒飲茶，卻帶著一雙期盼的眼神望著她。

她端起茶杯，嗅了嗅，是一股蓮藕根莖的清香。她抿了一口，苦澀中帶著些微酸。

「妳要慢慢的嚥下去，才會感受到它獨特的美味。」陳火木平靜地說。

一口茶水似乎從喉嚨流進她肺腑，又灌進她腹部，全身鬆鬆軟軟的好舒服。她很自然地閉上眼，朦朧中像是躺在一大片荷田中，清風徐徐好不舒暢。她嗅到一股淡淡的幽香，睜開眼，發現蓮心師父正在佛案前插她拿來的荷花。她站起，恭敬地向師父示禮：「對不起，好些日子沒向您問好了。」

蓮心師父不慌不忙地插好花，輕輕柔柔地坐在慣坐的藤椅上，黑亮的眸子向他倆望了望說：「靜明，妳記得三年前，我的荷花池受到污染，花兒幾乎全死了的事嗎？」

「當然記得，那年我的生意蒙師父的加持做得紅紅火火，賺了不少錢，我特意從國外請來農業專家幫您處理，好像沒成功。」

陳火木突然得意地笑起來：「什麼農業專家，好好的荷花池差點被他搞到萬劫不復。」

「有這麼嚴重嗎？什麼萬劫不復。」波心驚訝又不悅地問。

蓮心師父笑笑：「無塵沒有誇張，靜明，除了妳，來幫我救我這池荷花的人不知換了多少，從夏季到冬天，我的這間精舍成了荷花實驗所，越弄越糟。」

波心有些赧然：「真抱歉，那段時間我不在台灣。」隨即又提高了嗓門：「可是我回來看師父是三年前的夏天吧，整個荷花池活起來了，池裡名貴的七種荷花比從前開得更燦爛。」

「連荷葉上滾動的水珠都散出七彩光。」陳火木得意地說。

「你怎麼知道？」波心問。

「是他把荷花救活的。」師父說。

「真的？你怎麼救的？」波心充滿懷疑。

陳火木不好意思地摸摸他頸子間的紅傷印，心虛的說：「我也不知道，碰巧吧。」

「你用的是什麼方法？」波心更是好奇。

「我來說吧。」邢嫂坐在另一個木板凳上搓搓臉：「靜明。妳沒覺得精舍的庭院有些變化嗎？」

「當然有，精舍中最被人讚賞的櫻花全沒了，尤其是大門前，荷池邊那幾株將近百年的八重櫻和吉野櫻，每到春天，它們像接力賽似的競相綻放，院中處處燦爛，緋紅的花瓣似雪花般翩翩飛舞。我們春天來此賞櫻，好像去到日本京都，尤其走到後庭院，那些日式建築的和室，古樸風雅，站在廊中，猶如古人。」

「後庭院櫻花是師父和她母親親手栽的，我是不敢動它分毫，可是我在院中又挖了一個小池，引來了山泉，池中養的也是荷花，這荷花種子就是一般人說的蓮子，是我在中國的杭州靈隱寺向一位近百歲的出家老師太結緣得到的。」

「你把荷花移種過來？」波心又有些懷疑。植物是不能隨便帶進國內的，他用了什麼方法？

「我帶來的是千年蓮子。」陳火木說得很得意：「師妹，是千年蓮子呦。我帶在身上好幾年了，當年老師太說，這蓮子是她從俗家帶來的，在寺裡她天天念經，求菩薩早日帶來有緣人，把蓮子送到一個它要去的地方，拜託他交給蓮子的主人，只有回到主人身邊才會回復元氣，它要用千年修練的靈氣報答百年前它和它一池子的家族，在一次旱災幾乎絕滅中，一位恩人連著數日挑著泉水灌入池中，救了整族不死的恩情。」

「這就玄了。」波心冷笑：「我聽過很多千奇百怪的報恩故事，現在又多了一個。」

「我跟妳一樣，當我接過這兩粒黑中透黃的乾硬蓮子，直覺上認為老師太年歲大了，見我是外地來的，又替寺裡添了些許人民幣的香油錢，就拿這兩粒蓮子來答謝我。」

蓮心師父突然說話了：「蓮子心頭苦，卻有千年之愛，靜明，待會兒妳去後庭院看看，去年夏天種下的兩顆千年蓮子，今年春天池中就萌出新芽，成長出片片荷葉。現在雖然到了冬天，枝葉枯了，但滿池散開的葉梗全仰頭望著天空，展開笑容，我站在池邊彷彿聽到它們爭先恐後地要跟我說幾世輪迴的恩恩怨怨。」

「我剛才把靜明帶來的荷花拿到後花池浸水，發現 隻彩色蜻蜓落在枝梗上，我還以為是朵荷花，心中一喜，蹲在池邊看了半天，才發現是自己眼花。」邢嫂說。

蓮心師父望望波心：「妳想去看看嗎？早上我也誤把那隻紫紅蜻蜓當成荷花，或是來報佳音，紫紅色很喜氣，也是妳喜歡的顏色。」

「不，師妹雖愛紫紅，可是我知道白色才是她的最愛，師父，我還會在台北住些日子，我相信明年夏天池中會連續開出各色荷花，其中白色最多，和前庭院的荷花相映成趣。」陳火木說。

「你怎麼確定我愛白色？」波心問。

「不需要確定，在我種下那兩顆千年蓮子時，泥濘的土地透過我的赤足給了我一些訊息，它們將會重生，會開出最美的顏色點綴世間，但更會開出最潔白的荷花給它們累世的恩人。」陳火木說。

「這話我不明白，我是很喜歡白色，但說我是荷花的恩人就過分了，如果說這花神有靈，找的恩人應該是蓮心師父。」波心說。

「靜明啊，妳住在那麼高的樓上，能有一方花池嗎？」蓮心師父問。

「荷花是最聖潔的，它來到這人世間還要修，當然要找個最乾淨的所在，它有一股神祕的力量支使我來這裡，有師父的佛法加持叫我務必要找到妳，我很快就找到了，這真是天意呀！」火木說得太激動，白皙的臉頰脹得緋紅。波心並沒被他的話感動，倒是覺得很少見到一個成年男子有這樣一身一臉比青春少女還嬌嫩的肌膚，真有些不可思議。

「在師父這裡，只有巧合沒有天意。」波心對面前這個人有些不耐煩，很想把話題轉移，「能不能說說你救師父荷花的經過？我很想聽。」

「那當然，那當然。」火木喝口茶：「幾年來，師父都吃我售製的藕粉、蓮花茶等食品，我虔誠地乞求很多次，蓮心師父才收我為弟子。說來慚愧，只是我生意太忙，幾乎沒來精舍禪修。前年夏天我來送藕粉。知道師父的荷花池出狀況，本不把這事放在心上，回家後突然病了，發高燒，我至今未婚，和母親相依為命，母親說我燒得亂說話，什麼『靜明妳原來在這裡，妳喜歡白荷花，我怎麼也種不出白荷花』、『蓮心師父，蓮心師父，會消我的業障』、『救我，救我，救我』。我媽在醫院守了我兩天兩夜，燒退了，精神卻恍惚，頸子上的傷又發炎，很痛，這是我出生就帶來的傷，忽好忽壞，是我最大的遺憾。媽媽問我：『誰是靜明？我是不是做了對不起一個叫靜明女孩子的事？』我說沒有。可是篤信佛教的母親卻說：『人的靈魂會進入前世，你這頸子上的傷痕怎麼都醫不好，我曾到廟裡去問師父，師父說這是業障，如果今世有善報，找到前幾世的債主，化解了恩怨，就不會受這些苦了。』我的頸子就是打了止痛針，還是止不住像被利爪緊摳進肉裡的痛。媽媽說我昏迷時還絮絮叨叨的碎念，什麼『大門口的百年八重櫻、吉野櫻快把荷池的根壓死了』、『我那千年的根氣快沒』。我摸著頸子說：『我想去台北看一位師父，她的精舍大門口就有兩棵百年櫻花樹，她舍裡有一個荷花池，是不是有什麼事要叫我做。』我剛說完，頸子就不痛了。」

坐在一旁的邢嫂搖頭說：「我記得那天無塵師兄來到精舍跟師父沒說上幾句，師父就點頭答應了，很快的，無塵帶著七、八個工人，駕起工程車，很不客氣地先鋸斷門前兩棵被人們視為珍寶的百年櫻花樹，然後用挖土機把樹根連根拔起。這還不算，他們把庭園的土幾乎全挖翻了，一直挖到荷花池底才叫師父和我去看，靜明，妳猜我們看到了什麼？」

「當然是櫻花樹樹根盤橫交錯地壓在荷花根上。」火木咂咂嘴不可思議地搖搖頭：「真是邪了，櫻花樹根真有點邪氣。」

「我也是這麼想。」波心說。

「斬草不除根，春風吹又生，我堅持這個理念，把砍下的樹連根帶葉甚至鬚根一併用大卡車把它載到山谷，一把火燒成灰。」火木說。

「你做得好。」波心說。

「不好。」火木望望蓮心師父：「沒想到，這把火差點要了師父的命。」

「說清楚，怎麼回事？」波心望望師父又望望火木。「我燒完櫻樹回來，邢嫂告訴我，師父突然全身滾燙昏迷了二十分鐘，把她嚇壞了，幸好現在沒事了。」

「邪不勝正。」蓮心師父嘆口氣說：「拔去孽障，他們來找我，我可是修佛的人，我早就知道這兩棵樹被下了詛咒，咒語燒成灰，它們也沒燒死我。從今天起，精舍會有一番新氣象，過去的，就讓它如過眼雲煙，不會再干擾我半點新機。」望著窗外，卻也無限感觸。

「師父，為什麼會讓我來做這件事呢？我和它們有因緣嗎？」火木問。

蓮心師父溫柔地望望他：「你是來救荷花的，這因果將來你會明瞭，這樣吧，讓我說說這兩棵櫻花樹的來歷吧。」師父皺皺眉說。

「那兩棵櫻花樹是我父親和他同居的日本情婦共同栽種的，這是我母親的產業，我和母親在美國外公家幫外公做生意，本以為我父親在台灣用我母親不斷匯給他的錢會發展很好的事業，怎知道他卻做了對不起我母親的事。」蓮心師父說起過去，仍然掩不住心中的悲痛。

「唉！我來說說當時的情形吧！」邢嫂嘆了一口氣：「我是蓮心母親的陪嫁丫頭，因為是沒父沒母的孤兒，被我一個遠房的舅舅賣給吳家，當時我六歲，吳家大小姐就是蓮心師父的母親剛好出嫁，我就跟了過來，一直陪著大小姐。第二年，大小姐生下女兒，就是現在的蓮心師父，當時時局很亂，吳家生意做得很大，在美國有餐廳，也做運輸、航運等等事業，我跟著大小姐隨同吳家幾十口人一同到美國。這位吳家女婿，就是蓮心的爸爸，跟吳家搞不好，吳老爺看在女兒的分上讓他來台灣發展，怎知他做什麼垮什麼。大小姐耳聞他金屋藏嬌，帶著我和小女兒來探虛實，不料發生了爭執，把我們像趕賊似的向外趕，蓮心的爸爸跟大小姐越吵越厲害，竟然還從身後跟過來的女人手上接過皮鞭向著我們一陣亂打，我護著大小姐。蓮心嚇傻了，我忍著全身被鞭打的劇痛，大小姐猛力推開我，奔向門口邊的一棵櫻花樹，我顧不得已被打得遍體鱗傷，站都站不起來的身子，爬著跟過去，因為蓮心被剛才遞皮鞭的女人綁在樹上，她身邊放著一堆木柴已經燃起火苗。大小姐脫下外套蓋住火苗，我拚盡全力護住蓮心，解開繩子，可能鄰居報了警，門外突然響起汽車喇叭聲。這個舉起鞭子的男人或許聽到汽車喇叭聲，心虛的僵在院中，大小姐冷冷地望著眼前的日本女人，平靜地說：『這是我的房子，跟妳同居的男人是我在法律上的合法丈夫，妳要燒死他女兒，是妳要他鞭打我嗎？』」邢嫂停了一下，接著說：「那女人慌慌亂亂地向屋裡跑，已經來不及了，警察把這一對男女銬上手銬帶走了。」

「以後呢？」火木問。

「沒有以後了。」蓮心師父淡淡地說：「法律給了我母女最公平的保障，只是當父親戴著手銬跟那女人走在櫻花樹下時，一陣風像落雨般的把紅花瓣飄落在他們身上，現在想起總覺得鼻酸。」

「那是兩棵他倆的定情樹，聽說當年為了把這兩棵名種櫻樹從日本運來，花了不少錢。我總覺得有邪氣。」邢嫂說的時候，整個禪房出奇的安靜。

「現在好了，兩千年的蓮子都在師父的池子裡萌芽成長，這兒處處都有佛法庇佑，我們能當師父的弟子真是三生有幸。」波心喟然長嘆：「二年前我來到精舍看到被救活的荷花開得如此燦爛，見到被砍掉的櫻樹，心中空落落的卻不敢問明原因，今日從邢嫂口中得知師父的委屈，要是我，早把這兩棵妖樹砍了燒成灰。」

師父臉上仍是一片祥和：「喝茶吧，青蓮茶味道就是不同。」

波心順從地端起茶杯喝了一口，把玩著茶杯品味，火木望著波心的手，很自然地抬起手摸摸頸子上的傷。波心望著他的動作，突然胸中悶脹，腹痛如絞，無法忍受，立刻跑到廁所狂吐。邢嫂端著一杯溫開水守在她身邊，等她吐完了，讓她漱口。她無力地站起，邢嫂扶著她說：「到客房躺一會兒吧，如果還覺得不舒服，我陪妳去看醫生。」

她搖搖頭，很直覺地問：「他走了沒有？」

「妳別管他，先去休息，怎麼樣？還想吐嗎？」邢嫂問她。

她扶著邢嫂逕自走進客房，一頭倒進床上，邢嫂替她蓋上薄被，她覺得舒服多了，遂說：「我也不知道自己是怎麼搞的，剛剛突然胸口悶得幾乎呼不出氣來，我用力地吐，大口呼吸，像是溺水的人被救起，現在呼吸順暢多了。」

蓮心師父走進來嘆口氣：「好好睡一覺，靜明。有師父在，一切會很好。」師父的話如輕風拂面，替波心把被子拉實了，讓她溫溫暖暖地入夢。醒來時，屋內一片漆黑，她扭亮床邊小木桌上的檯燈看看牆上掛鐘。七點整，她坐起。

「唔，我睡了好長時間。」

剛想下床，門「嘎」的一聲，邢嫂端著一個木盤走進來：「睡夠了吧，慢慢起來，我端來粥和小菜，到桌前吃一點吧。」她的確餓了，菜和粥的香氣讓她迫不及待的下床走到桌前，有點不好意思，遂說：「妳也吃一點吧。」

邢嫂笑笑，拉把椅子坐在她對面：「我跟師父早吃過了，這是特意留給妳的，快吃吧。」

她端起粥，大口喝，還沒嚥進肚裡就舉筷夾菜，醃蘿蔔、豆皮炒筍絲、清蒸茄子拌芝麻醬，和一盤她最愛吃的白菜腐皮捲。

「慢慢吃，不要噎著。」邢嫂說。

她嚥下一口菜說：「真好吃，我好久沒有這麼好的胃口了。」

邢嫂望著她，目光中透著憐惜，拿起湯匙挖了一匙醃蘿蔔放進她碗裡：「這蘿蔔還是妳三年前帶來的種苗，妳忘了，去年這蘿蔔長得特別好，拔來生吃都特別甜脆，我把它曬好醃好冷藏起來，現在吃是不是特別有滋味？」

波心用筷子夾起一小塊蘿蔔，看了看說：「邢嫂，經過妳的調味，這蘿蔔不失原味卻清爽可口，醃漬的東西最怕軟綿，這蘿蔔咬下去都會發出清脆聲，真是太好吃了。」

邢嫂得意的笑笑：「這要看東西，像糖醃蓮子就不能脆，要鬆軟，入口即化才是上品。」

「這也難不倒妳，師父最讚賞妳製的蓮子。」

「待會兒我拿無塵製的蓮子給妳嘗嘗，我做的全被他比下去了。」邢嫂說。

波心心中一動，很自然地說：「那蓮子是不是帶著薄荷的涼味，甘甜中帶點酸，是這樣的口味嗎？」

邢嫂點點頭：「正是，妳吃過？妳形容得太透徹了。」

波心放下筷子，搖搖頭，突然開始頭痛、胸悶，她趕快走到床前躺下。

邢嫂慌了，走過去問：「怎麼了？又要吐嗎？」

「不，我不會吐，我很不舒服，讓我躺一會兒。」

邢嫂端起食盤輕輕走出客房。

無名的吸引力

夜很靜，禪房中蓮心師父和邢嫂對坐著，很習慣的各想各的心事。房外的風聲一陣緊似一陣，邢嫂站起去窗前拉窗簾，蓮心師父立刻阻止：「不要拉窗簾，這陣風刮過後，月光會灑進禪房。」邢嫂聽從的提起茶壺重新換過兩杯熱茶。只這一會兒工夫，一縷月光真的灑進禪房，風聲也小了很多。

「師父，妳不覺得靜明今日病得有些突然嗎？」邢嫂問。

「靜明沒病，是無塵的荷花茶澆進她內心的痛處。」

「師父又打禪語了，我不懂。」邢嫂說。

「把《地藏王菩薩本願經》供到佛祖前，我今晚要誦經祈福，求菩薩消除爾等心中魔障，修得善果。」蓮心師父說完，逕自走到衣架前把袈裟穿整齊，並洗手捻香。

邢嫂知道師父今晚會徹夜在禪房跪拜，不敢打擾，她回到自己房中睡下。

波心一夜無夢，睜開眼望望四周，發現自己仍睡在客房。陽光透過窗簾灑進一抹光彩，她滑下床輕輕呼一口氣：「好久沒有睡得這麼舒服了。」拉開窗簾，見邢嫂在院中走動，推開窗戶對著窗外說：「邢嫂，早呀。」

邢嫂轉過頭向她示意，叫她過來。她穿好衣服，推開門，很自然地走向邢嫂，邢嫂迎向她說：「師父在佛堂誦經一夜都沒離開。」

「為什麼？」話雖出口卻又心虛地問：「不會是因為我而讓師父操心吧。」

邢嫂搖搖頭：「她誦了一夜的《地藏王本願經》，這可是一本超渡累世冤親債主解冤解仇的大經。師父虔誠地求菩薩慈悲，要眾生破除我執，要觀故自在，從自我中覺醒，才能從平靜心獲得喜樂。」

波心明白邢嫂的言行，她跟隨師父多年，信佛虔誠得近乎迷信。也不多說，跟她走進餐廳，習慣的自己動手把煮好的早餐盛進餐盤，和邢嫂在餐桌前面對面的坐下吃早餐。

「師父今天要休息，不要打擾她。」邢嫂放下筷子，微微皺了一下眉頭：「我想今天無塵師兄會來，他昨天就說好，一定要幫妳和妳在上海的那兩個朋友把生意談好，師父會祝福你們。」

她啜著滿嘴的粥，輕輕嚥進肚裡，一股暖流充滿胸懷，無端端的，心中升起莫名的惆悵。按照慣例，她梳洗乾淨到佛堂上香，靜坐念《心經》。無塵師兄果真不到十點就來到禪房。波心禮貌的和他對坐在會客桌前。

陳火木見到波心說：「我昨晚和妳的兩位好友通了電話，那個鍾正雄先生，我也託人去找他，我想去拜訪他。」

「鍾正雄嗎？我有他的地址，我可以陪你去見他，不過如果現在他知道你是跟我合作，絕對不會見你。」

「妳還是暫時不要出面，讓我用我的方式去見他。」

「他是個見利忘義的小人，我吃了他很大的虧，你要當心才是，我很希望你和靖心、見心合作成功。只要有鍾正雄參與，我絕不和你們合作。」波心堅決地說。

火木望著她，也不敢多問，像是跟自己說話：「沒那麼嚴重，我也是水果大盤商，了不起不找他，看在師父的分上，我一定要幫妳把生意做起來，能在蓮心師父門下做同門弟子也是很大的緣分呀。」

波心有些感動：「我相信你的能力，改天我倆應該到上海去見見她倆。」

「那是當然的。不急，我上海有朋友，會替我處理事情，我讓他們先跟鍾正雄見過面，好好聊聊，把事情弄得有眉目，再一起談生意該怎麼進行。」

「讓你費心了。」波心說著站起身：「我有些不舒服，昨晚都睡在這裡，我回家等你消息。不要勉強，談不攏，就做其他生意。我們還是可以合作。」

火木站起：「我知道，我會盡快給妳消息。」

波心又有些胸悶，怕會像昨日一樣嘔吐，便急忙走向庭院，坐在荷花池邊石階上。等她感覺舒服了，火木早已離開了精舍。

「靜明，妳今天要回去嗎？」邢嫂走過來問。

「要的，師父在休息，不打攪她了。」靜明說。

「妳幾時會再來？」邢嫂問。

「我隨時會來。邢嫂，說良心話，我對無塵這個師兄沒什麼好感，不想跟他合夥做什麼生意。這人長得有點邪氣。」

邢嫂笑了：「什麼時候妳也學會看相了。妳現在是需要人幫忙的時候，他找到這裡，指明要找一個法名靜明的師妹，或許冥冥之中你們該有一些互了的事。」

波心深深呼口氣：「我就靜觀其變吧！」

回到家，發現電話留言好幾通。原來她的手機也關了。別人的電話她可以不重視，兒子的來電讓她緊張起來，趕忙撥過去，接通了，兒子輕鬆地問：「媽，吵了妳的冬眠時間，妳現在還能清醒的跟我通電話嗎？」

「少來。」聽到兒子歡悅的聲音，放心了，「沒事打電話幹嘛？」

「妳不接電話，手機也關了，他們只好找上我，叫我代勞。」

「我看到電話留言了，懶得理。」

「有一位叫夏雅倩的阿姨叫我這兩天一定要通知妳，妳一年前交給她那一份庭園規畫設計案。亞東建設公司選上你的企畫案，其中細節要請妳去開會研商。」

她腦子「轟」了一聲，心中吶喊：「太棒了。一年前交出去的案子，是鍾正雄以我公司的名義承包的，和他關係弄壞以為沒指望了，怎知會中選？」

「媽，妳聽到了嗎？」兒子不放心地問她。

這才回過神來：「聽清楚了，我這就給她回電話。」

話筒傳來兒子的笑聲：「真抱歉，打攪了妳的冬眠。」

她放下電話，興奮地搓搓手，倒杯溫開水大口喝下，她要平定一下心情。想到接下來該如何規畫，或是跟鍾正雄談清楚，要不，乾脆拿一筆轉讓金，或是她找別人，動用人力、物力，漂漂亮亮地把這個案子做出口碑。走進書房，推開書櫃玻璃門，在有秩序的藍卷宗第一夾側面，白紙黑字「亞東建設庭園企畫案」立刻映入眼前。她取下，迫不及待地翻閱，越看心越冷，退到沙發前坐下。勉強逐頁細看，當她看到最後當事人林波心親筆簽名時，她慌了。合約上註明毀約的賠償金數目大得驚人，一千萬。當然還有許多條款也很不合理，她卻如數簽下她的大名。「還好，這僅是我個人在企畫書中向對方的承諾，在實際議價前，對方還沒有跟我簽下雙方合作契約，我可以不接這個案子。」她望著藍色的卷夾苦笑。

為什麼這案子要等一年？當然，開發一個大社區從土地規畫，等到政府批准住宅區，層層關卡都需要時間，包括她的庭園設計，也是在眾多投標中被肯定的一環。她嘆口氣：「真是時不我與。」

這案子當時她敢這麼做，是因為鍾正雄跟她說，他跟亞東建設某個股東有點私人恩怨，不方便出面，而鍾正雄現有建築工地正在施工，她僅是出面以自己公司名目幫他標到此案，保證金由鍾付，等她領到工程款直接交給鍾的建築公司，由鍾正雄的工人施工。她能拿到一筆轉讓金，幫她賺些佣金，她興致勃勃大手筆的在企畫書中，把理想寫得盡善盡美，庭園所有設施，包括樹木花草、奇岩峻石，甚至養魚池中金魚的調養，園中飛禽及有機蔬菜園都能長期與住戶合作等，把她的美夢全部書寫在企畫中。那該是她用這份企畫書表達她對他的情感。如今，企畫案隔了一年，被亞東公司接納了，這個讓她築夢的人卻另築愛巢，讓她遍體鱗傷。她知道，打從她自美國回來，不再照顧他的妻小，所有經他介紹的生意全都無疾而終，甚至她經由別人關係拿到的案子也莫名其妙地落空。她心裡非常清楚，是鍾正雄用這種手段逼她回美國替他當管家。「欺人太甚，」她憤恨地望著企畫書，「或許，他還不知道這案子被批准了。以他的個性，把我換掉是必然的。如果我能找別家合作，把他換掉，也能出我一口污氣。」她自忖，隨即搖頭苦笑：「太難了，現階段要找間能接別家工地庭園的公司，可不是易事。」

想到這裡，她心中一悸，「這案子通過了，難道他不知道？或許亞東建設公司根本沒想到這案子跟鍾正雄有關，亞東建設是個大公司，或許一個社區的庭園建築包給我這樣小的承包商對他們來說是小案子，沒什麼關係。如果工程一進行，發現真正的老闆是鍾正雄，一定會有糾葛。」反反覆覆，矛矛盾盾，把自己困得呼不出氣來，索性倒杯酒慢慢啜飲，沉思該怎樣走下一步。

「要不要跟火木談談，或許他能找到一些門路。」想到這裡，頭又痛起來，也不知道為什麼，她就是不喜歡火木，這男人長得太招眼，如果他從事演藝界，憑他精緻的五官，玉樹臨風的體態，白裡透紅近乎吹彈得破的肌膚，不知會迷倒多少眾生。「真有些妖氣。」她嘀咕了一句甩甩頭：「好累，要睡了。」

沐浴後倒在床上反而失了睡意，火木的樣子總是在她腦中晃動，她又想到師父後院池中他從靈隱寺帶回來的蓮子，莫說千年，百年種子就是沒有腐爛也會成為化石，他玩這種把戲居心何在？她側轉身。「我要去杭州靈隱寺弄個明白。」她閉上眼，朦朧中自己在一個盛開的荷花池邊散步，火木跟在她身邊殷勤地問：「姐，我能幫妳做什麼嗎？我什麼事都能做。」她覺得很滿足，很舒服地睡著了。

醒來一個念頭不斷的在她心中盤旋：「找陳火木談談，成不成總比一籌莫展的好。」她主動打電話給火木，火木很冷靜地請她把合約內容大致講給他聽，很武斷地說：「這是一個陷阱，是鍾正雄主導讓妳承包，妳會為他承擔很多法律責任，甚至冤枉坐牢。」

她聽得嚇出一身冷汗：「你不要亂講，你一定沒聽清楚。」

「我們見面談，帶著合約，妳方便嗎？」火木問。她約火木在一家咖啡店見面，這裡環境幽雅，又有包廂供客人聊天，火木進來四周觀望了一下點頭說：「很好，這裡很安全。」

「你遲到了，我等你等了快一個小時，你連手機都關了。我以為你在跟我開玩笑，我準備要走了。」波心垮著臉說。

「對不起，我在為妳這件案子分別找了好幾個人談，因為時間太緊湊，沒辦法跟妳聯繫。當然我也不想接別人電話，現在我們可以好好談談。」火木邊說邊坐下來喝他面前一杯冷開水。

「謝謝你，讓你費心了。」她反而有些不好意思。

「沒什麼，應該的，我們是同門師兄妹嘛。」他簡短地說完，從手提公文包取出一個皮夾，邊拿邊說：「我這幾位好友在生意上和我都有來往，妳在電話中一提到亞東建設，我就想到老闆趙子強。我跟他是朋友，這人很海派，值得交。他手下幾位經理是他的鐵桿部隊，亞東建設能有今天，全靠這幾位大股東了。」

「你跟他們怎麼說我接這案子的事？」波心問。火木笑了，波心見他笑得靦靦腆腆的樣子，倒怕說錯了話，遂問：「不知道你喝什麼飲料，你看單上類別，自己選。」

他不忙點飲料，仍然笑著說；「我的幾位朋友都這樣問我，這案子是怎麼接的？」

「有問題嗎？」波心問。

「我說是我的同門師妹接下的案子，我來瞭解一下，如能進行，我想幫她完成。他們都說沒問題，都願意情意相挺。」

波心吁口氣，把自己叫的一壺花茶倒了一杯給他。

「可是，當他們聽到林波心妳的大名，都要我勸妳不要接這個案子。」

「為什麼？」波心一驚。

「亞東建設早已把妳的實力調查得很清楚，妳被鍾正雄的寰宇建設拿來當人頭標案子，他是不是承諾妳，只要妳用妳的公司標下，然後轉標給他，一切工程他負責，妳輕輕鬆鬆地拿到轉標費？」她一愣，隨即說：「大包，小包，分門別類本就是做各種行業的例規，又有什麼不對？」

火木喝口茶：「本就沒什麼不對，問題出在鍾正雄身上。」

「我用我的公司標下案子，可以不找他，這也是我找你的原因。」

「我不明白，鍾正雄怎麼會用到妳？妳和夏雅倩有交情嗎？」

波心點點頭：「在工作上算是好朋友，有時候她還滿幫我的。」

「唔。」火木抿抿嘴：「她幫妳標下這個案子，難道她不知道妳是在替鍾正雄代標？」波心搖搖頭：「她應該不知道，就是知道，她認為我轉包給大公司得些轉讓金也是商場上常有的事。」

火木輕視的「哼！」了一聲：「如果簽約了，亞東建設公司針對的是妳的公司，妳要負責法律上一切責任，合約上約定一千萬違約金，如在半月內未開工，又沒發生天災人禍等意外，視同毀約，加倍賠償。寰宇那麼大的建築公司不出面承攬，要妳的小公司承建，只有一個理由，他在釣魚，前面的工程他會以妳的公司名目去做，妳什麼也插不上手，卻又負法律上所有責任，等把保證金的數額賺回，又領到後續建款，他就撒手不管，剩下的事妳想想就明白了。」說到這裡，火木喝口水，語重心長地說：「據我所知，亞東老闆早已把寰宇建設視同拒絕往來戶，鍾正雄幾年前以很不正當的手段利用趙子強的私人關係，向銀行冒貸三億資金，差點把趙子強拖垮，過去兩人還是結拜兄弟，這樣的人，如今腦筋動到妳一個女人身上，算是個人嗎？」

波心嚇出一身冷汗，慌亂地說：「他很有實力，不會置我於死地吧！」

「希望不會，師妹，看在師父的面子，你就裝作什麼也不知道，交給我，我絕不會讓妳吃虧，我非常想認識鍾正雄這號人物。」

波心有些煩亂。「不偏勞，我決定不接了。我勸你別給自己找麻煩，包括上海的水果生意都不要沾。」

火木卻神態自若地喝口水：「那又何必，等我見到這號人物深入瞭解再做決定也不遲。」波心沒耐心地站起來：「我要走了。鍾正雄是個偽君子，這案子我絕不接，你要見他是你的事，要多當心。」說完她出去買單，火木也不挽留，像有滿腹心事，低頭整理他帶來的資料。

是緣？還是債！

不知道為什麼，波心回家後總是浮浮躁躁的定不下心來，已經過了三天，火木沒有電話，鍾正雄卻令她意外的從美國打電話頻頻跟她聯繫，叫她趕快把案子簽下，並很快地匯進她帳戶一千萬，電話中句句透著關懷，透著對她的依戀，他倆才是生命共同體，娶這樣一個年輕女子，無非想藉之傳宗接代，她幾乎陷入過去的溫情裡。不知道為什麼，對方電話越甜，她越感不安。

事實上，他太多的事讓她領受到他的絕情，當真如火木說的是個陷阱？既然是陷阱，為何叫她簽下，說一切有他承擔，他又能承擔什麼？才見過幾次面，能信得過誰？簽下了，自己弄得滿身羶，搞不好是死路一條，我沒必要被兩個男人耍。

越想越怕，波心決定找時間跟夏雅倩聯繫，說明自己的處境，放棄資格。把鍾的匯款退回，了卻煩惱，讓自己先冷靜一下，離開家，到東部花蓮去找個熟悉的旅館住幾天，她喜歡那兒寧靜的氣氛，到海邊獨自散步，吃吃野菜，泡泡溫泉，哪怕靠在旅館陽台看山看海，也能放空自己，讓心情平靜下來。

主意一定，立刻行動，整理好行囊，正要出門，手機響了，她看看手機上的號碼，很陌生。以為別人打錯了，順口回話：「你打錯了。」

「靜明師妹，我是無塵師兄，不要掛我的電話。」

「你換了新手機？」靜明問。

「是的，這是為了和妳單獨聯繫新買的手機，號碼也是新申請的。」

她皺皺眉頭：「我正要出去，有什麼事嗎？」

「妳要去哪裡？我要和妳當面談。」

「謝謝你的關心，我不想接這件案子了，我要出去旅行，散散心。」

對方嘆口氣：「請給我半小時，我要當面跟妳說些事。」

她有些無奈，聽他口吻，不說清楚他會緊追不捨，遂說：「好吧，你說在什麼地方？我過去就是。」

「我就在妳住的樓下。」

她愣了一下，立刻想到，憑他的本事，找到她的地址易如反掌，自己真是多慮。很自然地按下門鎖，從對講機影像中看到他推門而入。

他進門後，喘口氣，坐在沙發上，波心替他泡上一杯茶，他喝過後也不說什麼，從公事包中拿出一個牛皮大信封：「妳仔細看看，我這樣處理好不好？」她打開公文袋，把合約一頁一頁仔細看過，心中充滿了疑惑：「既然鍾正雄的寰宇建設有這麼多問題，你也查明了他是用我當人頭，為什麼還要我接下這個案子？更讓我不明白的是，你為什麼要讓我簽下全權委託你接下這份工作？」

「我自有我的道理，妳現在當務之急是趕快把妳公司股東中添上我的名字，而且是大股東，我會匯入入股金，你去進行相關程序。實不相瞞，亞東建設跟我也有生意上的來往，我再說明白一點，鍾正雄用他那塊建地做餌，非但在銀行做抵押借貸，在民間也用私人關係借了很多錢，他用買空賣空的手法，把錢轉移到海外私人帳戶，然後改頭換面，移民到海外另起爐灶。」

靜明突然打了一個冷顫：「不會吧！他沒必要這樣做。」

火木冷笑：「他把亞東建設的老闆都騙得兜兜轉，妳又算什麼？為了要讓妳徹底瞭解這個人目前的經濟狀況，請妳看看另一個信封中，我託人影印他在幾個銀行冒貸卻成為呆帳的款項，他快成為經濟犯了。」

靜明打開另一個信封，越看越心寒：「難怪他不回台灣。」但隨即又不明白：「既然你們那麼清楚他的狀況，為什麼還要把我這件案子簽給他？」

「大小姐，妳沒看到他有幾筆銀行貸款保證人是亞東建設負責人趙子強嗎？他真是咱台語講的『吃人夠夠』，還利用妳包亞東的庭園案，告訴妳，他只不過用這個新方案，用妳的名義先付一點保證金，然後再要妳向亞東公司一批一批申請庭園建設款，他一定會偷工減料甚至捲款而逃。到時候吃官司的是妳，收爛攤子的是趙子強。」火木說得有氣，把波心改口叫大小姐。

「那六千萬保證金他肯付嗎？」波心問。

火木點點頭：「妳沒看合約第一次付給妳的建設費是一億兩千萬，妳的抵押品是在東部準備建民宿的兩甲地。這兩甲地真正的地主是鍾正雄的人頭，他並沒有過戶給妳，但妳卻是連帶保證人，他為了讓妳得標，不，其實是他要用妳的人頭詐領工程費，那可是一塊農地，近期內是不能當建地用的。而且這塊地，近期我知道他也想用在私人調錢的抵債上，簽了一堆騙人的借據，卻沒有做登記，他用這種手法想瞞住亞東建設。」

波心倒很坦然：「我知道，當時他說得很明白，我只是轉包，真正的工程是他在執行。」

「如果他拿了第一批款就跑路，抵押的兩甲地根本沒價值，到時候又冒出一堆債權人，妳平白無故的替他人作嫁，捲進一堆債務中，值得嗎？」

波心暗吃一驚：「他為什麼要這樣害我？」

火木冷冷的一笑；「他是個唯利是圖的小人，妳比我還清楚。」

「我不接這個案子，不是什麼煩惱都沒有了嗎？」波心下了決心說。

「靜明師妹，看在我們是同門師兄妹的分上，我也是被亞東建設的老闆和股東拜託我求妳幫忙，用這個案子誘他出面，只有逼著他本人，在法律的制裁下，才能把他存在海外銀行的大批資金領取回來，還給銀行和一些被他詐騙的債權人。」火木誠懇的向波心說。

波心氣憤地點點頭，毫不考慮地說：「倘若真如你說的那樣，我願意幫這個忙，不過我還想再深入瞭解，在我沒有真正瞭解確實情形前，我還是置身度外的好。」

「我會很快的把當事人和許多資料一併帶到妳面前。這些複雜的事請交給我，師出無名，請趕快收我當妳裕合公司的股東，我會找我的會計師、律師把入股程序做妥當，不讓妳吃虧，一切法律責任全由我承擔。看在師父的面上，我不會讓妳受半點委屈。」

波心嘆了一口氣，把行囊推到一邊，臉上露出笑容：「你打消了我的旅遊雅興，我現在必須趕緊聯繫處理的人員把你的資料填寫完整，為了慶祝我收了這麼好的股東，我請你吃飯。」

火木訕訕地笑著說：「我就不客氣了，師妹，我也不知道為什麼，本想能幫妳做點事，怎想到扯出這麼多事，反過來卻要妳幫忙，難怪師父常說人世間的事是有因果的。我總覺得鍾正雄這小子貪財貪得邪氣，我一定要把他抓來正法。」

波心收拾桌上的資料，眼皮也沒抬一下，用一些客套話應付火木：「一切看你的了，我對你充滿了信心。」

火木像受到莫大的鼓勵，有如孩子似地搓著雙手，笑得瞇了雙眼：「看我的，我不會讓妳失望。有一家新開的素菜餐館我吃過，我帶妳去吃。」很自動地走到玄關換鞋。

波心只好站起，拎起手提包，望著這個突然出現在她面前的男人背影，言談舉止讓她好生熟悉，捫心自問，自她懂事起就沒見過這樣的男人，火木見到她的第一天對她處處討好，卻讓她感到厭惡，本想放棄的「庭園」案，這位半途殺出的程咬金比她更積極的要拿這個案子完成其他的事，當然把案子轉給他，自己落得輕鬆，可是面對這樣一個人，無端端的一股惆惆悵悵、虛虛臭臭的悶氣總會襲上心懷。

似曾相識

她習慣地坐在窗前看夜景，近些日子，台北的冬天連著來了兩個寒流，街上的車流在燈光下交織出波浪形的光芒。她捧著一碗自己調製的藕粉羹，一勺一勺慢慢品嘗，突然覺得遠處閃光的街景像一大片湖水，那點點閃亮的晶光是浮動的荷花，「真美。」她不由得輕輕感嘆一聲。

陳火木自從以她裕合貿易公司總經理的身分進行「庭園」案之後，非常順利。鍾正雄並沒露面，也全權授予寰宇在台灣的總經理董順執行。倒是夏雅倩常和波心聯繫，她誇波心運氣好，能找到這麼一位有實力更有能力的幫手，寰宇的保證金今天已撥進裕合公司的帳戶，只等裕合把保證金交給亞東簽定合約，亞東公司第一筆建款就該撥下。

火木下午來過，向她稟報情形，很嚴肅地說：「寰宇要我催亞東建設撥第一筆建款，我會要亞東建設出函，請寰宇以工地建屋進度配合庭園設計，還要配合新通過的都市規畫更改的法規，庭園設計圖必須大幅修改，到時董順會找上妳，妳一切推給我，妳必須要堅持。師妹，這場商場戰爭剛開始。」

她望著茶几上已經冷掉的藕粉羹，矛盾地想著這件案子，如果沒有陳火木及時出現，她不知自己被鍾正雄用成什麼樣子，火木雖說用這案子釣出鍾正雄，而她自己豈不也空落落地被架在一旁。

「由他們去吧。」她望著窗外流動的車燈是閃爍的荷花，想到三年前，她和朋友到中國杭州看盛開的荷花，那是個什麼樣的情景。那份壯闊，師父的荷池沒辦法和它相比，應該是從那時起，她的魂被荷花勾了去。

突然想拋開這裡的一切，拋開生意上所有的朋友，包括上海的李見心。「去旅行，去杭州找張芸兒。」她開始用手機寫簡訊給張芸兒：好久不見，我好想到妳那休息幾天，方便嗎？張芸兒卻撥來國際電話：「波心姐，歡迎妳來，來看看我家荷田採藕的壯觀畫面，什麼時間？是搭飛機到杭州的蕭山機場嗎？把時間敲定了，我開車去接妳。」

「太好了，我要去之前一定告訴妳。想到妳家荷田採藕的畫面，我的心都飛過去了。」

「妳快來，我家的餐館又推出了好幾樣蓮藕餐還有蓮藕美食，前幾日我還想到，如果妳來，一定不吝指教，讓這些美食更添新味。」

「別聽我胡說。」口中雖謙虛，心中卻甜蜜：「我會盡快，明天我就去訂機票。」

「太好了，姐。我們有一年沒見面了吧，去年夏天我帶妳去看我家荷池盛開的荷花，我倆划著小船在池中穿梭，荷葉田田，荷花爭出水面在陽光下迎風招展，妳為了摘一朵白荷差點掉進池裡，把我嚇出一身冷汗。」隔著話筒傳來兩人的笑聲。

放下電話，想到三年前初次見到芸兒的模樣，她跟朋友到西湖搭游船，一個跟水一樣靈巧的女孩在搖櫓，隨著清風搖擺著她的髮梢，陽光下，銀色的小浪花隨著她的櫓板有節奏地翻滾，遊船在她的掌控下徐徐前進。她忘了觀賞這一湖的山光水色，望著這樣一個被山靈水秀孕育出來的女兒，那神情氣韻沒受一絲污染。

船到碼頭，她停下櫓，抬起衣袖擦擦額頭汗笑著說：「各位客人，碼頭到了，上岸要小心，如果想到店家歇歇腳，吃點、喝點，岸邊那家掛著藍布簾、畫著三朵荷花的葉田田飯莊就是我家開的，請各位來坐坐。我保證絕對乾淨，口味也道地，不加味素、糖精，很健康的。」引來一船遊客笑聲。

她主動去接近這個小女孩，問：「妳叫什麼名字？妳搖船搖得真好。」

「謝謝，我名叫張芸兒，今年十六歲，我跟我哥學搖櫓，從十歲就跟著學，這兩年我哥才放心讓我獨撐。您放心，天氣不好，我哥為了遊客安全，我們不開船。」

「妳從小就會划船？」

「是的，我們船家靠划船生活，我很習慣的。」

好輕柔的吳儂軟語，她很憐惜地問：「有上學嗎？」

「有的、有的，我現在在杭州念中學，我念高一了，現在是學校放假，我回家就要幫忙，不能偷懶的。」

一船只有十名遊客，卻都跟在芸兒身邊說說笑笑地走到岸邊不遠處的葉田田飯莊，大家陸續走進，果真明窗淨几。

桌桌靠著玻璃窗，湖光山色一覽無遺，每桌鋪著的青布桌巾上放著一個精巧的白瓷瓶，一朵荷花從細頸瓶中延伸出來，粉紅、奶白、紅中帶著淡黃，更有深粉透著晶光。每一朵都鮮嫩嫩地閃著水珠，客人坐下來還沒點菜就心曠神怡起來。

飯菜還算可口，特色是以「荷」為主，「荷葉排骨」、「荷葉清蒸魚」、「藕夾肉裹麵衣炸成的藕盒」，還有涼拌藕絲、荷葉粥，包括最後的「荷花茶」「荷花酥」等，都離不開「荷」字。林林總總也有十道菜，煎、炒、蒸、煮、燻、烤幾乎占全了，客人不得不讚美大廚的手藝。

那次以後，她和芸兒結成好友，去年夏天，她去找芸兒，葉田田飯店重新裝潢，雖刻意點綴得富麗高雅，在波心看來，卻像村姑穿上錦緞華服，失去了原本自湖光送進來的好風好水。芸兒已高中畢業，十八歲，人生最美的年華，出落得如荷花仙子，精明俐落地經營家中生意。她在芸兒那兒逗留了三天，芸兒開車載她去看遼闊的荷花池塘，當時荷花盛開，一片花海，她從日出看到日落，捨不得離開，她忘情地訴說荷花的習性，該怎麼調製才能不辜負荷蓮整身是寶的天然滋味。

芸兒也告訴她，這大片荷塘他們家只有一小塊，拿來自家栽種，做些小買賣，也夠飯館應用，那看不到邊際的荷塘，幾年前被一位外國歸來的華僑從不同地主手中購買過來，她家這一小塊本來他也要買下來，知道她家的情形，反而要他們替他經營。當然，他也有公司、有工廠，專製以藕為主的各種食品，經銷全世界。

芸兒還帶她到一家新開的旅館住宿。芸兒說：「這家旅館也是同一位老闆開的，他給我家算一個小股東，我們替他管理，老闆很少來這裡，倒是他公司的經理每週都來，他的財務室都是電腦作業，精細得不得了。」芸兒讚嘆得咂咂嘴：「好精明的一個人，不過他對人很好，尤其像我們這些為他做事的人，他對我們很優渥，紅利也給得大方，像我現在開的這部車就是他獎勵我買給我的。」
也許自己太寂寞，也許自己太心煩，怎麼一通電話就把心思兜到芸兒身上。她微微嘆口氣去冰箱倒杯冰茶，剛抿一口，自己也笑了：「是蓮蓬茶。」她舉起水晶杯舒服的又倚靠在沙發上：「總該發個簡訊給火木，偏勞他了。」

前面應該有一條小路

來到杭州，芸兒刻意在旅館的十二樓挑選了一間臨窗可以眺望荷塘的大房間。

「波心姐，現在是採藕時間，妳坐在窗前隔著玻璃可以看到上百艘小木船在池中滑動，他們是池主招雇的採藕工人，為了趕時間，工人分好幾批輪班採收。」

波心丟下行李，迫不及待地站在窗前觀望。一望無際的池塘，工人的動作盡收眼底，滿身泥濘彎腰拔藕，很小心地放在小木船上，船上整整齊齊疊放到一定的數目，工人開始跳上木船、撐起槳，慢慢划上岸，岸邊停著好幾輛大貨車，車旁有工人幫忙把到岸的木船拉靠岸，把採好的藕一根根放進大竹筐裡。車前有一張木桌椅，一名負責結算的管理員不停的在登記。這樣的管理員每三輛車前就有一位，車輛載滿了就順著馬路開走，空的貨車又陸續開來。

「真壯觀呀！」波心讚嘆。

「已經工作好些日子了，這些工人都很有經驗，他們採的每一根蓮藕都很完整。過去有些老闆對採得稍有斷缺的藕會扣工錢，這個老闆不會，他說斷缺的他拿來製成食品，不會扣工錢，這樣反而讓工人更不敢馬虎。」

「是呀！市場上賣蓮藕很重視賣相，妳說對吧？」

「波心姐，妳說得一點也沒錯，我們這老闆從荷塘採藕到工廠加工，全部一條龍作業，又快又好，真了不起！」

波心望著，似乎自己也在池塘中划動著木船，她能從枯萎的枝梗探出淤泥下蓮藕的大小和圓厚。她樂在其中，覺得來來往往的大貨車不如一輛輛牛車來得穩靠，還有一些挑擔拉車來買現貨的，為的是更能提早賣到錢。她茫然地想著，連芸兒跟她說些什麼都沒聽進去。

芸兒察覺她發愣，拉拉她衣袖：「波心姐，到樓下餐廳吃點東西吧，妳累嗎？」

她這才驚醒，便點點頭：「好呀，我好想到塘邊去看看。」

「行，姐不累，吃過東西，我開車帶妳去兜風，鄉下好多地方風景不錯的。」波心點點頭：「麻煩妳了，我真想到鄉下散散心。」

吃過午餐稍事休息，芸兒開車載她穿街過巷四處瀏覽。起初芸兒還沿路解說，波心很專心地聽著看著，慢慢的她會攙雜些自己的感觸。她聽過與書上讀過的鄉野雜文全部兜上心頭，有時她叫芸兒把車停下，兩人漫步在拱橋石街上，她牽著芸兒的手講這橋建築的典故及一個百年前流傳下來的故事：一個姑娘靠自己手藝製的藕粉，經常要划著船從這橋下經過，送到岸邊許多商家，她那雙巧手除了製藕粉，還能做出各種蓮藕食品，沒有一個人調製得勝過她，她每次搖櫓總是會哼唱小曲，唱久了，人們都學會了。

「姐，那歌怎麼哼的？妳能唱嗎？」芸兒問。

波心搖搖頭：「我記得什麼？好像有這麼幾句：『一根蓮蓬十幾個洞，綠皮蓮子坐當中。剝皮抽心成玉子，磨成細粉調成羹。羹上落著荷花瓣，十里花香入羹中。』」

「我也會哼幾句，是聽這裡孩童隨口謅的，我唱給妳聽：『七月荷花開，姐姐搖船過橋來，我替姐姐繫船繩，姐姐送我藕荷粉，我替姐姐搖船過碼頭，繫船繩。跟著走，姐姐牽著我的手，拿來糖蜜藕，外加荷葉裹蛋肉。姐姐忙幹活，我就賴著不肯走。』」芸兒停下來，搖搖頭：「好笑吧，討吃耍賴的兒歌，很流行的，孩童都會跟著哼幾句。我娘、我嬸子比我會唱，回去我叫她們唱給妳聽。」

波心搖搖頭：「不偏勞了，不過是形容一個善良姑娘隨口唱的兒歌，能流傳這麼久，可見這個姑娘多麼受人歡迎。」

「咱們這地方自古就以荷藕維生，這些民間小調成了大家隨口哼唱的曲子，一代傳一代，曲子的內容也編成了故事。姐，妳不覺得這故事挺有人情味的嗎？」

「當然，咱們再往前走。」波心望望橋拱下的流水，那個百年前搖著小船的姑娘似乎正划著槳慢慢的順水而下，那影子在她眼前朦朦朧朧，幾至消失。走回橋邊，兩人上車，芸兒調轉車頭欲往街上開，波心突然阻攔：「芸兒，我還想往鄉下轉一轉，行嗎？」

「當然可以，不過姐，前面都是農家，沒什麼好看的，連能吃喝的小店都沒有，有些路連車都沒法開。」

「車上不都帶著點心和飲料嗎？就是泥濘小道我想也別有風味，我真想去看看。」

「好吧。」芸兒把車開出街市，漫無目的地往鄉下行駛，一路上從林蔭夾道的村路到不得不停下車走的田埂小路，雖是初冬天氣，涼風在陽光下反而覺得舒爽。

除了農舍和收割後的農田，幾乎無啥可看，芸兒顯得有點意興闌珊，遂說：「姐，前面沒路了，再往前走就靠山了，是荒山，都是墳。」

波心突發靈感指指斜前方：「妳開車，繞過這條小路，再往前開，應該會有一片風景，我倆不妨前去試試。」

芸兒望望她，有點不理解，但也順從地走去開車。果然轉出小路，一條留著碎青石卻在石縫中長滿雜草的道路鋪展在她們面前，「這是一條什麼路？好像是一條古道。」芸兒邊開車邊說。

「好像是。」波心搖開車窗探頭外望：「怎麼就荒廢了？這樣的石磚鋪路應該是市集的規模。」

「姐，中國這種古道遺跡遍處皆是，尤其在杭州，可是古時吳越楚相爭之寶地，這樣的古道不稀奇呀。」芸兒平淡地說。波心沒理會，芸兒只好往前開，從寬路開到窄路，又從窄路轉進小路，芸兒突然停下車：「姐，前面又沒路了。」前面是一個大池塘，雖是初冬，池中草澤叢生一片翠綠。

兩人下車後信步在塘邊漫步，波心望著池塘突然胸口悶塞，一個踉蹌差點跌進池裡，幸好被芸兒一把抓住：「小心。」隨後看到波心臉色蒼白，呼吸困難，緊張地問：「怎麼了？」波心抓住芸兒，幾乎癱在地上，芸兒扶著她，看前面有塊空地，波心身體本就胖重，虧得芸兒年輕力壯，平日靠體力勞動的時間多，幾乎用背的方式把她拖到空地上。

顧不得地上潮濕的雜草，芸兒把波心放在地上讓她平躺，希望她會慢慢好起來，波心一隻手抓住芸兒的衣角不放，呼吸漸漸平穩，閉著眼像是睡了。芸兒望著她不知道該怎麼辦，真怕她會出狀況。在這樣的荒僻郊野，就是用手機叫人來幫忙，也不知該怎麼說道路。真的急了，抬頭四處望，在池塘一角冒出一個人頭，很快的，一個小女孩的身影朝她這邊走來。她心中一動，立刻站起來揮動雙手大聲喊：「姑娘、小姑娘，喂、喂。」她不停地喊，小姑娘果真慢慢走向她。她看清楚了，是個七、八歲的小女孩，拎著一個竹籃，很明顯的裡面放著一根洗得潔白圓潤的大蓮藕。「小姑娘，請妳趕快到這裡來。」芸兒急切地喊。小姑娘仍然慢悠悠地晃著步子，不急不慌地走著，芸兒索性迎向她問：「小姑娘，你家就在附近嗎？我的朋友昏倒了，妳能叫妳的家人來救她嗎？」小姑娘走近波心，很自然地坐在她面前，白胖胖的小臉跟波心有幾分像，一身粗布紅花衣褲沾滿污泥，伸出小手露出小胳膊，白嫩得似白藕。她摸摸波心的臉喊了聲：「姑姑。」然後把籃子裡的藕拿出來，用力一掰，藕節一分為二，藕孔很快的滴下藕汁，她把藕汁滴到波心臉上，藕汁流得太快，淌得波心滿臉甚至流到衣襟。芸兒不知她搞些什麼又不敢阻攔，小姑娘似乎玩得很開心，滴下藕汁還不夠，索性嚼一口生藕嘴對嘴送進波心嘴裡。芸兒怕小姑娘亂搞，正想阻止，波心大叫一聲，坐了起來。

「姑姑好了、姑姑好了。」小姑娘拍手笑著站起來。

可是芸兒卻笑不出來，波心滿臉塗著藕汁夾雜著碎藕渣，已到了一塌糊塗、面目全非的地步。小姑娘從竹籃裡取出棉布帕子，耐心地替波心慢慢擦拭，帕子髒了，又從籃子裡換一條，慢條斯理、不慌不忙、認真耐心的樣子，不像一個八歲的孩子，芸兒望著，打心裡歡喜。

「唔！好舒服，我剛才是怎麼了？」波心一臉茫然地問。

芸兒正不知該如何說，小姑娘卻說：「姑姑，妳太累了，妳昏倒了，到我家去坐坐吧。」

波心站起發現衣服幾乎沾滿濕泥雜草，拍拍衣裳說：「謝謝妳，是妳救了我。」

「去我家坐坐吧，我媽媽會煮粥給妳吃，妳一定餓昏了。」

芸兒笑了：「好吧。我們一定要去見妳媽媽，妳真是個好女孩。」

小姑娘有點害羞，提起籃子逕自向前走去。波心突然有了精神，比芸兒的腳步還快，緊緊跟在小姑娘身後。

穿過草坪，看到幾間磚瓦房，小姑娘跑進屋，沒一會兒，一個年輕的少婦牽著小姑娘走出來迎向她倆，芸兒立刻用杭州話向她打招呼：「不好意思，來麻煩你們了。」

「沒有的事，翠婷跑來同我說，我還當這孩子瞎鬧。」少婦說。

「沒有、沒有，這小姑娘的確救了我。」波心說。

小姑娘頑皮地仰頭看著她媽媽：「媽媽，姑姑餓了，我也餓了，我到後院找雞蛋，妳炒雞蛋給姑姑吃。」

「我還不知道要怎麼稱呼妳。」波心說。

「我家先生姓周，這幾日都在城裡的冠品公司打零工，採藕。」

「周太太，咱們是同事呀。我也在幫冠品公司做事，這位大姐是我台灣來的朋友，喜歡杭州又喜歡鄉下，我開車載她四處轉轉，沒想到她滑了一跤，虧得這個小姑娘，真是聰明能幹。」芸兒嘩啦啦說了一大堆話，波心感受到這個女孩套交情、拉關係手腕，的確有一套。

「妳客氣了，翠婷很調皮的，這位大姐從台灣來是稀客，我聽我先生說，冠品公司的老闆是台灣人，生意做得好大。」

芸兒點點頭：「是啊，世界滿處跑的。」

波心望望遠處停的轎車同芸兒說：「把車上的零食飲料都拿過來給翠婷吧，沒什麼好東西，下次再補償。」

「不可以，使不得。」周太太笑著拒絕。

「沒關係的。」芸兒一把拉過翠婷：「走！跟我一起去，看看有沒有你喜歡吃的！」

翠婷怕她母親阻攔，拉住芸兒的手就往後扯，波心笑著擺擺手：「快去吧，翠婷，我還等妳帶我去後院撿雞蛋呢。」

停在輪迴的某一站

波心隨周太太走進屋裡，磚牆泥地，木桌木椅倒也潔淨，波心望著隨風飄動的粗麻布窗簾，疏疏漏漏透著裂痕，雖已泛黃發白，卻不沾一點污跡，看來是個愛乾淨的女主人。

「大姐，叫我劉虹就好，喊我周太太我承擔不起。」她熱情地挪挪椅子：「大姐請坐，我去把茶熱一熱，妳受了風寒，我熱一壺薑茶給妳暖胃，出門在外受不得病。」

波心坐下，環顧四周，透過窗櫺往外望，窗外一片空地，不遠處一條河平平直直地流著，近處河岸上一棵大樹粗枝攀絞，根鬚雜亂，寬大的葉片隨風舞動，再也看不到另一棵綠色植物，她好奇地走到窗邊往外看，自忖：「應該有百年了吧！只有這地方好風好水才養出這麼好的大樹。」

劉虹端著一杯熱薑茶走進來放在桌上說：「大姐，先喝兩口吧，我在廚房燒了一鍋水，妳去洗洗身子、洗洗臉，我家翠婷把妳搞成這樣子，真不好意思。」

「千萬不要這樣說，我感激她還來不及呢。」說著就回椅子上喝熱薑茶。

劉虹進臥房，很快拿出一套粗布衣褲，靦腆地捧著衣服在她面前：「大姐，這套衣褲是我新做的，是棉布夾襖、夾褲，妳洗過身子、換過，髒衣服我替妳洗乾淨。」

「沒關係的，我擦擦就好。」波心感動地說。

「大姐，妳是不知道，這藕汁藕片最不能留在身上，一定要用清水洗乾淨，稍不留心，帶著一點餘味，難聞得讓人受不了。」波心下意識地低頭聞聞衣襟，果真有一股餿味，點點頭說：「我好喜歡這套衣服，這麼有特色的衣服，在都市商店買都買不到，妳當是為我做的，妳再另做一套，我付布料手工錢。」

「不行，妳不嫌棄咱鄉下人的土衣褲，咱高興。」

波心掏掏衣褲，拿出小錢包，拿出五百人民幣，塞到劉虹手裡：「拿著，不然我立刻出門。」

劉虹收下，一臉感激。

波心站起說：「喝了薑茶好舒服，好想去洗個熱水澡。」穿過屋外走廊，繞過臥室，走進廚房，令波心暗吃一驚，小戶人家怎會有這樣寬大的爐灶？

劉虹帶她走到一角：「我們只用小爐灶，那些老爐灶沒辦法除掉，只好這麼留著，我家裡當家的說要留著，那是發家的灶神位，有一天，灶神會幫我周家旺起來。」劉虹拉開一扇木門，原來是一間浴室，青石地板上一個大木盆，盆外放著長木板凳還有擱衣服的木櫃子，櫃子上有浴巾、肥皂，比一般有錢人家還講究。

波心看著有些好奇，讚嘆地說：「好講究的浴室。」

劉虹抿嘴一笑，也不多說什麼，很俐落的提著木桶到屋腳邊的爐灶前掀開大鐵鍋舀熱水，走進浴室倒進木盆。波心這才發現木盆裡早已放進冷水，劉虹很有經驗地連提兩桶熱水倒進後說：「大姐，水溫剛剛好，妳慢慢洗，髒衣服丟在地上，待會兒我拿去河邊洗。」

「這怎麼可以，我帶回旅館洗。」波心說著。

劉虹不理，把浴門帶上說：「我去前屋看翠婷她們回來了沒有。」波心泡進木盆，全身舒暢。醞釀的熱氣圍繞在她四周，她閉起眼，彷彿自己坐在木盆裡，在盛開的荷花池中隨意划動，她好快樂，輕輕地哼唱：「一根蓮蓬十幾個洞，綠皮蓮子坐當中……」賴在盆裡不想出來，只聽到門外芸兒和劉虹的對話聲。

「妳家廚房空著五個大爐灶，為什麼不拆了？好占地方的。」

「鄉下嘛，地方大，我嫁過來就是這樣子。我聽我婆婆說，這些爐灶是曾姑婆留下來的，她把周家興旺起來。曾姑婆沒嫁人，把家當留給她唯一的姪兒，算起輩分，我婆婆他們是第三代，我們把曾姑婆喊成老祖宗，她興家的爐灶旁有她的神牌位，我們都會祭拜，尤其是農曆六月二十四，本是習俗上的『觀蓮節』，我家曾姑婆卻在那天在池子裡淹死了。」

「哇！你們算是第四代了，這位老祖宗走了有一百多年了吧。」芸兒帶著驚嘆的口吻。

「一百五、六十年是有的嘍，從她老人家走後，周家的好運就像是被帶走了。先是來了些土匪上門搶劫，以為周家生意做得那麼大，一定有錢，有金銀珠寶，哪想到都是些荷藕、土牆磚地、桌椅板凳全是木頭石板，氣得把後院焙茶的窯放把火燒了。」

芸兒嘆了一聲，遂問：「你們可以重新建造呀，老姑奶的姪兒一定會這些手藝的。」

劉虹搖搖頭：「窯是修好了，但焙不出好茶葉，味道完全不對，生意一落千丈。」

芸兒怕引起劉虹傷心，把話題轉到她引以為傲的老姑奶身上：「妳能說說老姑奶的事嗎？我真想聽聽！她一定很了不起。」

果真引起劉虹的興頭，她臉上立刻閃現出驕傲：「我聽我當家的說，老姑奶本是靠著家門前一塊荷花池塘營生，夏天賣荷花，其他季節她靠著手藝，賣藕粉、賣荷花茶，妳看到這幾個大鍋灶嗎？我家老姑奶後來賺了錢，買下村前村後幾十畝池塘專門種荷，僱工人來幫忙，她用大蒸籠蒸出來的荷葉粉排骨、藕盒、蜜汁蓮子、糖醋藕片，更不用說荷花茶了，都是獨出一味，沒人比得上。妳看見我家前面那條小河了嗎？我家當家的說，百年前可是一條能行幾艘木船的寬面河，每天來來往往到這裡買貨的船家，白天、晚上沒停過。老姑奶把藕當寶，連根鬚都能配上草藥調製成補藥。她聰明、能幹，招募村裡人來幫忙，讓他們有事幹還有錢賺。大家都說老姑奶有一副菩薩心腸，她還三不五時的親自搖著木船、帶著吃食，到窮人家去分送，讓沒錢的窮人家也能吃到她用心做的點心，聽我當家的說，當時人們還編歌唱，等著老姑奶搖船靠岸呢。」像開了話匣子，劉虹滔滔不絕地說了起來。

波心坐在木盆裡，每一句都聽得清清楚楚，忘了盆水已冷，早已淚流滿面。

「妳家有幾十畝藕田，日子應該好過。」芸兒問。

「我不是跟妳說了嗎，老姑奶走了，藕田被人霸佔像失了魂，再加上天災人禍，改朝換代，荷田枯了，要嘛就像剛才那位大姐差點摔進去的草澤池塘，長不出荷藕，好荷田早不屬於我家的了，只好靠賣田過日子。」

「你們賣出很多池塘？」芸兒問。

「能賣的都賣了。可是我家當家的天生對藕有看法，自家留下的田生不出好藕，他靠著能從根葉辨得出這荷田當年會生出什麼樣的藕，就憑這點本事，找他管荷田的人沒斷過。」

波心聽到這裡，莫名的煩躁迫使她趕緊擦乾身子，換好衣服走出浴室。劉虹看到她眼睛一亮：「大姐穿得真合身，我剪裁時，想到天冷可以多加內衣，所以裁寬了，現在看來好像注定要縫給大姐穿。」

芸兒撇撇嘴，調侃地說：「這衣服穿在姐身上，雖是村婦模樣，卻掩不住城裡人的摩登氣質。」

劉虹殷勤地遞上一杯清茶：「兩位不見外，我弄幾個小菜，吃過後，我帶兩位四處走走，台灣來的大姐看看杭州的鄉下，會有新鮮感的。」

「好。」波心不加思索地點點頭：「真想看看你家荒廢了的荷田。」吃過飯已近黃昏，翠婷牽著芸兒的手跟在波心、劉虹身後，漫步在村間小道上。走近河堤，劉虹指著不遠處一棵大樹說：「你們認識這棵樹的學名嗎？村裡人說它應該是野梧桐，我婆婆在世的時候同我說，這棵樹怕有上百年了，當年老姑奶愛在河堤邊種樹，什麼柳樹呀、松樹呀、梧桐樹呀，好多種。有的樹還會開花，你想想，河面寬，來來往往吆吆喝喝的船，尤其到了夏天，滿村子都被盛開的荷花包圍住了，都說咱村比古時說的桃花源還美。那看不到邊的荷花池都是周家的。」

波心聽著深深嘆口氣：「聽妳這麼說好像都在眼前，怎知卻是百年前的事了。」

「是呀。」劉虹也很感嘆：「我婆婆還說，老姑奶死後沒多久，莫說荷花，連堤邊的樹也陸陸續續枯萎了，只有這棵野梧桐像是跟誰賭氣般地，活得粗粗壯壯。」

很自然的一行人走到樹旁，夕陽下，風自河面吹來，透過樹梢，灑了一地葉影，波心見樹下歪歪倒倒放著幾塊大石板，隨意坐上一塊較高的石上，張眼四望，一片田野風光很是舒服。

「多好的地方，真想在這裡住上一晚，我在台北呀，住在高樓上卻看不到星星，隔著玻璃窗，看到流動的星光，卻是遠處公路上疾駛的車燈，成串成串，閃閃爍爍，絡繹不絕，我常常坐在窗前看，這些星星怎麼都不會飛到天上？我窗前的天看得到月亮，卻見不到一顆飛上天空的星星。」

劉虹突然笑了：「大姐想看星星，這裡看得最清楚，晚上妳坐在河堤上，天上的星星像撒豆子一般全落進河裡，還會隨著水漂流，流啊流，妳抬頭望望，小星星玩累了，也不知道什麼時候又回到天上了。」

「在杭州也能看到星星。大姐，咱們該回去了吧。」芸兒說。

「杭州看到的和這裡不一樣。」翠婷大聲說：「早上，我家前面池塘邊有一條小溝窪窪，會長青色的小蓮花，池下面有大白藕，我常常去拔一根。」

「真的？」波心心中一動。

翠婷點點頭：「不信，我帶妳們去看，中午我就是從那裡採了藕，遇上妳們。」

劉虹插話：「那個溝窪窪也是個怪坑，它是從　大片池塘溢出來的一灣小水溝，經年在夏天開出一朵白荷花，花謝了，溝裡卻長出肥嫩的大藕，我們常去拔來吃，有時夏天還會冒出一朵淡青色的小荷花，一股清香幾天不散，可惜不常開，我家當家的曾經把根挖出來，試著用各種方式培養，沒辦法，這種天生的異花，咱是沒辦法培養的。」

「真有這種花？我真想看看。」芸兒興奮地說。

「看不到了，就是夏天也要碰運氣。」翠婷說。

「我要看，我一定看得到。」波心像變了一個人，口氣冷靜又堅定：「麻煩周太太讓我在妳家住幾天好嗎？我會比照住旅館的錢付給妳。」

芸兒急了：「姐，住一晚就行了，我還要帶妳去好多地方玩呢。」

「不急，我喜歡這裡。芸兒，我知道妳是個忙人，妳回去忙妳的事，我們隨時用手機聯絡，妳放心就是。」

「大姐不嫌我家簡陋，我是最歡迎不過。這位小姐請放心，我家男人雖是長工，也是和小姐同一個公司，大姐是貴客，我一切聽大姐的。我做的雖是農村菜，包定乾淨衛生。」

芸兒卻拉下臉，她看多了農民拉客掙錢的嘴臉，覺得這個劉虹巴結得有些過火，遂從皮包中掏出一張名片：「這是我的名片，交給妳先生，大姐在妳家所有吃住開銷拿我的名片到我公司領錢。」

「不要這樣，我有帶錢。」波心說。

「大姐，妳不要管，想在這裡就安心地玩玩，我會隨時跟妳聯絡。」芸兒說著，皮包裡的手機響個不停。波心當然感受到她工作脫不開身，遂說：「妳先回去吧，我還想在這裡四處走走。」

芸兒也無奈地說：「公司來了幾個大客戶，我必須跟他們見見面。」

「妳去吧。這種事，我太體會得到，不要擔心我，我是來這裡找清靜的。」波心推推芸兒，芸兒用眼光瞄了劉虹一眼，那眼光好犀利，像是在叮囑劉虹，波心在旁望著，心中暗服，芸兒小小年紀能有這般氣勢，必是可用之才。

芸兒走了，劉虹母女很熱心地帶她先去看溝窪窪唯一能生出一朵白荷花的溝渠，翠婷捲起褲管要下去拔藕，被波心阻攔了。她興致勃勃地說：「姑姑，明天一大早，太陽剛出來，妳跟我來，說不定白荷花會冒出來，開一會兒就躲進水裡。有一次白荷花旁還帶著一朵綠色的小荷花，我本以為是枝梗，採下來一看，是朵小綠荷花，好香好香。」

劉虹接著說：「我家當家的看到這朵花像著了魔，把這溝窪窪的荷藕連根拔起，沒日沒夜的用各種土，想方變法的要培養出一朵同樣的小綠荷花。」

「結果沒成。」波心淡淡的說。

「是呀，沒成。不過姑姑，我爸費了好幾年工大，還到城裡請什麼植物專家，結果白費力氣。」說完哈哈大笑起來。

波心被她童稚的笑聲感染，好奇地問：「為什麼妳那麼高興？妳爸爸如果能培育成綠荷花，會一舉成名。」

小翠婷搖搖頭：「他不聽我的，這朵白荷花是荷神，小綠荷花是它的孩子，它們想來就來，想走就走，我跟爸爸說，它們不喜歡你，不要白費力氣。」

波心心中一動：「他們常常來，是在等它們喜歡的人嗎？」

小翠婷點點頭：「我想是的，我想，我也是它們喜歡的人，不過，我不是它們要等的人。」

波心望著溝窪窪中的枯梗，水濁而混，與眼前那一片雜草叢生的藻澤池塘，無法想像若千年前，荷花盛開的繁華景象。

「姑姑，明天一早我帶妳來，現在太陽快下山了，我帶妳到我家後院雞窩找雞蛋，我拔小蔥讓我媽炒雞蛋，很好吃的。」翠婷邊說邊拉著波心的手往路上走。

劉虹跟在後面說：「大姐是有福氣的人，又是遠客，搞不好，花神明早開花迎接妳呢。」

走到河岸，波心仍然坐回石墩上，見散落的石塊上好幾處有穿孔的石洞，遂問：「這好像不是普通的石頭。」

「當然不是。」劉虹說：「我們村裡都知道，這些石柱子是繫船纜繩的。這沿岸都能靠船，船家自立石柱子，方便到周家，就是來咱家拿貨。」

「還不只這些，趕驢趕馬載貨的車也一輛接一輛停在咱家廚房外，我老姑奶忙裡忙外，可辛苦哪。」

「不。我聽爸爸說，老姑奶很會用人，她手下有一批能手分別幹不同的事，老姑奶手中捏著的是製各種食材的祕方。」說到劉虹的痛處，她嘆口氣：「再能幹的人都沒辦法認出，她在食材最後加進去的調味料是怎麼焙製的，要是她留下資料，哪怕是口傳一些祕訣，周家也不會在她走後一敗塗地。」

「老姑奶一定有她顧忌的地方，她那麼愛她姪兒，不可能不為姪兒著想。」波心說。

「我當家的也這麼說，也許老姑奶沒想到她死得那麼早，沒來得及留下祕訣，她也許顧及不到十二歲的姪兒會受騙。」劉虹說。

「東西一定在的。」波心喃喃自語，望著清澈的河水，似乎在夕陽下，看到波光粼粼，幻化成點點木船，閃閃爍爍，順水而下，不曾間斷。

「姑姑，休息夠了沒有？再不去雞窩撿蛋，雞就要回窩了。」翠婷催波心。「好，跟妳去。」波心笑著說。

「你們去，我到廚房張羅。」劉虹說。

「不要張羅，隨便煮鍋稀飯，鹹菜炒雞蛋就是我最想吃的。」波心被翠婷拉著手，這樣囑咐劉虹。

後院其實是靠近土山丘的一塊空地。地面很大，坑坑窪窪蔓延到遠處河岸，靠近廚房邊的土山丘又凸凸凹凹不搭調地聳立在屋外。地上、山丘上，遍布著野花、野草、野樹，一看就知道是個乏人管理的荒地。波心靠近廚房門站著，翠婷提著一只竹籃很熟練地鑽進山丘，一陣雞叫，十幾隻公雞、母雞從土叢中飛跳到空地上，翠婷在山邊一棵矮樹旁露出半張臉笑嘻嘻地喊：「姑姑快來，我們來撿雞蛋。」

波心走過去，發現這山丘茂密的野草深深淺淺很不好走，翠婷看出波心每邁一步都會小心試探深淺。「跳過來，」翠婷一把拉住她說：「跟我走這邊，妳看地上有石板，石板雖然不平，但小心走就不會踩進雜草堆裡。」

她牽著翠婷的手，踩著龜裂不平的石階問：「這是妳爸爸鋪的嗎？」

「不是。我爸說，他小時候就有，大概有幾十上百年了吧。」石階旁有個圓形土坑，圍著土坑用竹籬雜草蓋了許多小雞窩，翠婷帶她走下去說：「姑，妳看好多蛋，我們一天最少會撿四、五十顆蛋。」

「這麼多啊。」波心感嘆地說：「你們吃得完嗎？」

「我們賣新鮮雞蛋也賣鹹鴨蛋，姑姑，等下我帶妳去看我家養的雞鴨。每三個月，也有人來買我家養的雞鴨還有鵝。」

「牠們全在院子裡嗎？」

「都在，牠們會亂跑，到處亂生蛋。我在草堆裡、矮樹上，常常會撿到蛋。」翠婷說。

這倒引起波心的興趣，她索性跟著翠婷在院中四處找蛋。果真在乾草堆、枯樹葉或是樹根交叉的凹洞裡出現一顆或大或小的蛋，波心覺得很有意思，翠婷很體貼地遞上一只竹籃：「姑姑，我已經撿滿一籃子蛋了，我要去挖野菜，妳慢慢找，除了鴨蛋、鵝蛋，妳在樹叢裡還會找到鳥蛋，鳥蛋太小，我們等大鳥孵出小鳥，看著牠們在這院子裡飛，很好玩呢。」說完提著空籃跑到另一個角落用小鏟子挖掘。

波心像激起了童心般，不錯過任何覺得該有蛋的地方，小山丘凸凸凹凹，大樹小樹盤盤錯錯，她尋尋覓覓，甚至踩著粗樹幹探望樹枒上的鳥窩，果真有蛋。更令她驚喜的是，有的鳥巢裡有嗷嗷待哺的幼鳥張著嘴等她餵食，真是可愛。她認為這樣尋找的蛋特別不一樣，有大鵝蛋、圓長泛青光的鴨蛋，還有一枚土黃色的蛋，她像尋寶般隨意搜尋，一棵老樹根弓彎在她面前，她索性坐在上面，環顧四周：「這兒我好像來過，唔！好熟悉的地方，台灣沒有，去旅行不可能到這樣的地方，真是奇了，前面有一個水井，有石塊把它堵住了，那井水好甜。」想到這裡，就往前走，山路長滿雜草，為了不被滑到，她隨手一抓，「啪」的一聲脆響，她跌倒在地上，手中抓的是一節青皮甘蔗。「哇！好東西，這種青皮甘蔗是很不容易栽培的多汁甜甘蔗，怎麼會在這裡野生？這山丘應該是特別培養的土丘，這家人難道不知道？」她咬下薄皮，潔白的蔗肉立刻嚼出甜汁。

她再看看四周還有沒有這種甘蔗時，翠婷跑跑跳跳的來到她跟前：「姑姑，天快黑了，我們回家吧。」

波心見到她籃中新挖的野菜，站起來說：「我喜歡這裡，明天我再來。」

「好哇。姑姑，天黑了，這兒會飛來好些鳥，蛇也會爬出來，還有各種蟲子，我娘說被蛇咬了會死的，咱們還是趁太陽沒下山，回家吧。」波心只好跟她走向院子。

鄉下雖然有電，燈泡光度很低。吃過晚飯，劉虹、翠婷跟波心坐在餐廳閒聊。母女倆對台灣充滿好奇，波心被問得有些累了，卻不嫌煩的跟她們說些台灣的風俗習慣。鄉下的夜晚來得早，窗外風聲伴著蟲鳴，偶爾也會聽到夜鳥的鳴啼。波心會停下正在興頭上的話語，指指窗外：「聽，好不一樣的聲音，我想多聽聽。」母女也停下來，她們順從地招呼這位貴客。

不知何時，周家的男主人立在廚房門口。他吃驚的樣子令劉虹很不安：「你回來了，怎麼不招呼一聲？」

「爸爸，你不是說明天回來嗎？」翠婷迎上前去，撒嬌地牽起爸爸的手。

燈光很昏暗，波心站起，禮貌地向男主人點點頭。很自然地打量這個鄉下人，粗壯的身軀，樸實的外貌，卻掩蓋不住一雙透著精明的黑亮眼睛。他望著波心，恭恭敬敬的一鞠躬：「林老闆，沒想到您會到我家休息。張總經理叫我過去，叮囑我回家來招呼您，您請說，我能辦到的一定辦到。」

「你是說張芸兒？」波心問。

「正是，張總經理是我們這一批採藕工的負責人，很照顧我們。」他邊說邊走到餐桌前，坐在波心對面。

劉虹遞上一杯茶給她男人，誇張地提高嗓門：「難怪池溝溝那朵白荷花開開落落的不肯謝，原來在等大貴人。」

「我名叫周立鈞。」他接過茶一口氣喝完，抹抹嘴轉頭問他老婆：「剛進門，見到林老闆嚇了一跳，不會是妳把新做的衣服拿給客人穿吧！」

「正是。」波心說：「我在池邊滑倒了，你太太給我換了這套衣服。」說完得意的拍拍衣襟：「怎麼樣？我太喜歡這套衣服，你太太已經送給我了。」

「不是，是林老闆非要買，我就賣給他了。」

周立鈞又問：「這一下午，可帶林老闆到村子裡逛逛？」

「有，河堤，花池，姑姑可喜歡呢。」劉虹說。

「姑姑？」周立鈞好奇的問。

「是呀，我叫他們這樣喊我。」波心說。

「姑姑跟我在後院找蛋，還拔野菜，玩得好開心。」翠婷說。

周立鈞若有所思的點點頭：「我家後院荒廢好多年了，過去一直延伸到河堤，聽我母親說，土丘山上有藥草還有水井，說那是塊風水寶地，樹上鳥窩大大小小多少個不知道，一到黃昏，各種鳥成群地飛回林子，像是咱家養的。」

「好是好，可也嚇人，蛇、蠍子、毒蟲也攀爬在山丘，有時會爬到院子裡，村子裡好些人被咬了，那毒好難醫，有些甚至喪命。」劉虹說。

波心突然很有興趣：「我喜歡那個地方，我還想多看看。」

「林老闆要是有興趣，明天我陪妳，穿長筒膠鞋，戴上皮手套比較安全。」周立鈞說。

站在一旁的翠婷哈哈大笑起來：「爸，我天天在後院玩，也沒被毒蟲咬呀。」

「還是小心一點好。」周立鈞隨即有點感慨地說：「我們周家也風光過，林老闆妳是有見識的，我們後代不爭氣，老一輩卻把過去風光的事一代一代的口傳下來。唉，聽歸聽，想重振家園比登天還難。」

波心聽著為之動容：「如果你不介意，說來聽聽，或許我能幫上點忙。」

周立鈞嘆口氣，從口袋掏出一包菸，抽出一根點燃：「謝謝妳了。不容易，妳就當跟我閒聊，聽一個老故事，是我們周家近百年來像是被人下了咒，到如今，那咒好像還沒被解開。」

「沒那麼嚴重吧。」波心更是好奇：「我真想聽。」

「妳穿上這身衣服，乍看真像我母親說起老姑奶的樣子。」周立鈞說。

「你怎麼知道？」波心好奇地問。

周立鈞笑著抓抓臉：「老人家說多了，我心裡就有個人樣，那人樣活脫脫在我心中，比真有的畫像還鮮明。」

「有意思。」波心無奈地笑笑：「說說這位老祖宗的故事吧，她一定是位了不起的人。」

「她靠一池荷花發家的事，劉虹想必也跟妳聊過。我說的是她感情的那一關，害得她家破人亡。」

波心猛地打了一個寒噤，胸口悶得喘不過氣來。翠婷趕緊遞上一杯熱茶：「姑姑喝口茶。」波心慢慢喝，一隻手卻輕輕揉著胸口。

周立鈞看著很不高興地對劉虹說：「快替林老闆換過衣服，這衣服不適合穿在她身上。」

波心喝過茶，舒服多了，搖搖手：「不必。你想得太多了，如果這套衣服能喚回老祖宗的在天之靈，她一定要我做些事，你們不要多慮，我是修佛的人，菩薩會保佑你們，也會保佑我。」

「或許是吧。今早我在挖藕，一根粗藕讓我費了好大力氣才拔出來，我看那根怎麼冒出團黑泥？順手在泥水裡漂了漂，把泥抖掉，一朵綠色小荷花長在根邊，我心中一動，就想啊，聽我母親說，我家的老祖宗因為無意間在池塘發現綠荷花發了大財，卻因此喪了命。這是個不祥物，我趕緊把它丟進水裡，心裡怪怪的，上了岸，張總經理就把我叫去，多給了我工錢，還叫她師傅開她的車把我送回家。見了妳林老闆，我不知道會是好事還是壞事。」周立鈞毫不掩飾說出心裡的話。

「應該是好事，我很想聽老祖宗的故事，揀重要的說來聽聽。」波心抿抿嘴，心裡想：「這年輕人說話還真直。」

「都重要，我把聽來最難過的事先說。」周立鈞菸癮很大，或許是心情激動的關係，又接上一根菸猛力吸吐，像鼓足勇氣說：「我家老輩都這麼說，老姑奶不是個標致姑娘，她命苦哇，爹娘走得早，唯一的哥哥嫂嫂也走得早，留下一個五歲的男孩，姑姪相依為命，靠著屋前一個小荷花池，老姑奶夏日賣荷花，秋冬賣藕粉和她用心調製的吃食，日子倒也過得平穩。老姑奶有兩個心願，一是好好培植姪兒，當然是供他讀書，她每日划著小木船送姪兒到集市上一位老秀才那兒上學，老秀才上有老母、下有妻兒，生活並不富裕。老姑奶經常送些食品，尤其是老秀才的母親，喝了藕粉居然把多年的氣喘病醫好了。老姑奶除了送食品，姪兒的學費一毛不差的全數奉上。久了，老秀才全家對我老姑奶更是另眼相看，還留老姑奶的姪兒住他家，免得我老姑奶勞累接送。一日，老秀才來到我老姑奶家，四周看了看說：『好地呀，青山綠水，錦帶纏腰，妳要有錢，先把住家後院靠山靠河的地全買下，免得被別人東佔一塊，西割一處，壞了此地的好風好水。』

「我老姑奶笑著說，這地荒僻，土丘窪溝，沒法耕種，地主還抱怨每年得交地價稅，送人都沒人要。老秀才說：『妳買下，自有用處，妳心好，買下來，我再告訴妳該怎麼用它。』

「我老姑奶買下那一片荒地，被村人當笑話談，一百多年前，是清末時代，林老闆，妳一定知道那個時代中國的老百姓很多都愛吸鴉片，吸得沒國沒家，村人見這個老姑娘……」周立鈞停了一下：「對不起，我聽我母親說，我老姑奶已經快三十歲還沒嫁人，背後就稱她老姑娘。」

波心點點頭：「我理解，請繼續講，我愛聽。」

「老姑奶買了地，好多有荷花池的地主卻要把花池賣給她，那些擁有花池的人不好好經營，長不出好花、好藕，有的為了吸鴉片，巴不得早點換錢。我老姑奶哪買得起，就去問老秀才，老秀才笑著說：『妳運氣來了，把後院找人整理好，建大灶，按我替妳繪的圖，把一切弄好，告訴那些想賣地賣田的人，妳一時沒錢，分期支付還會加利息。然後招募村人替妳工作，妳的生意已有口碑，就是供不應求，妳照我的方法，一定會大發利市。』」

「老秀才是你老姑奶的貴人。」波心說。

周立鈞點點頭說：「我聽我家老人說，這老秀才是位奇人，他給老姑奶一些製食品祕方，還給了她一些藥材種子種在山丘窪溝，我老奶用的這些祕方沒人拿得去，她全記在腦子裡。」周立鈞又點上一根菸，他沒吸，望著窗外，黯淡的燈光下，波心看到他一張憤怒的臉，他任由手中的菸慢慢燃燒。波心感受到他雖是回憶家族古老的往事，那份受辱情懷在心中激盪，絞扭得無法平息。

「周先生，你也累了，休息吧，改日再談。」波心不忍安慰他說。

「不，我要說，今晚不說，明天我就沒心思說了，或許永遠我都說不出口了。」

波心點頭，其實她很想聽。劉虹見狀，很體貼地說：「我帶孩子去睡了。大姑姑，回頭我來做消夜，妳睡的房間鋪蓋全是漿洗過的，妳要不要去看看，還缺什麼我去拿來。」

「不會缺，我不用去看，謝謝，我也沒吃消夜的習慣，妳帶孩子去睡吧。」波心說。

無法平息的怨恨

劉虹體會出丈夫的心情，體貼地說：「姑姑是客人，你也累了一天了，別隨性說個沒完，早點休息。」

「沒關係，妳先去睡吧。」波心說。

劉虹只得進臥房睡了。燈光很暗，她望著壁上掛著的螢螢燈光，心中卻閃著周立鈞手上耀動的菸蒂。她靜臥床上，心卻關心門外的動靜良久。

周立鈞站起，把燃了一半的菸蒂狠狠地拋向窗外，口裡罵道：「我咒你永世不得翻身，儂個癟三，害人精。」發洩完了，他甩甩頭，坐下來：「是這樣的。」他抹抹嘴：「我家老姑奶不到五年就發成此地的首富，有錢得很，可是她粗布粗食，對老秀才全家如同再生父母般侍奉。兩家人走得很近，秀才娘替我老姑奶作媒，老秀才總是反對，說她沒有夫緣，有了姪兒傳香火，周家自會發達。秀才娘不信這一套，總是給老姑奶東一家西一家的作媒，相不成反落了笑話，很傷我老姑奶的自尊。老姑奶不打算找婆家了，偏偏來了這麼一個人。」

「兩人都看中意了？」波心問。

「哼！」周立鈞從鼻孔裡輕視地發出一聲：「來了一個妖精，

把我老姑奶的魂迷住了。」波心的胸口像被人重重的打了一拳，悶悶地喘不過氣來。周立鈞眼朝遠方，好像看到整個事件的發生：「妳到後院山丘上走，不遠處那裡可看到一口井？」不等波心反應，他繼續說：「妳看不到，那井早封了，不過，要把它啟開應該還會冒出水。」

「你老姑奶在井邊遇到哪個有緣人嗎？」波心問。

「不是遇到，是救了這個男人。」

「怎麼說？」波心問。

「我家老祖都這麼說，我老姑奶去井邊提水，一個男人全身是傷昏倒在井邊，老姑奶叫工人把他抬回家，找了郎中替他療傷，好些日子後，這男人病好了，在我老姑奶細心調養下，這男人任誰看到都會驚訝，天下怎會有這樣美的男子。說他是古時形容的美男子潘安也不為過。他很感激老姑奶的救命之恩，願意替她幹活，報答她的恩情，我老姑奶不答應。他說了實話，要我老姑奶替他保密，我老姑奶答應了，當然事後我們都知道了這個祕密。」

周立鈞端起桌上的粗瓷小茶壺對著壺嘴「咕嘟、咕嘟」，一口氣灌了個夠，繼續說：「這個人二十多歲，名叫唐挑。人很勤快，又能記帳，算盤也打得快；人緣好，大家都喜歡他。他的優點都是我老姑奶沒辦法辦到的。他張羅碼頭、調度渡船、查貨、驗收發帳單；我老姑奶只負責食品，仔細帶工人種荷摘藕，培育山丘溝窪窪老秀才給的各色草藥，那可是製美食的祕方。

「有了唐挑，生意更見興旺，老姑奶對他簡直言聽計從。村裡有了謠言，說我老姑奶養小白臉，說真的，我老姑奶也想嫁給他，他總是推託，老姑奶帶他去見老秀才，老秀才見我老姑奶的魂都被這小子勾了去，就以母親想回山東老家為由，舉家遷離。老秀才搬家那天，我老姑奶去送行，老秀才拍拍我老姑奶的手說：『自古紅顏多薄命，太美則不祥。男人有此相貌，必心性不一，我這一回老家，不能常照顧妳，妳記著一樣，我告訴妳所有製吃食的祕方、栽種培土的手法，等妳姪兒十八歲，看清楚人間險惡，知道保護自己，妳再口傳給他。』

「事後，唐挑的身世祕密被傳開來，他家貧，有一弟，母為一崑劇小旦，他長相極似其母，母當年與劇中武生相戀私奔，二人在鄉下開一小店，生下他和弟弟，日子倒也平常安樂，自幼也上私塾，怎知五年前家遭橫禍，冬天，快過年了，屋外下著大雪，突然家中闖進幾個土匪，他爸被打成重傷，他們不搶東西，卻放了一把火燒了他家，他們倉皇地跑進廟裡，沒多久，父傷重病故，他四處奔波，為人打工，勉強租屋苟活，母又病了，她母親嘆息地對他說：『孩子，這世上只要有錢有勢，才能活得有尊嚴。』他不解，這不是母親平日教他要恭順儉讓的規則，問原因，母親才說：『十幾年都過去了，總以為平安無事，哪知道這人發了財，還不放過我，他把我家弄成這樣子，我不相信他會有好下場。』不用說，唐挑全明白了，美麗的媽媽和英俊的爸爸為愛私奔，種下了今日的悲慘局面。

「『那個男的叫李天福，你爸在天之靈一定會保佑你討回這筆血債。』母親雖病重，這句話卻常掛在口中，像刀鎚無時無刻不擊在他心裡。

「然而，年輕的唐挑仍然逃不過李天福的圈套，為了醫母親的病及生活，他接受重金冒名頂替一死刑犯上堂認罪。本以為如同向他遊說付錢的朋友說的，一切都打點好了，當天他化好妝，像那名犯人，他像在戲台上低頭認罪，很快的，他從大堂招認後進了牢房就被釋放。怎知，進了牢房，就是進了死牢，等待秋決。他好不甘心卻投訴無門，一心掛念著老母幼弟，想想，要是自己這麼冤枉死了，換回母親的健康，這筆錢也夠安定母親幼弟的生活，便算盡了為子為兄的心意。又想到自己如此這般被騙，受人愚弄，很是不甘，在獄中瘋言瘋語，尋死尋活，卻招來牢卒啐罵毒打。老牢頭同情他的遭遇，想想自己孤獨一身，無妻無子，就認他為養子，想盡各種方法讓他服下毒藥裝死，送往荒墳，再灌藥救活他。衣袋裡有幾兩銀子和一張紙條，紙條上有老牢頭家的地址，上寫著：『別來我家，免遭不測。』他歸心似箭，受盡艱苦，一心惦念著母親、弟弟，怎知回到家，什麼也沒了，好心的鄰居帶他到郊外兩個土墳，是他的母親和弟弟，還帶他到廟裡請師父講他母親、弟弟被殺的經過。他在廟中祭拜，不吃不喝，一天、兩天、三天，昏倒在佛堂大殿，一位打掃的小沙彌看他可憐就對他說：『你這麼樣死了，不就稱了害你家仇人的心？』

「『可我不知道仇人是誰？』

「小沙彌摸摸光頭：『那晚上，你媽和你弟被人抬進廟裡，我被師父喚來點燈，阿彌陀佛，兩個血人嚇死我了。我師父慈悲，拿著藥要救人，我掌著燈只聽到你媽微弱的念：李天福、李天福，我當她喚你的名字呢。』

「小沙彌像是給了他當頭一棒，靈光一閃——李天福——前因後果他全明白了。『先要有錢才會有權。』這是他母親當年告訴他的話。到哪裡去找錢？如今他孑然一身，無一技之長，想出外到他省連路費都沒有。四處流浪，聽人說離此地不遠有個荷花村，如今被一個叫周潔葉的胖姑娘整理得風風火火，莫說杭州，連京城的皇親國戚都派人特地來買她精製的各種食品。

「他風餐露宿，幾近行乞，也不敢四處打聽，一日走到河邊，見帆船點點，木船如梭，船上載著貨，川流不息，好不壯觀，他靠近岸邊見一艘空船往前駛，湊上前打招呼：「這位老哥，可是去周家販貨？」

「『是嘍，趕她家剛出爐的荷葉包，趁熱送到杭州茶樓，你要去周家嗎？』

「『是的，我去打零工。』

「『那是去後院，快上來，順路的。』」周立鈞嘆了口氣：「我老姑奶該有此一劫，這孽障事後說，他來到後院聞到香味，飢餓難耐，偷了一個荷葉包，躲進山丘，吃下天底下最香的美味，林老闆，荷葉包現在包的是排骨糯米加雞肉什麼的，不夠看，我老姑奶還加上特別用院中野菜調配的養生醬，用山丘井中的獨特泉水蒸出來的味道，人只要吃下一口，連神仙都不想做。」

「你會做嗎？」波心問。

「不是跟妳說，老秀才要我老姑奶等姪兒十八歲再口傳給他嗎？我老姑奶淹死時，她姪兒沒滿十二歲，成絕活了呀。」周立鈞嘆口氣。

波心見他沮喪，遂說：「後來呢？」

「有什麼後來，這小子吃得口渴到井邊想喝水，沒喝到昏倒了，後面的事，我前面同妳說過了。」

波心從皮包掏出兩百元：「周先生，我明天很想再去後院看看，還有溝窪窪的白荷花，麻煩你，這是我的一點小意思。」

周立鈞看到錢，笑笑：「不要客氣，應該的。」

「你拿去，我很喜歡聽你老姑奶的故事。」

「要聽，我是講不完的。」

「收下罷。我來到這兒，感受特別不一樣，這就是佛家講的緣分吧。」波心望著眼前的周立鈞有些感慨，心中轉了一圈：「他該有他老姑奶的能耐，如果他老姑奶天上有靈，看到這一片好山好水落得荒廢，子孫住在百年的老屋，修修補補，僅供遮風擋雨，情願去打零工也不肯離開故居，更難能可貴的是，留住幾個土灶，是激發後人不忘本，還是用這些證明他們周家有一段輝煌的歷史？」

回到臥房，她輾轉難眠，周家的後代當然恨這個名叫唐挑的男子，恨了他上百年了，周家因他而衰敗，這因這果，全繫在這名周潔葉外號胖丫頭的「情」字上。

她嘆口氣，想到自己，想到蓮心師父講到她的母親，還有一些為情所困的人，看看脫掛在床角的粗布衣褲，周立鈞驚異的表情，這位老姑奶在後輩心中情分有多重。她感嘆，人世間，不論是親情、愛情還是友情，再圓滿也有缺憾，當真「情最傷人」。她閉上眼，不自覺地淚流滿面。

睡睡醒醒，周立鈞講的老姑奶活靈活現的在她心中徘徊。什麼時候睡著，自己不清楚，卻被不斷的雞啼聲吵醒。撩開窗簾，推開窗櫺，一陣涼風吹入，她感到寒意，畢竟是初冬季候。

她披上外套，臨窗佇立，一輪下弦月高掛天空，星光閃爍。她想到一百多年前，一個善良又能幹的女人，她身邊突然出現了這樣一位體貼又英俊的男子。他們朝夕相處，或許在這樣的夜晚，他們在院中漫步，月色、星光、風聲，這天籟之氣圍繞在她身上，她愛上了這個男子，心中卻固執地堅守老秀才的忠告，「等姪兒十八歲，再把祕方口述給他。別人是信不過的。」而身邊這個男子，除了本分地做他該做的事，絕不問她關於調配、栽種等她單獨工作的私事。他不問，她不說，這本是讓她欣賞他的地方。然而當她或是她的朋友問及他倆的婚事時，他總是笑而不答，這是讓周潔葉最傷心的地方。「他嫌我胖，嫌我醜，嫌我歲數大。」她用這話問唐挑。唐挑搖頭，問急了，他不顧有人的地方都會拉著潔葉的手：「給我點時間，總不能讓人說我靠老婆養。」她信，她早把心交給了他。

雞啼聲把波心的幻覺拉回，自己都覺得好笑，百年前的老靈魂如果重遊故地，女生那份情思會感應到她身上嗎？她拉緊外套，無端端地想到陳火木，那張俊俏白裡透紅的臉；雖俊，卻讓她嫌惡。倒回床上，聆聽雞啼，萬籟寂靜中，逐散她紊亂的思緒。

果真睡了一覺，已經是早上九點。劉虹見到她推開房門，忙拿起她昨日幫她洗好的衣褲，燙得平平整整的遞到她面前：「大姐，梳洗好，妳換這套衣服，我縫的那衣褲在家穿穿是合適的。」

「哪裡話。」波心接過衣服感動地說：「我喜歡這套衣褲，穿來真舒服。」想到翠婷，真想帶她到街上逛逛，遂說：「這樣吧，我打電話叫芸兒讓她師傅開車過來，我們出去逛逛。」

劉虹連連搖頭：「小孩子，偏勞不得大姐。我擔心大姐昨夜可睡得好？」

波心笑著點頭：「很舒服，把我幾天的疲勞全消除了。不好意思，這麼晚才起床。」

兩人正說著，周立鈞自屋外進來：「我聽翠婷說，您想看咱家前面溝渠裡獨生的那朵白荷花，今早我去看了，那是朵怪荷，沒露出半朵枒。」

「不急，總會讓我看到。」波心說。

「那麼去老街。那有周家過去的老房子，是老姑奶置的。」劉虹說。
「噢，太好了，我們去看看。」波心很有興趣。
「看什麼？早不是周家的了，老房子過了百十年，換了好幾個主，現在破爛的只留幾間木屋，空蕩蕩的盡住著一些流民。」周立鈞說。
「現在的主人是誰？」波心問。
「是金家的後代，是滿人，幾年前，他把祖上留給他的房地契收攏齊，被轉讓的荷池全收購回來，聽說金家做房地產生意，所以收購當資產。」周立鈞說。
「那好，你帶我四處走走，跟我講老故事，咱們當閒聊。」波心說。
「好吧。」周立鈞平靜地點點頭：「早餐我們都用過了，您慢用，我去打電話給經理。」
波心也不見外，轉身到浴室梳洗換裝，待出來，劉虹早已端來早餐擺在餐桌。一碟鹹鴨蛋、一碟筍炒豆乾、一碟五香花生配上稀飯小饅頭，波心突然覺得好餓，不客氣的大吃起來。剛吃飽，公司的師傅開來一輛能坐九人巴士的小客車停到門前，對著周立鈞笑著嚷嚷：「老周，你走運了，看看董事長讓我帶給你的東西。」他邊說邊提著兩簍水果往車下搬。
周立鈞看傻了：「給我？不會吧！」
「怎麼不會？林老闆是冠品公司大老闆陳火木的合夥人，今天你家住了貴客，董事長帶來台灣土產水果，你呆在這幹嘛，還不趕快把車上的東西搬進屋裡。」
站在一旁的波心也傻住了，她忙打手機給芸兒，芸兒「嘻嘻」的笑，「姐，妳真會瞞人，董事長打電話問我出貨的情形，我提到妳，董事長特別趕來。」

火木立刻接過手機：「師妹，還好嗎？我這邊一切進行得不錯。現在我走不開，明天下午我跟張芸兒一起去接妳，有朋友要見妳，大家吃個便飯。」

她不便說什麼，只好答應。

周家平白收到董事長送來的禮有些喜出望外，現在全家坐進豪華的旅遊車，翠婷拉著波心的手說：「我們坐車繞到河堤，說不定白荷花冒出頭來看妳呢。」

「小孩子不要亂說話，我早上看過，沒見到白荷花。」周立鈞阻止翠婷。

開車的師傅卻有興趣把車轉個彎：「從河堤開過去一樣能到老街。」

說著，車已駛向堤邊，翠婷從椅子上站起驚呼：「姑，妳看，白荷花開了。」

波心立刻轉頭向外，車離溝渠已遠，她看到了，一朵搖曳在風中的白荷，陽光下，它閃閃爍爍消失在光影裡，她緊握住翠婷的手，莫名的惆悵襲上心懷。

車已經在老街上行駛，周立鈞語帶巴結地說：「林老闆，我家算是敗落了，可我老姑奶當年在街上蓋的這家客棧，比起現在的五星級酒店，不知超過多少倍。」

「我相信，」波心說後又加重語氣：「那是當然。」

「老周，我也聽杭州老人說過，你們周家百年前蓋的那家飯館，美食是出了名的，連當年的慈禧太后都指明要吃你家焙的荷花茶，你家的藕粉要進貢的。」開車的師傅也湊上來說。

「那是、那是。」周立鈞接口。

「怎麼就沒傳給你們了呢？可惜。」師傅又問。

「有啥可惜，她也沒想到年紀輕輕的就死了，沒來得及傳給後代。」周立鈞說。

師傅像是跟周立鈞套交情：「你家風水好呀，聽說當年你家荷池長出綠荷花，珍貴無比，要用黃金買的。」

周立鈞悶悶的「哼」了一聲，師傅見對方不答理，也就不再吭聲。車已駛進古街，波心看車窗外，這街是她來時經過的地方，芸兒說這條老街百年前曾是此地最繁華的街市，水路四通八達，如今河川改道，歷經戰亂，居民早已外遷，只剩下殘破的石道、荒廢的田園，以及斷牆傾壁無人居住的老屋。「真是滄海桑田呀。」芸兒當時感嘆的說。

「到了。」周立鈞大聲說。

車子停在路邊草地上，波心迫不及待地跳下車站在路邊，直愣愣地看著遠方。

劉虹站在她身後說：「大姐，我陪妳四處走走，我還沒來過呢。」

波心無言，逕自往前走。

周立鈞趕過來說：「多年前我來過，這塊地非常不平整，百十年了，舊地基上常蓋起新房子，拆了，又搭羊棚，又改成豬圈，我來看時，是一家要租此地種果樹，後來不租了，說此地石基太深，深淺淺的不好處理，他們找到我，說挖到一塊石頭匾額送給我做人情，想聽聽我能不能談談百年前我老姑奶建這塊地的情形。」

波心站住：「你家留著這塊匾？」

「留著了，放在茅坑當墊腳板。」周立鈞平淡地說。

「這樣不好吧，總是先人留下的紀念品。」波心感到惋惜。

「那是仇人搶了我家的店，把飯館的招牌『挑溪園』改成『御膳房』的匾額，妳說，我能留住嗎？」

「那倒是。」波心點點頭：「御膳房怎麼後來又易主了呢？」

周立鈞搖搖頭：「我也不清楚，只聽我爸說，家中發生這樣的冤事，命都難保，十二歲的孩子呀，被朋友藏到外省躲了九年，回到家鄉，要不是破房爛瓦，連現在住的房子都被霸佔了，我爸在床底下找到木箱子裡的田契都成了廢紙，留下沒人要的，大片荷塘變成爛泥曲溝，我爸為生活，也零零散散地賣了。這座當年風光豪華的客棧，那人來人往的繁華盛景，還是從村裡長輩閒談聽來的。我聽得難過，不走這條道路。前年，有個朋友說他有個建商想買這塊地，想多瞭解這地的過去，我說我真的不清楚，他非拉著我，我跟人來看時，好像是屬於姓顧的農民所有，現在好像又換了地主，聽我那朋友說，是個姓金的滿人後代，很有錢，他說這個客棧和荷池被他祖先敗了，他要收回來。」

「你昨晚說是大太監李蓮英害得你們家破人亡，這中間怎麼又跑出個滿人？」波心問。

「不知道，我聽我媽生前說，我老姑奶為了這塊地費了好大心血，結果卻為他人作嫁，受盡委屈冤死，她不甘心呀，冤魂不會散的，她一定在天上修佛，保佑後代，時候到了，這塊地一定會還給我們。」周立鈞也含含糊糊地說。

波心點頭，滿欣賞他的想法，彎彎曲曲的在雜草間漫步，石墩殘壁、傾梁廢窗，雜亂的四處堆集，看得出曾經挖掘的河渠，淤集在凹下泥土中漫生著雜樹野藤，諷刺的是，橫跨在乾溝渠上一彎石橋，在冬日陽光下閃閃發光。

「百年前，這兒一定是個很美的建築。」波心走走停停，四處觀賞。

「當然，我聽我母親說，我老姑奶對唐挑可是愛得迷了心竅。她對唐挑言聽計從，我想，唐挑應該替我老姑奶真的賺了很多錢，在這麼熱鬧的街上蓋了這間大客棧。村裡的人說，是杭州的小宮廷，可比頤和園。」

波心環顧四周，感嘆地說：「怎麼殘敗成這樣。」

「聽說戰亂時，軍隊在裡面住過，敵機也丟下炸彈毀過，變成這樣很正常。」周立鈞說得像個局外人。

波心揚頭，見不遠處還有一些順著老牆根圍著鐵皮稻草搭的陋屋，遂說：「還有住家。」

「都是一些遊民或是外地來打零工的，沒人管。」周立鈞說。

兩人說說走走，來到一條水溝旁，一條幾乎船尾陷進泥裡的大石舫，斜斜地靠在溝邊。波心在溝邊打量，這是一艘鰲魚頭形的玉石船房，一百多年的風霜雨雪，船尾雖已陷入泥中，塵埃蒙蔽了它光潔的身軀，枯枝雜草蔓延在它最精緻的繪紋裡，卻掩蓋不住它原有的風華氣質。

「多美的一艘石舫。」

波心說著欲靠近石舫，周立鈞立刻阻攔：「到前面樹下石墩坐會兒，等等劉虹和翠婷，這兩人跑到哪兒去了。」說著急步往前走，波心只得跟著，兩人坐在石墩，周立鈞才訕訕地說：「這石舫的船鰲頭聽說有靈，我一直想來看看這個百年老石舫，可家人不准，說這兒鬧鬼，怕鬼會上我身。」周立鈞環顧四周語帶感慨：「這兒雖敗落了，想當年，我老姑奶能經營這樣的大飯店，肯定車水馬龍，商賈雲集。聽村裡的老人說，這石舫不該用鰲頭，鰲是龍，平民百姓再富有，也不能用帝王的龍頭。唉，是不是遭天忌呀，就在這飯店最風光的時候，我老姑奶無意間採到了一株綠荷花。那花並不大，精巧得像雞蛋般大小，那翠綠深淺有致，不論在陽光下或是燈照，閃著透明的光，散發出淡淡幽香，聞得令人心醉。」

波心突然聳聳鼻子：「那是帶薄荷的涼味，透心的蘋果味中散出玉蘭香。」

周立鈞望著波心：「妳怎麼形容得跟我老姑奶說得很相似，這話從妳嘴裡說出，有點邪氣。」

「別想那麼多，我想聽故事。」波心說。

「那綠荷花一出現，立刻驚動了所有賓客。老姑奶把它當寶貝般供在貴賓室，為了一睹這朵奇花，許多富商豪客重金訂下最貴的宴席到貴賓室才能一睹花容。這花的名氣可大呀！村裡人都知道，妳剛才在車上不是聽師傅也提起過。」

波心點頭問：「這花期長嗎？」

「不長，跟一般的荷花開的時間一樣，清晨五、六點鐘就開了，稍後又慢慢閉合，到早上十點左右，閉合得跟沒開的一樣，然而，淡淡幽香自屋內傳到室外，客人一進大廳，就被這股淡香吸引，怪的是，這花散的香氣遠近一致，妳把它湊到鼻尖，反而不及遠處聞到那股特別幽香。」

「這是荷花的特性，它含苞一日，待第二日黎明，它會盛開一日，然後就開始一瓣瓣凋落。」波心說。

「這花卻能開合四日，香氣不滅，謝時不脫瓣，枯萎卻散臭氣，像告知世人，莫再沾我，讓我歸入塵土。」周立鈞說。

波心聽罷點頭：「即是這樣，為何會為你老姑奶帶來災禍？」

「這種奇花自然遠傳千里，一個夏季，老姑奶在她的大荷池僅找到四朵，別人說是兩朵，不對，我祖父在世時親口說是四朵，所以好些人認為是我老姑奶栽種的，要是開了兩朵，新鮮一陣也就沒事了，偏偏一朵謝了，在荷塘邊上又冒出一朵，第二朵謝了，在荷塘正中又冒出一朵，直到我老姑奶採到第四朵，傳到宮中老佛爺慈禧耳裡才要把花送進宮，李蓮英怕老佛爺責怪，謊說是才發現的，是老天特意博老佛爺開心，長出這朵奇花。貪心的慈禧怎麼能要一朵，她要的是一整池子，她鬢上插的是每天送上來的綠荷花。她要李蓮英替她辦這事，李蓮英把這事交給了唐挑，要唐挑想方設法從老姑奶那兒得到偏方，老姑奶說沒偏方，李蓮英甚至派人遠到山東找老秀才，企圖把老秀才挾持過來，幫他逼出綠荷花培養的偏方，當然還要繼續找到新開的綠荷。很不巧，老秀才回到故里，雖有一大家子人可以團聚，他卻病故一年了，老姑奶怎麼解釋，沒人相信，唐挑想探探底，跟她去池塘，沒頭沒腦地划著小木船在荷池裡轉，尋尋覓覓幾日就是找不到半朵花影。」

「這花只認周潔葉，」波心說：「於是謠言四起。」

周立鈞不屑地微微揚起下巴：「妳說得沒錯，這花只認我老姑奶。可是這些人的嘴比狗屎還臭，什麼『這種招財花比金子還貴，她能把祕方露出來嗎？這女人防人心很重，那個替她賣命的唐挑都弄不到祕方，怕這花有邪氣。』周立鈞說到這裡，站起來深吐一口氣，自顧自地邊走邊說：「這些閒話對老姑奶都起不了作用，然而一件事徹底傷了老姑奶奶的心。」

波心聽著，隨他繞著河溝邊走邊聊，不覺又走到石舫的另一邊，波心不顧周立鈞的反對，沿著溝岸仔細觀察，周立鈞只好跟著，波心感嘆：「這樣人的一座石舫，這條河要是人工開鑿，一定要有很大的寬深度才能容得下這石舫的氣派。如今這河被淤塞成這樣，河床的泥沙一定稀鬆，要整建恢復原狀不是不可能，但要大費工程。」

周立鈞似乎也陷入百年前石舫清溪的景畫中，愣著說不出話。

翠婷跑來，大聲說：「姑姑，我想跟媽媽坐車去街上玩，好不好？」

波心轉頭，發現這三人遠遠落在一堆破木頭前，她向他們招招手：「去吧！我們會在這裡等你們。」

翠婷滿意的往回跑，波心一腳跨進石舫，周立鈞也跟進，兩人很自然地觀望四周。艙房用石柱堆砌，想當年，這石舫雕欄玉砌，在清風明月中綠波盪漾，醇酒美人，吟詩作樂，「挑溪園」，何止美食第一，更是一些附庸風雅、自命清高的人寄情所在。

此時的周立鈞比波心的興致還高，他舫頭舫尾四處遛達，艙中舫邊或從縫中冒出，或從舫外攀爬綠葉橫枝長出許多野花，紅黃紫白相雜期間，倒也有趣。他踢著地，突然翹出一塊石板，他用雙腳磨蹭擦石板，蹲下來細看：「好像是一塊棋板。」

波心也蹲下來看：「果真是，應該是近代的棋盤，有人會在這裡下棋？」

「人不會來，鬼卻捨不得走，這棋盤是石板刻的，最招陰不過，尤其是冤魂，會用下棋的方式跟他的冤親債主賭輸贏。」周立鈞說。

波心聽了本想笑，卻突然打了一個冷顫：「大白天的哪來的鬼？」

「我家老人都說，人有三魂七魄，我家老姑奶最怨的一縷魂留在這裡，她不走，她要報仇。」

或許此地四周太曠，冷風從四面八方雜樹亂叢中灌進石舫，特別覺得不舒服。波心跨出石舫，周立鈞也跟著從石舫中跳出來，波心見橋上有陽光就奔了過去，周立鈞搶先一步，見一塊石階平整，很快地舉起衣袖擦拭：「坐這裡，這裡看得遠。」

果真居高臨下，陽光從身後照來倍感溫暖。兩人並肩坐定，周立鈞喘口氣說：「那石舫是有看不見的東西，我相信是我老姑奶，林老闆，昨晚上我一進門看到妳穿的那身衣服，跟我家長輩傳說的樣子很像，當時我愣了一下，心裡很不平靜，莫名其妙的就有好多話想同妳講。只是心頭亂，想到哪就說到哪，昨晚上跟您瞎聊，不好意思。」

波心搖搖頭：「我聽得懂。我喜歡，你隨意說。」

周立鈞像受到鼓勵，指指前方：「石舫上也發生過事。」

波心順著他手指向石舫望。

「我昨晚跟妳提起唐挑有一位救命恩人，他拜他當乾爹？」周立鈞說。

「可是在牢裡救他的牢頭？」波心問。

「正是。」周立鈞點點頭：「唐挑跟我老姑奶發達了，就把老牢頭接出來享福，這老牢頭名叫范大，在牢房看盡世態炎涼，拒絕跟唐挑住好房子，自己住在郊外靠山邊的瓦房，閒來無事，他會到挑溪園客房住上幾日，享受一下醇酒美食，他更喜歡到石舫跟人對弈，他棋品很好，棋藝極精，能從棋中看出對方的心機品德。一日，他跟唐挑下棋，下到一半，范大推開棋，一臉嚴肅地問：『有什麼心事，棋下得這麼亂？』

「『我愛上了一個女子，我一定要娶她為妻。』唐挑說得很堅定。『喔。』范大瞇著眼打量他：『什麼樣的女子讓你這麼著迷？你不會另有原因吧！』

「『在乾爹面前我不敢有半點謊言，這女孩是李大福的女兒，我這一身的血債要從他唯一的女兒身上下手。』范大搓弄著兩顆棋子，嘆口氣說：『我跟李天福下過棋，這人狡詐得很，心府極深，不是個好對付的人。』唐挑苦笑：『乾爹，我完全知道，如果不趁這時機，以後怕沒機會了。』

「『什麼時機？』范大嚴肅地問。『你可知道李天福跟慈禧太后身邊的大太監李蓮英有親戚關係？為了要讓李家攀上皇家血統，他要把他的女兒李玲芫嫁人皇族，他們看上恭親王庶生的兒子，這名小王爺本已和一名滿族姑娘訂下婚約，李蓮英出面，硬是把他們的婚約取消了，這對我可是個好時機。』

「『你鬥不過這兩隻老狐狸，不要招來殺身之禍。』范大勸他。唐挑不聽，很堅持地說：『這血海深仇，我如不報，對不起冤死的家人。』

「『要報仇，方式很多，你這樣做對得起胖姑娘嗎？』范大提醒。『我跟胖姑娘又沒有婚約，她阻止不了我想做的任何事。我現在把這個李姑娘哄得團團轉，我知道她喜歡上我了。』唐挑說。范大冷冷地望著這個滿臉殺機的男人，不知道該如何勸說，而他很堅定的說：『這是時機呀，乾爹。這當口，慈禧老佛爺喜歡綠荷花，我要拿到栽種綠荷花祕方交給李姑娘，她博得太后歡心，豈不也對我歡喜。』

「范大望著棋盤，拿著棋子卻無法落子。唐挑自作主張地說：『胖姑娘什麼都會順從我，就這麼辦了。』」

波心聽到這裡頭皮開始發麻，悶悶地嘆口氣。

周立鈞望望波心也嘆了口氣：「我聽我家老人說，范大一推棋盤扭頭就走，他是個重義氣的人，他離開了唐挑。」周立鈞說。

「以後呢？」波心問。

「以後當然是我老姑奶最傷心的時候，她沒想到自己一心要委託終身的人，卻用這種方式對她，她要為自己爭口氣，女人這時候的妒忌心會什麼也不顧。她故意說自己有祕方，死活也不交出。唐挑鬼迷心竅，帶著李蓮英和官兵押著我老姑奶要祕方，我老姑奶逼不得已流著淚同唐挑說：『我跟你說實話，這四朵綠荷花確實是野生的，我說的祕方，其實就是用不同的方式，在我採到綠荷花的池塘試著栽培，到現在一朵也沒看到，我這輩子從來不騙人，我不能拿長不出綠荷花的假方子糊弄人，唐挑，別人不信我，難道你也不信我？』李蓮英命唐挑跟我老姑奶一起划木舟到她培養綠荷的地方，我姑奶是什麼樣的心情，林老闆，妳也是女人，妳一定體會得出，我老姑奶是多麼的情何以堪。兩人在池塘從日出到日落，塘岸上是扛著槍、拿著刀的兵，還不時的吆喝。唐挑，我老姑奶最愛的男人，此刻跟她同船，不耐煩地催她，快把綠荷花找到，他要娶的女人玲芫替慈禧老佛爺梳頭，不能沒有這朵花。我想老姑奶心已經碎了，黃昏夕陽下，在深池密葉藕梗上，一朵綠荷亭亭佇立，老姑奶彎身去摘，唐挑去搶，他搶到了綠荷，老姑奶一閃，身子掉進池裡，他沒救她，我老姑奶就這麼淹死了。」

波心「啊」了一聲，一陣昏眩，倒在周立鈞肩上。

舊時王府堂前燕

之一　魂兮夢牽

波心醒來，環顧四周，很直覺地知道自己躺在醫院裡一間特等病房中的病床上。陽光從百葉窗透入，應該是下午了。房中沒有任何醫療設備，白牆壁、白床單、白桌、鋪著白布套的座椅，她全身懶洋洋的，像是走了好長的路，又像熬了幾個通宵，耗神耗力趕一份報表，雖然醒了，仍感到四肢無力，疲乏得很。

愣愣地望著天花板，好像自己做了好多夢，那夢零零碎碎、斷斷續續，可夢中的那個女人就是自己。「是剛才到那個石舫引得自己胡思亂想嗎？」她喃喃自語，夢中的畫面此刻在心中重複浮現，她玩味，幾乎把自己沉入夢中。

一個胖女人，穿著一身花布衣褲，她扶著石舫，望著石舫前溪水中划小舟的一對男女，男人身上穿的藍綢衣褂是她親手為他縫的，他頸子上那條灰絲圍脖，是她今天早上親自為他繫上的，怎麼現在圍在他身邊女人的頸子上？這男人變心了，瞧，他為她划船，還餵她吃東西，他的命可是我救的，他有今天是我給的，沒良心。

一團烏雲，遮住她的臉，突然，她發現自己趴在床上哭，那男人坐在床沿邊沮喪地垂著頭，她反而不忍，從枕頭套裡拿出一張紙說：「這就是培種綠荷花的偏方，你有良心，就拿去。」他接過來，立刻展出笑容，連聲謝謝都沒說，轉身就走。她坐在床上，望著他的背影，抹去臉上的淚，冷笑：「沒良心的傢伙，你把我當傻子耍，我倒要看看你獻殷勤的下場。」

有人搖她身子，她睜開眼，是護士小姐，長相很甜美也很年輕，笑嘻嘻的對她說：「阿姨，妳好些了嗎？妳睡了好半天了。」

她仍然睡意朦朧，望著眼前的女孩像是夢中的女孩，心中就不快起來，皺著眉頭說：「妳是誰？」

「我是這裡的當班護士，妳喊我小鳳就好。」

「我怎麼會躺在這裡？」

小護士搖搖頭：「不知道，院長親自把妳送進這裡，要我好好守著妳，盯著手臂上給妳掛的點滴藥瓶，醫生每半個小時就過來探望診斷，點滴藥瓶換過兩瓶，妳一直在睡，醫生說妳脈象沉穩，說妳太累了，要多休息，等妳睡醒了，再替妳徹底檢查。」小護士像背書一般，嘩啦嘩啦地說出她知道的情形，然後又討好地說：「妳醒了，我去向醫生報告。」

「先不要。」波心望望床前的茶几，空蕩蕩的連個水瓶都沒有就說：「我想喝水。」

「喝水？不行，醫生說看緊妳，體檢前，什麼東西都不能吃，包括喝水。」

波心摸摸身上，還好，衣服很完整，又活動活動手腳，手臂上果真有膠帶壓在棉紗布上，她慢慢坐直身子，喘口氣，準備下床。心裡嘀咕：「什麼鬼地方，誰曉得趁我昏睡給我打了什麼針？還不准我喝水，我要小心。」

「阿姨。妳要做什麼？我來扶妳。」小護士說。

「不必。」看看自己的手提包擱在枕頭旁，隨手拿起打開，檢查重要文件、錢、手機，都沒缺，掏出手機準備撥給芸兒。

小護士突然笑了：「阿姨，妳的朋友都在貴賓室等妳睡醒，我去喊他們來就是了，妳不必打電話。」

她已滑下床：「妳帶我去，我真想見見他們。」

「好的。」小護士拿起床邊的電話筒，撥了號碼就說：「阿姨醒了，很正常。」

她看看小護士，強忍住心中不悅，頹喪地坐回床上心裡想：「等看到我的朋友再說，八成我在石橋上是暈倒了。」

沒一會兒，果真門外一陣腳步聲，小護士拉開門很負責的大聲說：「阿姨要喝水，我不敢給她送水喝，我要等醫生說可以，我馬上就去拿礦泉水。」

沒人理會她，為首的是陳火木，他幾乎用跑的來到波心床前，毫不顧忌地摸摸波心的額頭：「還好，燒退了。」說完重重喘口氣：「把妳送到這時，妳發燒到三十九度半，掛營養點滴瓶內加退燒藥，連著兩瓶才把高燒壓下，我還要院長繼續給妳吊營養瓶，院長說不必了，妳需要好好休息。」

院長站在火木身後，是位頭髮花白、身材微胖的斯文先生，笑著說：「林小姐這幾天一定很耗神，太累了，我摸了脈象，肺氣虛寒，加上氣候轉變的不適應，妳或許見物思情，引得燥邪之氣侵犯人體，耗傷了肺部太多的陰精之氣。」

「姐姐沒事了吧？」芸兒湊上來握住波心的手說。

「我沒事。」波心看到站在窗邊神情緊張的周立鈞和劉虹，知道這對夫妻不知受了多少埋怨，連站在一旁的翠婷都滿臉恐慌地望著她不敢湊前，她招招手：「過來，小翠婷，讓姑姑抱抱。」

小翠婷急步向前猛地撲進波心懷裡，「哇！」地一聲哭了出來。她緊緊抱住翠婷，拍著她的背：「不哭、不哭，姑姑沒用，暈倒了，嚇到你們了，姑姑該死。」

「不。」翠婷仰起頭：「是我爸不對，他沒事帶妳去那個鬼地方幹嘛，還坐在橋邊吹風，害妳暈倒。」

「是我硬要妳爸帶我去的。」說著她仰頭看火木：「那是個好地方，你也應該去看看。」

火木點頭：「師妹這麼說，我一定會去看。」

波心立刻向周邊人解釋：「我們同屬一個師門，他比我小八歲，可是比我早入佛門，被師父收為弟子，我進佛門晚，又不精進，勉強收留我，要我拜這個小師弟為師兄，我是絕喊不出口，哪像他，喊我師妹，佔盡便宜。」

「那沒辦法，這是師門規矩。」火木得意地說，引來大家的笑聲。

「師兄，我口渴，能討一杯水喝嗎？」波心問。

「當然可以喝水，咦！這個小鳳怎麼還沒拿水來？」院長四下找小鳳。

「師妹，我們去會客廳，大家都有位子坐。」火木說。

「也好。」波心同意，劉虹走來扶波心下床，波心悄悄附在她耳邊說：「今晚還是住妳家，我要到妳家的澡盆裡好好泡個澡。」

火木本是冠品公司的總負責人，現在火木口口聲聲喊波心為「頂頭上司」，弄得大家對波心更加禮遇起來，波心為了在台灣被鍾正雄利用的「庭園」案件，讓陳火木以她公司總經理的職稱出面代她處理一切事務，波心成了他的上司，只是她萬萬沒想到，陳火木在中國有這麼大的事業，甚至橫跨海外。心中雖感有愧，也無從解釋，就隨他在中國這麼稱呼吧。

來到會客室，波心從火木的介紹才知道，這家規模不大的私人醫院也有他的股份。院長王炳文是位很有名望的中醫，然而，此家醫院卻是中西合併，設備齊全，完全走貴族路線，由於名聲好，病人掛號都要預約。

波心在會客室喝過飲料覺得自己完全沒事了，院長親自點了藥膳請大家吃晚飯。波心有好多事要和火木商量，火木也有同感，晚飯後，波心說晚上照樣要回周家過夜，可是今晚有許多事要和火木私談，大家很有默契地分配，芸兒和她的師傅開車先送周家人回家，火木親自開車和波心談事。火木的師傅在院長家待命，隨時等董事長要他開另一部車接應的指示。

一切安排就緒，火木突然對周立鈞說：「你家如有多餘的房間，幫我也準備一間，我也想到鄉下住幾天。可今天我和師妹到朋友家談事，恐怕會談得很晚，你們鄉下人習慣早睡，今晚肯定會被朋友留下，超過十點就不回你家，師傅會來接我們回飯店，回飯店睡覺會不受打擾，師妹妳說是不？」

波心想也對，火木的出現必定有許多事要密談，當下也認為這樣很好。

火木開車載著波心離開醫院，駛向街道，波心不認路，由他穿街過巷。波心斷斷續續說她到周家的經過，火木靜靜地聽，波心見他不言語，側過頭看，他一心專注在開車上，冷著一張臉，波心瞄到他頸子上的紅胎印，望望車窗外，天色已晚，夕陽餘暉有一抹照在他臉上，她直覺好俊的一張臉，卻冰冷得像出鞘的刀，寒氣逼人。她倚在座上養神，火木遞來一盒糖：「波心，含一顆涼糖，妳會舒服一點。」是薄荷糖，她剝開糖紙，含進嘴裡。

火木又說：「如果周立鈞說的都是真話，我想幫他重整家業。」

「我也這麼想。」波心說。

「搞不好你就是那個他們口中的老姑奶。」火木開玩笑的說。

「搞不好，你就是那個殺了胖丫頭的唐挑。」波心說。

「唉呦呦，罪過罪過。師妹，咱帶妳去一個百年的王爺府，我那個朋友是王府的後代，搞不好他會講他老祖宗的故事，比周家更精彩。」火木岔開話題。

「陳火木，我對周家講的綠荷花很有感覺，你有嗎？」波心問。

「只要是能賺錢的東西，我都有興趣。綠荷花……」他停頓了一下：「如果現在我看到這樣的花，我會遠離，那該是個花妖。」說完他哈哈一笑：「師妹拜託，妳身邊有礦泉水，遞給我一瓶，我好渴。」

波心體貼的扭開瓶蓋把一瓶水遞給他，他接過，猛往嘴裡灌，很不自然地把水倒在手帕上再護到頸子的紅胎記上。

「怎麼？不舒服？」波心問。

他扭轉著頸子：「還好，也許太累了。」

車子已開到西湖邊，火木搖開車窗讓冷風吹入，才感覺舒服不少。轉了幾個彎，來到一座面臨湖水的小園林，是座落在蘇堤第一橋外小南湖邊的 所古色古香豪宅，進了園林，只見花木扶疏，亭台樓閣，環境幽美，平坦的紅地磚，在路兩旁閃著銀光的路燈照耀下，院中影影綽綽更見風情。

房主人早已站在大門口迎接，火木停好車，扶著波心，笑容滿面的跟主人來個大擁抱。「不好意思讓你等了。」火木抱歉的說。

「沒事、沒事，電話中知道林女士病了，我們都很擔心，準備明天去醫院看妳。」

「沒那麼嚴重，一時受了風寒，暈倒了，被他們緊張兮兮地送進醫院，倒讓我好好的睡了一下午。」波心不好意思地說。

「那好、那好，這兒風大，咱們進屋裡說。」

進了大門，裡面是一個小跨院，石桌、石椅排在兩旁花壇邊，高大的梧桐樹不時傳來鳥啼聲。六盞不到五呎高的石雕蓮花燈，從大到小疊成六朵，每朵花瓣都透出光亮，每邊三盞，把跨院照得透亮，波心走在兩人身後，踩著青色大理石地板，觀望四周，不由感嘆：「不愧是百年前的王爺府，處處透出富貴中的雅致，不知後庭院會是什麼樣的氣派。」走上台階，一塊紅雞血石平鋪在門檻上，波心低頭看，小心地跨過，不相信這麼貴重的寶石會當門檻，回過頭又自然的多望了一眼。

「來來來，我來向各位介紹兩位貴客。陳火木你們見過，不用介紹了，大家都是好朋友。這位林女士才是主客，她是陳董的頂頭上司。」

屋子裡三男一女立刻鼓掌歡迎。每人拿出名片湊到波心面前，為首的向波心一鞠躬：「林女士，失禮，剛才在大門口就該向您報告我的小名，礙於規矩，我是這兒主人的晚輩，不敢在主人之前先報名。」

波心接過名片，「段瑞祥」三個字呈現眼前。頭還沒抬，另一個聲音已響在耳邊：「我叫胡晏林，是這兒主人金克文他夫人富晰的表弟，段瑞祥趕快請客人入座，叫傭人把茶點奉上。」

「是。」段瑞祥應了一聲轉身退出客廳。

一個身材苗條、氣質優雅的女士走到波心面前：「大姐您看要坐圓桌旁還是沙發上？」

波心笑著說：「隨便，都可以。」很自然地打量這位女主人，鵝蛋臉，精緻的五官如同古畫中的美女，一雙晶亮的眸子透著精明，雖是淺笑，兩頰的深酒窩襯托在她如玉的臉上更添柔美。她隨意的把長髮在腦後綰了一個如意髻，橫橫地插著一支翠玉簪。很自然地散發出貴氣，她步履輕盈，波心不覺放慢腳步打量她的穿著，深灰色直筒絲絨長管褲，淡鵝黃套頭羊毛衫，隨意在肩上披著一條黑絲絨長圍巾，巾上繡著一條金龍，龍身上閃著五彩鱗片，隨著絲巾不經意的抖動，不安分的在肩上跳躍。

「大姐剛出院，又坐了半天車，一定累了。大姐，我們先到沙發那坐下休息，喝杯茶，讓男士們先聊他們的事，等有了結果，我們再做決定。」她停下，轉頭詢問波心意見，波心本就覺得來此與她無關，笑著點點頭，她親熱地挽起波心的手，轉到另一面落地窗前：「小心，有台階。」富晰抬起腳先邁上，波心隨後，發現她腳上穿的黑絲絨兩寸高跟鞋緄著金邊，走在藍色厚地毯上，像兩朵黎明前迎著晨曦的變色金蓮。波心搖搖頭，心裡倒有些埋怨自己：「胡思亂想些什麼，怕是頭暈的毛病還沒好。」很自然的，她不自覺地又抬頭打量處身在此的客廳。

客廳很大，近百坪，屋頂的水晶大吊燈就有三個，閃閃發光，晃蕩蕩的把整個大廳照得通亮。廳中分中西擺設，中式在傳統中顯示著富貴氣派，西式卻處處凸顯歐亞的浪漫。嚴格說有點不搭調，在這裡卻給人隨遇而安的舒適感。

兩人坐進寬大的西式法國沙發上，剛落座，女傭就端上瓷盤，恭謹地把茶杯放在長茶几上，再執起瓷茶壺，慢慢把茶注入杯中。轉身才離去，另一位女傭端著瓷盤緩緩而入，放下四盤精緻點心，立在一旁等待叫喚。「好大的排場。」波心暗嘆。

富晰用小銀叉插了一朵白荷花放進一個小玉碟上遞給波心：「大姐，嘗嘗這朵藕荷，外面是吃不到的。」波心接過，一股香甜衝入鼻底，她咬了一口，荷花苞裡紅豆沙拌著蜜流了出來。富晰同她一樣也在咬荷包，並且很得意的問波心：「怎麼樣？還順口嗎？」

波心抿抿嘴，從舌尖到喉嚨都不覺得它夠味，好像少了些什麼。想想自己並不是挑嘴的人，吃荷包也是生平第一次，是不習慣這種口味嗎？嗯。應該在揉麵粉加荷花茶粉及一些鹽，紅豆沙拌糖加些豬油攪拌，蒸出來會香甜可口不油膩。她很直覺的把自己的感覺說出來，富晰聽罷，認為有理，立刻命令站在一旁的女傭照波心的意思到廚房另做。

「我隨意講的，不要當真，其實這荷包已經很好吃了。」波心沒想到富晰行動那麼快。

「不是，我聽妳這麼一說就知道味道更美，反正這些材料廚房都有現成的，廚子很快就會把姐姐想吃的味道做出來。」富晰笑著說。

四個男士在中式客廳圍著一個八仙桌熱烈地談著攤在桌上的一張地圖。只聽到金克文指著地圖說：「火木兄，看看這邊，從這而下，全是荷塘，雖淤泥荒蕪，卻是好地，圖上將近三十畝，如能重新開發，再整頓百年前以進貢宮廷美食的『御膳房』做號召，這杭州你就可獨霸一方了。」

「御膳房？現在樓房還在？」火木問。

波心端著茶，卻豎起耳朵聽他們的談話。

「樓房早就沒了，零零散散還留著一些破房子被遊民暫住，先祖經營『御膳房』時，那裡好風好水，一片錦繡，被譽稱江南御花園，在我祖父手裡，朝代換了，他又不善經營，曾經把它轉讓給別人，幾年前我把它又收購過來，連同這些田產，我在房產局早已辦完手續，只要你有興趣，我全部割愛。」

「這麼好的房產，金先生怎麼不留著自己發展？」火木問。

「我需要現金，我跟朋友合夥開了一家礦務公司，在上海，我內人搞房地產也經營酒樓，我倆都不想在這塊地上費工夫，能賣掉把錢活動起來也是生意。」

「這百年豪宅格局是夠氣派，從地圖上看，處處都有景點，院中有院，樓中有樓，曲迴廊墁無一不透出風情，算算房屋該有百來間，不愧是王爺府。」火木細細地望著地圖說。

「這只是圖面上，裡面的大小間還不曾繪上，到時你去看就知道了。」胡晏林在旁插嘴說。

「明天吧，白天看房子比較看得清楚，我還要同我的頂頭上司討論，我是做不了主的。」火木說完轉頭看波心，波心剛好也在看他，知道又用她做藉口，不知他葫蘆裡賣的是什麼藥。

端上兩盤荷包，是剛才波心說的口味，分在男士桌上和波心桌上，大家拿起品嘗，果真叫好，火木第一個發出讚嘆聲，波心僅咬了一口，含在嘴裡，卻不知怎麼地流下淚來。

「是大姐想要的口味嗎？」富晰體貼地問。

波心點點頭，用手輕輕按住頰上的淚，抿著嘴，一股莫名的酸楚壓得她喘不過氣來。她急步向屋外走，富晰緊跟，走到門檻一個踉蹌絆倒在雞心石上，富晰來不及扶，波心身子又胖，趴在石階上幾乎坐不起來，這下驚動了四位男士，火木立刻衝上扶起波心，關心地問：「怎麼樣？受傷了沒？」

波心站起，有點不好意思，拍拍身上的衣服：「我沒事，或許身體沒完全好，胸口悶，想出來透透氣，沒想到驚動了大家。」

富晰扶住波心抱怨地說：「我早就說要把這塊雞血石拿掉，留著老出事，討厭。」又關心地輕輕拍拍波心的背：「大姐，院子風大，還是回屋裡，看要不要到我臥房躺下休息，或我陪妳去客房？」

「我沒事，坐在沙發上休息就好。」波心說。

波心這一跤，跌散了大家的興致，火木很客氣的同金克文說：「金兄，我必須把林女士送回旅館，讓她好好休息，希望明天她身體好轉，精神養足了，好好參觀這名宅府第。」

「當然，今天讓林女士受驚了，抱歉、抱歉，其實這兒房間多，不必回去，免得明天來回奔波。」金克文說。

「我知道這兒房間多，比我那旅館不知要舒適多少倍，你放心，搞不好沒多久就有一間房是我專屬的，今天不行，我怕我的頂頭上司睡不穩，明天沒精神看房子，我再滿意，她不批准，一切白談。」

大家都會心一笑。波心看著，這火木在商場上的確是把好手。當晚，火木開車在回旅館的路上，神情顯得特別嚴肅，他皺著眉頭說：「師妹，我決定要買下這幢府第。」

「你喜歡就買嘛。」波心毫無感覺：「你過去沒進去過？」

火木搖搖頭：「這宅子聽金克文同我談了多次，就是沒時間來，要是妳沒在這裡，我還提不起興趣來。」

波心聽了冷笑：「這古宅我是毫無感覺的，你中意就買下，別扯上我。」

火木重重呼口氣，有些煩躁，自顧自的說：「我也不知道為什麼，一跨進這幢院子大門，就覺得好熟悉，波心，我是第一次跟妳一起來的呀。我向妳發誓，我真的沒來過，怎麼有這種感覺？怪了，還有，我心中充滿了恨，尤其是那塊雞血石台階，我一靠近，心中就會動殺念，我還會聞到一股血腥味，這屋子跟我是不是有什麼恩怨？」

「會有什麼恩怨！這老屋真正的年齡該有一百五十多年了吧，換了多少屋主，總會有陰氣的。」波心安慰他說。

火木輕「嗯」了一聲，隨後說：「倒是那盤荷包，對味極了，想不到他家會有這樣的好廚子。」

波心心中一動：「不瞞你說，富晰第一次端來的荷包，我覺得不夠味，就隨意地說該加點什麼調味料，沒想到她那麼快就讓廚子把我說的口味絲毫不差地端了上來，當我咬了第一口，那滋味對我說來，既熟悉又陌生，我好像好幾百年沒吃到這種美味了。」

「所以妳哭了，妳的魂魄讓妳重回最熟悉的味覺。」

「瞎胡扯什麼。」波心堵了他一句，皺了一下鼻子說：「不過，我跌倒在那塊雞血石上，也似乎聞到一股血腥味，沖得我好難受。」

「怎麼樣，妳也聞到血腥味，咱們是同門師兄妹，師父說得不錯，萬般帶不去，唯有業隨身。因果循環必有報應。對，這屋子跟我一定有某些因緣，我要以買這房子為前提，跟他們套好交情，或許從這些屋主後代口中聽聽他們祖先的故事，能解開我心中一些自己也搞不清楚、莫名其妙的疑惑。」

波心也想到她到周家的經過。看了火木一眼，很能體會他此刻的心情。「人生在世，善惡輪迴，必有所報。」她想到師父叮囑的這句話，一種心有戚戚然的感受襲上心懷。望望車窗外，一輪下弦月高掛天空，明亮而清澈，亙古以來，千年萬載，哪怕只是彎彎一角勾在雲霄，它也能清清澈澈照亮大地，看盡世間百態，它能用柔和的光亮撫慰不平的心嗎？而自己這些日子，心情何曾安寧過？彼此沉默在車上，互想著心事，倒也很快到達旅館，火木停下車說：「師妹，好好休息，養足精神，明天我們要重遊故地。」波心望望他，本想談上海朋友的事，看他的神情，根本沒把那當回事，想他是有把握的，也就回房睡覺了。

之二　夕陽晚照燕歸來

一大早，不到七點，火木就打電話到波心的房間：「我到妳房間的客廳跟妳一起吃早餐，順便聊聊可好？」

波心還賴在床上，拿著電話筒，眼睛都還閉著含混地說：「我早上不習慣吃早餐，你讓我再睡一會兒，九點我在樓下大廳等你。」

「不行，師妹，我昨夜幾乎沒闔眼，想了很多事，電話裡不方便說，跟妳商量，妳給我拿個主意。」

「好吧，你來吧！」波心打了一個哈欠。換好衣服，到盥洗室梳洗，還沒把頭髮梳好，火木就按門鈴。波心只好開門：「請進。」

火木一身運動服，腳下一雙球鞋，手中提著公事包。

波心打量他：「怎麼，好輕便。」

「今天要走很多路，妳也要穿得輕便舒適，不能穿高跟鞋喔。」火木坐進小客廳的沙發上。

波心低頭看自己穿的洋裝窄裙，以為很能配合昨日富晰的莊重打扮，沒想到火木卻要她跟他一樣。女人的天性就是愛美也愛比較，她頗不以為然地說：「你那樣穿不是很失禮？」

「師妹，我們是買方，那個府第除了前三院被整理得像樣，後面荒廢得一塌糊塗，我們要一間一間仔細看，搞不好會看出什麼名堂。金克文精明，比不過他太太厲害，妳趕快去換衣服，我在這裡先叫服務員送早餐，我們邊吃邊聊。」

波心只好進臥房換一身寬鬆的衣褲，套上一雙平底便鞋，走進客廳見火木吃著三明治在看文件，桌上的咖啡杯已經空了。波心坐在他對面，端起一杯熱牛奶也不打擾他，慢慢地喝著，只見他仔細翻著手中的文件，不時咂嘴搓臉，白皙的臉頰透著青紅，頸上的紅胎記似乎在跳動。她看著，想起第一次見到他的情景，這人俊得邪氣，言談舉止卻坦率真誠，做起生意老謀深算，不露一點形跡，這樣一個人跟她萍水相逢，無端端的願意幫她，是因為他母親病中的夢囈提起了波心這個名字？還是師父的點示？她放下杯子想：「總之，在台灣要不是他及時出現幫我處理『庭園』案，我是糊里糊塗被鍾正雄套住了。」

火木看完抬起頭：「怎麼？不習慣牛奶？叫服務員換粥。」

「那就換粥，小菜加個白水煮蛋，我早上吃不多。」波心說。

「也好，我也沒胃口，到金家是不缺點心的，我琢磨了一夜，今日決定把這幢房連同三十畝地全簽下來。」火木說。

「那要好大一筆資金，你要多考慮。」波心反而替他擔心。

火木笑笑：「有人替我出錢，這機會是老天爺給的，我不能不把握。」

「胡話。」波心邊說邊替他倒咖啡：「你昨夜沒睡好，今天不要做白日夢。」

火木把手邊的公文推到她面前：「妳看，昨晚回到旅館，助理遞給我的資料。鍾正雄這廝，銀行這條路他走不通了，卻變了名目開起國際商務公司，買空賣空，當起詐騙集團的總霸頭。」

「真的？」波心嚇了一跳，連忙拿起公文看。

「這人神通廣大，現在他的目標居然是我，他把我在中國所有的投資生意摸得一清二楚，他也清楚我在台灣以青果生意起家，這次上海水果代理我雖不出面，他還是用盡心思查出我是老闆，他很快的把腦筋動到我身上，以為老天又給他了發財機會。」

「火木，把話說清楚吧，我擔心得要死。」波心急著問：「他動你什麼腦筋？」

火木抬起右手用拇指和食指彎成一個圈：「錢。師妹，不要擔心，明白告訴妳，這個騙子目前擁有好幾十億都是不法所得，他用的全是和他一起合作的人頭和他們的不動產及海外開發項目招騙，一般投資人以為拿到房地契及海外開發項目的股東合約書就萬無一失，妳看看他們所做的海報，活靈活現像真的一樣，這些資料連同照片全在這裡。」

波心又仔細翻閱：「印刷、說明都很精彩。」

「當然，請君入甕能不精心設計嗎？妳再看我用紅筆勾出他開出的誘人條例。」火木指指公文，波心低頭細看。「開發後，各項產品以投資的多少比率分紅。有這樣的擔保憑據，投資者當然會心甘情願的把平生積蓄送進他的公司，還自認是股東之一，等老闆替他經營賺錢，按股分紅是多麼輕鬆有利的事。」

波心點頭：「這跟台灣當年的『鴻元』詐騙集團有什麼差別。」

「他更厲害，走的是國際路線。」火木說。

「難道不會被抓？」波心問。

火木淡然一笑：「抓人要有證據，這人厲害，妳看這份資料，他居然能從公司合夥騙來的錢當中暗扣十八億，中飽私囊，他怕隨時會出狀況，又不能名目張膽地投資，這要是被同夥發現，絕不會饒過他，他知道自己在台灣已被列為經濟犯，為了保護他的財產，從這次青果生意他發現我，於是想盡方法查我的資料，我這棵大樹能替他庇蔭又能生財，何樂而不為。」

「他的嗅覺真靈敏。」波心繼續看資料，疑惑地問：「他的名下沒有任何資產，他抵押給那些投資者的房地契又是誰的名字？」

「當然是他的合夥人。波心，我手下的一批助理可不是泛泛之輩，剛才我不是說過嗎？妳再仔細看。」火木說。

波心耐下心逐件逐件地看，很厚的一本冊子，債權人、合股人，洋洋灑灑，沒有鍾正雄的名字，越看越心寒，她真沒想到鍾正雄是這樣一號人物。

服務員把波心的早餐送來，熱騰騰的粥很能引起她的食慾。端起碗，她聽到火木很有自信地說：「我估計他看上我在這兒的不動產，他要掛上跟我合股的名義釣客戶投資，這是他詐騙的一貫手法。」

「你好好做你的生意，何必碰這種人。」波心放下粥碗，有些自歉：「是不是你幫我處理『庭園』案，讓他動了你的腦筋。」

火木笑笑：「這種人處處找商機，青果代理他想跟我套交情，拉不上關係，結果卻發現我替妳處理『庭園』案，真是天賜良機。對他說來，這關係多麼直接，太好了！他可以藉著『庭園』案跟我搭上線，做很多事情。」

「你可以不要理他。」波心不安地說。

「怎麼能不理，他來得正是時候。這種人想找他不容易，現在他找上門來，良機不可失呀。」

「難道過去你認識他？或是？」

不待波心問下去，火木搖搖手說：「不認識，有關聯。」

波心越發不懂，愣眼望著他。

火木抓抓頸子上的紅胎記：「實話告訴妳，鍾正雄跟亞東建設的老闆趙子強是拜把弟兄，他套用趙子強的名義向銀行貸款三億溜到國外，債由亞東趙老闆承擔，我跟趙子強也是結拜弟兄，怕趙子強在銀行出問題，替他還了一億，還有他用下作手段利用妳，做什麼『庭園計畫』。我如果不跟他接觸，能解決這些問題嗎？這些事，當初我跟妳提過，本以為讓我的經理追蹤調查他在海外幹些什麼生意，卻發現他幹的是這些勾當。」

波心聽罷，心也跟著激動起來：「他很狡猾，你要當心。」

「我會的。」火木點點頭：「荷池跟王府，我早有整建的念頭但不積極，也沒到實地勘查過，金克文有意介紹媒體訪問我，我也做了一些構想，沒想到被這個詐騙頭頭動了腦筋，這其中一定有天意。妳一來，就鑽到這池荷王府的舊地上，好像老天就要我拉妳跟我進行這個計畫，把這個四處詐騙的禍害勾引出來。」

波心覺得奇怪：「難道你們就抓不到這個人嗎？」

火木搖搖頭：「他有好幾國的護照，很難抓到。他所有案子全由別人出面，包括妳的『庭園計畫』。」

波心想想，她在台灣面對她的是幾個鍾正雄的經理，不由點點頭：「你敢擔保他這次會出面？」

火木一笑：「這是他個人對我進行的鯨吞計畫，他一定會出面。」

「我擔心他會知道你和趙子強的關係。」波心說。

「我的助理以投資客的身分跟他把酒言歡，他為了讓投資者安心，主動地提到我陳火木這個怪物。」火木詭異的一笑：「他把我當暴發戶、土財主，財迷心竅，被一個像林波心這樣的女人利用，怎麼會搭上亞東總裁趙子強那樣的海派人物，土撥鼠跟大海豚不搭呀。」

波心抿口茶，苦笑：「火木，我真不知道，就是見了面，又能如何？」

電話鈴響，火木拿起話筒遞給波心，波心接過，是富晰的聲音：「大姐，我和金克文在大廳等你們。不急，我們可以開車帶你們四處走走。」

「好的，好的，我會叫上火木一起下樓。」

放下電話，火木平淡地說：「波心，聽師兄我的話，慢慢來，只要他出現就跑不掉，今天要辦的事是看地看宅，金家比我還急，頂頭上司，看我今天怎麼談生意，妳提醒富晰多談此府的故事就行了。」波心吁了一口氣，點頭站起，拎起皮包。

兩人搭電梯到樓下大廳，昨日的二男一女果然坐在沙發上等候，大家寒暄了一陣，富晰表明分兩輛車，先繞西湖，再看荷田，讓波心和火木看完外景環境，瞭解山水地勢，等進入府第，就會肯定房子的價值了。波心跟火木互望了一眼，心照不宣地知道，富晰果真精明，她是用外景景觀遮掩老屋的破舊。當下，兩人跟著富晰搭上她的座車，把金克文擠到另一部車。金克文本想拉火木跟他同車，火木退讓，其實他的本意和波心一樣，在車上閒聊，聽聽王府的典故。

波心和富晰坐在後座，火木坐在前座，師傅繞著西湖另一條路直往小南湖，小南湖對岸有一座山，富晰指給波心看：「那就是九曜山，明末遺臣張煌言的祠墓就在九曜山腳下，此地風水雖好，比不過修建在南屏山下的王府，等你們到府第觀看，西湖十景，王府能把最美的四景一覽無遺。」

「哪四景？」火木問。

「西湖蘇堤春曉、雷峰夕照、南屏晚鐘、花港觀魚，全在府中不同庭院，一覽無遺。」富晰得意地說。

「不愧是王爺府第，一般人再有錢也沒辦法選到這麼好的地段。」波心讚賞地說。

「王爺府第，一般離北京最遠處是在熱河或是南京，能在西湖建府第該是身分特別尊貴的阿哥。」火木說。

「普天之下莫非王土，這些王親國戚想在哪兒蓋棟房子根本是輕而易舉的事，只要有權勢，捧著錢巴結的人多得是。」富晰得意地說。

「那是，那是。」火木奉承地說：「能送這樣的豪宅給王爺，想必這人跟王爺的交情一定匪淺。」

富晰「咯咯」一笑：「你錯了，這棟房子是王爺娶的媳婦陪送的嫁妝。」

「什麼？」波心和火木同時問。

「皇親國戚結聯姻，送棟房子是很平常的事，這對神仙眷屬應該把此處當別墅，閒來避暑遊樂，此處一定別有風趣。」火木說。

富晰輕「哼」了一聲：「二位，你們大概不太明白滿人娶妻的規矩，皇親國戚的阿哥很在乎血統，哪怕是納妾，所謂的側福晉，也不要漢族。這位王爺虧得是鑲藍旗子弟愛新覺羅，恭親王奕訢的兒子，居然娶了一位平民百姓的漢家女子為正室，所謂的福晉，所以我說王爺娶的這位妻子，我們滿族不稱

『大婚』。」

波心聽得頗不以為然，心想什麼年代了，現在是漢人天下，不分種族，妳那點「滿人貴族血統」該收一收了，遂說：「我讀清史，皇帝結婚才稱『大婚』，一般並不用這個名稱。」

「是呀，但恭親王可不是一般的王爺，他是幫慈禧奪得天下的功臣，他的兒子怎麼會娶一個漢家平民女子？」火木也接上來說。

富晰嘆口氣：「這是我瞧不起我夫家的地方。」一句沒頭沒尾的話，不由得讓火木、波心對望了一眼。

「來看看，到了郊區，路邊大片大片的荒田好可惜。」波心用話打開僵局。

「那些全是我家的荷田，你們看，窪窪坑坑，有些淤泥堆得成堤，人們為了走近路，把它堆成泥道，我們沒精神管，好多村民在裡面種菜，你們看，還有鴨子在池塘游水，這都是四周村民認為沒人管，就當自家的用起來。」富晰沒好氣地說。

「沒關係，可以看得出來這水塘土質很好，能培出好植物。」火木說。

「那是自然，這附近將近十畝荷塘是大太監李蓮英買下送給他姪女當嫁妝，陪送給夫家。」富晰說。

這到底是怎麼回事？怎麼把李蓮英也扯進來了？這問題引起兩人的共鳴。波心首先問：「你是說侍候慈禧太后的大太監李蓮英？」

「不是他，還有誰？」富晰沒好氣地說。她的手機突然響起，她拿起，說了兩聲「好的，好的」。

關好機，冷笑著說：「後面的地，外子表示不奉陪了，他回住處，恭候大家共進午餐。」波心、火木感受到金克文的少爺脾氣，難怪富晰提起夫家那種神情。波心側頭發現富晰像是在想心事，遂說：「妹子，老一輩的事我們管不著，想想現在，妳能過這麼好的日子，也算受到庇蔭，該滿足了。」

「這種庇蔭我情願不要，大姐，從我祖上就給皇上當奴才，一切效忠皇上，不敢有二心，我的先祖是皇家的御林護衛長，曾祖父也為皇家效命，到慈禧太后當政。恭親王的權勢如日中天，所謂權高震主，慈禧本是個權力慾很高、疑心病又重的人。她對身邊的臣子都有戒心，這時她身邊有個整日琢磨她心事、處處討好她的太監李蓮英，很得她歡心，甚至國家大事也以閒聊的方式聽聽他的想法，有形無形的，太后會受些影響。不知為什麼，慈禧對恭親王突然冷淡起來，朝廷大臣最怕失寵，在位越高，患得患失的心思越重，恭親王也不例外。他們一貫走的門路是親近太監，李蓮英是太后的守門狗，大臣們都知道，這條狗很受太后寵愛，把他餵飽了，很多事會事半功倍。李蓮英的貪，不是一般的貪，他不但有錢，還很會做生意，他有個同宗的弟弟名叫李天福，專門替他經營各種生意。」

波心一愣，忙問：「什麼名字？李天福？」

「對呀，李天福，我家到如今還有他送的古玩、字畫。」

火木的頸子突然僵硬得難受，波心揉揉頭，胸口悶得喘不過氣來。

「李蓮英很聰明，他明白有錢必須有勢，他是個閹人，不可能有後延續香火，自恃有太后撐腰，他把親妹妹攬進宮裡，隨侍在太后身邊。」

「我在《清宮祕史》這本書的照片中看到太后身邊一群后妃旁站著一個胖蠢的女人，照片旁特別註明此人是李蓮英的妹妹。」波心提高了嗓門說。

「對。」富晰鄙視地抿了一下嘴：「餓狗羨想豬肝骨，閹雞也敢羨鳳飛。」

「怎麼？李蓮英想請太后給他妹子指個皇親國戚當妹婿？」火木忍不住在旁插嘴說。

「就是這樣。」富晰突然笑著拍手：「太后是個多麼勢利的人，怎麼會做這種讓周圍人看不過去的事。讓這丫頭先適應一下宮廷生活，李蓮英還在興頭上呢，他妹妹就自請返鄉。宮裡規矩多，她無從適應，那些公主格格表面上對她客氣，骨子裡哪瞧得起這個粗人，她雖然錦衣玉食，卻像掉進裹滿針刺的棉花筒子裡，哪受得了。當她走後，太后假惺惺的對李蓮英說：『多好的一個姑娘，要不是礙於祖宗家法，還真想替她選一門好親事。』」

「太后對這閹人夠好。」火木不屑地說。

「李蓮英怎嚥得下這口氣。很快的把腦筋動到恭親王頭上。」富晰說。

「金克文的曾祖父？」波心問。

「清末，不用我說就知道，鴉片戰爭、八國聯軍，傷了清朝的元氣，割地賠款、民間鬧飢荒、官府行賄賂，從上到下沒有不貪的。更可怕的是，人人一管槍，外國人是洋槍，中國人是菸槍。」富晰攏攏頭髮，她今天梳了一個馬尾，四十多歲的人了，看不出一點歲月痕跡，波心打心底讚嘆她的美，更喜歡她的爽直。

「不好意思，我說到哪裡了，對，李蓮英搭上恭親王，出錢出力，保住他的官爵地位。」

「等等，恭親王還會用李蓮英的錢？」火木問。

「當然。」富晰點頭：「他要得理直氣壯。」

「李蓮英一定有事求他幫忙。」波心順手推推坐在前座的火木：「聽富晰說，應該很精彩。」

火木聽出波心話中的調侃，點點頭，不再吭聲。

富晰嘆了一口氣，舉手把馬尾捋到胸前，沒好氣地說：「現在這房產總算找到買主了，大姐，這是塊好地，房子的風水絕對不錯，我是搞房地產起家的，要不是這兒帶給我富家太多傷心事，我是絕不想賣的。」

「我相信。」波心溫柔地拍拍她的手：「不要去想它，都過去了。」

「我替我富家叫屈呀，當年，李蓮英跟恭親王談的條件是要把他的姪女嫁給恭親王的兒子。」

「恭親王會要一個閹人的姪女？滿人貴族豈能娶一個這樣出身的漢家女子？」波心問。

「那又怎樣。」富晰聳聳肩：「覆巢之下無完卵，慈禧自身難保，國事全推給了漢臣李鴻章，她全心都用在跟光緒皇帝的鬥法上，咱們這些靠皇糧供奉的滿人已到了坐吃山空、賣屋當產的地步。」

「沒那麼嚴重，有錢的滿人還是很多。」火木說。

「就算是吧，滿人再也不是兩百年前驍勇善戰的勇士，好逸惡勞，鬥蟋蟀、養鳥雀，還離不了抽鴉片。」

「那也不至於不顧自身的尊貴。」火木說。

「恭親王當然顧到了，他妻妾不少，我沒聽說他到底有幾個，不過他兒女不少，他從妾中選了一個兒子要他娶李蓮英的姪女沒什麼損失。」

「慈禧太后會答應嗎？」波心問。

「慈禧非但答應，還勒令自小就有婚約的金溥澤退婚，娶李玲芫。」

「啊？慈禧這個老太婆不顧祖上家法了。」火木幾乎用吼的說話。

「你激動什麼？又不是要你退婚。」波心順手推了他一把。

這動作倒把富晰逗笑了：「是呀，我到現在還替我的曾祖姑婆抱不平。」

「妳的曾祖姑婆一定很受傷。」波心說。

富晰嘆了一口氣：「沒辦法，家裡窮嘛。」

「妳曾祖姑婆後來嫁人了嗎？」波心問。

富晰搖搖頭：「她是個貞烈女子，終身沒嫁，她長兄過繼一個女兒給她作伴，名叫富衛茵，富衛茵是我的祖母，祖母很疼我，她常常跟我談起我們富家的往事，一個敗落的滿清正黃旗貴族的興衰。」她扭頭看波心：「有興趣聽我家的事嗎？和你們買的現在這塊房屋田產有瓜葛的。」

「願洗耳恭聽。」波心說。

「妳放心，我的頂頭上司不會因為房屋田產有瓜葛而嚇到不買，她很中意這地方。」火木說。

「又拿我當擋箭牌。」波心心中暗罵一聲。索性靠在椅背上，望望車窗外已駛往郊區。

「不是房產的糾紛，是感情。」富晰說。

「感情？」火木非常有興趣地轉過頭問。

波心從身邊拿起一瓶水：「我看你是口乾舌燥，喝口水，安安神。」

火木很聽話，接過水，在手上把玩，一副專心聽話的樣子。

「我現在用我們改用的漢族姓名來說我家的故事比較順口，我的曾祖姑婆名叫富節芝，自從被恭親王的小妾生的兒子金溥澤退婚後就沒再嫁，她靠刺繡和縫衣賣錢養活自己，我曾祖姑婆的親哥哥把他一個女兒過繼給她，名叫富衛茵，富衛茵是我的祖母，後來嫁給漢人陸廷榮，生下五女一男。陸家按婚前約定，有一女必從母姓，就把五女富敬雯從了母姓，這女孩長大後也嫁給漢人張昆堯。依照女方慣例，富敬雯生下三男一女，一女必從母姓，可是張家反悔，捨不得唯一女兒不能歸宗，這可引起了富家的不滿，連我的祖母都出面要人，那女孩就是我。」她得意地拍拍胸，全車的人，包括師傅都笑了。

「我祖母給我起名字叫富晰，我不回家了，住在祖母家，我父親沒轍，要見我得坐兩天兩夜的車，到了我祖母家還不能過夜。」

「嚇，妳祖母很厲害。」火木搖頭說。

「別忘了，富家歷代都是御林護衛，武將出身，女人也很硬的。」

「當然當然。」火木口裡含著水說。

「我十八歲那年，父母給我物色對象，最後看中金克文。查了他家祖譜，是恭親王的後代，雖是旁支，也是皇親貴冑。嫁過去是正室，人品、外貌全合我家人的意，那時我祖母還在世，金克文在介紹他的資產時，曾帶我們全家遊西湖，來看過這王府還有大片田產。」

「它過去不屬於金先生的？」火木問。

「不屬於。」富晰搖搖頭：「金克文是金溥澤合法繼承人。」

「呦。」火木輕嘆口氣。「這府第傳到克文手裡已經是第四代了，我十八歲跟他定親時，我剛才說過，遊完西湖來到這裡，我祖母四處觀望，那時雖然破舊，還不致頹廢，我祖母知道這是金克文白撿的一份大家產，牽著我的手說：『富晰呀，妳曾祖母在天之靈要是知道妳以富家小姐的身分嫁進恭王府，住進這幢豪宅，心中的怨氣該吐乾淨了。』我心中卻充滿了好奇，祖母開始說她母親被退婚前前後後許多委屈的事，很多都發生在杭州西湖，什麼蓮子冰糖、荷花藕粉，還有李蓮英進貢的綠荷花。斷斷續續的和恭親王、慈禧、曾祖姑婆都有一些關聯，就是說故事也沒這麼離奇。」

波心像彈簧般坐直身子，她沒說話，滿腦子想的是她到周家的經過。富晰並沒發覺，她拿起水瓶喝水，望望窗外：「師傅，到前邊，老飯店的遺址前下車。」

挑溪園中牽舊夢

車停在路邊，富晰拉住波心的手說：「大姐，這是一百多年前此地最豪華最有名的一家客棧，李蓮英投資，他堂弟李天福經營，風光得不得了，他最出名的美食全以荷藕製作，連老佛爺慈禧太后都指明要吃這兒的點心，李蓮英特別用『御膳房』做招牌。慕名前來的食客幾近全國。食物美味，住宿更如進入仙境，處處是景，賽過西湖。」

波心隔著車窗外望，不想動，昨天她剛從這兒昏倒送進醫院，今天又要來觀望，她懶懶地說：「我不想動，火木，你跟富女士好好看看，我待會兒跟過去。」

火木急切地點點頭，跳下車快步跑向頹廢的庭園，富晰卻不放鬆，拉著波心的手說：「大姐，下車來走走，透透氣，車裡很悶的，我陪妳慢慢轉，別看是一片荒地，我祖母帶我來過好多次，她每來一次，就跟我講一段這裡發生的故事，可有意思呢。」波心有些心動，順著她伸出的手握住跨下車。富晰很高興，回頭同師傅說：「小張，你到轉彎施家跟他說，我帶兩位客人來看房產，叫他準備些點心，我想陪客人到石舫休息，我到那裡會用手機聯繫他，把茶點送來。」

「好咧。」小張應聲跑開。

火木快快走來，他指指四周問：「這大客棧到底經歷了幾次火災？有些地方破壞得比火燒過還厲害，看得出當年鋪在地上的是上好的大理石地磚，被挖得坑坑窪窪，破碎不堪，地基露出石墩，奇怪的是，還有些破舊房子沒被燒過，破窗爛門框，倒像是有人住過，我看得心煩，這兒產權有問題嗎？」

富晰平靜地說：「陳先生，這兒的土地早就歸國有，我賣給你的是土地使用權，這是國家的規定，你應該瞭解。」

火木很快就恢復他慣有的冷靜：「是、是，我人投入了，邊看邊想到妳口中的豪華景象。一百多年，對一座能吸引全國名人豪客到此休息的客棧，就是再被戰火摧毀，一定還會遺留廊宇相繞、奇石爭雄的根基。妳說此客棧勝過西湖，園中必引河水鑿渠渡船，亭台樓閣，雅素精巧，小橋流水，必能攬月迎夕。但我才進來沒繞幾步，就像走進荒塚一般，心裡堵得難過。」

富晰聽罷，笑著對波心說：「大姐，看來這廢園和陳先生是有緣分，我帶了好幾位買主，沒一位像他這般投入。」

火木也不回應，急步鑽進一間倒塌的磚瓦屋，富晰不埋，急急地往石舫前走，波心隨後想，她一定會在那兒講些故事。

富晰跨進石舫，波心跟進，隨著她往船艙裡走，這是她昨日沒來過的，原來裡面的石桌、石椅布置得像起居間，連船邊的欄杆都掛上窗簾隨風飄動，一看就是剛打掃整理過。

「好像才被打理過。」波心說。

富晰點點頭：「一早我就打電話叫清潔工來清掃這裡，其他地方就不必了，要保留原樣才有味道。」

波心坐向面對窗櫺的石椅上，從風吹飄動的窗簾旁看到遠處的園林，粗樹矮藤盤盤繞繞、綿綿延延、參差不齊，像一個天然屏障圍繞在一個看不見的圍牆上。

「地方太大，只有在地籍圖上可以明確指明目標，此地佔地兩畝以上該是有的。」富晰扭過頭也看著窗外說。

波心「嗯嗯」兩聲回應。她總覺得那林子裡有幾畦菜園，會有人去摘最鮮嫩的青菜，挖剛冒出頭的嫩筍，還有樹上天生的木耳，此刻她很有到那兒去採摘的衝動。

「那園林四周圍著好寬的一條河。我祖母同我說，她小時候跟她家人來玩過，河水清澈，河面鴨鵝戲水，魚游蝦跳，這溪流是鑿引西湖的水，沒想到日本在侵略中國時，炸燬了客棧，也堵塞了引進西湖水的渠道，真是滄海桑田，現在變成這個樣子。」富晰口中帶著惋惜。

她仍然望著那片園林，心中是一片如小說《紅樓夢》中的稻香園。一個胖女人帶著幾個工人嘻笑徘徊在園中，提著筐籃，採摘挖拔。胖女人坐在樹蔭下，她眺望已成泥路的園下是一條清河，一個男子划著小船，來到園下，他跳上岸，胖女人迎上，滿臉笑容，接下他手中的籮筐。

「大姐，過來坐，工人把我要的茶點都送來了。」富晰說。波心才回過神來，富晰一邊倒茶一邊說：「這石舫建得牢固，處處是花崗石和大理石，是仿造北京頤和園的石舫造的，當然比起宮中的石舫要小許多，船頭不能用龍形，犯忌諱。」

「我看到了，是鰲魚形狀，這麼多年了，頭的樣子還活靈活現，那嘴兩邊貼鰭的鬚，細細長長地長滿青苔，還冒出雜草。」波心說。

「喝茶。」富晰自己也端起茶喝了一口：「看到這石舫，真令人感傷，我祖母說，要不是遭到火災，敵機轟炸，這兒沒那麼破損，這石舫是靠岸建的，河的寬度能併排划行三艘渡舟，那舟不算小，就如現在西湖的遊船一般大。」

波心望望窗外遼闊的空地，凸凸窪窪，還留著泥溝水塘，一條能容三艘遊船遊玩的人工河，淤塞成這樣也夠令人惋惜。

「我祖母說，當年她來這裡時好像才八歲，瞞著她母親跟舅媽他們來的。老實說，這兒真的很美，白天，河堤兩岸各色花卉在綠樹濃蔭中相映成趣，蜂蝶花間飛舞，樹上百鳥爭鳴，坐在舟上的遊客或觀望岸邊風景，或看舟內請來的說書先生評書，或姑娘唱曲。更熱鬧的是，跟隨在舟邊來回划動各種造型的獨木小舟，有天鵝形、魚形、龜樣，形形樣樣，滑稽可愛，很逗客人歡喜。他們都是一人搖櫓，一人護著各種食盒，只要大船上的客人想吃什麼，用繩子繫上一只竹籃放到小舟前，說明要吃的東西，很快地他們就把吃食放進籃子，客人提進艙裡，吃得特別有滋味。」

「嗯。」波心淡淡地點點頭。

富晰說上興頭：「我祖母說，她小嘛，最喜歡看船下來來往往的小舟，說那些小販還會唱小曲，我還記得兩句，『什麼，挑溪園中看彩虹，彩虹落進小舟中，舟中食品珍寶味，福祿壽喜入口中』。」

畫面太清晰了，波心望著，怎麼那麼熟悉？好像就在眼前，這一片荒煙蔓草怎會是美如彩虹的清溪？她輕輕嘆謂：「不用說，晚上一定是燈船如畫，笙歌曼妙，勝過秦淮河了。」

「我想是的，不過聽我祖母說，她想到這兒是她母親傷心的地方，就沒興致玩了。」

「那是妳的曾祖母了？」波心像回過神來，認真地問。

「是呀，剛才我在車上不是向妳講過我的家世了嗎，我的曾祖母是被恭親王庶子退婚的。她終身沒嫁，我大舅過繼了一個女兒給她，就是我的祖母。」

富晰重複她的家世，波心記起了，她的祖母嫁給漢人，言明生下一女必隨母姓，這位隨母姓的女士名叫富敬雯，是富晰的母親，當然嘍，富晰隨母姓。

波心很快的把她的輩分捋清說：「聽聽老人的愛情故事，一定很感人。」

富晰反倒沉默了，她喝口茶，又嗑瓜子問：「大姐，妳相信緣分嗎？」

「相信。」波心說。

「妳相信報應嗎？」

「相信。」波心說。

「如果這石舫有靈，看到這人間為情所苦的起起落落，不知會嘲笑成什麼樣子。」

「或許，它是曹雪芹所著的《紅樓夢》中的另一章。」波心說。

富晰嘆口氣：「《紅樓夢》是曹雪芹寫他家族的恩恩怨怨，而我從祖母告訴我曾祖母的故事，卻是一個沒落皇親貴族女子的哀怨和無奈。《紅樓夢》中的賈寶玉比喻自己是一塊玉石，而我的曾祖母，她靠一針一線繡出錦羅萬千，那繡線絲絲縷縷透出她的情懷，到現在，我還保留著她繡的肚兜、繡帕，每當我握住她老人家這些物品，總會感受到每一針不是扎進繡布，是扎進心裡，淌著血啊，她把情繡入錦羅，花、草、鳥、獸，不同的姿態表達不同的情感，握在手中，我能體會到老人家心中的痛。我珍藏了一雙她繡好的鞋面，白緞子緄藍邊，鞋頭一朵淺藍色的雲，雲上一朵紅桃花，如果製成繡鞋穿在腳上，每走一步，花隨著雲移動，她絕不會想到步步生蓮。她一定想走出閨房，看看大千世界的真花真鳥，哪怕是在烏雲遮住的夜晚，她也會翹首盼望月光，祈盼烏雲散去，讓月光灑入心懷，或是，她伴著一盞孤燈，讓月光透過窗櫺灑進她握針的繡線上，她一定能體會做一個女人的難處，不論是什麼出身、什麼環境，一定有她身不由己的無奈。」

波心輕輕頷首：「我能體會妳的心情，妳的曾祖母手中的繡線是月光，年年月月灑在你們身上。」

「是呀，大姐，妳說得比我想得還透，就是這樣。我告訴妳，一百多年前，在一個下弦月的夜晚，月光照在這石舫上，陽春三月，李蓮英陪著幾位親王帶著妻小眷屬遊完西湖，被邀到這裡晚宴，晚宴後，一同到這石舫賞景。來到杭州如果不到『挑溪園』住上兩晚，就像來西湖沒遊船一般令人遺憾。」

「妳說什麼？這兒不是叫『御膳房』嗎？」波心問。

「李蓮英後來接管了『挑溪園』改名為『御膳房』，不過當時還是『挑溪園』在經營。」富晰說。

「好吧，說說在石舫上的情景。」波心說。

富晰指指石舫前寬闊的涼台：「那裡可以搭建一個小戲台，粉墨登場或是清唱，各類表演總是不斷，那一日，貴客光臨，又是李蓮英特別指示，當然不敢怠慢，我的曾祖母和她的父母家人也一同被邀，貴賓就坐在我們現在的位子，當然這艙房很深，平日是用屏風隔住，人多就撤開，那日，屏風撤了，傭人、丫鬟站在船欄邊隨時侍候，溪岸火樹銀花，溪中小舟穿梭，春寒料峭，送來迎面春風，風中透著香氣，是來自溪岸遠處山林，林中桃李爭豔，落英繽紛。聽說那山上遍植珍貴果木菜蔬，能烹調出養生美味，連慈禧老佛爺也要李蓮英按時送進宮。」

波心聽著，遙望遠處荒山，彷彿又看到一名胖姑娘蹲在地上整理菜圃。

「那一晚，我的曾祖母在這石舫另一角，遠遠地看到她自幼定親的未婚夫。雖是庶出，卻是位文質彬彬、謙恭有禮的大家少年。我曾祖母還看到他腰上繫的一個小錦袋，是她親手繡製，託奶媽送過去的。他今天一定知道她會來，才特意繫在身上。心中竊喜，不在話下。」

波心望著石舫前的荒蔓泥地，心中卻是清溪漫漫，一個胖女人，她手提一籃新挖的竹筍，在等一艘木筏慢慢搖近她身邊，扶她進木筏。兩人開心地搖著櫓，說說笑笑，那木筏一直向前駛，划進一片開滿荷花的池塘，陣陣花香令她陶醉。

「大姐，妳在想什麼？」富晰搖搖她。

「啊，沒有，聽妳說得很入神。」波心說。

「是啊。」富晰捧了一把瓜子給波心：「姐，這後面的事可奇巧呢。」

「那晚上，李蓮英為了討好這些皇親國戚，親自粉墨登場，演『春香鬧學』裡的老師陳最良。」

「春香是誰演？那可是主角。」波心問。

富晰從鼻孔理輕視地「哼」了一聲：「是個叫李玲芫的女孩。這女孩是有來頭的，她爹是李天福，是個大財主，李天福又是何方神聖，他是李蓮英最信任的本家弟弟，這兩人聯手，宮裡宮外做生意，會不發財嗎？」

「妳還記得我說過李蓮英把他妹子送進宮裡，想請老佛爺指婚的事嗎？」富晰問。

波心笑了：「不是她待不住，自請回老家了嗎？」

「這個李玲芫可不一樣了，她扮起春香，俊秀甜美不說，那個機伶俏皮把春香演活了。她一上台，所有的眼光全集中在她身上。」

「演小姐的是誰？」波心問。

「演劇中小姐杜麗雲的是位男士，可惜他是位票友。青衣扮相，勝過梅蘭芳。」

「這男士是外面請來的？」波心問。

「不是，是店裡的一名夥計，閒暇時愛哼兩句，這齣『春香鬧學』就是他教的。」富晰說。

「這夥計叫什麼名字？」波心又問。

「叫唐挑。後面可有事呢。」富晰口氣透著輕視。

波心連自己也不知為什麼不想聽下去，轉了話題問：「『春香鬧學』是個什麼故事啊？」

「是個逗趣的段劇，取自《牡丹亭》中的一段故事。說是有鄉宦杜府，請了一位先生叫陳最良，教子女讀書，並教一個婢女春香在書房陪伴小姐，先牛很是嚴厲，那春香卻非常頑皮，不守規矩，先生責罰於她，她反把戒尺搶來，扔在地下，先生以為受婢女之辱，氣憤不過要辭館而去，經小姐再三懇求，並罰春香向先生賠禮，先生只得勉強留下。」富晰說完又補充說：「這戲全看春香逗唱，想不到李天福有這樣一個好女兒。」

波心有些心煩，遂說：「被妳這麼一說，我倒想自己四處走走，說不定還會發現比這石舫更老的東西淹沒在什麼地方。」

「也好，大姐妳最好到對岸的山上看看，那山呀，全是挖這河的泥土堆上的，真有趣，現在這山上的土慢慢流下，把整個河填得差不多了。」

波心點點頭，站起同富晰說：「如果火木有電話，就請他過來。」

「好的，我也要打幾個電話處理些事。」富晰也不客氣，拿起手機開始撥號。

波心顧不得腳下鬆軟的泥土、絆腳的雜草，急步走向山丘，山丘邊一棵大樹橫倒在岸邊，樹幹枯了，連著樹根冒出三棵直挺的大樹，她停下腳，抬頭望：「是香椿。」她撿起地上的枯枝聞了聞：「不錯，等來年春天發了新芽，烙香椿蛋餅、香椿拌豆腐，香椿的每一片葉子都是寶，摘下用鹽醃好，一缸一缸儲存起來，各種食品只要加上它，味道就不一樣。」

她坐在橫倒的樹幹上，仰頭望著濃鬱雜亂的山丘：「沒法上去呀，路都堵死了。」托著腮，很自然地哼唱起來：「小春香，一種在人奴上，畫閣裡從嬌養，侍娘行，弄粉調朱，貼翠拈花，慣向妝台傍，陪她理繡床，又隨她燒夜香，小苗條喫的是夫人杖。」她瞇著眼唱。

眼前的樹林好開闊，有菜田、有竹林，還有草棚，一個胖女孩跟著一個俊秀的男子學唱崑曲，他倆坐在草棚中的木板凳上，男的教她唱，拍手誇她唱得好，又站起來教她口白，走身段，那男子學小春香的女兒腔真夠味，他扭扭捏捏又蹦又跳隨口就念出一長段：「花面丫頭十三四，春來綽約省人事，終須等個助情花。」

「等等、等等，」胖女孩笑著搖手：「我沒辦法像你這麼個搖法，我扭起來像只缸。」

「胖有胖的扭法，春香本就是個討喜的丑旦，來來跟我學。」男子拉胖女孩的手，胖女孩死活不肯學。波心揉揉眼，再往前看，一片翠綠。「春香鬧學」這齣戲我看過，什麼時候？她搖搖頭，怕是受富晰的影響，把自己陷下去了。

「一齣好戲，胖春香！」她搖頭：「該是像富晰說的那個叫玲芫的女孩。」

「花面丫頭十三四，春來綽約省人事。」一個俏皮甜美的女孩跳著輕巧的腳步在眼前的草棚前舞動：「我春香自幼服侍小姐，看她名為國色，實守家聲，杏臉嬌羞，老成尊重，我家老爺延施教授命我伴讀，昨日請下一位先生，叫……叫什麼呀？啊，叫陳最良。呀！那先生好不古板啊。」

「好、好，妳演得太好了。」一個俊俏的男士拍著手走進草棚。小女生高興得雙手一張，抱住男士，兩人就這麼摟摟抱抱著轉圓圈。「我演春香，你可要演小姐。」女孩撒嬌地說：「當然當然，妳叫我演什麼我就演什麼。」男士說。「好，我們來一遍上學堂。」女的說「好」。男士擺好架式，「請小姐上學。」小女生俏生生的比了一個「請」的姿勢，口白如黃鶯鳴啼。男的轉動唱腔：「素妝才罷，款步書堂下。」一派大家閨秀作派，兩人互視，拍手摟抱。

那畫面似夢似真，波心無來由地淚流滿面，她擦擦淚，站起，發現富晰正向她走來。

「這片山林如今塌了一半，要不是山上的大樹，怕是早刮進河裡變成平原了。」富晰說。

波心觀望，感嘆地說：「如果我有能力，一定把它回復原狀，多麼好的一塊山林。」

「大姐客氣，陳董哪敢不聽妳的，妳看他到現在還在園中四處考察，看得這麼仔細，像他那樣的大忙人，如果不喜歡，沒必要這麼用心。」富晰巴結的說。

波心點點頭：「這麼大的庭園，怕是一時半會看不完，不要讓金先生他們在府裡等。」

「沒關係的，我打電話告訴他們情形，中午咱們在外面吃，把想看的全看完，差不多下午兩、三點再回去看房子正是時候，在花園亭子裡，可以望到西湖全景，今日天氣好，夕陽晚霞，明月初昇，全在眼底。大姐是有福氣的人，連老天都把最美的景光呈現出來，老天有意要叫這一片田宅園地換主人了。」

「真不愧是搞房地產的，滿嘴廣告。」波心望著她，心裡這麼嘀咕，真和她優雅的氣質不搭，不自覺地笑了。

「大姐，咱們還是去石舫，那兒乾淨呀，又有茶水、點心，我還有一肚子故事沒講完呢。這裡不好，土山丘裡有毒蛇，也有毒蟲子，爬出來咬到妳，我承擔不起。」說著拉起波心的手就往石舫走。

「怎麼會有毒蛇、毒蟲呢？」波心有些捨不得離開。

富晰強拉著她：「我告訴妳啊，將來妳買下來要小心整理。我聽我祖母說，這山丘原本的經營者是位胖姑娘，這女人本事大得咧，她懂得五行，山丘她用八卦的陣式種菜、種瓜果，還養蜜蜂，置蜂窩在樹上，好取天然蜂蜜。她有一處園子專門種草藥，還有培養菇菌的草寮，土灶專門焙製調味料，所以這兒的食品，美味是出了名的。」

波心好奇，轉頭遙望：「這麼大的山丘，她一個人怎麼顧得來？」

「她當然有雇人，都對她很忠心，可是她調配的祕方沒人看得懂，她識字不多，很多她用自己的符號，也沒人懂，還有，山上她養了許多狗，狗對她可忠心哪。莫說沒經許可的生人，就連動物，像狼呀、狐狸、鼠、蛇等等，凡是對果園有害的動物、蟲類，全被狗咬死。」

「會有這種事？」波心透著懷疑。

「由不得人不信呀，這胖姑娘死後，山上的狗全沒了，什麼狐狸、狼、毒蛇、毒蟲全來了，牠們來吃仙果啊！人上去，沒有不被傷到的。」

「現在呢，還會有嗎？」波心問。

富晰點點頭：「少去為妙，不過這是一塊寶地，大姐要是買下它，挖河造山，重新整頓，這些毒物一定要剷除。」

「不愧是搞房地產的。」波心心中又嘀咕了這句話。

兩人慢慢走進石舫。坐下後，富晰殷勤得替波心倒茶遞點心。自己也抓把瓜子，邊嗑邊說：「大姐，也不知道為什麼，見了妳，我沒法控制自己，一股腦地把我富家曾祖母的委屈向妳吐露。或許，我在想呀，這荒草蔓延的破舊庭園、斷垣殘壁，百年前發生再多的事也時過境遷，不再被人提起，可是我曾祖母心中的那份怨是在這裡發生的，富家的人都把這事掛在口上，雖然過了一百多年，一代傳一代，傳到我心中，本以為這段故事我會像母親一樣說給子女聽聽就算了，怎知命運捉弄人呀，如今我卻嫁進屬於恭親王這支血脈的後代，來到這裡，想到這塊屬於金家的園地要從我手中把它賣掉，算不算替我們富家爭口氣？我不能為我的曾祖母爭到什麼，只是想在這裡把她當年所受的委屈，說給一位將是這庭園的主人聽聽，想她老人家在天之靈，一定會有些安慰。」

波心沒心思，心仍然停留在山丘上，禮貌地點了一下頭。

「我剛才說，李蓮英請的皇親國戚中最顯赫的是恭親王的家人和我曾祖母家人在這石舫觀戲，是吧？」富晰問。「這位王爺是承襲他祖父亦訢爵位的皇孫名溥偉。」富晰又加重語氣說。

這倒把波心弄糊塗了：「怎麼說是溥偉？」

「大姐，一百多年前，是光緒當皇帝的朝代，恭親王亦訢在世時，他嫡下三個兒子卻比他老子死得早，晚年他有三個孫子，卻在這時，他的小妾替他生了一個比他孫子還小的兒子，此子名叫金溥澤，老王爺死後，兒子也歿了，承襲王位的是嫡親孫子，這一對母子在王府是什麼處境可想而知。」富晰說。

「可是這次遊湖也帶著他們母子，可見親王家對他們不薄。」波心說。

「是李大總管出面邀請，誰敢不買帳。」富晰說。

「那是當然。」波心回應。

「言歸正傳，談戲。」富晰喝口茶：「這齣戲只有三個人，李蓮英飾老師陳最良，唐挑男扮女裝演小姐杜麗雲。這個李玲芫把春香演得夠活，博得滿堂彩，座上貴客按例要賞紅包，由李蓮英親自到貴賓面前領賞，他拿著托盤自台下走到台上向貴賓答謝，特別舉起一個繡荷包向眾人說：「這個繡荷包是金溥澤阿哥特別送給小春香李玲芫，小春香還不趕快到金阿哥面前叩謝。」李玲芫接過繡荷包，先是一鞠躬，接著跑著碎步來到金溥澤面前當地一跪。這一跪，把金溥澤的魂勾了去，他忘了給他錦袋的未婚妻富節芝在一旁是什麼感受。」

波心望著她，等事情的發展。

「妳知道，我的曾祖母這樣的一位名門閨秀，哪會把一個演丫頭的丑旦放進眼裡，只當作男人逢場作戲，也沒放在心上。怎知心懷叵測的李蓮英聯合他的堂弟李天福，上下其手的要把李玲芫送進金溥澤懷裡，他倆的心思一樣，窮賤出身，好不容易有錢了，可不是普通的有錢，而是非常有錢。當年李蓮英把妹子送進宮，想攀個王爺或是阿哥生下一男半女改變門風，怎知妹妹既蠢又醜，自己逃出宮門。現在可好，時機到了，金溥澤迷上了李玲芫，另一方面，李天福知道，金溥澤的母親在恭府是個出身不高、家世平常的滿族，被恭親王收為側室，是因為她有幾分姿色，生下金溥澤本以為母以子貴，怎料到恭親王不缺子嗣，母親在王府處處想出鋒頭卻處處吃鱉，無他，沒有厚實的娘家靠，手頭沒寬裕的銀子，連傭人都沒把這對母子看在眼裡。恭親王奕訢死後，他的嫡下三個兒子也早歿，留下三個孫子，溥偉、溥倫跟溥儒。溥偉承襲為第二代親王，更不把這個雖然在輩分上是叔、年齡跟他們差不了幾歲的庶子放進眼裡。偏偏這金溥澤打著恭親王兒子的名號，除了讀書，其他滿族自認貴族弟子的玩耍事兒無一不沾。

「李天福攀上了他，讓他口袋永不羞澀。包括他母親，見到李天福都格外巴結。慈禧太后自從八國聯軍避難回鑾，國事、家事，沒一樁順心。李蓮英為討她老人家歡心，特意叫來李玲芫、唐挑，加上他自己，在宮裡演了一齣『春香鬧學』。這戲一演完，老佛爺就喜歡上春香，李蓮英是何等有心思的人，他老早就在宮外把李玲芫調教成一手梳頭工夫。李玲芫在李蓮英的安排下初展身手，就替老佛爺梳了一個既年輕又華貴的巴巴頭，不插滿頭珠翠，卻用一只鑽花映照鬢角，髮絲顯得格外亮黑。這一改變，令老佛爺心情都年輕起來。

「『很好，小春香，你就住在宮裡吧。』老佛爺說。

「『老佛爺，這可為難奴才了，這孩子要守在杭州西湖那家膳房，只有她盯著給老佛爺特製的藕粉和一些吃食，我才放心。』李蓮英小小心心地說。

「『那好吧，要常來。』老佛爺說。李玲芫出宮，哪裡是去杭州替老佛爺看膳食，她是去會她朝思暮想的情人，唐挑。」

「既然李蓮英和李天福處心積慮的要把李玲芫嫁給金溥澤，為什麼又允許她和唐挑交往？」波心問。

「李玲芫真正愛的還是唐挑。」富晰抿口茶：「他倆早已私訂終身。」波心的心莫名的又痛了一下，她揉揉胸口：「這樣大的事，李天福難道不管？」

富晰冷笑：「他和李蓮英不出面，暗中進行一個奪財害命的計畫，李玲芫是餌，唐挑上鉤了。」

「這話怎麼說？」波心急得一拍桌子，把瓜子拍得飛了起來，散落一地。突然覺得自己失態，尷尬地笑笑：「只不過是小兒女的私下戀情，怎麼會弄到奪財害命的地步。」

富晰嘆口氣：「我祖母說，一個閹人能混到連輔佐大臣都要巴結他，這人的心計手段一定是一等一。他那雙手是殺人不見血的。」

「我相信。」波心說。

「他和李天福在西湖邊看中了一塊地，就是我現在要賣給妳的王府。」富晰說。

「是我昨晚去的王府？」波心問。

「沒錯。」富晰點頭。

「那是朝廷一位翰林學士私下相中，正大興土木建築別墅，準備告老還鄉住的，被李天福看中，還請來風水先生，風水先生拿著八卦四處觀望，嘖嘖稱奇，連說這是一塊『玉梭抛天』的風水好地。它佔到龍頭鳳尾，建議以卦形沿山建庭園，似玉梭抛送，依山鑿泉孔引山泉，建梭梯攀緣而上，至此園最高山頂，接受日月精華，天地精氣，讓玉梭下接自天而入西湖之龍脈，導引來到此府庭園，再以梭形泉梯接引寰宇靈氣。為顧好風好水，依山形建亭、台、樓、閣，遍栽奇花異果，並以溝渠接山泉，疏水道。如此天圓地合，必能先庇居地，女性得良婿成誥命夫人，並能生貴子，光門耀主，延年百世榮華。」

「這不正是李蓮英他們想要的寶地嗎？」波心說。

「正是。」富晰輕視地冷笑：「是塊好寶地，大姐，妳一定聽過這樣一句話，福地福人居。沒那個命，承不了那福氣，反而招災。」

「我倒想聽聽他們是怎樣弄到這塊地，這與唐挑和李玲芫又有什麼關聯？」波心睜大眼問。

「有關聯的。」富晰得意的拍下手：「大姐，這閹人做事我用三個字形容，快、狠、準。」富晰望望波心繼續說：「地被相中了，李蓮英神通廣大，不知在哪兒收集了一首詩，『北極朝廷終不改，西山盜寇沒相侵。』硬說這是為光緒皇帝維新政策散播到民間蠱惑人心的詩句。他親自拿著這首詩向這位翰林求證。這位耿直卻怕事的老人雖一再解釋，『北極朝廷終不改』指的是大清氣數未盡。『西山寇盜沒相侵』的『西山』兩字是借用來隱涉革命黨的，絕不是指慈禧太后。」

「欲加之罪何患無辭。」波心不平地說。

「就是這樣。」富晰嘆口氣：「老翰林在官場上打滾了一輩子，大總管私下來到家中，拿著他親手題的詩詞，口口聲聲把老佛爺掛在嘴上，別看他嘴上生不出半根毛，他張嘴閉嘴多少忠臣良將被他的三寸不爛之舌攪動太后，冤得家破人亡。來者不善呀，他琢磨，為何不到京城他的居處找他，偏偏在他到杭州西湖看正在施工的別墅居處時，找他談這麼大的事？老翰林帶著試探的口吻說：『大總管，承蒙你這樣關心老朽，要是這首詩被別人拿到老佛爺手中，你就是想救我也無能為力，你知道，我一世為官，兩袖清風，本想在西湖邊上建一陋宅頤養天年，怎奈袋中羞澀，建建停停，怕是沒辦法把它完工，想出讓也找不到合適的主，我這情形盼大總管如有機會能替我向老佛爺從實以報，尤其是那首詩，我忠心為我大清效命，如有人刻意毀謗，望大總管替我多加擔待。』」

「妳還沒說他是怎樣弄到這別墅的？」波心倒心急起來。

富晰拍手，笑著說：「官場這一套妳是沒我知道的多，老翰林一看李蓮英沒言語，就全明白了，他請大總管稍坐，進得書房，沒一會兒，遞上一個牛皮紙袋。『大總管，請笑納，本想建好送上，怕不合您的意，不敬之處請包涵。』大姐，妳看，這就是破財消災。牛皮紙袋裡裝的是房地契還有兩千元的銀票。」

「妳怎麼知道這件事？」波心問。「沒有不透風的牆，好戲還在後面呢。」富晰臉色黯淡，嘆口氣：「李家為了興旺家族，改換門面，全部希望都寄望在李玲芫身上，老謀深算的李蓮英明知道李玲芫跟唐挑打得火熱，非但跟李天福不阻攔，還把他以準女婿的態度處處照顧，李天福一日帶著他倆來到正在施工的別墅，拿著風水先生批的字圖同唐挑說：『這塊風水寶地名為玉梭拋送。我已經建了前半段，後面沿山面水，要如梭般曲迴廊塅建亭台樓閣，方能如梭般攏住天上貴氣，引至地下龍脈。我只有這麼一個女兒，她極像她死去的媽。我李天福不求別的，我買下這塊地，就是給女兒的陪嫁，希望你倆成親後，多生幾個孩子，讓我到老也能含飴弄孫。』」

波心正聽得入神，富晰激動地揚手卻打翻了桌上的玻璃杯「喀啷」一聲，把波心嚇了一跳。「怎麼了妳？」

富晰方覺得自己失態，趕緊將雙手擺回胸前望著天空：「奸商，唐挑為了討未來岳父歡心，承攬了後面所有工程，妳昨日到府中看到大廳門口那塊雞血石，就是唐挑送給李玲芫的定情物。」

「是那塊石頭啊。」波心想講：「我似乎聞到一股血腥味。」抿了一下嘴，把話嚥下了。

「妳看，這兩兄弟多厲害，不花一分錢，撈到這麼好的房產。」富晰語帶揶揄地說：「老天對他們真好，一切按照他們的計畫，老佛爺等著玲芫給她梳頭。這還得了，當然要火速赴京，唐挑捨不得，玲芫更捨不得，李蓮英安慰他倆，等新居蓋好了，結婚後，老佛爺會讓玲芫常回來的，唐挑無奈，除了經營『挑溪園』，就是來此地監工。李天福處處挑剔，唐挑幾年存的銀子像流水般的花下去，把一向愛護他的東家都惹惱了。」

「等等。」波心插嘴：「他的東家是不是會經營山上菜園的胖丫頭？」

「是呀。」不待波心問話，富晰繼續她的故事：「這個唐挑把整個心都繫在玲芫身上，哪顧得了對他情有所鍾的胖女人。」

波心低頭看看自己滾圓的身材有些不滿：「胖女人心好，這男人沒良心。」

富晰被她一說，從故事中醒過來，笑了：「大姐，妳不算胖呀，我說的這個一百年前的胖女人，在我祖母口中可是一位善良、能幹的受害者。」
「玲芫到底有什麼能耐把唐挑迷成那樣？」波心還是忿忿不平。
「這就是緣，良緣、孽緣，不到最後，誰也不知道。」富晰說。
「李玲芫進了宮怎麼樣？」波心好奇。
「很好呀，金溥澤可有時間跟她相約嘍。」富晰酸溜溜地說。
「是李蓮英的安排？」波心問。
「那還用說？李玲芫本是個心眼活的女孩，金溥澤生得也是俊秀灑脫，為了討老佛爺歡心，跟玲芫學唱『春香鬧學』，他演小姐杜麗雲，男扮女裝，姿態絕不輸給唐挑，就是不能張口，沒嗓子嘛。破鑼嗓子一開唱，把老佛爺逗得剛喝的一口水嗆了出來。他也顧不得正在演大小姐，伸出手擰著玲芫耳朵，跑到老佛爺腳下就磕頭請罪。這下他可討了老佛爺的歡心，那些日子，滿清王朝內憂外患，把這位剛愎自用的老太太弄得心煩意亂，突然出現了這麼個活寶。在李蓮英的串聯下，他和玲芫成了太后開心的果兒。」
「李玲芫變心了？」波心問。
「不知道。」富晰說：「聽我祖母說，我曾祖母口中的李玲芫雖聰明卻單純，喜歡熱鬧，哪裡受得了宮廷中的規矩，替老佛爺梳頭，戰戰兢兢，見到宮中不管哪位，後面跟著丫環就得曲膝問安，金溥澤總把她吆喝來、支呼去，眼裡只有老佛爺，哪像唐挑把她捧在手裡怕摔著，含在口裡怕化了，她想離宮，這兒日子不好過。李蓮英總是安慰她：『快了、快了，等西湖的房子蓋好，就是妳和唐挑遊山玩水的日子了。』清明節，她被李天福接回杭州給她母親掃墓，她一心惦念著唐挑，唐挑陪著她，兩人甜甜蜜蜜。唐挑帶她去看快完工的新居，兩人走在如梭般的曲廊，玲芫說，『這房子太大了，我倆有一個小院小屋就夠了。』唐挑說，『這是妳父親還有李大總管要的門面，再說他們出的錢比我還多，將來一定會把這兒當他們另一個家。妳父親要的是兒孫滿堂，我贊成，只要一子隨我姓，其餘都姓李。』兩人回到大廳，唐挑拉著她的手：『來，看看，妳喜歡的這塊雞血石，我把它買回來了，放在這兒，每天進進出出都得跨過它，提醒自己，對妻子的心一定要如這血一般熱，像這寶石一樣堅硬。』玲芫感動地緊拉著他的手，兩人並坐在雞血石上，我祖母說，換成哪個女人如果有一位體貼的男人這樣愛著，絕不會想到他心中另有預謀。」

「妳說什麼？唐挑有預謀？」波心問。

波心的手機響了，她拿起，是火木：「師妹，我看得差不多了，你們還在石舫嗎？吃過中飯先去府裡，免得金先生他們等，好嗎？」

「我也這麼想，地方太大，還要找時間仔細看。」波心說。

富晰在旁邊聽著說：「快十二點了，本打算中午咱們在外面吃館子，金克文不答應，說已經準備了，咱們就直接回府吧！」兩人一前一後跨出石舫，波心回頭望遠處的山丘，一個踉蹌差點絆倒。富晰一把抓住：「大姐，小心。」

三生石上滴淚痕

之一　王府孽緣

三人坐進車裡，直往王府的路上，火木皺著眉頭一臉嚴肅，富晰怕他看不中意。用手肘撞撞波心：「大姐，妳看得如何呀？」

「地方那麼大，我坐在石舫聽妳講故事倒是很精彩。」

「精彩的還在後面呢，難得大姐愛聽，到家後，那幢房子故事可多呢。」

火木摸摸他頸子上的紅胎記，突然轉頭問波心：「師妹，妳對這庭院有興趣沒有？」

「說實話，我昨日來就覺得這兒好熟悉，自己笑自己，怕是把小說中的場景移到這裡了，加上昏倒在橋上，像中了邪一般，今天本不想來，怕又昏倒。」

話還沒講完，富晰搶著說：「大姐今天精神好著呢。她聽我講我曾祖母在石舫初遇未婚夫的事。」

火木沒接碴，繼續問：「師妹，妳在石舫，心裡有想到什麼嗎？」

「有呀。」波心心中一動：「富小姐講到此處百年前石舫停在河面上的風光，我又陷入《紅樓夢》大觀園的情景中。我還走到陷凹的山腳下，體會一下富小姐故事口中胖丫頭種菜的情景。」

「真的！」火木再次轉頭大聲問。

「怎麼？你也有感應？」波心問。

火木不置可否地搖搖頭：「明明是個廢了百年的荒垣殘壁，我走到每一個地方，心情都不一樣，從沒有過的喜、怒、哀、樂，五味雜陳不斷地湧上心頭，好像我來到一個曾經屬於自己的地方，被人糟蹋得面目全非，痛心得不得了。」

「恭喜你呀，陳董。」富晰拍手：「你跟這塊地有緣，趕快簽下吧。說不定你就是百年前『挑溪園』的主人，我相信，地是等主人的，大姐，妳看看，這兒呀，不知帶了多少買主，就是沒下文，今天陳董有這種感受，是土地在祈盼它的老主人呢。」

「不是。」火木聲音黯淡：「我相信緣分，我更相信直覺，這塊地，這個百年前最美的庭園，跟我是有某些緣分，好像我對不起它們，它們似乎在等我還給它們一些東西，至於是什麼？」他搖頭：「我不知道。」

「順其自然吧！」波心倒很坦然：「你太累了，喝口水吧。」

火木聽話地拿起水瓶。車中突然沉靜下來。波心望著窗外，正中午，陽光燦燦，不同的街景從眼前滑過，終於到了別墅大門口。

金克文親自在門口迎接。車剛停下，他站在車前說：「先別下車，我們到玉梭閣去用餐，到那兒要繞好幾個迴廊。咱們從後花園穿過去比較快。」

「你叫大廚準備了些什麼菜？」富晰問

「準備了火鍋，還有些下酒的菜，段瑞祥和胡晏林都在張羅，應該不成問題。」金克文說。

「得了，我不放心。」富晰開門下車：「你陪客人過去，我去大廚房看看。」

波心只得下車跟火木換位子，讓火木和金克文坐後座，以便聽金克文解說此園的情況。火木不依，遂說：「從這裡走到玉梭閣最多不過半小時，咱們走走看看，也能舒展一下坐了半天車的筋骨。」

「吃飽了慢慢自閣上往下走，我比較有閒情逸致，陳兄我為了等你們，連一口水都沒喝，現在肚子餓得發慌，還是坐車吧！你想看，我叫師傅開慢點，你看過後也不必失望，百年老宅子，年久失修，雖破舊，骨架還算完整，別多說，開車繞著走，我會慢慢講解。」車子倒退先開往正門，金克文說：「昨晚在地籍圖上我已告知，這個庭園的風水地形為『玉梭拋送』，住家是在梭柄，地形前寬後窄，正中凸圓，接七曲彎道如梭拋出穿天接氣，此氣透過玉梭，導入山湖龍穴，此龍亦貴，仍出巧女隨夫貴。」車到正門並沒停車，金克文說：「昨晚你已看過庭園，我整修過，是我這幾年招待客人專用的，也不敢多花費整頓，一心要賣嘛，看得過去就行了。」

「過去是個怎樣的格局呢？」火木問。

「你問得巧了。」金克文指指正門大廳：「這庭園當初是李蓮英和他的家門弟弟嫁女兒所送的嫁妝，是一名老翰林轉讓給他的。」

「那格局李蓮英不喜歡？」火木問。

「那還用說！他這位姪女嫁的丈夫可是恭親王的兒子。李蓮英要的就是王族血統，他要光宗耀祖，讓子孫後代榮華富貴，永不做奴才。」

「他姪女嫁的是恭親王的第幾個兒子？」波心插嘴問。她要證實富晰剛才跟她所說的話。

金克文裝著沒聽見同師傅說：「開往偏院吧，那小庭院很幽雅的。」

波心不放鬆故意說：「我喜歡歷史，恭親王歿後，他嫡傳的三個兒子也死得早，僅留下三個孫兒，分別名為溥偉、溥倫、溥儒等，並以溥偉承襲第二代親王，同治病危時，無子，議立嗣君，王公們認溥倫依序當立，但慈禧太后認為如果立溥字輩繼承同治為嗣，則自己便是太皇太后，不能垂簾聽政，因而指定迎立醇親王奕譞之子載湉，是為光緒皇帝。自從慈禧專權把帝位要光緒繼承大統，就鬧得很僵，慈禧對恭親王的第二代從沒重用過，以慈禧的個性，滿漢不通婚是祖訓，她不挑剔也就算了，怎容得有這事發生？」

像是觸到痛處，金克文點點頭：「歷史能把這段記下，也算給我的老祖宗一個公平的評斷，我的曾祖父是恭親王的兒子一點也沒錯，不然李蓮英也不會下那麼大的賭注。」

「我相信。」火木說。

「他是庶出，在王府沒有地位，恭親王並沒因為老年得子對他母子特別照顧，老親王唯一做的事是，替我曾祖父定下一門婚事，是宮廷侍衛長的長女富節芝這件婚事，李蓮英卻假借慈禧的諭令被解了。事後，我曾祖父接受李蓮英的姪女。」

「一定是厚禮相待。」波心語帶輕視。

「肯定是這樣。」金克文毫不隱瞞：「那年代，滿清內憂外患，什麼皇親貴胄都自顧不暇，恭親王府也如西山落日，我曾祖父和他的母親及一大家子人全靠李家接濟。」

火木冷冷的一笑：「恭王府的氣派還是不能省，哪怕是一幢別墅，處處顯露貴族官邸的格局。」

「用得著嗎？」波心問。

「當然用得著，一個闒人突然當上貝勒的老丈人，這譜能不擺嗎？」火木揶揄地說。

波心覺得火木說得太不給金克文面子，便說：「你是來看房子的，少批評老一輩的閒事。」

金克文倒能釋懷：「這沒什麼。宮廷裡的穢事多著呢，有空我聊給你們聽。」

師傅問：「要看大廳還是往後院開？」

「我還是想看大廳，看完就去吃飯，其他飯後再看。」火木堅定地說，像受了一肚子冤氣般叫師傅停車，自顧自的推開車門往大廳走。

金克文只好跟在後面說：「你現在看到的就是昨晚上我們坐著的大廳，沒什麼意思，這樣吧。你隨我來，我把過去屋子的原樣說給你聽。」

波心也下車跟隨，火木情緒似乎穩定一些。

金克文站在客廳門外指指正前方：「要當官，大門必定坐北朝南。此屋為改門風，以東西向迎日出朝陽之氣，玉梭拋送步步高升。」他指著前方：「你們看，庭園的東部為住宅區，分內宅和外宅兩部分，從宅門進園子，中軸線上依次為門廳、轎廳、大廳、樓廳，結構軒敞，一派王府氣派，內宅分好幾個跨院，除了東西兩個四合院整理得古色古香，是招待客人的地方，往後沿山所建的如梭般的迴廊卻在荒煙蔓草中一片斷瓦頹垣，陳董，我認為看或不看都是枉然，不管你要把它整理成什麼樣，都要花大錢，不過我敢保證，它的投資報酬率一定很高。」

「你為什麼不投資在這上面？」火木問。

金克文搖搖頭：「這不是我們金家該有的地。說來有意思，我父親長年居住在日本，他從不跟我提起有這樣一處宅子，十年前，他返國養病，那時我在上海已和富晰結婚生子共同創業很有成績，他臨終才把家族的故事說給我聽，把這房產交給我，我和富晰接下一個祖上留下的傳奇故事，我們只想把它處理掉。老實說，富晰拿到這份房產，倒是在她的長輩口中得到許多故事，對我說來，這故事並不精彩，我自幼在日本長大、求學，十八歲回到中國，半工半讀，我自認有公子哥兒的脾氣，可是拚起事業，我自信流著恭親王的血，是王族的血，不沾一點閹氣。」

他這樣說，把在一旁的火木、波心逗得同時笑出聲來，「這人倒有點日本武士道精神。」波心這麼想。

「好了，上車，吃飯要緊。」火木又領先上車。

上得「玉梭閣」一間修繕得精巧雅致的涼亭，由於風大，亭子四周全是玻璃門，亭子外依山建一庭園，很是別致，富晰已出來招呼：「怎麼那麼久，飯菜都涼了。」大家進亭內圍桌坐下，波心四下觀望，這閣呈八角形，每一面玻璃窗外照著的是不同的景色，閣內寬敞如一個起居間，容納十五、六人綽綽有餘，桌椅臥榻齊全，是一個很舒服的休閒所在。已近正午，初冬的天氣在半山上透著些寒意，陽光很強，光燦燦地照亮山下整個美景，如畫一般美不勝收。

菜餚很精緻，銅製的火鍋正中插著小煙筒冒著白煙，是用炭火，很傳統地擺著各種肉類、青菜和調味料，富晰熱心地幫客人布菜，金克文拿出一瓶「茅台」分別斟進每人的酒杯：「這是陳年茅台，平日我都捨不得喝，託二位貴客的福，嘗嘗就知道，我先乾為敬。」大家隨意，果真香醇不烈，非常順口。酒過三巡，金克文指著窗外說：「從玉梭閣往外看，正對蘇堤第一橋，橋外是雷峰塔和淨慈寺，南屏晚鐘在雷峰塔側面，花港觀魚在第一橋與第二橋之間，怎麼樣，西湖十景，在這裡就能觀賞四景，不錯吧。」波心有興趣，站到窗邊觀賞，火木興頭不大，推開酒杯，舀火鍋裡的湯喝，皺著眉，像是想心事。

「怎麼？陳董，我給你再添杯酒。」富晰邊說邊拿起酒瓶。火木忙用手遮住酒杯：「謝謝，我很少喝酒，今天要辦正事，我喜歡喝湯，這湯味道真好。」富晰見他這麼說，也不敢再勸。段瑞祥很機伶的把放在亭腳炭爐上冒著煙的銅壺提起，把熱騰騰的雞湯倒進火鍋裡，笑嘻嘻地說：「多喝點，老母雞熬的湯，很補身子。」放下銅壺，又給火木舀湯。

波心轉身指向閣亭後面問：「怎麼亭後還有迴廊？還建了庭園？」

「吃過飯，我一定招待你們倆去欣賞那最美的『玉梭頭』。」金克文得意的說。

火木無來由的心中一悸，他強忍著心中感受轉頭望閣亭，一條彎曲的石子路。

富晰眼尖遂問：「陳董，是不是不舒服？等下到玉梭屋，好好的休息一會兒就好了。那可是我們的樣品屋，專門招待貴賓，你去了就知道。」

火木揉揉額頭，有點頭痛，心中悶悶的，一個念頭慫恿著他，「去看看！快去看看！」飯後略事休息，火木主動提起出外走走，富晰笑火木是「急性子」。火木反說：「我等了一百多年了，怎能說急，應該說來遲了。」引得眾人大笑。金克文以為，火木聽了他說此屋的過去有感而發，故意說的笑話，只有波心笑不出來，莫名的嫉妒襲上心頭。她不想跟他們一起去看，富晰眼尖，見波心神情肅穆，以為她不舒服，多喝了酒，遂拉她指著閣外一角：「人姐，那曲廊邊有個小涼亭，能避風遮陽。我帶妳到那兒去休息。小花園裡好幾種名花，開得正好。」波心欲去，火木聽到立刻反對，轉身拉起波心的手：「這兒四處都有花，咱們看的是這老屋能不能改建，妳這個頂頭上司不做決定，我是白看的。」波心望了望他那雙似笑非笑的眼神，無奈地笑笑，甩開他的手跟大家走出玉梭閣。

離開玉梭閣，一行人順著狹長的石徑漫步向前，石徑兩旁依山面水，雖曲折多彎，隨著山勢上下起伏，沿著這些曲折的遊廊，巧妙地設置形態各異的景點，或是鑿山引泉順流而下，流入池中，池呈長形，如女人梳髮長梭，池內七彩長條石豎排有如梳齒，泉水流下，隨風波動，陽光在彩石折射下，透過水珠閃出多彩光芒，池邊古梅一枝已冒花蕾，只等寒冬綻放平添雅致，金克文停在廊邊指指水池說：「這是引天氣、入地氣的梭池，說也奇怪，上百年了，居然泉水不斷，說它不是穴孔，真叫人懷疑。」

「它是，只是當年的風水師點穴時，忘了提醒主人不該引水繞廊，又在廊邊建亭，亭旁又架橋廊，以為多闢水道多引財路，這可是犯了風水上的大忌，成了泛水桃花格。」火木淡淡地說。

「咦！你怎麼知道？」金克文驚訝地問。

火木指著廊邊雜草說：「虧得你們維護得很好，雜草沿渠邊生得如此茂密，證明渠水雖然已乾，渠下仍有水脈。」

金克文露出讚嘆表情：「看不出陳兄懂風水。」

「略知一二。」火木謙虛地說。

「他的直覺比知識厲害，上輩子應該是風水大師。」波心半開玩笑的同大家說：「或許百年前，他在這裡修練過。」

富晰拍手：「太好了，現在很流行什麼前世今生的第六感感應。陳董，試試看，啟發一下，搞不好，這兒有你的舊靈魂。」

「說什麼啊，從哪得來的怪理論。」金克文說他妻子。幾人順著走廊走，金克文指著地磚：「陳兄看到這地磚了沒，這一段曲廊我照原樣到杭州一家古窯燒出如梭般紋路的瓷磚，我只整理七段玉梳廊中最後的這一段，就是現在我們走的這裡，其他六段我沒動，整理起來太麻煩，或許新買主有他的想法會重新整理，我就懶得管了。」

段瑞祥在一旁也插嘴說：「這一段是為了招待客人才依舊時樣子整理起來的，想不到恢復古蹟既費錢又費力，能不能合買主的心意，真說不準。」

火木不接話，只低頭細看瓷磚紋路，滿意地點點頭，然後頭也不抬的繼續往前走。波心有興趣地觀賞著這梭形走廊依形堆砌的假山石，以及為了讓走廊成為庭園的主道，故意將山路拓寬，遍栽四季花木，更刻意地靠山築牆；在廊中另一邊，又輔以拱橋奇石。矮樹涼台，讓人得以停息。跨出曲廊隨意站立一處，西湖景色盡收眼底，這份巧思令波心打心裡讚嘆。富晰看出波心滿意的神情，比起上午在石舫的樣子好很多，她是火木的「頂頭上司」，這筆生意應該是她點頭算數。她向金克文使了一個眼色，兩人會意，分別進攻。她挽起波心的手說：「大姐，去玉梭樓那兒，我們保留好多東西，妳一定有興趣觀賞。」

「是嗎？」波心真的想看看。

「別的不說，那裡有一座大理石砌成的荷花池，就是有價值的百年池子，我有些客人專門來欣賞這座花池。」金克文特意向波心炫耀。

「荷花池？」波心和火木同時問。這倒把周邊站著的幾個人都愣住了。

「那白池子底是否用綠色玉石砌了一朵荷花。」火木問。

「有。」富晰驚呼：「天呀，你是通靈還是有天眼？」

火木淡淡的「哼」了一聲，「我什麼都不是，我在家就有這樣一個荷花池，也用綠石頭砌了一朵荷花，別忘了，我是以養荷花，靠荷花做生意的。」

「原來是這樣。」金克文說。

「我說嘛，這就是緣分。」富晰附和著說。

「走吧，穿過這條曲廊，前面就是玉梭樓。」金克文帶頭往前走，轉角一個圓形拱門，推開門，早已有人等候，見他們進入，躬身立在門旁。富晰示意，他們很快地走進樓房側門。

富晰說：「我從我開的酒樓調來幾個服務員，平常這裡是不能少人的，今天調來的這幾人是老幹部了，做事很周到。大姐，我是希望妳今晚在這住一晚，感受會不一樣。」

「再說吧。」波心邊說，邊跨出走廊，眼前一片開闊。玉梭樓古樸雅致，本是她意料中的事。真正讓她感到意外的是這一片荷葉狀的小花園，花梗是自樓中大門迤邐出，順沿著枝梗撐托一張大荷葉鋪散在院中。荷葉是淡綠色特製瓷磚，葉梗是深綠色細瓷切貼上去的，葉邊有一處捲曲，翻過來的葉背面帶著褐色，上面用水晶珠子黏落其上，山上的風吹透過陽光，水珠子時時都像會滑落到葉下。白色的荷花池靜靜地停在葉子一旁，波心很自然地走過去，她撫摸著花瓣，涼徹心扉。她突然想到兩天前，在周家村第一次昏倒在溝邊的事，還有睡在周立鈞家自己似夢似真的感受，她抽回手想：「或許這百年留下的荷花池，引起自己的感傷。」

火木已站在她身邊，只聽他喃喃自語：「既然已破，幹嘛修補，真難看。」

波心俯身細看，池底凸出的綠荷花在陽光照射下晶瑩剔透，她好想把它捧進手中佔為己有。

富晰走過來：「怎麼樣？我知道兩位都愛荷花，這兒對了你倆的品味了，進屋裡看看，好多百年古物，說不定能引發二位思古幽情。」

火木繞著池子走一圈，再望望四周，感嘆說：「怎麼這花、這草全變了樣，只有遠處幾棵老松長得越發粗壯，怕有百年以上。」

金克文走到他身邊說：「這你就不會看了，它身旁那棵矮樹都超過百年了。去年，為了整修這房子，本想就地取材砍伐些樹，差點犯了國法。上級派人來考察，說此地山林屬於國有財產，山中林木均屬珍貴樹木，你如有興趣，改日我帶你到山上四處走走，好多上百年的松柏檜柚鬱鬱蒼蒼，山雖不高，氣勢卻壯，我每次帶朋友到林中散步，都會有脫離塵囂、身心滌暢的感受，聽說那山上的樹木是百年前在修築此府時，特意栽種的。」

火木抬頭望望，心中出現一個年輕人和一個中年人指揮一些工人在種樹，一個女孩跑過來牽著男孩的手說：「去看咱新房，這兒爸爸看著就行了。」

「丫頭，妳也得親手種兩棵，爸是為了妳才費這麼大工夫，用八卦陣替妳帶來好運。」女孩不理，牽著男孩的手跑向花池。

火木低頭，望著不遠的荷花形池，搖搖頭自語：「我怎麼了？」邁開腳步，往玉梭屋走，來到門口，腿一軟幾乎跪在地上。幸虧波心扶他一把，擔心地問：「你哪裡不舒服嗎？臉色好難看。」站起，重重吐口氣：「沒什麼，也許真的太累了，心口總像壓塊石頭似的。」

「會頭暈嗎？」波心問。

「還好，不知怎麼搞的，突然覺得到這裡看到什麼都不開心，既熟悉又陌生。天知道，我從來就沒來過，師妹，妳幫我打電話給師父，把我現在的情形告訴她，請示一下是怎麼回事。」

波心不理，甩頭就走，認為他小題大作，老實說，自從見到荷花池，她心中也是怪怪的，說不上的不舒服。

富晰走來高興地說：「進來吧，坐下來休息一會兒吧。」

才進客廳，一股淡淡幽香飄散在客廳間，波心看到在靠近雕花窗櫺下一個閃金光的大香爐冉冉地冒著輕煙。她連嗅幾次，直覺香氣有些濁。「這是荷香，把檀木換成松枝，才能把荷花清淡又芬芳的氣味燻出來。」波心提出她的意見，這不是她的直覺，在台灣，師父是如此調配爐香。

枯松枝在這裡漫山遍地都能撿到，富晰吩咐一聲，沒一會兒，他們坐在沙發上，一杯茶還沒喝完，屋裡整個氣味變了，富晰驚訝地走近香爐讚嘆的說：「好舒服的香味，我好像夏天坐著小船，穿梭在盛開的荷花池中，這香氣令我陶醉。」

「原來妳也會吟詩，真讓我驚訝。」金克文調侃他老婆，引來大家笑聲。

波心抬頭打量，這幢梭頂小樓像是沒有受過歲月的損傷，或許就如同金克文說的，費盡心思維護原樣，讓新買主能體會這別墅的特色絕非一般的古庭園，亭、台、樓、閣俱全，總像是缺了什麼，她輕拍了一下臉頰，提醒自己莫太主觀。

能容二十人的客廳不算小，窗櫺刻著各種花紋，配著彩色玻璃，連客廳大門也是同類設計，屋外迴廊圍繞，不寬，僅能二人並肩行走，廊外桃、李、梅、杏，植在庭園太湖石旁或依在古藤攀爬的花洞，牆角幾株芭蕉翠綠映然，依曲廊花草銜接天地景氣，融合曼妙點綴院景，大有宮廷別院的華貴風格。

客廳一組檀香木桌椅很氣派地靠牆擺設，那是客廳的主座，客主必坐的位置。壁櫃、牆架擺設各式各樣的古董，已到了琳琅滿目的地步。波心走到櫃前逐一欣賞。金克文走近她身旁，訕笑著說：「這些都是贗品，好東西絕不會留在這兒的，我說過嘛，樣品屋，照樣擺設，有真有假。」波心笑著點頭，繼續觀賞，雖是贗品，每樣都精緻可愛，尤其仿陶仿瓷的瓶、罐、盤、碗，幾可亂真，知道不是真貨，她倒敢拿起，細心把玩。

「這櫃面怎麼把鴛鴦修補成鴨子？」火木蹲在窗前的一只矮櫃前大聲說，引起大家的注意。

波心首先過去，蹲在地上觀望。一個上百年的檀香木櫥櫃，專放茶具用品，不錯，維修得很好，櫃面拉門用貝殼、珊瑚、碎玉嵌進刻好的畫裡，是一副鴛鴦戲水圖，想是修補的人忽略了，用貝殼修補的鴛鴦，活像一對同色土鴨，縮著頸子躲在荷葉下，補匠或許自認手藝高超，畫面破壞不說，為了填補他弄壞的地方，自以為是的加了些水草、蟲鳥，讓畫面很不協調，更糟糕的是，鴨身的羽毛被他添添補補，弄得其醜無比。被火木這一點明，大家七嘴八舌地說出意見，反倒讓火木不好意思：「這也沒什麼，裝飾品嘛，好看就好。」說完逕自走出門外。

看看庭園中盛開的菊花還有秋海棠，梅樹也吐蕾待放，想著，或許百年前，一對愛侶在這裡成婚，一定是門當戶對，住進這樣的豪宅，過著神仙般的生活。聽說古代富貴人家很講究眠床，新人入洞房，長輩就盼望兒孫滿堂。如果樓上那老眠床還留著，那對新人在金克文口中該有一些老故事令人回味。

屋內的爐香飄向屋外，他覺得這氣味聞起來很舒服，這兩日，只要波心在他身邊，他就有安定感，不，他搖搖頭，從他見到她的第一面就有這種感覺，對她又依賴又想幫她做些什麼。哪怕給他一個眼神，他都能心領神會。為什麼到這裡，這麼想知道這兒的過去？他想問波心是不是跟他有同感。進了客廳，見波心拿著一塊酥糕正要吃，見他來，招手說：「快來，嘗嘗蘇州花糕，很到味。」他接過來，咬了一口，點點頭：「好吃。」

「陳董要是不舒服，到樓上去睡一會兒，那可是百年的牙床。」富晰說。

「是當年金家老祖宗睡的床嗎？」火木問。

「正是。上好的木材，到現在我都說不出這比檀木還貴重的木料叫什麼名字，好像宮裡皇上、太后才能用這種木料做床，睡上去有安眠作用，我睡過，確實這樣。」富晰說。

火木喝了一杯熱茶，雙手反靠枕在頭後，半躺著斜依在寬大的椅子上：「就這樣靠一靠，等我娶老婆再睡那牙床。生個龍子鳳女。」

富晰拍手：「好。本來賣屋不送家具，只要你買，這床送你。」

「富小姐，妳剛才對我說，這床是那個侍候慈禧太后的李蓮英從宮裡運出來的，他是個閹人，能沾他的福氣，添子旺孫嗎？」波心半開玩笑地說。

「平民百姓，再有錢能弄到這樣一張床嗎？」富晰得意地望著火木：「一張龍床呀，有福氣的人才睏得住呀。」

「那我得問問金克文，他家出了幾個龍孫。」

火木一臉正經，波心怕此話敏感，正要找話緩頰，富晰毫不在乎地擺擺手：「金克文沒福氣，從沒睡過這張床，我跟他生的兒子是平民百姓，很健康，不沾龍氣。」幾句話，擺明了她對金家的立場。

波心從心裡體會得出，她對金家過去的不屑。

「剛才妳說這荷花池、綠荷花有故事，趕快說來聽聽，待會兒那幾個男生把客人接來，就沒工夫瞎聊了。」波心轉移話題。

「好的，那幾個朋友常來，我可以不招呼他們，這故事妳一定喜歡聽，與挑溪園有關喔。」富晰臉上回復了笑容，賣個關子。

火木坐直身子，一臉期待。

「我聽我祖母說，挑溪園真正的老闆是一位綽號叫『胖姑娘』的女孩，我祖母聽很多人說，這姑娘生性不凡，說她是荷仙投胎也不為過，她靠荷花、荷葉、荷梗、荷藕、荷蓮子調理一手好食品。她既溫柔又慈悲，這附近十里，全是她的荷塘，我跟妳說的挑溪園就是她經營的，石舫、菜山，均是她工作的重心。這樣的一個好人，如果她確實是荷仙轉世，就不能沾上世間情，沾上了一個『情』字，就是來還債的。」

「她愛上了一個壞男人？」波心問。

富晰輕「哼」了一聲：「從我祖母的口中說來，這個叫唐挑的男人並不壞，他是在貧病交加、走投無路的情況下，被胖姑娘救起，他也算是有良心的人。他天生的有生意頭腦，用胖姑娘的專長蓋了杭州第一酒樓，百年前，來到西湖，如不到挑溪園逛逛，甚至住上幾天，就等於沒來西湖一般。」

「妳跟我在石舫上說過，妳曾祖母隨著皇親國戚都到石舫上票戲，李蓮英還帶著他姪女演什麼『春香鬧學』，由唐挑反串演小姐。」波心說。

火木悶悶地聽著，有些不耐煩：「這些爛事跟綠荷花有什麼關聯？」

「關聯可大呢，你們聽我說，自那次票戲，唐挑迷上了李蓮英的姪女李玲芫，兩人愛得難解難分。」

「那胖姑娘呢？她喜歡這個流浪漢嗎？」波心帶著不平的口吻。

「叫唐挑啦，什麼流浪漢，難聽。」火木悶悶的說。

「又不是你，幹嘛抱不平。」富晰笑著拿點心吃。

「這就是男人的心態，搞不好百年前你就做過忘恩負義的事。」波心拿他開玩笑。

「對頂頭上司我是不敢回嘴的，拜託，有昨晚府上做的荷包嗎？我好想吃。」火木懶懶地說。

「有呀，怎麼沒拿上來。」富晰向站在一旁的服務員招呼一聲，回頭對火木說：「馬上就端上來，這裡的小廚房專製有特色的餐點，你想不想嘗嘗蟹黃湯包，是我餐廳的金招牌，叫一籠，配上普洱茶，別有風味。」

「也行。」火木心不在焉，目光總是在屋內打量。

富晰對著波心說：「我聽我祖母說，曾祖母見唐挑在戲台上，還以為他是女兒身，當他卸妝後回復原來的男人面貌，莫說女人，連男人都想收他為相公。噢，他俊秀挺拔，五官標致，皮膚白裡透紅，說話彬彬有禮，對誰都客客氣氣，私底下聽人議論，他很有武功底子，想佔他便宜的人都吃了暗虧，像這樣的男人，哪個女人不喜歡？他愛上了李玲芫，李玲芫更愛上他，天作之合呀。當時李蓮英買下了正在建築的玉梭園，讓李玲芫的父親答應唐挑，把此園建好，就讓兩人成親。唐挑把幾年的儲蓄全用在這房子上了，甚至還向胖姑娘借了不少錢。」

「等等。」波心問：「胖姑娘難道不知道這男人向她借錢的用處嗎？」

「她不是傻子，什麼都知道，唐挑向她調錢，她甚至把私存的首飾都拿給他，叫他去變賣，她的朋友警告她，要她把這個沒良心的男子趕走。她笑著搖搖手說：『趕走他，我這一份家業也顧不來，挑溪園是他弄起來的，憑他那人樣，配上我會落人閒話，我把他當弟弟看，能找到一個年輕貌美又情投意合的人不容易，我看著高興呀。』」

「胖姑娘真是荷仙。」波心替胖姑娘抱不平。

服務員端來荷包，連帶幾樣點心，兩屜小蒸籠冒著熱氣，放在桌上。火木似乎餓了，專心地吃吃喝喝。

「她是難過的。」富晰嘆口氣：「她把心思全用在工作上，她調製的食品越發精緻，生意蒸蒸日上，一日，她用白瓷瓶插了一朵綠荷花，那可是一朵奇葩，花朵不大卻穠纖合度，散發出瑩瑩綠光、淡淡幽香，她擺在大廳，這股幽香飄散至廳外，客人爭相目睹，口耳相傳，整個杭州城莫不把綠荷花當成茶餘飯後的話題。」

「有這麼稀奇嗎？現在新配種，各種花色都有。」波心說。

「頂頭上司，一百年前，綠荷花是奇葩，被人一渲染，這花就成了寶了。」火木平平淡淡地說。

「是呀。我倒忘了說這對戀人的事了。」富晰說。

「對，這奇花一定被唐挑拿去獻殷勤了。」波心說。

「沒錯。」富晰說：「唐挑為了早日把玉梭樓建好，已到了沒日沒夜的趕工，這兩隻老狐狸有計畫地利用唐挑，我剛才說過，憑李蓮英和李天福的財力，建十個玉梭樓都綽綽有餘，人哪，得了貪心病就無藥可醫。有了財，就更想要權，這兩人釣著唐挑蓋豪宅，另一方面，把李玲芫帶進宮裡，李蓮英事先調教玲芫一手梳頭的好手藝，又會唱兩口，就憑這兩樣，就博得老佛爺歡心，李蓮英把『春香鬧學』搬進宮裡，他扮老師，李玲芫扮春香。把恭親王庶出整日無所事事的阿哥金溥澤請進宮，反串千金小姐杜麗雲。這位阿哥金玉其外，到了宮裡有李蓮英罩著，有事沒事跟李玲芫耍在一起，早把未婚妻富節芝拋到腦後。在宮外，李天福用各種方式接濟金溥澤的母親和他的家人，這家人本就過得拮据，如今被李蓮英照顧，怎不得意！這家人有意做給恭親王嫡親的族人看，我們住在偏院的人，也有受宮裡重視的一天。」

「這個李玲芫不是跟唐挑愛得火熱嗎？難道她變心了？」波心問。

「沒有，她愛的是唐挑，對金溥澤沒好感，她總認為他是有未婚妻的人，她也不想高攀，在宮中為了討老佛爺開心才和他戲耍，每次回杭州西湖，和唐挑到快完工的玉梭樓，總盼望佳期趕快降臨。」

「這是他們的事，我只想知道綠荷花怎麼和這裡扯上關係。」火木有點急躁。

「總要有個前因後果呀，你急什麼！」波心帶著責備的口吻說。

火木不語，低頭拿起一個荷包咬了一口：「這荷包好吃，妳也吃。」

兩個女人都不理他，富晰對著波心說：「胖姑娘後來找到第二朵綠荷花，而李蓮英命令唐挑建這樓要造這樣一個花池。傳說這樓某處開了一口可以接到風水靈氣的水井，李蓮英還在井中放了鎮宅寶物，只是我們怎麼找都找不到。」

「如果我找到了，是不是算我的？」火木問。

「如果你找到了，你不買這幢樓庭，我都送你。」富晰說。

「真的？妳要說了算數。」火木問。

「當然。」富晰說。

波心提醒富晰：「說我們的綠荷花。」

「這麼有名氣的花，當然傳到老佛爺耳裡，她命李蓮英把花採來給她。李蓮英奉旨，要唐挑採綠荷花給老佛爺。」富晰望望窗外的荷形花池：「老佛爺不愧是大福之人，胖姑娘本是在荷花池無意間發現一朵奇葩，如再找，真如海底撈針。為佛爺，終於發現了第二朵。」

「我打個插，是胖姑娘找到第二朵綠荷花後，李蓮英也要在這個庭園修建這座花池的嗎？」波心問。「應該是。」富晰面帶輕視：「他把這裡當他的行宮，要在這裡頤養天年呢。」

波心罣礙的是胖姑娘，追著問：「妳說她找第二朵像海底撈針，幾十里的荷塘豈不累壞了人？」

「是呀，聽說把十里荷池都攪翻了。李蓮英親自監督，胖姑娘划著小木船，唐挑陪著，她雙手攪翻了美麗的荷田，大隊人馬舉著棍棒踐踏著荷花、荷葉，一片狼藉，泥濘濺得她一頭一臉，分不出是汗還是淚。」富晰嘆口氣：「幸虧找到一朵，李蓮英有了交代，大家都鬆了一口氣。」

波心揉揉胸口：「我好同情胖姑娘，她如果知道一朵綠荷花給她帶來這麼多麻煩，她當初一定不會採它。」

「它太美，是稀世奇葩，任誰都沒法抗拒。」富晰說。

「波心，告訴妳，綠荷花是花妖，慈禧那老妖婆拿到它一定引來災難，富晰妳說是不是？」火木伸伸懶腰，一副百無聊賴的樣子。

「陳董，我看你真的累了，你不想聽可以到外面走走，說不定你會發現一些古物，引起你的興趣。」富晰說。

「古物，這老宅一定有某些東西鎮壓在某個地方，我一到這裡就覺得情緒被這兒的磁場攪亂了。莫名其妙的想法常常衝進腦海，可惜我不是作家，這些靈感讓我心煩。」火木說。

只有波心看出他疲憊的神情中帶著煩躁，而她心中卻不時出現一整片一整片被攪翻破碎的荷田。

「我說陳董，用你腦海裡綠荷花引來的災難是什麼樣的情況，說來聽聽。」富晰說。

「當然有，老妖婆愛不釋手，命李蓮英把栽種綠荷的偏方拿來，她要闢一處荷池，專門培植綠荷花。是這樣嗎？」火木問。

「對、對。」富晰連連點頭。「再想想，後面是什麼情況？」

火木站起，不耐煩地說：「沒靈感了，我要出去走走。」火木真的走向屋外。

波心望著富晰說：「別理他，我喜歡聽真實的事，他這個人滿腦子生意，不是個有情意的人。」

「我想也是，憑他的外表、長相、經濟條件，到現在還沒成婚，也算異類。」富晰說。「好，李蓮英用水晶瓶盛著綠荷花，馬不停蹄地送進宮，老佛爺歡喜地捧在手裡，這股清香飄散在她的寢宮，她聞著，突然覺得自己好年輕，還是名妃子，孤單地居住在桐蔭深處，翹首盼望呀，總不見皇上的蹤影，她倚欄輕唱小曲，正唱得入神，皇上什麼時候站在她身旁都不知道，她既驚又喜，忙跪下請安，自此，她得到皇上的寵愛，如沐春風，那股沁香飄飄渺渺，似斷還續縈繞在她內心深處，六十多年了，她一直在尋找這淡淡幽香，突然，它飄散在身邊，她迫不及待地叫玲芫替她梳髮，在鬢角插上這朵綠荷花，攬鏡自照，彷彿時光倒流，她是那名受寵的妃子蘭兒。世上哪個女人不想把最美好的記憶留在身邊！老佛爺正在鏡中陶醉的望著自己的過去，李蓮英把站在老佛爺身旁的玲芫用力一推，玲芫不防，一個踉蹌跌倒在地，把老佛爺嚇了一跳。李蓮英連忙下跪：『奴才該死，驚到老佛爺，實在是這孩子沒長眼力勁，把照進來的光給擋住了。』玲芫真的以為自己犯了錯，跪在地上頭都不敢抬。

「慈禧心情好：『起來吧，這丫頭真得了你的真傳，頭梳得好，這花呀也插對了地方，江南來的孩子，這股靈秀勁，北方女兒就比不上。』

「『謝老佛爺。』李蓮英給玲芫使了個眼色，兩人站起，垂頭立在一旁。

「『聽說為了這花翻遍了十里花池才尋到，是嗎？』老佛爺頭也不回的仍然照鏡子。

「『是的，老佛爺，您鴻福齊天，第一朵是來報訊，蒙您賞識，這第二朵才敢冒出頭來，供您玩賞。』李蓮英巴結地說。

「『那多費事呀，在宮裡建個花池，專養這個品種。我喜歡這股香氣，讓它日日在我身邊聞起來也舒服。』老佛爺平淡地說。

「老佛爺說得平淡，李蓮英聽得嚇出一身冷汗，忙跪下說：『奴才遵旨。』

「老佛爺滿意了，轉過身子問：『我今天痛快，小李子，想要我賞你點什麼，說說，不能讓你白辛苦，這花池的事你還要多費心啊。』

「『奴才遵旨。』李蓮英猛然跪下：『奴才有個非分的請求，乞老佛爺成全。』

「『說說看，什麼事。』慈禧說。

「李蓮英向玲芫努努嘴：『我只有這麼一個姪女，求老佛爺替她找個好歸宿。』

「慈禧打量一下玲芫，玲芫立刻跪下。心想，難道跟唐挑結婚還要老佛爺允許？『心裡可有合適的人選？』慈禧問。

「『有個合適的人，怕高攀不上。』李蓮英說。

「『是哪家的孩子，說來聽聽。』慈禧今天心情果然不錯。

「『小的斗膽，近日看恭王府的金溥澤阿哥跟奴才的姪女很投緣，不知老佛爺能不能成全。』

「慈禧沉默了一會兒：『金溥澤從小就跟侍衛長富永祺的長女富節芝定下婚約，我不方便插手。』

「『這個奴才知道，只要老佛爺不反對，其他的事，奴才自會料理得妥妥貼貼。』李蓮英說。

「『你怎麼個妥妥貼貼？』慈禧太后問。

「『其實，恭王府對富家這門親事早就不滿，不是富家小姐不夠賢德，是富家兄弟姐妹多，家道也不富裕，他們選的對象，門第不重要，重要的是對方家業是否雄厚，以金溥澤的情況，老佛爺是最清楚的。他要是娶了富家大小姐，將來日子都不好過，這門親事早晚會出問題。』

「老佛爺想了想，富永祺早就離職在家賦閒，這個金溥澤近來常在她眼前轉悠，就是不能跟奕訢長孫溥偉相比，尤其他那個丫頭出身的媽，自從被六爺奕訢收了房，怎麼就改不了丫頭習氣，六爺老了，對這個小妾也沒什麼關照，生下溥澤，撒腿走了，這娘倆在府裡，不上不下，日子也不好過，莫說娶富永祺的女兒，稍有門第的滿清貴族，任誰家的姑娘都會掂量掂量。她心裡明白，現在朝廷裡頂用的大臣都是漢人，也有娶滿族姑娘的，祖上立的規矩用在皇上這支血脈上就行了，何況小李子提的這門親還不算逾矩。想到這裡，瞥眼瞧瞧桌上的水煙袋，李蓮英是何等機伶的人，忙過去替老佛爺把煙筒裝好煙絲，點上火，恭恭敬敬的雙手奉上，小小心心地說：『老佛爺，只要您不反對，就是給奴才天大的恩惠，奴才求得太過分了，奴才惹惱了您，您責罰奴才吧。』

「慈禧抽著水煙袋，想到幾年前，他把他妹子送進宮裡的事，就知道小李子這奴才的心思，如今這個玲芫處處勝過他妹妹百倍，想嫁的也不過是金溥澤，除了門第不配，這對母子娶了李玲芫，日子該不成問題，倒去了恭王府中一塊心病。

「『這樣吧。』老佛爺說：『你看著辦吧，富永祺要是問起我，我再回話。』」

「妳曾祖母的父親怎麼處理這件事？」波心聽到這裡，提出自己的疑問。

富晰輕哼了一聲：「富家怎敢問，何況這門親事又不是老佛爺指定的，這種在朝廷中共事的臣子，互訂兒女親家本是常有的事，毀婚另擇婚配也是常事，李蓮英當年是授官二品和頂戴花翎、外賜黃馬褂的總管大太監，哪個想晉見老佛爺的，不先把李蓮英巴結好，連醇親王、李鴻章都對這個閹人禮讓三分。一個退職的御林護衛長為女兒的婚事去見老佛爺，妳想想，有可能嗎？」

「那怎麼辦？」波心覺得富家這口氣就這麼吞了，有點窩囊。

「李蓮英不愧是號人物。」富晰望著窗外，嘴角掛著冷笑：「他帶著厚禮拜訪富家，埋怨自己不知道金溥澤已訂過親，老佛爺也不知道，一時興起，見這兩個孩子在她身邊侍候得周到又情投意合，就多了個嘴求老佛爺成全，老佛爺當下答應了。

「『沒想到委屈了富家大小姐。』

「『不敢、不敢，是小女沒這個福分，我應該先去向大總管道喜，沒想到您卻大駕光臨。』富老爺子說。

「李蓮英滿意地摸摸沒鬍子的下巴：『我只有這麼一個姪女，將來靠她養老，訂下這門親事，我也放心了，您的幾位公子都在哪高就，想進宮，跟我說一聲，在老佛爺跟前我還說得上話。』

「『那當然，那當然。』富老爺雙手抱拳謝恩。從書房裡拿出當年女兒跟金溥澤訂婚的喜帖交給李蓮英：『麻煩大總管把這訂婚帖退回金家，免得有罣礙。』李蓮英雙手接過，仔細地看了看，高興地喝完茶，就走了。」

「你們富家就這麼放過了？難道沒想到富節芝的感受嗎？」波心為此打抱不平。

「這就是我曾祖母了不起的地方。」富晰說：「她知道家人為此很不舒服，時勢比人強呀，她倒反過來安慰家人說：『這是好事呀，你們一定明白，我嫁過去有好日子過嗎？當初恭親王在世，跟阿瑪替我訂下這門親事時，我還小。當時兩家還常走動，現在不一樣了，恭親王歸天，世襲王位是孫子溥偉，莫說平日，連逢年過節都見不到王府的人影，我們家阿瑪早已賦閒在家，金溥澤跟他母親在府裡本就上不了檯面，他母子一心想攀個富貴人家的女兒抬高身價，對我這樁婚事，他們是瞧不起的，我如果強嫁過去，是受罪呀，這點你們還看不清楚嗎？』」

「妳曾祖母一定是位很有智慧的女人。」波心讚嘆，隨後嗤之以鼻地說：「這門富貴再高也是個太監。」

富晰得意的微微揚揚頭：「人家可不這麼想，宮中大總管，官拜二品和紅頂戴，這樣的富貴對金溥澤母子說來，娶了李玲芫比娶進一門寒素貴族格格實際得多，多少人想攀還攀不上呢，我曾祖母富節芝不愧是書香門第大家出身，有節操的，我聽我祖母說，在遊西湖後的石舫上看到他把她送的繡荷包送給一名唱戲的女子，就打心底看輕了這個男人，虛誇呀。」

「後來呢，李玲芫不是跟唐挑要結婚了嗎？這情節一定很精彩。」波心一副聽故事要得下回分解的心態。

「結婚不急，老佛爺要的是宮中滿池開的綠荷花。」富晰揶揄地笑笑。

「那怎麼辦？」波心急了。

「逼胖姑娘呀。」富晰說。

「這種變種的荷花，逼也沒用。」波心說。

富晰指指房子四周：「這房子完工了，家具也添得差不多，唐挑整日做著當新郎官的夢，李蓮英跟李天福要進行第二步計畫，缺德啊。」

「等等，李玲芫變了心，唐挑難道不知道？」波心問。

「李玲芫並沒有變心，李蓮英拍著胸脯向她擔保，把綠荷花栽種成功，贏得老佛爺歡心是當務之急。『妳沒瞧見，金溥澤在老佛爺眼裡沒什麼分量啊！妳如果真心喜歡唐挑，這是他表現的機會，把綠荷花栽培成功，這是個立功的機會，老佛爺一定對他另眼相看，到時候憑他一句話，給唐挑弄個一官半職是輕而易舉的事，老佛爺自然應允妳和唐挑的婚事。至於替金溥澤解除兒時婚約是受他母親的懇求，他想和妳攀親家，哼！想娶我家玲芫的皇家貴公子多著呢，他母親這樣求我，我拿他當引子，聽聽老佛爺的旨意，芫兒妳在她面前看到也聽到，老佛爺沒下旨，要我作主，想要當我家的姪女婿，我要好好掂量掂量，目前唐挑是第一人選，芫兒呀，妳放心就是，我跟妳爹存了這麼大的家業，當然是找個能替李家做事的，讓咱李家光大門楣，不是找個繡花枕頭來散財的。』他要姪女一定要沉得住氣，把他的意思告訴唐挑，叫唐挑無論想什麼辦法，都要從胖姑娘那拿到栽種綠荷花的祕方。」

波心急了：「這閹貨一派胡言，李玲芫難道聽不出來？她當真逼唐挑向胖姑娘要祕方？胖姑娘會有祕方嗎？」

富晰嘆口氣：「胖姑娘太善良了，她不忍心看到一個她愛的男人，過去在她面前是多麼精明能幹，意氣風發，如今為了玲芫在她面前畏畏縮縮。她看在眼裡，酸在心裡，自己沒那個福氣，兩人相愛是緣分，不過，她一萬個也沒想到無意間發現的一朵綠荷花，給自己帶來這麼多麻煩，如今更莫名的跟她要祕方，她坦白說：『我也想有呀！真的是沒有，你難道還不清楚我的為人？』」富晰端起茶杯喝口水，潤潤嗓子，好整以暇地說：「人呀，被情困住就不是人了，李玲芫整日逼唐挑，並且拿金溥澤要娶她做要脅，硬的、軟的，整日鬧個沒完，妳想想，唐挑可是把生命財產全賭進去了，為了自己一輩子的幸福，他什麼也顧不得了，逼胖姑娘無論用什麼方法也要把綠荷花培植成功。」

「這個忘恩負義的傢伙，殺了他。」波心忿忿不平。

「胖姑娘傷心，索性不理，全心用在她調理食品的手藝上。」富晰說。

「對，這種人把他趕走，不就結了。」波心說。

富晰冷笑：「有這麼容易嗎？李蓮英一插手，莫說一個挑溪園，十個挑溪園，只要他下道令，一把火全燒了。」

波心氣得捏緊拳頭：「這個闇貨。」

「胖姑娘為了保全她畢生心血營造的荷田和客棧，每日含著淚、划著小木船在荷塘四處尋覓，她日思夜想，就是想不出這綠荷花是怎麼長出來的。她想到去年夏天，她用蓮子磨蓮子粉，發現幾顆發黑的蓮子，隨手一丟，有幾顆丟進染藍靛的缸中。自己也沒注意，一日，她把裝藍靛的缸移到院中，把培養好的靛汁倒進木盆染布料，發現幾顆染了色的蓮子，丟在地上怕院中走來的雞鵝吃了會中毒，就放進布兜。她跟平日一樣，匆匆忙忙地趕到池邊，自己划上小木船，穿梭在荷花荷葉間，掐最嫩、最鮮的梗敷在蒸籠底，梗的清香透過荷葉，再蒸進包著好餡的荷包，出來的食品自然膾炙人心。『莫不是這幾顆染了色的蓮子在我彎腰時掉進池塘，長出這類奇花？』她不敢保證，只把她認為的可能性寫給唐挑，目的是想圖個清靜。」

「是這個祕方嗎？」波心問。

「妳聽我說呀。」富晰賣了個關子，轉頭找火木：「這個人，真的去尋寶了。」

「別管他，我看他自從進了這幢古別墅就像昏了頭一般。」波心說。

「我看多了，來這裡的客人，見到這兒不同的建築都會有思古情懷。」富晰得意地說。

波心點點頭：「是不錯，我也有，不過我最想聽的是故事。」

「這個祕方拿到李蓮英手裡，宮裡專門種花的花匠同老佛爺說：「此種極珍貴，如法炮製，必等明年清明節前。壅土培種，夏日必得綠荷。」

「老佛爺高興了，現在是夏天，她等不及，她還要一朵剛開的綠荷花，她自信，這綠荷花是專為她開的，自從李蓮英進貢說是第二朵，她規定每隔三天就要進一朵，不得有誤，直到來年御花園的花池開滿綠荷花，宮外採綠荷花的工作才能停止。她輕輕鬆鬆地命令李蓮英，小李子滿口奉承，轉身命令唐挑趕快執行，這回要了胖姑娘的命。」

「要了胖姑娘的命？」波心驚叫。

「是呀。唐挑逼著胖姑娘在池塘沒日沒夜地翻攪，十里池塘，鐵打的人也受不了呀。唐挑累了上岸休息，換別人盯著胖姑娘，李蓮英有命令，限三天內把綠荷花找到，否則殺頭。並要唐挑不得偷懶，要跟胖姑娘共舟探採，找不到一起處死。」

「第三天黃昏，夕陽落在荷花上，一片金光，波心妳想這景致美不美？」富晰問。波心點點頭，心中突然充滿哀傷。「一朵綠荷花浮在濃密的荷葉間。」富晰嘆口氣：「胖姑娘彎下腰，像往常探身下去採枝梗，她要確定是否真的是綠荷或是眼花看錯了，性急的唐挑跟著俯下身子，船尾一翹，胖姑娘被唐挑壓進池塘。妳一定有這種常識，荷塘的水是泥濘鬆軟的，唐挑壓在她身上，她的頭幾乎陷進泥水裏，唐挑衝出水面，只顧自己活命，胖姑娘掙扎著抱住唐挑的頸子，唐挑非但沒拉胖姑娘一把，把她拉上木船，反而使盡力氣，雙腳一踢，把胖姑娘踢進水裡，他上岸了，胖姑娘淹死了。」

「然後呢？」波心像失了魂般的問。

「唐挑叫人下池塘救人，沒人理會，他又大叫找到綠荷花了，才有人來，抬上來胖姑娘的屍體，被認為的綠荷花卻是一團梗葉，岸上圍來許多看熱鬧的人，也有胖姑娘的親朋好友把她抬進家裡準備辦後事。鬧烘烘的人群散去，唐挑也失蹤了。」

「他為什麼要逃？李蓮英應該保他呀。」波心說。

「保他？」富晰仰身往椅背上一靠：「他和李天福樂得快往地上打滾了，只放出一句話，殺人要償命，他就嚇跑了。」

「李玲芫怎麼辦？她那麼愛唐挑。她一定會求李蓮英想辦法救他。」波心說。

「當然要救，閹人要救人比害人還惡毒。」

「怎麼回事，我聽不懂。」波心問。

「很簡單，李蓮英把當年管牢獄的牢頭范大找來，叫他向玲芫說明一切就夠了。」富晰說。「范大很明白的說唐挑過去是死刑犯，他見他年紀輕輕的犯了殺人罪，就此結束生命很可惜，就用假藥讓他死，趁埋他時救他一命，怎知如今又犯下大罪，大總管讓我據實以報，我就實話實說，他肯定不會回來了，我明白他的個性，自私、貪婪又忘恩負義。」

「這是李蓮英和李天福設下的局嗎？」波心問。

「當然，范大常去挑溪園吃飯、遊樂，早被李天福盯住。當他得知唐挑和范大的關係，十分竊喜，手中握住了一張好牌。對美好的十里荷塘、風光的挑溪園，只要時機對了，把牌甩出來，這份家業就是他的了。」

「現在他用上了？」波心問。

「用上了，范大也是為了保命，他如果不照李蓮英的話去說，老命馬上沒了。」富晰說：「何況他說的是實情。」

「可憐的李玲芫。」波心嘆口氣。

「一個女人，當她愛上的是這樣的一個男人，怎不令她心碎，她不相信，她要證實，這樣為她付出的男人絕不是個殺人犯，可是事實擺在眼前，這男人失蹤了，李蓮英並且把唐挑當年被判死刑的畫像及判刑書從大獄牢房的檔案中找出來給玲芫看，連連責備自己看人不清，差點害了最心愛的姪女。她對胖姑娘卻滿懷愧疚，她喜歡她近乎崇拜，她圓圓的臉上永遠掛著笑容，明明知道胖姑娘喜歡唐挑，可是她愛唐挑，愛是自私的，她要全部佔有，其實胖姑娘可以不理唐挑為了討好她的情敵，而把她採到最心愛的綠荷花給她，讓她能與老佛爺親近，如今就是為了這勞什子綠荷花，把她的命都丟了，更令她傷心的是，她的命是丟在她最愛的男人手上。」

「一切都不能挽回。金溥澤出現，當時的滿清政府已到了窮途末路，庚子年後，上海早已是租界地。有錢的中國人能移住在上海，認為是有面子的事。金溥澤帶著她遊山玩水，帶著她到上海吃西餐、穿洋裝、騎馬，也共同票戲。這樣的日子很快的把她的憂傷撫平，她開始享受富貴人家的生活。如果拿金溥澤和唐挑相比，金溥澤是裝上金鞍的跑馬，唐挑則是一頭俊驢騎著安穩，見不得大世面。很快的，在雙方家長慫恿下，他倆有了文定之喜。」富晰說。

「誰有文定之喜？」火木走近屋裡問。

「你怎麼去了這麼久？挖到寶了嗎？」波心問。

「當然，我找到了一口井，八成與風水有關。」火木問富晰：「妳說的，挖到寶是我的，不能反悔。」

「當然，只要你買下這幢府宅。」

「小事一樁，今天我就會下定金。」火木說：「這府宅跟我有緣，我一看就喜歡。」

正說著，富晰的手機響起，富晰拿起說：「好的、好的，我們馬上去大廳。」放下手機，她提醒火木、波心：「金克文催我們回大廳，在那兒用晚餐。」波心意猶未盡，富晰說：「另一段和大廳有關，比我剛才講的更精彩。」門外汽車司機已進門請人了。

之二　緣滅繫緣起

一行人來到大廳，正是黃昏時分，站在庭院不管任何角度，都能欣賞到西湖美景，在夕陽晚霞中更顯絢麗。初冬，風冷卻不寒，波心和火木並肩站在廊下，兩人默默觀賞四周景物，富晰有意讓他倆單獨在院中漫步，她明白，這兩個是有心人而且很有實力。他們夫妻為這幢別墅不知邀了多少買主，總是談不攏，這兩人雖然是合夥人，看來比親兄妹還親。這兩人看來對這房子特別有緣，或許是來自台灣的生意人，又有文化素養，把居住在這古屋的人事滄桑當故事般說給他們聽，波心已經聽上癮了，這個火木有些怪，總想挖寶，天曉得，這幾年連地窖都被他們撬翻了，連個銅子都沒有，任他去尋，只要他肯買，挖到寶是他的運氣，「我把他倆籠絡好，賣個好價錢才是我的運氣。」想到這裡，富晰張羅客人，叫他們不要打攪兩位貴客，他們看得越仔細越有心要買，希望大家成全。

火木和波心雖是散步觀景，卻也在商量這幢別墅的價值問題。「買下它，徹底整修要比買下的價錢貴三倍。」火木說。

「你認為有這個必要嗎？」波心問。

「當然，我從昨日踏進來的第一步，就有重遊故居的感覺，我既興奮又難過，總覺得這裡我來過，而且不止一次，我之所以在樓閣上待不住，是因為我靜不下來，一股勁的想四處看看，這個百年破舊庭園難道是我母親常談的她兒時的家園？不可能，我母親是廣東人，嫁到台灣，父親是農民，家境並不富裕，哪來這等豪宅。」

「每個人在潛意識裡都會有夢想，你是搞建築起家的，你愛四處看房子，這樣一幢庭園讓你著迷應該很正常。」波心說。

火木搖頭：「不對，我看到這裡老而破舊的東西總覺得好親切，看到被翻修過的任何房廊，莫名的怒氣衝得我頭昏，心裡很不舒服。」

波心聽了大笑：「還好，你沒聽富晰講這兒的故事，如果你聽了，搞不好你是故事中的人物之一。」

火木搔搔頭：「我倒希望有一世在這裡住過，可是我只覺得這兒很熟悉，進得屋裡又處處不自在，應該沒住過。」

波心眺望遠處，西湖上浮動著遊船，碧藍的天空浮動著白雲，這景，如果把它比著富晰口中形容的十里荷塘，一片盛開的白荷，採荷的小木船穿梭在綠葉清水中，多麼如詩似畫，還有富晰形容的挑溪園、石舫、山林，她心中一熱淚水奪眶而出很自然的說：「不知道為什麼，從我到周家見到小水溝那朵白荷花，就被周家的環境所吸引，包括在石舫上，斷毀的石橋上，都有似曾相識的感覺。心中起起伏伏，連暈倒都不知道。」

「有意思。」火木轉頭打量一下別墅：「這兩個地方應該有關聯，或許我倆有一世在這個地方經歷過某些事，一些沒完成的心願，要我們今世把它了了。」

「如果是這樣，我有能力我會完成。」波心感性地說：「可是，我真的沒能力。」

「我一定要買下它，我的預感很強，這宅一定會屬於我。」火木說。

兩人不知不覺走到大廳門口，門檻前橫放著的大塊雞血石在夕陽下閃出晶瑩的光輝。客廳裡一片喧嘩，西式沙發坐著幾個人在玩撲克牌，中式餐廳一角四個人在打麻將。金克文沒上桌，他在招呼客人，見他倆進來，忙前來招呼：「快來坐，難得聚聚，坐那邊沙發，靠窗子，最舒服不過。」

兩人剛落座，富晰笑嘻嘻地趕過來：「我在廚房盯著，怕牛排烤老沒法吃，要恰到好處就一刻不得放鬆。」

「那妳去盯，這裡妳不要陪我們。」波心說。

「已經搞好了，沒事了，陪你們才是要事。」富晰坐下命傭人：「把普洱茶端上吧，開飯前喝點好暖胃。」

波心坐定，發現才沒一會兒工夫，富晰就換了套衣裝，很古雅的唐裝，米黃色，小鳳仙式的上衣領口緄著翠綠雜金紅絲線荷葉邊一直沿到對襟，再精細地繡著花紋，延伸到短襖的下襬，袖口同樣和衣領緄繡著荷葉邊，是那麼穠纖有致，頸子掛了一串紅瑪瑙項鍊垂到胸前。米黃色絲絨褲，同樣的在褲管繡著如同衣襟上的花紋，連繡鞋也是如此。「妳很會穿衣服，這套唐裝穿在妳身上，我好像見到一位華貴的格格走到我面前。」波心讚美地說。

「是嗎？」富晰站起，在她面前轉了一圈：「老衣服了，手工的精緻怕現在沒幾個人趕得上了，他可是一位專替我母親縫衣服的老裁縫，他很難得的也替我縫了幾套，妳如果喜歡，我挑一件大的外套送給妳。」

波心連連搖頭：「我這身材最怕穿合身衣服，寬寬大大舒服自在。」

「我的頂頭上司最舒服的衣服是布袋裝，走路都通風。」火木調侃波心。

「對，冬天再冷我都不穿大衣，我披毛毯。」波心把火木調侃她的話頂回去。

「誰要披毛毯，現在還沒那麼冷呀。」金克文走過來笑著說。

傭人端上茶和點心，大家隨意吃著，火木一眼瞧見富晰頸子掛著的瑪瑙項鍊很直接地問：「能取下來給我看看嗎？」

「怎麼不能。」富晰邊說邊雙手解開環扣，遞給火木。

火木雙手接過，逐顆觀賞，看得非常用心。

金克文湊趣：「陳董，這可是我媽最珍愛的項鍊，送給媳婦的見面禮。」

火木雙手奉還，很自然地說：「是珍品，一看就是難得的寶物。」火木復又張望四周：「這大廳我總感覺隔得不好，和原來的完全不一樣是不是？」

「改了很多次，風水不好，陳董，你相信風水嗎？」金克文問。

「我當然相信，不過我更相信福地福人居，地和居住的人是要有緣分的。」火木說。

「我也相信。陳董，如果我說這幢別墅死過人鬧過事，你還有興趣買嗎？」富晰雖用半開玩笑的口吻，其實是在試探，如果買主猶豫，以她過去觀察幾個買主的神情經驗，雖然掩飾得很好，也知道成交希望不大。

「哪個地方沒死過人。」金克文很瀟灑地坐在沙發上很快的打圓場：「在國外，很多人專門找古堡，領受一下與鬼相處的感覺，沒鬧鬼還沒生意呢，陳董你說是嗎？」

火木點頭說：「百年老屋要是沒發生點事，我還對它沒興趣。」說完四個人都笑了。

富晰把玩著瑪瑙項鍊，突然「喀」的一聲，串項鍊的金絲斷了，瑪瑙從桌上滾落到地上，隨著富晰「啊」的叫聲，大家把目光全注視到散落的瑪瑙上。

金克文首先掏出潔白的手帕攤在桌上：「別緊張，把它收到手帕上，共有一百零八顆，富晰，妳數過沒有？」

「沒錯，一百零八顆，婆婆叫我每日拿著它念一句佛號就撥一粒珠子，我怎麼不知道它有多少顆。」富晰邊撿邊說，顯然的，她有些心慌。

四個人桌上椅下分頭找，富晰負責數珠子，大家認為找全了，富晰數來數去就是少一顆。

「怪了。」波心找得腰痠：「怎麼會少一顆，地都要被我們翻過來了，妳是不是記錯了？」

「算了，明天再找吧，吃茶。」富晰收起手帕，小心地放進口袋。

「咦，那是什麼？」火木偏頭看著門欄邊的雞血石，大家也偏過頭看。

平滑的石頭上立著一顆鮮紅的瑪瑙，一抹夕陽落在石頭前方，閃著金光，透進雞血石，把石中的紅暈反射出來，散放在紅瑪瑙四周。「啊！」富晰叫了一聲，大步走過去把瑪瑙取回。

「這塊雞血石有邪氣，賣不出又捨不得丟，放在那當裝飾品，朋友都喜歡，就我看著礙眼，奇怪了，這宅子空了好多年，沒人住、沒人管，這塊石卻沒人偷。你們說，是不是不可思議。」金克文突然把話轉到雞血石上。波心對這位瀟灑帶著浪漫氣息的男主人隨性的談吐感覺很有趣，仰起頭問：「確實沒人住，空了好多年？」

「起碼空了十年，那十年整個中國在鬧文化大革命，替我們看園子的老僕下放到新疆，這兒是荒廢了，直到我父親把此地的房契拿給我，我接受時，此地已荒廢破敗，處處壁殘梁斜、鼠兔聚巢，一般來西湖遊玩的客人都不敢靠近這裡，說這是幢鬼屋，不信邪的人好幾個一起進來，不是被咬傷，就是被嚇得像失了魂般逃走。鬼話連篇傳遍整個杭州，你們說，誰願意觸這個霉頭。」金克文坦然說著像是說別家的事，或許他說太多遍了，沒把自己的立場放在裡面。

「你這樣說，不怕賣不出去嗎？」波心問。

「這老庭園故事多呢，我不講，你們早晚會知道，從別人嘴裡說出，不如我告訴買主，其實要不是這些怪力亂神的傳說，這裡一些古董家具早被人偷走，屋子說不定被拆得片瓦不留，你們看看這沿山古木，奇花異草，能保留到現在，是靠人維護的嗎？」金克文說著得意地笑了：「是靠鬼，把這些怕死的人嚇跑了。」

「說得好，我同意。」火木拍手：「金老闆，咱們拍板定案，成交。」

「你真的要買嗎？」富晰興奮中透著懷疑。

火木像喝醉酒，搖晃著走近雞血石，蹲下來，撫摸著：「就憑這塊石頭，我也要把這宅子買下。」

「這宅子是有點不尋常，陳董自進了這兒庭院就像中了邪，我看等明天他清醒了再談買不買，你們認為呢？」波心擔心地說。

火木站起，慢慢走近波心，跟她並肩坐下，拍拍她的手：「師妹，不要阻攔我，看在師父的分上，讓我得到我想要的。」

「這不是小生意，我們回去好好商量，再規畫一下，買下來才不會後悔。」波心說。

火木搖頭：「明天還有明天的事，拖過一天對我說來，像拖過一百年，太累了。」

波心望著他，那是一雙清亮聰黠的眼神，透著堅毅，沒有迷茫，他認真地伸直頸子，白皙光滑的皮膚幾道紅胎痕更顯凸出。

「好吧！你如果喜歡就決定吧！」波心像個大姐姐，拍拍他的手，對富晰說：「尊重他的意思，一切由他作主，不過我不明白，他似乎是看上了這塊石頭，才決定買下這幢庭園。」

富晰沒想到這筆生意就這麼輕易談成，高興得幾乎喘不過氣來，她把手伸進口袋連念兩聲佛號：「菩薩保佑，讓紅瑪瑙顯示，帶來有緣買主。」

「這雞血石一定有故事。」波心說。

「當然。」

富晰在端茶飲下第一口的同時，火木已把開好五百萬的即期支票放在桌上：「這是訂金，吃過飯我們來簽合約。」

富晰把支票推到金克文面前：「碎碎叨叨念了好幾年，用盡人事，想盡辦法，這房子就是脫不了手，像百年前老祖宗糾纏不清的恩怨，不肯放手，現在總算找到有緣人，房緣結了，可我心中那份從我祖母談起與這兒有關的陳年老事，我是無論如何都割捨不下。」

「這是很自然的事，我一定會把這裡重新整修。這兒將是百年後另一個王爺府第，一個任何人都能在此度假的觀光勝地，你們賢伉儷是這兒永遠的貴賓。」火木突然回復正常。

波心看看掛鐘：「離吃晚餐還有一段時間，火木你有興趣聽這兒的故事嗎？或許這塊雞血石裡藏著你百年前某個意念，讓你心有靈犀。」

「我想聽啊。」火木坐直身子，一副迫不及待的樣子。

「好，我說。」富晰整理思維。

金克文卻站起：「我去看看這幾位牌友，他們戰局如何。」顯然，金克文不喜歡聽與他家老祖宗有關的傳說故事。

「百年前的杭州初冬，跟現在的天氣沒兩樣，可是街頭巷尾卻盛傳一件大事，恭親王的兒子將要娶李蓮英的姪女，阿哥新府第在杭州，就是我們現在坐著聊天的地方。」富晰慢慢訴說，人整個掉進回憶裡：「杭州近百年沒這兩個月熱鬧，西湖上，彩船一艘接一艘，擺著鋪著紅絲緞的嫁妝，鑼鼓喧天，笙笛悠揚，繞著西湖緩緩靠岸，夜間滿天煙火，遮住了天上的星星月亮。人們每日不是擠在西湖岸上看彩船，就是停在街邊數馬車載著鋪著紅絲鍛的箱箱籠籠。保鏢一隊一隊隨著車隊往府第走，這排場讓小老百姓開了眼界。挑溪園突然換了招牌改名為御膳房，住進的全是要來參加恭親王兒子金溥澤婚禮的皇親國戚、名流貴賓，人們早把不到三個月前，挑溪園胖姑娘淹死在荷池的悲劇忘得一乾二淨。街面上有通緝殺人犯唐挑的畫像和告示，這一切都不再引起百姓的注意，他們被眼前熱鬧的景象吸引，人人似乎都跟著興奮，翹首盼望大花轎前白俊馬上英挺的阿哥新郎官，和眾人都說的嬌美新娘。」富晰站起，活動一下筋骨，繼續說：「百年前，李蓮英請了最有名的算命師選定的黃道吉日，在這裡，良辰吉時，一對新人結拜天地。佳賓如雲，盛況空前，在一對新人剛要對拜的一剎那，一個年輕人竄進禮堂，他用尖刀撩起新娘的紅色蓋頭，一把摟住新娘大聲說：『我是唐挑。誰有任何對我不利的舉動，我一刀先把新娘殺死。』一陣騷動，接下來是死一般的寂靜。李天福首先走近唐挑，怒聲喝道：『你這個殺人犯，很好，來人，把他抓了。』唐挑說：『很好，今大本是我和玲芫大喜的日子，我立刻跟她共赴黃泉，做鬼夫婦。』

「李蓮英也走過來，打圓場：『唐挑，不許胡來，你鬆開手，有話我們私底下談。』唐挑冷笑：『我們私底下有什麼話好談，你們走近我一步，我就勒緊她一分，反正我也活不成了，在死之前，我要當著眾人面前把話說清楚，我發誓不會有半句謊言，你們倆也要從實以報，如有半句推託之詞，休怪我刀下無情。』」

「那新郎官呢？」波心好奇地問。

「妳問對了。」富晰望望在客廳一角觀牌局的金克文：「他的老祖宗金溥澤被親朋好友拉到一邊躲起來了，事後聽人說，他怕死了。」

波心聽了好笑：「真有出息，還是說說唐挑。」

「那一天觀禮的人沒有一個不把當時的情形當今古奇觀的案中案來談，我祖母在世時，就愛聊這檔子事。」

「別吊胃口，說下去。」波心說。

「好的。」富晰喝口茶，換了一個舒服的坐姿：「李蓮英跟李天福戰戰兢兢地望著殺氣騰騰的唐挑，不敢有半點鬆懈，那把亮在玲芫頸子上的刀像插在這兩個老壞蛋的胸窩一般。唐挑像法官一樣問：『李蓮英，這府第是你買的嗎？』『不是，是一位老翰林送我的。』『他送你？還是你用了卑鄙手段沒花一分錢弄到手。』『就算是，也與你無關。』李蓮英不失大總管的傲慢。『我當然管不著，可是，你們倆見我和玲芫相愛，提出的條件是把這幢房子按你倆的意思蓋好，就讓我倆成婚。有沒有這回事？』『當然有。』李天福說：『那是沒發生胖姑娘被你殺死之前，我的女兒不可能嫁給一個殺人犯。』

「『我沒有殺人，我太愛玲芫，為了搶綠荷花，沒及時救胖姑娘，她的死，我願意以命來償。』唐挑激動地說。

「『既然願意以命償還，為什麼逃亡？怕殺頭嘛，還是一句話，我女兒不能嫁給一個死刑犯。』李天福大聲說，像是會讓在場的人都聽到。

「『我罪不致死。』唐挑反駁。

「『你早就是個死刑犯，你當我不知你的真實身分，你被牢頭范大救了出來，讓你這小子多活了這些年，我們不追帳你卻來找死，快放下刀，給你一條活路。』李蓮英說。圍著的賓客一陣嘩然。

「唐挑冷笑：『不錯，我是死刑犯，李天福，當年我為了母親病重，接受你的錢給我母親醫病，你說好只過堂，進了大牢就放我出來，沒想到卻進了死牢，你騙我，我替你當了死刑犯，老牢頭知道我冤屈，設法救了我，你知道後卻不放過我，還殺了我全家，我們與你無冤無仇，你顧忌什麼，要這樣狠心？你敢發誓，你沒做這些事？』

「『我承認。我有我的道理，我會說給你聽。本以為這事已經過去了，哪想到你這小子陰魂不散，轉到我跟前，還千方百計靠近我女兒，你想殺了我女兒替你全家報仇，是嗎？』李天福陰狠地問。

「『我針對的是你，與玲芫無關。』唐挑說。

「李天福冷笑：『唐挑，就是你改了十個名字，也改不了你那一張臉，你本名叫顧柏堯，你父親叫顧兆祥，你還有一個弟弟名顧柏舜，你的母親叫連婷君，綽號玉茉莉。你，雖是個男人，卻像極了你的母親。身為男子，你比你母親更能顛倒眾生。』

「『少廢話，我家與你有何恩怨，讓你滅門。』唐挑緊緊追問。

「『好，我把話說明白，當年我窮，我哥入宮當太監，我卻迷上了崑劇剛竄紅的玉茉莉，她瞧不起我，愛上武生顧兆祥，他倆為愛連戲都不唱了，躲到鄉下過窮日子。小子，告訴你，我沒放下過你媽，多少年來，我一直生活在你家附近，我努力做各種生意，就是為了要讓你母親對我刮目相看，我一定要在有生之年把你母親搶回來，不，我要她心甘情願地嫁給我。』

「『你無恥。你已經結婚生子，為什麼還要騷擾我母親？』唐挑憤怒地問。

「李天福冷笑：『我結婚生女就不能去找我喜歡的女人嗎？我迷上了她，我連做夢都跟她遊山玩水，她應該是我的。小子，她瞧不起我，還用話奚落我，我怎麼能嚥下這口氣。眼不見為淨，我現在是誰呀？是皇親國戚，是恭親王兒子的老丈人。小子睜眼瞧瞧，我滅你全家，就是出出當年一口悶氣，你明白了嗎？識相就把刀放下。』

「唐挑氣憤地勒玲芫頸子的手緊得幾乎把她勒死，李蓮英發現不對，看著李天福眼冒紅絲，像失去理智，忙吊著鴨嗓子怪叫：『別、別、別殺人。』」

「『我承認常去騷擾你母親，在我看到她為顧兆祥生下你後，我就想把你殺了。』李天福近乎瘋狂：『我要的是玉茉莉，她只能為我生孩子，你，這孽障居然活著，還異想天開玩這一招，你是找死。』賓客已在竊竊私語，大談李天福的不是。

「『我沒想活，今天我要用你的血祭我的家人。』唐挑悲憤地說。李蓮英發現不對，忙拉開李天福，大聲罵道：『你瘋了，酒喝多了，唐挑，我知道你難過，一切我會給你作主，他醉了，滿口胡言，看我的面子，千萬別做出糊塗事。』李天福雖被兩人緊緊架住，仍然高聲咆哮：『你千方百計追我女兒，目的就是一個，女兒，看清楚了吧，他不愛妳，他要殺了妳。』唐挑望著被他扣住頸子的玲芫，這個就是因為知道他是仇人的女兒才百般獻殷勤，目的是報仇，可是，處久了，他發現自己真正的愛上她，真是情何以堪。

「『殺了我，唐挑，我替我爸贖罪。』玲芫掙扎著說。

「『你看！誰來了？』李蓮英大聲喊。是范大，他被兩個保鏢架住來到他面前。

「『你怎麼來了？』唐挑吃驚地問。

「『是他們把我架來的。』范大說。

「『我把他叫來，讓他向眾人證明，你這個死刑犯是他設法把你救出來，按大清律法，兩人均處死刑。』李蓮英皮笑肉不笑地望著唐挑。

「『你們夠狠。』唐挑說。

「『我們可以法外施恩，你放下刀子，我放你倆一條生路，從此別在我眼前晃，就當我沒見過你們這兩個人。』李蓮英一副寬大為懷的表情。

「『殺了我，我對不起你。』玲芫閉著眼哀求。唐挑望望玲芫，他愛她，絕不能像她父親，那不是愛，是恨。他把刀丟在地上，去牽范大的手：『連累你了。』

「李天福隨著喜娘去扶他女兒。一個東西落地的細碎聲，唐挑回頭看，是一串紅瑪瑙項鍊，他心中一動，那項鍊是他給她的定情物，她一直帶在身邊，今日她嫁人，還不肯擱置，卻在這時丟下，是向他抱怨嗎？

「『今天是大喜的日子，一點小鬧劇，沒掃大家的興，大家繼續吃喝玩鬧，黃道吉日討吉利，不能見血，大喜日大家要開心。』李蓮英話沒說完，幾位貴婦的尖叫聲震動大庭內外。門檻邊上的雞血石上趴著一個背部插刀的男人，他是范大，血從背部流向石塊，唐挑背起范大，在一片吵嚷紛亂中逃了。」

「被殺的應該是唐挑。」波心說。

「殺誰都一樣，這兩人注定會被殺。」富晰說。

「可惡。」波心帶著同情的口吻：「血海深仇呀，唐挑真不該冒這個險，君子報仇三年不晚，他怎麼沒想通？」

「什麼三年，他從小等到大，怕有二十幾年了吧！」火木走來也投入在故事情節裡：「他放過愛人，愛人的爹絕不放過他，是嗎？」

富晰點點頭：「范大死了，他把他埋葬後，自知逃不過李蓮英的魔掌，他守在范大墓前，以盡作為孝子之禮，日夜不離。七天後，被官兵抓住，關在木籠以牛車拉著遊街，然後行刑，一路上，老百姓看到他木然的神情，都為他抱屈，很多人甚至說：『多俊的一個少年人呀，可惜了。』一個全身穿著黑服，蒙著黑頭紗的女人擠在人叢中，她咬緊嘴，不讓自己哭出聲，然而嘴唇已被咬破，淚滲進血裡，她無能為力，望著自己最愛的人赴刑，她的心也跟著死去。」

「她婚後生活幸福嗎？」波心提到女人最關心的問題。

「不知道，不過玲芫很快就懷孕了。」富晰悠閒的喝茶，吃點心。她要休息一會兒。

「這閹人居然有後了。」波心悻悻然。「當然好呀，胖姑娘的客棧、池塘，全是李家的了。」

富晰站起看看已坐上牌桌玩牌的金克文，笑笑：「他可不是李玲芫生的，李玲芫生下兒子，滿月沒多久，抱著兒子從這裡邁出大廳，一不留神，摔了一跤，把孩子扔得好遠，當場摔死，她也受了重傷，從此瘋瘋癲癲，不到半年也死了。」

「金溥澤呢，他一定很傷心。」波心問。

「沒有。他在外面玩得很開心。」富晰平淡的說。

「怎麼會？他們是新婚呀，不是在婚前，兩人還交往得很甜蜜嗎？」波心不解。

「誰知道。」富晰平淡地說：「我只是聽我祖母說，人的氣數盡了，什麼倒楣事都會接二連三的發生。慈禧跟光緒皇帝只隔了一天相續駕崩。滿清二百六十多年的江山被革命黨推翻了。慈禧一死，李蓮英知道靠山沒了，他該捲鋪蓋回老家了。他以告老還鄉的理由先搬出宮外早就蓋好的豪宅，等安頓好，他要到杭州去看看姪女玲芫，抱抱孫子。他感嘆，李家終於可以從這個孫兒起流著皇家血脈，李家再也不是貧賤的奴才。滿清倒了，更讓他肆無忌憚地擁有他龐大的財產，說不定用這些財力培養出一個新朝代的皇帝。他想到當初用杭州這幢別墅，作為玲芫生下第一個男孩，必須隨母姓的交換條件，金溥澤毫不考慮地答應了，真是天意呀，玲芫果真一胎得男，李家，果真要翻身了。他美滋滋地過了一段悠閒快樂不必哈腰算計的日子，光天化日下，他躺在煙炕上抽鴉片，吞雲吐霧，正雲遊太虛，下人從杭州帶來噩訊，玲芫抱著孩子在客廳門口摔了一跤，把孩子摔出去，撞在地上，死了。真是青天霹靂，擊在他頭頂上，比他的靠山老佛爺駕崩還令他心驚。畢竟在風浪裡打滾一輩子，很快的，他打起精神要立刻保住玲芫和溥澤的情緒。只要他倆好，不愁沒孩子，剛定了神，讓自己養養身子，第二道訊息報到。玲芫瘋了，請遍名醫都沒用，不出三個月死了。他心涼了，無法自持，病倒了。他想到弟弟李天福，怕他沉不住氣去責備金溥澤。他早有耳聞，這小子婚後生活放蕩，沒把玲芫放在眼裡，玲芫落得這樣下場，他要負全責，現在的李蓮英已不是過去的大總管了，變天了，權勢沒了，人心也變了。派管家去杭州叫回他弟弟，人還沒去，已有人到他家報喪，李天福被金溥澤用槍打死了，原因是李天福找金溥澤討回府第房契。爭執之下，李天福被槍殺，金溥澤帶著家中細軟及房契逃走了。李蓮英兩眼一黑，昏死過去。」

「以後呢？」波心迫不及待地問。

「以後有什麼好聽的。」火木站起來：「該吃飯了吧。我餓了。」

波心隨著站起，不自覺地望望門檻邊的雞血石，一抹夕陽落在石上格外殷紅。金克文說這石頭邪氣，富晰說她祖母在說這府第時，談到這塊雞血石也認為這石頭裡一定有怨氣：「是當年唐挑為了討李玲芫高興，花大錢從太湖買來鎮宅的寶石，妳說，這石頭沾了多少血。」

「陳董，我已叮嚀廚房，晚餐要吃烤全羊，按照我們滿人的習俗，吉慶的日子一定要吃烤全羊，喝烈酒，今天我們開香檳。」金克文開心地摟住火木說。

「什麼吉慶的日子？」火木還沒反應過來。

「吉屋成交。」金克文說：「難道不是好事。」

段瑞祥、胡晏林和幾個朋友放下牌局走過來一起向火木道賀，滿嘴吉祥話。波心禮貌地應付。一個滿臉落腮鬍很粗獷的男子，一手拿著一只大酒杯，另一手拎著酒瓶，喝得有些醉了，醺醺然地說：「老金，今晚你要向天地祭上三杯酒，要不是你老祖堅持要娶咱滿清正旗格格當福晉，延續最純正的血脈，才能得到祖宗的庇佑，你也不會得到這筆意外之財。」

「少胡說，你今天是不是又輸了？」金克文有意阻攔。傭人開始布菜，大家上桌，自是一番熱鬧。

白荷綠梗記前塵

吃過晚飯，火木一改白日漫不經心、懶懶散散的態度，拿起合約，逐字逐句地推敲，把他認為不合理的條約不是另行改寫就是刪除。金克文很配合，因為在購屋及荷塘田產的總價上，一億兩千萬，火木沒刪掉一毛錢，但火木卻附帶加了條文：「屋內家具及屋外庭園地上地下所有物，均歸購屋者所有，賣方不得反悔。」金克文提醒火木：「陳董，土地是國家的，你就是挖到什麼考古文物也要交到國有財產局，我也沒權利反悔。」

「這個我知道，萬一我在老樹根上撿到一根金針，你不能跟我要。」火木半開玩笑地說。

金克文哈哈大笑：「那是當然，只怕這兒見得著門面的房院在整修時早被工人翻空了。」

「那是、那是，不過我還是要把這條加上。」火木非常堅持。

波心冷眼觀望，知道火木一定在這古庭院找到了他想要的東西。金克文今夜太興奮了，夫妻倆分別打電話約朋友來狂歡，慶賀他賣屋成功，很熱情地留下客房，希望他倆也能住一晚，共享美好時光。他倆婉拒了，兩人各有不同的心事，火木親自開車到他們住的旅館，路途上，火木堅定地說：「明天去周立鈞家，師妹，不知為什麼，我踏進周家第一天，就有來過很多次的感受，妳也會嗎？」

波心點點頭說：「我住他家的第一晚，穿上周立鈞的太太替我準備的衣褲，周立鈞見到我說，我像他祖母口中形容的胖姑奶。」

「搞不好我就是那個忘恩負義的唐挑。」火木說。

兩人說著，不約而同地大笑起來。

「明天，我們要到鄉下仔仔細細看看荷塘荒廢成什麼程度，在規畫之前，心中要有個譜。」火木說。

「你這樣看沒有用，去把周立鈞請來，他一定比金克文還清楚這些荷塘的過去。」波心說。

「有道理。」火木稱許地點頭。隨意看看車窗外，悶悶地說：「今天是農曆初幾？月亮好像不圓。」

「二十，過了滿月，已經是下弦月。」波心說。

「我簽合約都選在月圓日，今天沒考慮到這一點，真是有點昏頭。」火木說。

「今天只簽下訂約，又不是正式簽約，何必顧慮那麼多。」波心說。

「對我說來，付下訂金就等於正式簽約。我要的是圓圓滿滿。」火木說。

波心瞭解他的心情說：「會的，等正式動工翻修選個好日子，又是個出圓月的良辰，豈不更好。」

火木嘆口氣：「波心，妳會不會覺得我進了那古厝，像變了一個人似的，我連自己都無法控制。越破舊的地方，越讓我留戀，總覺得那是我的東西，被破壞得如此不堪，心痛啊。」

「是緣分。就像我到周家的感受一樣，說不清的，又這麼有關聯。火木，我們就盡力而為吧！」

「或許，是咱倆的共業。」火木說。

「要說共業，我可是託你的福，處處都在幫我。」波心口中透著感激。

正想提他促成的水果生意，火木卻接口說：「我忘了告訴妳，最近我要陳經理替妳辦好了水果經銷網絡，他常常以你的代理人身分和妳在上海的兩個朋友莊靖心、李見心一起談水果生意，妳可知道？」

波心點頭：「我知道，陳經理一再告訴我，這次的水果能這麼順利的在中國打開銷路，不是你幕後幫忙，不會那麼快，我想她倆因為我換了手機號碼找不到我。現在我們既然知道鍾正雄也在我們的水果網絡插上一腳，要不要我打電話和她們閒聊，以不經意的方式問鍾正雄的行蹤，你看可好？」

火木連連搖頭：「不要打草驚蛇，妳萬事都要置之度外，什麼都不知道，看時機，我會找妳助我一臂之力。」

波心搖頭：「我的這兩個朋友，當她們知道你在這兒的荷田古厝的案子有我的份，鍾正雄一定會懷疑其中有文章。」

「我自有說詞，波心，只要他出現，我自有我的作法。妳不要亂想，顧好身體。」他目不轉睛地開車，望著前方，一副淡然神情。

波心不知如何接口，扭開車窗，冷風吹入，天空中的下弦月浮在雲中，忽明忽暗，思緒在心中飄忽，有些亂，她想到剛才在王府，金克文瀟灑中處處不失公子哥兒的貴氣，今天在他身邊的幾個好友，有意無意間均談到他們的祖先是什麼正黃旗、鑲白旗，什麼封疆大吏，顯赫的家世滿足內心時不我與的虛榮。這樣的心態過了百十年，如今早已改朝換代，是人民當家的新世紀，他們怎麼還抓住那點彩虹不放？這難道就是所謂的血統，自認正統血緣不能有雜質混淆？階級觀念根深柢固融進這般自認為是皇親貴冑的骨子裡。正想得入神，被火木重重地拍了一下駕駛盤嚇了一跳，回頭看，火木笑了兩聲：「波心，妳在那府第看到了什麼？」

「一群忘不了過去的貴族。」波心把心中的想法很直接的說出。

火木點點頭：「妳看富晰的穿著，一身充滿貴氣，她不自覺地流露出自己是上流社會的貴婦。」

「這還用說，我見到她第一眼就看出她的勢利，她得意的說這宅子的故事，火木，你聽出她心中最想表達的意義是什麼嗎？」波心問。

「是血統，他們滿族，鑲藍旗，恭親王的後裔，怎麼能融進一個下賤太監的血脈，李蓮英異想天開，金溥澤早就動了奪財念頭。這不，金克文說，他的祖母是格格，他流的是皇家血統，到現在還以此為傲。」火木說。

「對富晰說，是替她家老祖出口氣，尤其是今天，這幢百年多前引起風風雨雨的府第，如今她算是受惠者，怎不痛快。」波心突然好奇問：「你怎麼也想到金家這些人？」

「我欣賞他們永遠生活在自我感覺良好的光環中，妳我都太約束自己。想想他們，妳會輕鬆自己。」火木說。

兩人互望似有同感，輕輕頷首，都不願多說話。任涼風吹進車內又自對窗吹出，車駛進鬧市，高樓疊起，路燈併立，波心望天，月亮早已躲進雲裡。

「明天我還是到妳房間用早餐，把今天和明天該做的事跟妳商量。」火木已把車駛進車庫。波心不放心地叮囑：「明天你還是請師傅開車，我坐著比較安心。」

火木停車，扶波心下車，半開玩笑地說：「遵命，頂頭上司。」

一夜無夢。多日來，波心昨夜睡得最甜美，早晨起床居然不到七點，她靠在床上，隨手拿起電視遙控器打開電視，晨間新聞已在播報。幾則新聞後，女播報員以清脆的聲音報導：「愛國企業家陳火木先生自海外歸國，已簽下西湖邊百年以上的一幢廢園，決心重新整建，回復當年舊觀，讓古蹟重現人間，讓遊客多一個遊覽的地方。此宅當年是滿清朝代慈禧身邊的大太監李蓮英，耗資千萬興建的別墅，作為他養老之所，轉讓給恭親王兒子，歷經三代，因金家後裔無暇管理，荒廢多年，且整修費用耗大，乏人問津，此次陳火木先生投下畢生所蓄，盡綿薄之力，保存這幢別具風格的建築。」波心當場愣住，還沒反應過來，電話響了，她拿起，是火木的聲音：「妳醒了？」

「醒了，看到報你的新聞。」

波心還沒問下一句，火木立刻接上：「是我叫我的經理發的，新聞媒體是最好的宣傳，妳早餐想吃什麼？跟昨天一樣？我叫服務員把我的一份也一併送到妳的客廳。今天是我倆的活動時間，妳不必太匆忙。」波心放下電話筒，心裡很明白，這則新聞主要是給鍾正雄看的，她不由得咂咂嘴：「這小子，夠厲害。」

早餐後由師傅開車，很快地來到周立鈞家附近的池塘。雖然已近早上九點，農村仍然一片寧靜，初冬的陽光很溫煦地閃耀在長滿蘆葦的水塘上，野水鴨穿梭在水中發出快樂的叫聲。白鷺鷥氣定神閒地漫步池邊，長頸子向水裡一探，很快地銜起一尾魚，甩甩頭，伸伸頸子，魚就下肚。兩人站在池邊望著，波心很自然地想到周立鈞、劉虹跟她談起老姑奶的往事，令她不勝唏噓。「真是滄海桑田啊！」

「我會回復它百年前的盛況，不，會比百年前更繁華，這兒是有條件的，可惜被忽略了。」火木邊說邊往池岸邊的窄堤上走，堤上雜草蔓生，延伸到池堤兩邊浸在水中，濕漉漉的。波心怕他不小心被雜草絆倒，跌進泥塘，大聲提醒他：「別往前走了，泥塘裡都是爛泥，掉下去可不得了。」火木站住，心生恐懼，只得往回走，沒想到從蘆葦叢中伸出一個頭來：「掉下來也沒關係，岸邊的泥不深，不會死的。」兩人同時轉頭，高蘆葦幾乎遮住說話的人頭，根本看不到塘中動靜，兩人正在納悶，在塘邊蘆葦中一張笑嘻嘻的小臉露出來。

波心幾乎驚叫：「翠婷，是妳。」

「波心姑姑，是我呀，我就知道妳會來，我想妳呢。」

「快上岸，妳怎麼躲在蘆葦裡。」波心向她招手，火木也走到波心身邊，望著撥開蘆葦的小臉，不知道她身子在塘裡是怎麼個情況。

「姑姑，妳到前面寬堤邊等我，這裡塘水淺，我的小船划不動。」她說著，又消失在蘆葦中。

這時火木和波心聽到了划水聲，快步走到寬堤邊，翠婷已在岸邊等他們。

「翠婷，妳怎麼那麼快？」波心問。

「你們要繞道走，我划船撐兩下就到了，當然我快。」翠婷得意地說。

兩人同時看她擱在塘邊的船，是一只大木盆，盆裡有兩枝新鮮蓮藕、幾片荷葉、枯褐色的蓮蓬，荷葉上堆了很多螺螄和一些叫不出名的花花草草，顯然的，這個小女孩在池塘玩了好一會兒，很隨性地採了她喜歡的東西。

「翠婷妳常常來這裡玩嗎？」波心問。

「是呀。那次妳昏倒在這裡，我也是從塘裡出來看到妳的呀。」

波心有些尷尬。火木看到這兩位女生的對話，覺得很有意思，坦率中透著關切，隨即問：「木盆裡的東西，妳怎麼帶回家呀？」

「我盆裡有個袋子，我會裝回家。我每天採得不多，夠吃就好，不然我媽就不准我來這裡玩耍。」

「我來幫妳裝。」火木說。

「先別。」翠婷阻攔：「我還要去一個地方。」

「遠不遠？我們陪妳去好不好？」波心說。

翠婷猶豫了一下：「是在半山上，有點遠，不過我會繞小路，很快就會到。」

兩個大人被小女孩的童心激起了興趣，同時說：「好，我們一塊去。」

波心牽起翠婷的手：「我們待會兒還要去妳家。」

翠婷高興地仰起頭：「真的？我爸爸、媽媽這兩天天天都在談妳呢，還有這位老闆叔叔。」

「對了，你先給公司經理撥個電話，叫師傅去把周立鈞載回家，說我們在他家等他。」波心同火木說。

「好的。」火木拿起手機開始撥號。

翠婷突然嘆口氣，波心見狀問：「怎麼啦？」

翠婷搖搖頭：「也沒什麼。要是坐我的小船，我會穿過蘆葦，一下子就到了，比繞小路還要近，我的小船只能載我一個人，你們倆個，不，一個都不能載，會壓垮我的船。」

「不會的，我們想走山路。」波心跟火木又同時笑出聲並向她保證。

波心牽著翠婷走在前面，火木隨後，他望著翠婷的小背影想：「這孩子整日在這一大片沼澤般的池塘戲耍，她父母卻一點也不擔心，搞不好，這池塘的流水傾向、泥濘的厚薄，她靠著小小的划槳比任何人都清楚。」

翠婷領著波心穿田埂、跨泥溝，波心走得有點累，連火木都有點跟不上她蹦蹦跳跳的腳步。

「快到了，就在前面。」她說著腳步更快，哼哼唧唧地唱起來：「月光光，秀才娘，騎白馬，過蓮塘，塘蓮背，種韭菜，韭菜花，結親家，親家門口一口塘，放個鯉魚八尺長，鯉魚背上承燈盞。鯉魚肚裡做學堂，做個學堂四四方，拿張桌子寫文章。」

她終於停在半山腰一塊山坳地上，兩人跟進，發現山坳地不同於別處的地方，是許多竹子圍繞著三棵樹成三角形，樹不高大卻粗獷，樹葉的枝幹延伸成傘狀，幾乎攀連在一起，三棵樹中間是一塊長滿青草的綠地，很平整，一看就知道平日被人很用心地維護。三人站在青草地上，波心打量四周問：「這就是妳要來的地方？」

「是呀，我常常來。」翠婷說。

「這是妳家的地嗎？」火木問。

翠婷搖搖頭：「不是，可是這三棵樹是我爸媽移種過來的。」

「為什麼在這片竹林子裡要移種三棵樹呢？」波心充滿了好奇。

「我也不知道，好像三年前一個老和尚到我家來化緣，叫我爸爸移種過來這三棵樹，我沒事就來澆水、拔草。」

「這是什麼樹？」火木問。

「野樹，沒人叫得出名字，不過中間那棵樹去年夏天開紅花還結果子，我媽說是石榴樹，結得石榴又大又甜，我摘來吃，我爸、我媽也摘來吃，這棵樹在我家從來不開花也不結果，可是從我家後院移過來沒兩年就開花結果了，真是神奇呀。」說著她又指旁邊那兩棵說：「它們也開花，很小，成串成串，灰土土的不好看，不過會結果子，我媽說不能吃，怕有毒，不過鳥兒卻愛停在樹上吃得很開心。」翠婷邊說邊在樹下徘徊，她仰著頭看樹，像是在找什麼東西。

「妳看什麼？」波心問。

「看今天會有什麼鳥飛過來，波心姑姑，我同妳說，前天我來的時候，看到兩隻喜鵲在樹上跳來跳去，還繞著樹飛，我回家同我媽說，我媽問我喜鵲有沒有叫，我說沒聽到叫，我媽說下次見到喜鵲牠不叫，妳叫，大聲唱歌，牠就會跟著叫，就會帶來好運。」

「所以妳一上山坳就開始唱歌？」波心笑著問。

翠婷點點頭：「你們在這裡等一下，山坳邊有泉水，我有一個木桶在那邊，我要去提水澆這些樹，還要倒水在這石臼裡，鳥兒要來喝水。」

火木摸摸靠近他身邊的樹：「這應該是一棵重陽木。波心，在台灣，墾丁公園就有一棵上百年的老重陽樹，它老而彌堅地橫倒在地上，卻從根部和枝間冒出兩根枝幹，長得非常茂盛，我還在樹邊照了一張相。」

波心想了想：「該不是我們叫的茄苳樹吧！」

「正是。」火木說：「真沒想到在這兒遇到。」

「茄苳，重陽木，哇，這棵樹有名字了，並且有兩個名字，好棒。」翠婷說。

「妳知道這樹是從哪裡移過來的嗎？」火木問。

翠婷點頭，直指前方：「就在前面，不過還要爬過兩個小山坡。」

波心首先沒興趣：「我們下次再去，周立鈞現在應該在家等我們呢。」

「不會吧，要是到了，一定會給我電話。」火木說。

波心不理，轉頭問翠婷：「現在妳知道它叫茄苳，它會不會引來小鳥吃它的果子？」

「會的、會的，現在是冬天，它沒有結果子了，秋天，它滿樹密密麻麻地結滿了小果子，小得像玉米粒一般大，每天都引來各種鳥兒唧唧喳喳邊吃邊叫，我怕牠們渴，就請爸爸從家裡搬來一個石臼，倒水給牠們喝。」翠婷認真地說。

火木點點頭：「茄苳樹是雌雄異株植物，開花結果總是成千上萬，是鳥兒最愛的食物。」

「這棵樹又是從哪裡移種過來的？」火木指茄苳正對面的一棵高挺大樹，枝葉翠綠茂盛，雖近初冬，枝葉間仍垂著成串發黑枯乾的小果實，小昆蟲在果子上爬行覓食。

「這一棵嗎？」翠婷跑過去抱住它：「我媽管它叫裹白榎，是一個老和尚給它起的名，我們村上也有這種樹，大家管它叫麻布樹。夏天，整個樹像麻布一樣開滿了小白花，把綠葉子都遮住了，我媽說，這花不好，像披上孝服一般，可我爸爸卻不這樣說，這花不全白，帶著淡黃綠色，它的花粉是蜜蜂的最愛，許多養蜂人家把這樹當寶來栽種。」

「是這樣呀。」火木耐心地繼續問：「你們從哪兒移來的呢？」

「噢，忘了告訴你，是在我家後院不遠的土山丘上有一口井，井邊就長了這棵樹。老和尚說要移，我爸就把它移過來了。」火木還想問，翠婷卻跑到波心面前拉著她的手說：「波心姑姑，來看這棵石榴樹，樹上還吊著果子呢。」波心過來看，樹上果真還掛著幾顆乾癟的石榴。踮起腳隨手一搆，採下一粒，掰開，鮮紅而晶瑩圓潤的石榴子立刻滾到掌上，翠婷拈起一粒放進嘴裡：「姑，好甜，妳也吃。」波心也拈了一粒，甜甜酸酸帶著淡淡清香，不由得吃下第二粒。火木走過來，也從波心手中拈幾粒放進嘴裡，連說好吃。

三個人正吃得高興，波心和火木的手機同時響起來，火木是開車師傅打來的，說他載著周立鈞已經在他家，問他們在哪裡？要不要去接？火木還沒回話，翠婷對著話筒大聲說：「我們馬上回去，這裡車沒辦法開上來。」火木只好回話：「我們馬上回去，你不必來接。」波心接的是劉虹的電話，問她現在在哪裡？翠婷抓住波心的手說：「我帶他們在三棵樹這裡，馬上回家。」兩個人相對而笑，翠婷很得意，走在前面說：「我還要到我的小船上取東西，你們跟我來。」

兩人只得遵命，山路並不好走，翠婷靈巧地邁著步子，很開心地揚起稚嫩的小嗓子唱：「月光光，秀才郎，騎白馬，過蓮塘……」

兩人走得真有點累，根本看不到這個小影子，倒是她的歌聲斷斷續續傳來，兩人索性找塊石頭坐下。正其時周立鈞、劉虹和師傅迎面走來，劉虹首先大聲說：「這小丫頭真不懂事，怎麼把二位帶到這個地方。」

「是我們願意跟她來的。」波心說：「她呢？看到了嗎？」

「看到了，她去拿她船上的貨，說有好新鮮的螺螄，她最愛吃炒螺螄，中飯來我家，隨便吃吃罷。」三人來到火木、波心面前，說說笑笑，很快就到周家。

一頓農家飯菜，樸實而溫馨。飯後，火木很坦白地說他已經把西湖邊金家的王府買下，也連帶這一片荷塘和已成廢墟的大客棧。當時，只認為這樣的好山好水充滿了商機，很隨性的就簽下了。事後想想，也和林波心合夥人商量，他們是外地人，一定要找當地人合作，為了慎重起見，他們必須要把金家王府的過去查清楚，還有這些荷塘過去經歷的傳聞，包括王府經營過的御膳房。前晚，金克文的太太以局外人的客觀態度跟他及林波心女士談起過去家中發生的種種事，「這些事好像跟你們周家都有關聯，我們很想從你們這兒也得到一些過去的歷史，我深信，要發展這個事業，合作的人一定要和此地有緣，如沒緣，怎樣用手腕也不會成功。所以現在我們想跟你們多談談過去周家的事。」

周立鈞聽著，沉思片刻，很認真地說：「林董、陳董，你們都是有錢的大老闆，要花下這麼大的本錢搞這份事業，小心謹慎是必然的。二位來我家，是我的榮幸，當時根本沒想到二位會對此地的荷塘和那鬧鬼的廢王府有興趣。那晚見到林女士穿上我老婆做的土布衣褲，讓我想起家父常談起的老姑奶，這些百年前的陳年往事當成閒聊，二位不必當真。」

火木一臉嚴肅：「你說的陳年往事應該是真的，我想看看憑據。」

周立鈞立刻板下臉：「我剛說過，當成閒聊，不必當真。這是我周家的事，難道閒聊還要拿證據嗎？百年前的事了，要是公安要為我平反，這憑據拿出來也未必有用。」

波心覺得火木說話不妥，忙打圓場：「周先生，你誤會了，我們昨日跟金家簽屋時，金太太跟我談起她老祖母及滿清時服侍慈禧太后李蓮英的事，她談到挑溪園、綠荷花、御膳房，太多的事和你那晚跟我聊起的很吻合。我們只是求證，希望這一切是事實，周先生，百年前，你的老姑奶受的委屈，在你心中一定有個抹不去的陰影，不然你不會對我這樣一個陌生人，僅僅穿上了一身土布衣褲，就把你嚇了一跳，誤認為老姑奶出現了，對吧？」

周立鈞低下頭：「那晚上我也不知道為什麼有些失常。尤其是近些日子，為了生活，到池塘採藕賺錢養家糊口，總是不由自主地想起我父親在世時，談起老姑奶生前，周家的風光，那片望不到邊的荷塘，川流不息的工人，怎麼會在一夕之間被壞人佔了去？要不，自己有志氣，離開這裡，到外地另創事業，可我就捨不得這裡，好像塘裡的藕根連在我的心裡，就是幹苦活也捨不得離開。」說著無奈地搓搓臉：「你們想要看的憑據是有一些，殘缺不齊，我只把它當老祖宗留下來的紀念物，父親在世時倒是常拿出來念叨，我聽來傷心呀。」

「你如不介意，拿來給我們看看。」火木很誠懇地望著周立鈞：「希望你能幫我們一個忙，我說的憑據，哪怕是片紙隻字，只要與此地的荷塘等處有關聯，易了幾個主，發生了些什麼事，都是我想知道的，至於買賣關係，那是我和金家的事，你不必擔心。」

周立鈞撇了一下嘴唇，帶著一抹苦笑：「我擔心什麼呢？陳董，你是我的老闆，我做夢也沒想到你會來我家對這些老東西有興趣，或許對你有幫助，但我想幫助不大，就是有一些房產地契，也成廢紙。」說著，他轉頭對太太：「劉虹，房裡那個樟木箱，包在厚牛皮紙袋的就是，妳快去拿來。」劉虹聽了丈夫的吩咐，輕輕「嗯」了一聲轉身入臥房。

「你姑奶還是有先見之明，能把房產地契留下，保住了一些權益。」波心說。

「我老姑奶是個識字不多的鄉下人，她哪想到這麼多，要感謝的該是范大跟唐挑。」周立鈞說。

「呦？是怎麼回事？」火木問。

「我父親跟我說。」周立鈞想了想：「待會劉虹拿來的資料，有一本我爸的記事本，還有許多他親手畫的圖片，厚厚的一疊，是他從小畫到老的隨身記憶，是我家的傳家寶。林老闆，我之所以那晚上看到妳穿著土布衣裳的背影這麼激動，就是太像畫中的老姑奶，不信，待會兒妳看了圖片就知道我沒騙妳。」

波心點點頭：「我相信。」

周立鈞也點點頭，繼續說：「自我懂事，我家就窮了，我爸愛畫，他常常邊畫邊說許多事，這是我祖父跟他說的家中發生的種種事，他用畫描寫，還在畫旁寫下心中的感受，有些我看得懂，有些我不懂。可我爸一再叮囑我，放在心裡，防人之心不可無，你們看了有不懂的地方，我會解釋給你們聽，但不見得解釋得明白，好些畫中有話，我老婆都不知道，有些圖片夾著文字，我知識有限，我爸沒說，我也沒問，或許你二位能看得懂，比我說的還清楚。總之我老姑奶一死，范大跟唐挑就知道李蓮英要謀我家的財產，絕不會放過我祖父，那時我祖父不到十歲，范大替我祖父找到他最可靠的朋友，帶著田產房契，還有一些錢票、現金，逃到河北，住了一段日子。對方怕事，把我祖父趕走，我祖父四處流浪，直到滿清被推翻，改朝換代，我祖父才大著膽子回到現在的老家。」正說著，劉虹捧著樟木小盒走來。周立鈞接過，雙手啟開盒蓋，波心、火木像觸電般坐直身子，盯著周立鈞的手，他想抽動緊疊的信封，信封與信封之間像是被黏住了，就是抽不出來。

波心見狀，雙手合十，向木盒拜了拜：「周家祖先，我名叫林波心，從台灣來的，我跟我的商業夥伴到貴府，他名叫陳火木，我們決定買下百年前一幢王府，還有當年周家經營、被惡人佔去的廣大荷塘客棧。因緣際會，我們與你的後人周立鈞見面，他談起祖先慘澹經營及受盡冤屈的過去。我等後生晚輩聽著動容，不勝唏噓。想把這塊寶地整建，回復百年前的風貌，是我倆最大的心願。周家列祖列宗，你們在天之靈一定看得清楚，陳火木和我有沒有這個福氣接下這份產業，如能，請助我等諸事順利。我和火木絕不是貪利之人，絕對拉周立鈞入夥，讓他重振家業，以慰周家在天之靈。」

波心剛講完，周立鈞忙上前阻攔：「不可以，我沒有這個能力。」

火木拍拍周立鈞肩膀：「小兄弟，我剛才就說，找個當地的有緣人一起合作、一起經營，你的祖先把我跟波心引到你家，你不能偷懶，這是你該負的責任。」

周立鈞還是猶豫，只聽到「啪嗒」一聲，木盒自桌上掉下，所有信封散落一地。午後的陽光散落在桌面上，畫頁、文字，隨著光影融進觀望者的心懷。波心捧著畫冊，從稚嫩到成熟，一筆一筆用毛筆勾畫的一位村姑，正面、側面，各種姿態，各種背景。波心看著，一頁一頁，愛不釋手。

劉虹湊近，指著一張側身畫像說：「林老闆，妳看像不像那晚上妳的樣子？」

波心端詳，不由一笑：「像，真的很像，妳看，妳公公的父親很有繪畫天分，他把他心目中的姑姑，從她十幾歲畫到她有三十幾歲了吧，妳看畫得好傳神。」

「確實如此。」周立鈞湊過來說：「我祖父是個很內向的人，他除了抽菸就是畫畫。他畫完畫收在一旁，「高興就跟我父親說畫中的事，有時，他會煩，就燒他的畫。我當時還很小，父親、母親都不敢阻攔。」

「好可惜。」波心說著，轉頭發現火木在桌邊拿著一張紙發愣，頸上的紅胎記像露出的紅筋一般抽動。她好奇問：「你看到什麼了，這麼傳神？」火木不理，波心只好移過去看。是一個躺在一朵大荷花中的女人，她身邊有個男人側著身偏著頭俯視著女人的臉，這男人垂著辮子，頸子上有被抓的傷口，這是一幅著色的工筆畫，大荷花是白色裹粉紅邊的，躺著的女人顯然就是胖姑奶，她雙眼緊閉，嘴微張，一條黑粗髮辮散亂的垂在胸前，一身藍布格子衣褲皺巴巴的，上面還沾著泥土，一雙腳也沾著泥，沒穿鞋，直挺挺地躺在荷花上。那男子微駝著背，一深灰布衣服，這畫面最大的特色是濕答答的水珠滾在荷花上，人的衣服甚至畫面下方，有空白的地方就是水珠。波心望著，劉虹望著，周立鈞望著，彼此都不說話，這畫面早在周家的口中說明白了，這幅畫是見證。

波心一陣酸楚，勉強嚥下一口口水：「這該是你祖父替你姑奶畫的最後一幅畫吧。」

周立鈞搖搖頭：「不是，這該是我老姑奶臨終的一個畫面，我父親曾跟我說，祖父親眼看到他姑姑躺在池邊，一身泥水，唐挑抱著她，頸子上青紅一大片，嚇傻了，後來圍來一群人，他被鄰居一個大娘牽著手到他家，好多人在屋裡罵唐挑，他既乏又怕，迷迷糊糊的就睡了。」

周立鈞又翻出另一個牛皮紙袋：「這些畫是我祖父用回憶描畫他幼時經歷的種種，有的還記下當時他的心情。」

波心取過，很讚嘆地說：「你保存得很好，你祖父用的都是上好的宣紙，這紙不便宜呀。」

「是呀。」周立鈞說：「這是最高級的宣紙，我家還留了一些，快一百多年了，本質一點也沒變，當年，我姑奶為了報答一位老秀才，特意託人到徽州去買最好的紙、筆、硯、墨，送給他。老秀才對我姑奶極好，我姑奶把我祖父交給他，也讀了幾年書。唉！我聽我爸說，我姑奶對我祖父疼是疼，卻極節儉，平日一張草紙寫滿鉛筆再用毛筆，她惜紙如金，我祖父也不浪費，沒想到遭到家變，村裡人都認為我祖父小小年紀，除了躲到山東老秀才家，還會往哪躲，其實范大早就預料到李蓮英那幫傢伙會去抓我祖父，要殺得乾淨才能不留後患地奪走我家全部田產。范大把當時的情況告訴我祖父，派了一個長年跟他做事的朋友，跟他說明。這朋友把我祖父送到他託付的人家，就遠離中國，去了南洋，李蓮英想抓他來尋都辦不到，還故意放話說去山東投靠親戚，實際上是去河北，匆匆忙忙地走，我祖父被人帶著，坐船、搭車，幾天幾夜像躲賊一般。我爸後來跟我說，我祖父到了一戶人家，見到唐挑，范大也在，我祖父像見到了親人，也不知該怎麼辦好，唐挑卻從背包掏出一大捲宣紙，還有筆墨、顏料，幾本我祖父能讀的書說：『這兒偏遠，你暫時住下，我知道你愛塗塗寫寫，這些紙筆是你姑平日給你準備的，你拿這些可以打發時間。我如能活命，一定來找你。』」屋子裡突然靜得只聽到窗簾被風吹捲，碰在窗欄邊的聲音。隔了好一會兒，周立鈞嘆口氣，搖搖頭，不發一語。

波心、火木都知道觸到他的傷心處，也不敢多問，只好隨意地翻閱成疊的圖畫。波心越翻越有感觸，那是一本用繪圖寫下的日記，有大河、渡船、大帆船、小擺渡，還有戴著斗笠與姑奶划著小木舟，盪漾在開滿荷花的池中採藕的樣子，小男孩仰起頭看側身划槳的姑姑，嘴張得好大，在笑。

這一定是家中的後院，幾個大土灶冒著煙，女人彎著腰顧灶上的食物，男人端著籠籠罐罐往院外走。「這是周家姑奶最忙、生意最好的寫真。」波心心中默念。挑溪園的石橋、菜山、涼亭、彩船，凡是富晰跟她聊起的盛況，無不一一繪在宣紙上。波心看著，富晰說的種種事，隨著繪圖映入腦海，不知為什麼，胖姑娘總是不時地融入畫中。她的心起起伏伏，不能自已的流淚滿面，直到她看見一張墨紙，才像收回魂般望著它發呆。一張塗滿了墨的紙，像是從墨汁裡撈出來的一般，畫中間黏了兩粒小白石頭。波心看著奇怪，正要問，周立鈞伸過頭來說：「那是兩座墳，是范大和唐挑的。」

火木立刻有興趣，拿過來看：「怎麼是這樣，一定有原因。」

「是呀，我父親在世時，常聽我祖父說，這兩人對咱周家是恩還是怨，他分不清，如果我姑奶沒有救唐挑，也不會落到那樣的下場。」

那些恩怨，火木、波心昨日已清楚了大半，不想再引起周立鈞的傷感。火木遂問：「你祖父被送到范大的朋友家，是不是受苦了？」

周立鈞嘆口氣：「是呀，我祖父沒過一年好日子，就被掃地出門了。」

「是怎麼回事？你父親有沒有把你祖父受委屈的實情告訴你？」火木問。

「有的。」周立鈞說：「剛開始，我祖父被當作客人般招待，這家人是農家，有幾畝田，屋外山坡地還種青菜，日子夠過，我祖父是帶著錢來的，當初，范大在我祖父面前給了他家生活費，他家老小五口人，見到錢，連說就是連帶養他家五口，十年也花不完。這樣過了幾個月，一天，他家老爺，也是范大的朋友垂頭喪氣的自城裡回來，對我祖父說：『范大出事了，他在李蓮英姪女的婚禮上為救唐挑受了重傷，死了。』我祖父嚇了一跳忙問：『唐挑呢？』

「『逃了，現在各省都有抓唐挑的告示，還有他的畫像。』老爺說。我祖父嚇得不敢出門，又過了個把月，老爺子從城裡回來，手中揑著一張張貼在城門的告示，一進門就把告示攤在桌上，苦著臉說：『完了，唐挑也逃不過李蓮英的魔掌，受刑前還遊街，這幫子人，殺人不見血，唉！我說周訓小兄弟，他們現在可是四處搜尋你。』」

「等一下，我要弄明白，你祖父口中的老爺跟范大到底是什麼交情？」火木問。

「過去同是管大牢的。范大很照顧他，范大喊他包夾襖。他自己都這麼跟我祖父說：『夾襖是范大給我起的別名，我膽子小，怕事，范大說我的頭好像掖在夾襖裡，不像個管牢獄的。可我都聽范大的，倒也落得清閒。』」

「是他有意要把你爺爺送給李蓮英？」火木問。

「他沒那個膽，他把我祖父騙到船上就跑了。我祖父開始流浪，他才十一歲呀。」

「他把你爺爺的錢也吞了？」火木問。

「錢倒沒吞，我爺爺隨身有個背包，背包裡是厚衣和日用品，其中有件棉褲，是唐挑替我爺爺弄的，棉絮裡藏著房地契還有銀票。另外一個手提包袱除了換洗的衣物，還有一個錢包。他一再叮嚀，『錢財不可外露，你所有的錢就是在這個錢包裡。實在發生意外，沒辦法了，再開棉褲，也不能讓人看見。』我爺爺很聽話，這些東西讓他在後來的幾年中才沒餓死。」

「那范大給這個姓包的錢一定不少。」波心說。

「那是當然。」周立鈞說：「在那樣的情況下，保命要緊，留著也被人刮走。」周立鈞有些嘲弄地歪歪嘴：「我爸還跟我說，包夾襖把我祖父送上船還丟給他一個木箱子，是我爺爺平日畫的圖片，還有紙、筆、墨、顏料，我爺如獲至寶，事後我爺才想到，這姓包的一來識字不多，再來他怕這些畫被人發現，他有藏匿周家後代的嫌疑，所以把這些紙畫丟給我爺，我爺事後對他最感激的，是他把這箱畫還給他，那可是他比生命還看重的寶。」

「就是這些嗎？」波心問，雙眼卻瞄看另幾個信封。周立鈞點點頭，顯得有些疲倦，他隨手點根菸，吸著，微皺眉頭。波心知道他累了，況且有些事他未必願意同外人說，遂說：「這些畫，我也當寶貝般地看出許多事情，真謝謝你，我對你的老姑奶好佩服。」他重重地吐口煙，低頭翻另一個寬皮牛紙袋取出許多文件，向火木面前推了推：「一堆廢紙。」火木的職業病犯了，他開始一張一張仔細翻閱。波心望著他，頸上的紅胎印記很明顯地抽動，白皙的臉頰像被人摑由青轉紅，由紅轉白，知道他心中正壓抑著怒火。連劉虹都發現火木不尋常的表情，趕忙遞上一杯茶：「陳董，您喝茶。」火木接過茶杯，先望望波心，又望著周立鈞：「很好，這千畝良田地基編號一點也沒變，只是時間變了，我昨日在金克文手中拿到的是前清末年的地基謄本，地主是李蓮英，後在民國三年轉到金溥澤名下，十年前又為金克文所有，不過現在都歸國有，我拿的等於承租權。」

「可是過去的確是我們周家的。」周立鈞憤憤不平地說。

「當然。」火木悶著氣，垂著眼皮說：「地契上寫得很清楚，所有人：周潔葉，包括挑溪園的所有權人也是周潔葉。昨日金克文給我的資料很齊全，不管他們過了幾手，原始的主人是周潔葉。」

「事過境遷一百多年了，我剛才跟二位說過，我愧對祖先，沒辦法重整家園。二位買下的這些田產，跟我家老祖先有關，我說出來，不過吐吐我老姑奶的冤屈。」

火木站起來，拍拍衣褲，對著波心詭異的一笑：「師妹，妳相信風水輪流轉嗎？有土斯有財，搞不好咱倆就是這畫中的某個人物，來此地還願的。」

「胡扯什麼。」波心沒好氣地瞪了火木一眼，對劉虹解釋：「我跟他在台灣同在一位師父的佛門進修，他雖比我年輕卻比我早拜師父，所以有事沒事就拿師兄身分壓我。」

「佛門規矩豈能輕犯。」火木說得很得意，自作主張的說：「就這麼決定了，從現在開始，周立鈞你就是我們的合夥人，大家一起幹。」

火木這些不按牌理出牌的毛病，波心在台灣就領受過，喝杯茶站起，望望窗外已到下午三點左右，初冬太陽本弱，遂說：「翠婷說她帶我們去看的三棵樹，有的是從家裡後院移過去的，能帶我們去看看嗎？」

「能啊。」劉虹很興奮，說話的聲音也大了，鄉下人的直性子立刻顯露出來：「這三棵樹像是來報喜的。都是枯了多年的老樹根，五年前莫名其妙地發芽長樹，沒人理會，以為是棵野樹，一位出家人來化緣，經他指點才移種的。」

「呃？有這麼回事。」波心說。

幾個人已走到後院，翠婷腳步快，跑到院子一個凸出的廢窯邊指著一堆橫倒的粗木說：「就是這裡，長出一棵石榴樹，它長得好快，既不開花也不結果，哪想到移過去不到兩年，又開花又結果。」

波心走近，蹲下，輕輕自枯木上剝下一塊樹皮，想到剛才在山坳嘗到的酸甜石榴子。一個聲音進入她耳膜：「好吃嗎？等了妳一百年。」她猛然回頭，火木跟周立鈞他們站在遠處的一個土灶邊談話，翠婷也跑了過去，她身邊沒有別人，「是我胡想吧。」她再看老樹根，索性坐在樹根上，心中想，「這樹如果是胖姑娘種的，胖姑娘一定很愛吃石榴，百年的枯根能重新發芽開花結果，難道要預告她的後人有什麼事嗎？還是這事與我有某些因緣？」

正思索間，火木他們漫步朝她走來。翠婷仍然蹦蹦跳跳地衝到到她面前，大聲問：「波心姑姑，妳累了嗎？妳找到我們挖樹的根洞了嗎？」

波心站起：「沒有。」她轉頭四處找：「真的沒看到。」

「當然找不到。」周立鈞走過來說：「百年老樹根伸到地下，不知盤得有多深，我們移這棵樹，沒辦法挖根，就連著老樹根劈下一塊，帶著土移過去，沒想到長得可茂盛，還開花結果。」

「這個自然。」火木蹲下撫摸著老樹根：「真美。我說周立鈞，這樹根千萬移不得，它是你們周家的鎮家之寶，除了你家的老姑奶種這棵樹，還有誰能有這本事，枯了一百年還會重新冒枝。」

「是呀，我爸在世時，常在後院散步，那時這棵石榴樹曾經長出過，沒多高就枯死了，我爸曾嘆著氣說：『你爺爺在世時常說，人死得冤，連樹都抱不平，你姑奶愛種樹，什麼樹在她手裡，沒有種不活的，就像她調的食物，只要她聞一聞，就知道該配什麼料，你姑奶的本事是老天給的，只可惜心太軟又遇人不淑，遭到橫禍。她一死，連帶她生前種的樹像失了魂般，河堤邊，樹是一排一排的倒，連根帶枝倒進河裡，留下來的是被人特別看護或是重新栽種，就拿這棵石榴樹來說，也在她死了沒多久就枯了。』」

「有一棵樹不會，它枯了又長，長了又枯，很好玩的。」翠婷說。

「那棵樹是在帶孝。」劉虹說。

「有意思，我倒想看看。」火木說。

「就在那山坡正中，我帶你去看。」周立鈞說。

「是在山中看到的那棵名叫麻布樹的嗎？」波心問。

「正是，是從這山上井邊挖過去的。」周立鈞說。

「是那個出家的和尚到井邊指明要挖的樹。」劉虹說。

「指明要和山上另一棵重陽樹一併移過去。」周立鈞說。

「看到了。」火木對波心說：「就是那棵茄苳樹呀。」波心領會，不再多說。

「我們上那個小山坡，那地方很好的，有石階慢慢走，我家的雞、鴨，還有鵝，都在那裡放生天養。」周立鈞說。

「我第一天來你家，翠婷就帶我來過。」波心牽住翠婷的手，仍有興致：「再去撿些蛋，火木，搞不好你會撿到有彩色的鳥蛋。」翠婷掙開波心的手：「妳等我一下，我去拿竹籃，肯定能撿到各種蛋。」波心只好停下等翠婷，火木跟著周家夫婦直往院前的土山。翠婷提著竹籃跑來，同波心說：「波心姑姑，我們不要去山上，我帶妳去一個很好玩的地方。」

「不好吧，等下妳爸媽找不到妳怎麼辦？」波心說。

「不會的，我去的幾個地方，我媽都知道，她要來找我就會用手機聯絡妳，她知道我一定帶妳到別處逛，放心吧，那地方比山上好玩。」翠婷閃著晶亮的大眼睛，一臉精靈古怪，完全超過她的年齡。

「那妳提著籃子有什麼用？」波心問。

「有用、有用，待會兒你就知道。」也不由波心作主，翠婷拉著波心就往另一個偏院方向走，波心只好跟著她。翠婷回頭看已經離開家門很遠了，就說：「波心姑姑，我不喜歡到山上，山上有鬼。」

「有鬼？」波心聽得好笑，遂問：「那妳還要到山上撿雞蛋什麼的，難道妳見到了鬼？」

「我上山走另一條路，鬼見不到我，待會兒我帶妳去的地方很好玩，玩一會兒，我划大一點的船載妳走那條水路，就會跟他們在山下會面。」翠婷老氣橫秋地說。波心只好由著她亦步亦趨，她伸出小手牽住波心說：「妳那天晚上睡在我家，聽到鬼哭的聲音了嗎？」

「沒有。」波心說：「鄉下安靜，我聽到風聲。」

「妳沒仔細聽風聲中有說話的聲音？」翠婷仰起頭問。

「什麼說話的聲音？」波心被逗笑了。「妳又聽到了什麼話？」

「有啊。」她突然抖著嗓子怪聲怪氣地叫：「胖姑娘，我對不起妳，我對不起妳呀。」

波心想笑，抓起她的手故意拍拍胸口：「好害怕，翠婷不要嚇我。」

「別怕，別怕。我媽說這個鬼魂應該是唐挑，他對不起我的老姑奶，他不會害我們周家的人，他在找害他的人，波心姑姑，妳相信鬼會報仇嗎？」翠婷認真地問。

「我相信。我們人不能做壞事嘛！」波心想把話支開，問：「我們到底要去哪裡呀？」

「就在前面。」翠婷還沒離開她要說的主題：「我爸媽帶你們去山上是要看一口井，那井過了一百多年還有水，那井水很甜，我爸還常去井邊打水，好喝呦。」

「你家不是也有自來水嗎？」波心問。

「那不一樣。我媽說那是一口風水寶井，只可惜被唐挑破壞了。」

「這與唐挑又有什麼關係？」波心問。

「關係大了，當年，唐挑逃命昏死在那井邊，是我老姑奶救了他，唉！」翠婷或許聽慣了大人談到這事的嘆氣聲，她這一聲「唉！」粗粗啞啞拖得好長，波心忍不住「噗嗤」笑出聲。

「不好笑的。」翠婷一臉正經：「我姑奶帶他做生意，後來我姑奶死在池塘，他都沒救。」

「好了，不說這些了。」波心不喜歡小孩子說些大人的恩怨，可是翠婷認為她的話沒說完，很固執的繼續說：「我爸說，唐挑死後，井邊就長了這個叫麻布的樹，一到夏天，整棵樹從樹頂到樹腰垂下黃白色的小花，隨風飄呀飄。我媽說它是唐挑的魂在給我姑奶帶孝。」

「所以晚上也聽到他在風中都喊對不起，是嗎？」波心說。

翠婷點點頭站住說：「到了。」一個長滿蘆葦的泥塘邊，翠婷蹲下身子、撥開蘆葦，從水裡抓出一根粗麻繩，用力一拉，一艘可供兩人乘坐的小木筏從蘆葦中慢慢地被拖到岸邊。「波心姑姑，上來吧。」翠婷帶著竹籃先跳上木筏，波心不放心：「可以嗎？」

「妳放心，我常載兩大桶井水去對岸給開茶館的宋婆婆，那桶比妳高，比妳兩個還重，妳比水桶輕多了。」

真是童言無忌，自己胖是不錯，可沒人敢這樣說她，吸吸鼻子，一腳跨上木筏，翠婷搖起槳，果真平穩，對這個十歲不到的小女孩得另眼相看。她在蘆葦中輕鬆的穿水道，波心坐在筏上不由好奇：「妳划的水道好清澈，連根雜草都飄不過來。」

「是呀，這條水路我常常划筏子，自然不會長雜草。」翠婷雙手搖櫓，頭卻不時向四周張望，甚至抬起一隻手臂撥兩旁伸過來的蘆枝，波心坐在筏上，望著兩旁高過頭頂的蘆葦，以及蘆葦間時時飛上飛下的蜻蜓、叫不出名字的昆蟲，水中魚蝦漫游，間或從水中冒出野鴨在蘆葦根下穿梭，陽光透過蘆草層層疊疊。隨著風兒飄動，她觀望四周，隨手撥動筏邊水紋，好不快活。

「到了。」衝出蘆葦，眼前是一條寬敞的河塘，她划到岸邊一排石堤輕快的跳上岸，很體貼的對波心說：「姑姑，妳坐穩，別動，等我把韁繩繫穩，妳再上岸。」波心坐著看她熟練地順著水流把竹筏牽到岸邊，隨手一拋，粗麻繩很自然的在岸邊一棵白楊樹上繞了一圈，她走上前把繩繫牢，才到岸邊扶波心：「姑姑站穩，我扶妳邁上石階。」波心站上岸，低頭看岸邊一長排參差不齊的大石塊，想來這兒若干年前應該是個小碼頭。畢竟荒廢多年，泥沙淤集，荒草雜樹蔓延到遠處的山丘。她又聯想到百年前，周家繁盛時，這兒該也是停舟載貨之處。

「波心姑姑，妳在石階上坐，看我撈魚。」翠婷捲起褲管，拿起竹筏中放的魚網，用力撒向池塘，轉頭對波心說：「石階下有個很深的洞，水流到洞裡會打漩渦，水會變得特別冷，人要不小心一腳滑下去，鐵定上不來，淹死在裡面。」

波心嚇了一跳：「真的？別靠近，危險。」

翠婷慧黠的一笑：「不會的，洞裡有我放下的網，網裡有魚食。現在一定有許多魚蝦在裡面，我上面鋪的網是不讓收網的時候魚蝦跳出來，姑姑，看來今天收穫不錯，妳要幫我拉網。」

「沒問題。」波心好奇地問：「妳怎麼想出這麼一個捕魚的方法，萬一掉下去，不是要人命嗎？」

「嘻嘻。」翠婷天真的笑笑：「才發現沒多久，我爸媽還不知道，過兩天我再同他們講。」

「妳是怎樣發現的？」波心問。

「就在那個石階下呀。」翠婷指著波心坐著的石階另一邊：「姑姑妳看，那浸在水裡還有石階，有一天，我划著我的小木盆到這裡，一塊石板鬆動了，我就用槳敲石板，石板一移開，洞裡就冒出水來，我用槳向洞裡掏，好深，掏不到底，我就怕了，回頭找了個長竹竿，伸下去有兩人高，好怕人的。我就想了這麼一個法子抓魚，很管用。姑姑，現在我們就撈，一定有大魚，很肥的。」

「先不忙撈，待會兒等妳爸媽還有火木叔過來一起撈。翠婷，那塊石板在哪？沉進池裡了嗎？我懷疑這水洞裡說不定有東西。」

「石板沉不下去，池塘下全是藕根藕葉，石板掉下去，會被水推著移動，我來找找看，待會兒我們從這裡轉個彎，就到後山跟他們見面。」翠婷邊說邊彎著腰在岸邊追查，沿岸河水清澈，沒有雜草，她走回來，解下樹上繩索，跳上竹筏，很輕便地划進蘆葦叢中，很快的大聲喊：「姑姑找到了，它被蘆葦困在這裡，哇，它壓在好大一片水草上，還浮出水面呢。」

波心認為她也看不出什麼名堂，大聲叫：「妳快回來，叫妳爸媽看比較明白。」

「好的。」翠婷飛快的把筏划回岸邊，大聲同波心說：「姑姑，妳接好，這石板一角有塊石頭要掉下來了，我就把它掰下來，免得掉進水裡找不到。」波心接過，手中一涼，仔細一看，是塊血紅的雞血石。翠婷已經跳上岸，望著波心看雞血石的樣子，覺得好笑，遂說：「是塊紅石頭，姑姑，妳喜歡嗎？」

「這塊石頭好漂亮。」波心仍拿著它對著陽光透視，這塊雞血石紅得不均勻，濃淡散在石頭裡，陽光一照。像紮女孩頭髮的紅頭繩，麻花似的絞著，深紅、淺紅帶點褐黃，一縷盤繞在淡得透明不到兩寸的石頭上，任人看了都想從石頭裡取出那縷紅頭繩繫在髮梢。

「姑姑，我們走這邊，說不定他們要下山了呢。」翠婷說。

「不會，他們會等我們。」波心說。兩人開始朝另一條山路走。波心直覺這兒好大，曲曲拐拐又是一條路，不是池塘就是廢棄的石階或是新生陸地，山林裡鳥兒飛翔，鳴聲不斷，她看到叢林裡野兔、松鼠恣意跑跳，想：「這是一個能開發各種形態的旅遊觀光區，火木不愧眼光獨到。」

正望著四周景色想得入神，手機突然響起。她拿著聽，是火木：「你們去了哪裡，我們等了你們好半天，波心妳難道不過來看看嗎？」

「下次再看吧。我現在在後山的山下，要爬上去還要繞山路，很累的。翠婷妳同叔叔說。」

「叔叔，姑姑喜歡坐船，她要休息，我們不上去了。」

「妳跟波心姑姑說，我們今天一定要爬另一座山，對她對我都很重要，你們快上來。」火木說。

「你同我爸說，爬山太累，我們划船一下子就到山腳下，不必在山上繞路，你們也過來。」翠婷說。

這回是周立鈞接過手機：「好吧，妳去把大船解下韁繩，我們馬上就到。」翠婷拉起波心的手說：「姑姑，瞧那轉彎的石柱了，繫了好幾條船，大小都有。」是被一排樹擋著，波心真沒注意到。船在翠婷手中很輕巧地拉回岸邊，這時周立鈞夫婦及火木已到山下。火木走到岸邊，見到凹凸不平的泥路，斷裂的石板雖然經歷百年歲月風雨的吹襲，青石上的刮痕縱橫交錯，石縫中的雜草堅韌地蔓延到岸邊跟野樹野花隨意的滋長，他想到「挑溪園」多麼美的名字，他要回復這個名字，他甚至想把剛才看到的那棵「麻布」樹砍掉，也不知為什麼，見到那棵樹，心裡就很煩，倘若誠如周家人說的，這棵樹是唐挑的靈魂變的，幹嘛每年都帶孝，樹活了百年也該有靈了吧，保佑周家興旺，比年年掛孝、開那討厭的白花有用。他頸子有點麻癢，抬手搔搔。不由又往岸前走去。

翠婷跑過來：「叔叔，船在那邊，大家都在等你。」

「噢。」他有點不好意思，遂說：「這河好大，沿岸的石板好幾處，應該是停船的小碼頭。」

「河跟荷塘是靠堤隔著的，現在都堆了泥沙，分不清了。」翠婷邊說邊轉身急步往前走，火木加緊腳步，知道幾個人都在等他上船。兩艘船一前一後在河塘中划行，周立鈞載火木領先，劉虹划舟載著波心和翠婷，慢慢在河上划行，有一搭沒一搭的聊天。周立鈞說：「石板會移動我還是第一次聽說，翠婷以後踏石板要特別小心，掉進洞裡可要人命。」

「爸，我會小心，我用網子蓋住，待會要去撈魚。」

「那石板不輕，會被草托住、蘆葦擋住，真有意思。」劉虹說。

「妳別看這小河塘，也隨著潮水漲落通到西湖的。」周立鈞說。

「姑姑懷疑水洞裡有東西。」翠婷說。

「會有啥？」劉虹不以為然。

「石階下應該墊石塊，不該用石階遮著洞。」波心說。

「應該墊著石塊，年頭久了，鬆動了。」周立鈞說。

「我想看看那塊石板，掏掏那洞。」火木也搭話。

「那石板角上有一塊紅石頭，我掰了下來，給了波心姑姑。」翠婷說。

「很漂亮。」波心舉起手中的石頭給前船的火木看。

火木望著心中讚嘆：「那石板上會有這樣的石頭，我想一定還有其他的。」

兩艘木船前後進入茂密的蘆葦叢中，光線立刻暗下來，風卻在四處流竄，想是已到黃昏時刻，兩艘船熟門諳路在蘆葦中穿梭，七轉八歪像走慣了的水道，船兩旁沒見一根浮草。波心坐在筏上的小竹椅，順手撩船邊的水：「好清涼，你們划得這樣順，想是有一條常用的水路。」

「那是自然，外人識不得深淺，莫說划船，掉進池塘都會陷進泥淖，脫不了身呢。」周立鈞說。

「你們這樣熟水路，一定划舟過路很多年了。」火木問。

「那是當然，這塊池塘畢竟是我周家僅留的一點財產，我們全家很珍惜的。」周立鈞說。

「真是隔行如隔山，就憑你這本事，入股當股東綽綽有餘。」火木說。

「除了池塘水性，荷花荷藕長得好不好，自小就從長輩那兒耳濡目染，看了荷梗萌芽、嗅嗅水質，就明白了八、九成，今年藕該施些什麼肥，怎樣改換水質。陳董，你經營那麼大的荷塘，有專家管理，我這點經驗算不了什麼。」周立鈞輕巧的搖著槳平淡地說。

「你不必謙虛，我聘的專家也未必比你內行。波心，妳是不是也有我這樣的感受。」

「那是當然。」波心剛說完，蘆葦叢中飛來一隻水鳥停在火木身旁。

「好預兆。」劉虹一邊搖槳，一邊開心地說：「我們土話叫牠水鸚鵡，妳瞧牠身上的藍羽毛，是富貴人家專門捉來做頭飾的，那頭飾鑲金配鑽，再華麗如果沒配上這藍羽毛，就失了靈氣，不知妳聽說過沒？」

大家都把目光轉到水鸚鵡身上，尤其是火木，水鸚鵡在他腳前佇立，彼此對望著，像是相互打量對方，沒一會兒，牠從容的展翅飛向蘆葦，在一叢高拔的蘆葦尖上停住，蘆葦被風吹動，牠站不穩又不想飛，張開翅膀不停地搧動，夕陽投在牠身上，藍羽毛閃著金光，翹起的藍尾巴張張合合像是戲弄投射在牠尾部的光影，紅尖嘴閉得緊緊的，很性格的舞動了一會，就一飛沖天揚長而去。大家似乎都在看這隻鳥，船仍然在動，已划過蘆葦叢林來到河面，四周突然明亮起來。

「好美的鳥。」波心讚嘆。

「不常見的，今日來了貴客，牠也來迎接。」周立鈞也高興地說著，把槳一伸：「到了，靠岸走幾步就到山邊，不必繞山路，很輕鬆的。」

到岸邊，火木、波心同時發現，這兒也是過去的老碼頭，雖然破損，堅固的石板和堤岸仍保留著原來的樣子，包括岸上的繫船石柱，當然河川淤塞，早已變形，百年前的繁華可以想見。

「你們跟我走，前面有個山洞，從洞裡穿過去就看到那棵老樹。」翠婷說。

「我今年清明掃墓跟翠婷無意間發現的，立鈞還沒走過，其實也不是什麼山洞，是山岩跟老樹盤枝結藤，搭得像個透氣的帳棚，棚子裡有老樹根支撐著山石，可以當椅子坐，地上因為透光通風，還不潮濕。」

翠婷跳上一塊不高的石塊，指著旁邊一叢矮樹：「撥開，石洞在裡面。」

「真是別有洞天。」大家走進去，火木感嘆，他從沒見過這樣巧奪天工的天然帳棚。洞內十分涼爽，一些蕨類植物遍掛樹根或枝間，開出不同顏色的花朵，或大、或小、或成串，或聚集。翠婷牽著波心的手，也不時地提醒火木：「叔叔小心，地上有老樹根。」老樹根像階梯很自然的一節一節往上攀，他們順著往上走，眼前一亮，到了另一座山腰。「就是那個老樹根。」翠婷跳著跑過去，火木一看，怎麼就在這山坳下橫倒著一棵茄苳樹，它躺在地上，沒頭沒尾的只留中間，光禿禿的長著，在臥倒的地面四處卻冒出一些新枝，表明它仍然是有生命的。怪的是，離它不遠，四周圍繞一圈矮樹像護著它，樹上還攀藤結果，饒富生趣，火木望著，心中一動：「這是范大和唐挑的墓。」

「應該不會錯。」周立鈞說：「我小的時候，爺爺帶著爸爸和我每年都會來此地掃墓。」

「這周邊的矮樹是你們種的嗎？」火木問。

「是，是我爺爺種的。」周立鈞說。

「你說這墳是你鄰家老伯帶你祖父來認的，難道沒告訴你祖父，他最親的姑姑葬在哪嗎？」火木問。

周立鈞搖搖頭：「這是我爺爺最大的遺憾，我父親同我說，我姑奶出事的那一天，當天晚上，爺爺就被人帶走，送他走的人是范大，告訴他：『要活命，趕快逃，拖不了明天，李蓮英就會來抄家，你的小命就難保。』」

「確實如此。」火木點點頭：「你說過，你祖父被范大的朋友帶著逃到河北、范大安排的友人家，發現范大跟唐挑都在，可見他們不放心你祖父，抄另一條路趕過來安頓他。」

「是呀。他倆都說會常跟我爺爺聯繫，想當時，我姑奶還沒下葬。怎知他兩人一走就沒了訊息。」

火木點頭：「想當年，能葬范大的人，一定跟他很有交情。」

周立鈞說：「不錯，我聽我父親說，范大就是不死，李蓮英也要以他放了死刑犯唐挑的理由抓他受刑，他一死，李蓮英把罪全加在唐挑身上。唐挑何嘗不知，他花大錢託一個信實的朋友。葬了范大，那時他還四處逃亡，也同這位朋友說，如果他逃不過這一劫，望他能為他收屍，並與范大葬在一起。」

火木望著老茄苳樹根，雙腿一軟，跌坐在橫倒的樹上。波心扶起他問：「怎麼了，你的手冒冷汗，哪裡不舒服嗎？」

火木勉強站起，搖搖頭：「突然感覺全身發冷，唉！李蓮英那閹人夠狠，你祖父流浪多年，事後又怎樣找到這裡？」

周立鈞深深吸口氣：「我爺爺在外吃盡了苦頭，沒辦法，回到破破爛爛的家，在客廳進門的神龕抽屜裡擺著一個破皮襖，裡面有張圖，我爸一看就明白，尋圖找去，就是這裡。」

「沒再向鄰居打聽嗎？」火木問。

「打聽啥？沒人認得我爺爺，就是知道也說不清。」周立鈞說。

「可都知道周家胖姑奶發家的事，村裡人提起胖姑奶當年的風光，都能編成曲說唱給眾人聽。」劉虹插嘴：「卻怎樣找也找不到她埋葬的地方。」

已近黃昏，山雖不高，迎面是河，刮來的風陣陣透著寒意，大家的心情都有些沉悶，翠婷突然說：「該去撈魚了，不然魚會悶死在網子裡。」大家想想也對，便反身搭船照原路回航。到了碼頭，劉虹帶著翠婷合力收網，果真魚蝦滿網，把波心跟火木看得瞠目結舌，連讚翠婷是天才。翠婷被誇得有點得意，又逞能地說：「爸，你去蘆葦那把石板弄回來，叔叔一定想看，我跟媽把魚網拿回家，把魚蝦養進水缸，姑姑說這石板下可能有東西。我把手搖轂轤和鐵爪帶來，撈撈看。」

「行。」周立鈞說：「放在板車上，讓妳娘踏車輪，妳在車上要把東西護好。」

「要不要我幫忙？」火木說。

「你幫不上，在這裡等我把石板弄上岸，搞不好你會看出什麼名堂。」周立鈞說著就跨下竹筏，向岸上提著魚網的母女招招手，就各自去工作了。

波心這時才把雞血石從口袋裡掏出來給火木看，火木拿著皺皺眉，很自然地說：「這紅血絲看來像我頸子上的胎痕。」

「胡說。」波心一把搶過來，拿它來和他頸子上的紅胎記相比，那紅筋暴露的地方確有幾分相似。波心不以為意，捏回手裡說：「一點也不像，你頸子上如果有這般漂亮的胎記，怕不知要迷死多少人呢。」

火木摸摸頸子正要說話，見周立鈞邊搖槳邊推竹筏前的石板，石板下顯然托著厚水草，周立鈞邊划邊推，顯得很吃力。

他倆在岸邊實在幫不上忙，只好靜心等待。白板終於靠岸，兩人同心協力在周立鈞的扶持下把石板抬上岸。當石板上的污泥、雜草滌洗乾淨，一排斑駁的字顯露出來。刻進石板裡的字既深厚又寬大，每個字上都灌進水泥漿，那漿不同一般的土水泥，是百年前專灌城牆的糯米黏土，除此之外，字的外層還塗上厚厚的防水金漆，足見刻字人的用心。

這是一個百年前的石板，板上的字雖歷經浸蝕，所有保護膜一一剝落，參差不齊地散落四周，然而一首詩清清楚楚呈現在眼前。字不工整，歪歪斜斜，卻能明顯認出。三人共同念：「月光光，照河塘，十二河板立中央。中央斜角一點紅，照著綠竹山坳中。山坳正中一點紅，荷紅綠葉在其中。」三人念完了，不懂，一頭霧水。正其間，劉虹踏著她的三輪板車「喀嗤，喀嗤」慢慢騎過來。翠婷首先跳下車，跑過來見石板：「哇！好漂亮的石板，上面還有字耶。」大人都到板車拿東西，她就蹲在石板前讀這首兒歌。等大人把手搖轂轆鐵爪搬到岸邊，翠婷突然站起來問：「爸，我們這兒過去可有十二個碼頭？」

周立鈞想了想：「沒那麼多，我自幼到大，看到的就是這幾個。」說著指指前後有粗石墩的河岸。

劉虹想想說：「應該不只這幾個，我們在塘溝裡划筏子，常常會碰到豎起的石柱子，當年公公在世時說，祖爺爺回到故居沒到六十年，發過兩次大水，又修什麼河堤，這一片池塘連著的青水河全毀了。」

「當年，姑奶生意興隆，順著河灣修碼頭，完全是為了便利車船停頓，周家生意沒了，這兒變成荒田，公家為了修河堤，把彎曲的私家小碼頭廢棄，把河道拓寬是很正常的。」周立鈞說。

「我倒認為，老姑奶指的十二河板立中央，指的就是這一塊。」翠婷眨巴著大眼睛說。

「有可能。」劉虹說：「這丫頭放了學就在這池塘河堤晃，哪兒深哪淺比我們還熟悉。」

「別談那事。」周立鈞把本已捲起的衣袖又往上捲了捲，同劉虹說：「我先用竹竿攪水洞，看看水的漩渦就知道鐵爪該放多少寬度，妳眼力好，要看仔細。」劉虹點頭，兩人開始工作，火木、波心也專心看著，心中滿懷希望。

鐵爪上綁著粗麻繩，周立鈞搖轂轤，劉虹用另一根鐵鍊控制鐵爪的伸縮，鐵爪慢慢伸下去，劉虹搖著鐵鍊像在探索，突然，她手停住對周立鈞說：「有了，你收繩。」周立鈞努力搖回繩索，沒多久，一個大鐵籠子被鐵爪勾上岸。隨著眾人「啊！」的驚嘆聲，鐵籠平安落地。鐵籠裹滿了青苔，被鐵爪勾住的地方幾乎斷裂。翠婷彎腰看看說：「這鐵籠子不就是後院好幾處放著捉野狼、野狐的籠子嗎。」

「確是。」劉虹說：「家裡用這樣的鐵籠子用了好幾代，想添新的或是修壞了的，城裡那家鐵匠傳到他孫子輩，不需講就能打出同樣的籠子。」

波心蹲下觀望：「這籠子已經鏽壞了，那裡面好像有東西。」說著撿起地上一根樹枝開始撥籠子外的泥和纏繞的青苔，翠婷拿來一把大剪子，連刮帶剪，鐵籠破了一個大洞，一個圓滾滾長滿青苔、爬著水草的東西立在籠中。

「翠婷，去車上把皮手套拿來。」周立鈞邊叫女兒拿皮手套，邊退後，打量這籠子裡到底裝了什麼。連他父親都沒提起的東西，會是老姑奶藏的？或是李蓮英他們擱置的？看這鐵籠子，李蓮英他們應該不會用這玩意。翠婷拿了一個布袋，裡面裝了好幾副皮手套，她迫不及待的自己先戴上一副，同大家說：「每個人都戴上皮手套，毒蟲子就不會咬到。」劉虹戴上皮手套，先用鐵鉤輕敲鐵籠，鏽腐的鐵籠立刻鬆散，長圓形的東西呈現在大家面前，周立鈞接過翠婷手中的剪刀，慢慢剪開厚苔，撕開一部分，跟大家說：「像是一個甕，還是瓷的。」

大家為此一振，都不敢動手，全神貫注在周立鈞的手上。厚青苔像是一層保護膜，一個青瓷大甕呈現在眾人面前。周立鈞激動地哭了：「是老姑奶的，一定是她藏在這裡的。家中地窖裡這樣的青瓷大甕還有十來個。」甕蓋封得很緊，像是上了膠，周立鈞雙手提甕，很重，提不動。劉虹提醒她丈夫：「蓋子應該打得開，甕裡一定灌滿了水。」周立鈞試著扭瓷蓋，很緊，劉虹從板車拿來一只水桶，從河裡掏了水慢慢的澆瓷蓋，再輕輕敲蓋邊，那瓷蓋慢慢被鬆動，打開了。大家都鬆一口氣，甕裡的確裝滿了水，周立鈞把甕倒下，讓水流出，順著水流出許多破片，甕口很大，當水流盡，周立鈞掏甕裡的東西，全是破了一半的盤碗，雖然過了百年，那盤碗上燒製的花紋毫不褪色。甕掏空了，全是破了一半的瓷盤瓷碗，乍看是一堆廢物，也猜不透，如果是姑奶費心思放的，是什麼用意這樣大費周章？

盤碗的花紋雖經百年仍沒褪色，煞是好看。波心拿起一片破盤，觀望花紋，是一株梅樹，盤底梅花盛開，花間有字，「製糖梅及梅醬法」。盤邊有字，圍著編寫：選青梅完整，用礬湯泡一宿，去礬水，花枝斷裂，顯然製法在另一半破盤中，方能拼圖完整，在此盤的腳邊，梅樹根上有落花，上寫：加鹽三錢攪勻，日中曬，待紅黑色。以尋常製醬法既成。

波心叫大家輕手小心找這梅花瓷盤的另半片，瓷片攤了一地，沒有。他們開始發現，所有的瓷器全是半面，不同的花紋寫著不同的食譜，全寫了一半，如：煮蓮子易爛法、治各類黃酒味酸法、煮蟹令殼不變黃法，林林總總，不下百十片，全是燒製得非常精緻的花紋，色彩雖經百年，均不褪色，字跡清晰可見，再全能的烹飪高手，拿到這樣殘缺不齊的食譜，也無從調配美味。

周立鈞望著，黯然神傷：「姑奶用心良苦，看來她這樣做不是一朝一夕，她這一手絕活一心要流傳給後代，可我沒出息，連這瓷片上的字都看不懂。」

「慢慢看，別急，這些東西重見天日，就表示你該接這個福。」火木拿著一只破碗端詳不由驚嘆一聲：「這好像故意燒成半個，裂開的邊是圓緄邊，絕不是摔裂或是鋸裂，當時進窯就是半塊，老姑奶是個有心人呀。」

大家又開始注意其他半片碗盤，證實火木說得不假。「清光緒三十一年。江西景德南窯製。」翠婷拿著半個小碗，望著碗底的字念。大家又開始翻所有的半塊盤、碗，發現均有同樣的字跡，可見是同一批從窯中燒製的物品。「光緒三十一年。」波心仰頭細思：「如果我沒記錯，三年後光緒和慈禧太后前後駕崩，不久就改年號為宣統。」

「想就是那一年，老姑奶見唐挑迷戀李蓮英的姪女，處處逼她要錢，還逼她要這要那，老姑奶不得不為自己留一手。」劉虹說。

「把它全部小心收好。」波心說：「老姑奶顯靈了，能找到這一半，另一半一定找得到。劉虹，這都是無價之寶，這食譜中的祕訣，我們外人絕不參與，將來重整挑溪園這可是你的本錢。」

劉虹笑道：「我沒那麼大本事，還望妳多指點。」

翠婷望著天邊夕陽說：「該回家做晚飯了，我肚子餓了，啊！波心姑姑，我剛才一忙忘了，我也有一塊紅石頭，妳看。」說著從口袋裡掏出一塊只有一寸左右，中心鮮紅、邊緣透白的小石頭。

「哇，好漂亮。」

波心接過。正在觀賞，劉虹湊過來說：「這不是清明節時我們去掃墓，在石榴樹下撿到的嗎？」

「對呀。」翠婷說：「我放在衣櫃上，今天從石板上拿下一塊紅石頭，波心姑姑喜歡，我就想到我也有一塊小的，剛才跟你去拿鐵爪，我就把這塊石頭拿來給波心姑姑看。」

火木走過來問：「翠婷，妳是說在山坳中的石榴樹下撿到的？」

「是呀。」翠婷說。火木立刻走到石板前招呼大家：「來，念念這首詩。」

大家俯身，翠婷揚聲念道：「月光光，照荷塘，十二河板立中央。」

「停停。」火木站直，指著大家的立處：「這兒就是十二河板。」大家不由自主的向腳下看看。

「翠婷再念。」火木口氣有些激動。

「中央斜角一點紅，照著綠竹山坳中。」

「大家看。」火木指指夕陽：「快看，現在的夕陽正好照在這第十二塊河板中央。」大家望著，果然不錯。波心立刻把紅雞血石放回在石板一角。

翠婷說：「不對，我是在石板下取得的。」

「來，大家把石板回歸正確位子。不必放入水中，在岸上既可。」火木說到做到，和周立鈞合力把石板推到岸邊。波心跟著遞上雞血石，火木在夕陽斜照的光彩中把雞血石放在一角，方向正好面對山坳。

「翠婷繼續念。」火木叮囑。

「山坳正中一點紅，荷紅綠葉在其中。」

翠婷才念完，火木拍手叫道：「這不說得很明白嗎？走，快去山坳把另一半挖出來。」

「不會吧。當時我們種樹時，挖得很深，沒見到什麼東西。」周立鈞說。

「那是時運不到，而且你們也挖錯了位子。」火木興奮地揮揮手：「快去，就是現在。」

「你們去吧，我要跟媽媽回家煮飯，我捕的魚蝦在水缸裡都餓瘦了。」翠婷真的累了，對大人的遊戲有點煩。

劉虹不忍掃火木的興，心中並沒十分把握，遂說：「這樣吧，趁天還沒黑，立鈞你划船載他倆去山坳看看，帶著鏟子鋤頭，我帶著翠婷回家做晚飯，我把飯做好，開著板車，帶著手電筒去山坳接你們。」

「好吧！」周立鈞也有些勉強，又同波心說：「山坳風大，我們明天再來，時間會更充裕。」

「不必等明天，明天我要開兩個會，抽不開身。」火木說。

波心也有些自己都說不出的興奮，巴不得也能挖到寶，遂說：「既然有時間，就去試試看。」

周立鈞只得順從。五個人分成兩組，各忙各的。

劉虹帶著翠婷回家，把捕來的魚、蝦、蟹，忙著煎、蒸、燜、燴。劉虹為表示盛情，把拿手菜幾乎全用上了，家中院裡本就不缺野菜，知道這二位客人愛吃鄉野原味，故而費盡心思變花樣的調理起來。還沒完全做好，電話響了，她拿起，是立鈞，他抖著聲音，激動地抽噎：「找到了，一整缸，跟在河裡掏上岸的剛好配對。」

「真的？」劉虹也不敢相信。

「趁天還沒全黑，妳開車來接我們，帶些厚毯子包這些寶物，摔不得。」

立鈞放下電話，劉虹發了一會兒愣。這兩天的事，讓她像是做夢。

一個奇妙的初冬之夜，不該有這樣的寒風，不該有這樣明亮的月光，雖是下弦月，明晃晃的照進山坳，劉虹把板車駛來，望著在月光下閃耀的藍瓷甕，望著波心手中拿著的另一半瓷盤，跟在河裡掏的沒兩樣，不是摔裂，是帶著緄邊特意燒成的半邊盤。她心中一熱，大聲哭了：「老姑奶，妳顯靈了，妳用的是什麼法，請來兩個貴人，這東西太貴重，交到我手裡也不知怎麼辦呀。」

「哭什麼，小心包回去，別摔著。」周立鈞拍拍妻子的肩：「我來駕車，山路不平，妳坐在車上把瓷甕扶好，它受不得顛。」周立鈞開得極慢，火木、波心，加上劉虹三人，護著用棉毯子裹住的百年瓷甕，慢慢駛向回家的路。

波心抬頭，果真萬里無雲，月雖不圓卻皎潔明亮，清清澈澈照亮大地，山路在月光下緩緩而行，山風刮在臉上有些刺寒，她突然想到，百年前，如果這是老姑奶用心設計擱置的，她當時是怎樣的心思？

是怨、是恨，還是無奈？一定有賭氣的成分，就是消失，也不要落到她不想給的人手中，這是她畢生的心血，已經人財兩失，再這麼把她視如生命的菜譜拱手讓人，豈不窩囊透頂。想到這裡，她覺得這女人很有骨氣，不自覺地抿嘴微笑，熱淚已奪眶而下。

回到家，迫不及待的把河中瓷甕和山坳瓷甕取出拼對，果真成形，分毫不差，找出另一瓷盤，盤邊註明：製糖梅及梅醬法，連著的古梅樹枝散花開，花蕊分別記下：一，去礬水。二，將醋調砂糖，同浸一、二時，待酸水抽出。三，即逼去糖酸水，復以糖浸三、四時，方下罈中。四，以重糖加罈面，用泥封口，三月不壞。五，製梅醬法，一……燈下，不管碗、盤，拼起來非常順手，東西很簡單，大盤、大碗，小的很少，在拼圖中，有的無圖無畫，明寫食譜及吃法、用法、材料出處、注意事項，林林總總。四位大人忙於其中，直到翠婷叫：「我快餓扁了，快吃飯好不好。」這四人才清醒過來。「吃飯，這大工程有得忙。」火木興奮地抓頸撓腮，連洗手都走錯方向，進了翠婷臥房。

波心望著鋪在地上毯子上的兩甕瓷片，心思起伏，好多盤碗她看來眼熟，她性喜白底藍花瓷，喜歡梅、蘭、竹、菊，不上彩，單一的藍繪在白瓷上，或是像天上淡藍如雲，卻只畫一朵白荷。她收集這樣的瓷盤、瓷瓶、瓷碗、瓷杯，很不容易，卻是她最大的嗜好，家中客廳一組玻璃櫃擺得琳琅滿目，是她引以為傲的收藏品，怎麼跟這兩甕瓷片比起來，她那些花高價收集的珍品簡直一無是處。恍惚間，她好像看到胖姑奶抱著瓷甕坐在山坳樹下茫然無主的神情。用這種方式葬下她畢生心血，一定有她的盼望，盼望她的心血有朝一日能得以重見天日，那一天是何年何日，她不知道，肯定的，她要留給她的子孫。

「波心姑姑，快去洗手，不要像火木叔走錯房間吧。」翠婷說。

她勉強擠出一絲笑容，整理一下思緒，去廚房洗手，轉回身，餐桌已擺滿香噴噴菜餚。這一天大家很辛苦，卻有想不到的收穫。不知為什麼，大家似乎都有心事。這頓飯吃得很悶，翠婷第一個吃完，她蹲在地上檢驗，很快地發現問題：「怎麼？這兩罈盤子碗是對得上，怎麼顏色深淺不一樣？」

「那是自然的，一個沉進河裡，一個埋進土裡，一百多年，顏色會變是很自然的。」劉虹說。火木放下飯碗，湊過去，蹲下細看。不由「唔」了一聲，隨後拿起半個燒繪半朵淺粉紅色荷花的大碗向大家說：「這碗背後註明：清光緒三十一年製。山東，泰山，昆窯；另半個，正面是一朵深紅大荷花。這一半深紅，一半淺粉紅拼在一起絲毫不差，深紅淺紅的對線，用墨綠色寫著荷葉包蜜汁火腿製法，顏色卻統一。背面印製：光緒三十一年，江西，景德，南窯製。顯然的，這兩個瓷甕是在兩個不同省分、不同窯場燒製，可見老姑奶小心的地步。」

「老姑奶防人到這個地步，想是傷透了她的心。」劉虹說。

周立鈞卻納悶：「看食譜上的記載，好多是半文言，老姑奶識字不多，能有這麼大的本事嗎？」

「一定有人幫忙。」劉虹說。

波心像有靈感：「我聽你們說，她最尊敬的人是名老秀才，這老秀才還給了她許多食譜，讓她製出各種美味，這兩個瓷甕八成是老秀才幫她弄的。」

「啊！」三人齊聲贊同。

周立鈞激動地說：「肯定是，我爸說爺爺告訴他，老奶提起這老秀才很有學問，還通易經八卦，他叫老姑奶這樣做，搞不好他早算定百年後，風水輪流轉，周家會再興旺。」像一劑強心針注入周家夫婦心中，一掃剛才不安的陰霾。
波心對劉虹說：「這是你家的寶，妳好好的把它拼齊，按號碼把食譜記下，這是將來開『挑溪園』的招牌菜。」
「我怕做不好。」劉虹說。
「不會，老姑奶會暗中保佑。」翠婷說，引得大人一陣笑。
波心望著這個小女孩，老姑奶應該藉著這個重孫女的純真，引導周家重整家風，從跟她啟開第一塊石板，到現在她安慰母親的話，像是無意，卻透著真情。
這一天，大家都很累，心中卻很滿足，火木喝過茶，很認真的對周家夫婦叮囑：「我說過的話比定下法律合約還要鐵，現在這些東西就是你們的投資，要用心收好。周立鈞，明天起，你到我公司的總務處當業務員，這兒的事跟任何人都不要透露，防人之心不可無，我會指使你做你該做的事。劉虹，妳也是股東，除了把食譜整理好，還麻煩妳另一件更重要的事，趁翠婷還在放寒假，把你們在池塘中熟悉的水道記在一張紙上，等我把產權購得，那是最好的修渠道參考資料。」
周家夫婦滿懷感激，劉虹說：「周立鈞替二位老闆做事是應該的，我不入股，我幫忙。」
波心笑著對周立鈞說：「明天，上午十點到陳老闆辦公室，他先發給你跟劉虹調整新工作的薪水，未來的工作得靠你們了。」
「是我們的福氣。」周立鈞感激的說。
「我們要早點回旅館休息，明天還有好多事要做。」火木看看波心：「不要師傅開車來接我們回旅館，我今天在這裡，派他四處接洽事情也夠他累的，讓他早點休息。立鈞，你們附近有開出租車的嗎？」

「我家前面蔡家就是開出租車的，這樣吧，我想他現在已經回家休息，我騎單車去租他的車送你二位回旅館，再把車開回，很方便的。」

「就這樣吧。」火木說。

果真沒一會兒，周立鈞開著朋友的出租汽車來到家門口，火木、波心上車，周立鈞開上道路，經過池塘彎路，波心無意望窗外，那彎路邊的小河溝像是有一朵白荷花在月光下閃動。「停停。」波心輕叫。車停了，波心下車，急步走向河溝，不由驚呼：「啊！白荷。」

火木、周立鈞也跟過來，很自然地蹲在波心身邊，月光灑在整朵白荷上，潔白如玉，長長的綠梗，有力地托住白荷，那餘光月影從花瓣邊緣灑向綠梗明明暗暗如幾道裂痕。

「這條彎彎曲曲的小溝，前通池塘，後通大河，偏偏它像條小雞腸子，就這麼生在這裡。或許水質不同，這朵花不分季節，它時開時落，沒定準的，不過它開起來，把所有的荷花全比下去了，這花美得特別，我從小看荷花到大，說真的，沒見過比這更美的荷花。」周立鈞喋喋不休，邊說邊趴在地上觀望，開心得不想站起來……

「好，總算看到了。」波心像了了心願，站起身來：「別碰它，它是開來給我們看的。」

火木抓抓頸子上的紅胎記，一股寒意襲上心頭，像逃避什麼趕快上車。

望帝春心託杜鵑

之一　無眠之夜

回到旅館，波心盥洗完倒在床上，準備好好睡上一覺，她實在太累了，過去有睡不著的習慣，在家，喝一小杯葡萄酒，旅行在外，只要住旅館也會叫服務員送上一瓶葡萄酒，實在不行，自己也會隨身攜帶安眠藥。這可好，自從來到這裡，每晚都會倒頭就睡，雖睡，卻睡不安穩，常會半夜醒來，莫名其妙地想到白天經歷或是聽到的種種事，自己常告訴自己：「無聊啊。這些老故事聽聽就算了，幹嘛干擾到自己的情緒。要不是陳火木要幫我解決被鍾正雄套上的『庭園規畫』案，我才懶得跟他攪上這趟渾水。」為了讓自己半夜不再醒來，決定吃顆安眠藥。想到這裡，準備下床，有這個念頭，身子不聽話，動不得，睡著了。

電話鈴響，矇朧中她聽到，把電話掛下，她要睡一個安穩的覺。矇朧中，有人猛力推她，她勉強睜開疲累的眼，發現火木坐在她床前。

「你怎麼進來的？」波心看到他，清醒了一半，很不高興地說。

「妳的電話壞了，我不放心，過來看看。」火木說。

「不要找藉口，我關了手機就是代表我要休息不接任何電話。」

「是這樣啊。妳從昨晚九點睡到現在兩點，精神應該回復了，我想跟妳商量些事情。」火木神情嚴肅地說。

波心躺回床上，生氣了：「拜託，不要以為你是這家老闆，就可以不經住客的允許就闖進來，這是犯法的，明天我就搬離這裡。」

「師妹，我沒把妳當外人，才這樣冒犯妳，對任何人，我都不會這樣無禮，這是犯法的，我清楚得很，現在我要跟妳談一件事。」

「有什麼事這麼緊張，明天談不一樣。」波心連打兩個哈欠：「火木，你也需要休息，回去，睡覺。」

「我也想睡呀，可是接到一通電話，是一位很有地位的人，要我明天一定要見鍾正雄。這個鍾正雄下手真快，我還沒準備好，他卻動了關係先拉攏我。」

「什麼很有地位的人，你認得他嗎？」波心睏意仍濃，用枕頭墊在背後，靠著床頭坐著。「見就見嘛，這人本就是我們要見的人，他跟你從來就不認識，找個有頭有臉的人從中介紹也很正常。」

「電話中說，鍾正雄帶來兩位小姐，一位叫李見心，一位叫莊靖心，我一聽就知道是妳這次在上海做青果生意的兩個女朋友。或許，她們早知道妳我的關係，特意來替鍾正雄套交情。」

波心氣得皺了一下眉頭：「你真是急糊塗了，別忘了，三個月前，你跟她倆在上海一次商務會上交換了名片，是她們把我的電話告訴你的。」

火木一拍額頭：「對了，我怎麼忘得一乾二淨！她倆是藉著妳的關係衝著我來的。明天她倆見到妳，肯定特別套近乎，妳要當心。」

「我當什麼心，見面講應酬話，這點經驗我還是有的，倒是這個鍾正雄，對他的一言一行都要特別小心。」

火木領會：「這是當然，剛才我接到電話，這個政委明天陪著鍾正雄，還帶著兩位小姐一同前來，我擔心她們見到妳，知道妳和我現在的情況會利用妳。」

波心白了他一眼：「陳火木，我跟你沒什麼情況，拜託，我不想被別人用異樣的眼光看我。你幹嘛要利用我。明日你跟他們見面可以正大光明的介紹，我代表蓮心師父來促成此地的田產買賣，我們是師兄妹。」

火木立刻明白，向波心一拱手：「師妹、師妹，算我失言，我是怕明天來的這些人壞了我倆的事，曉得他們使什麼連環計，這兩個女人一定想從妳那套點什麼，我們這兩日的事情一點口風都不能漏。」

「謝謝指點。」波心倒回床上，覺得陳火木緊張得有點反常。

「波心，妳睡吧，一切我會以最壞的打算，不能對不起周家。」說完轉身離去。

波心望著他背影反而不捨，遂說：「什麼最壞的打算，過來咱倆再聊聊。」

火木臉上露出笑容，轉身在她面前坐下。波心下床，從酒櫃取出一瓶白蘭地，倒下半杯，抿著一口酒，慢慢沉思半晌，抬頭：「我知道你擔心，女人嘛。聊起天來，言者無意，聽者有心，我倒真謝謝你提醒我，不過明日要來的政委，你見過嗎？」

「沒有。」火木搖頭：「以我現在在杭州甚至中國的政商關係，這位政委的大名我知道，卻不曾有來往。」

「這位政委出面，顯然跟鍾正雄有交情，火木，你應該把此地有力量和你有交情的政要一併請來，大家吃個飯，套個交情。」波心說。

火木卻搖頭：「不要打草驚蛇。我要看他跟我初次見面，打出什麼樣的牌。」

「如果他藉著這位政委向你提出無理要求，政委陪他來，一定是幫他說話的，火木，要明白，這裡是中國，我們是外商。」波心提醒他。

「我知道，他來了，又帶來一個大人物撐腰，一副強壓我的姿態，逼我就範，哼！他真看輕了我，既是這樣，我也沒工夫跟他浮浮假假地浪費時間。他譜擺得大，我就要他先還清舊債，看他怎麼說。」

火木揚起頭望著波心，頸子上的紅胎印像突出的紅筋，上下抽動。

波心看出他心裡的不情願，怕他激動，遂說：「第一次見面就討債？對他這種人只有用這一招。他急著想跟你合作就沒法賴帳。不過當著政委討私債，曉得這位高官怎麼看我們，把高官得罪了，吃虧的是我們呀。」

火木搖頭：「我是在為中國建設，他貿然闖進來，我用這種方式也是替政委檢驗此人的品德，波心，我在中國有企業、有財產，他有什麼？關係抵不過實力。當今政要都是聰明人，何況我要的是他留在台灣的債。」波心握著酒杯，仍不放心。

火木摸摸頸子，堅定地說：「我的律師、會計師都還在我房裡等我，我要連夜把所有債權資料整理清楚，波心，我會隨時跟妳商討。」

波心仍然擔心：「如果政委沒來，他拿一封政委的委託信函，或是他的什麼助理，搞不好全是假的。你要想該怎樣對付，這人很狡猾的。」

「妳不清楚，政委為了國家建設，有時真的會放下身段來促成此事，尤其這件案子，被媒體炒得紅紅火火，而我和鍾正雄又是台胞，這些大官是願意出面贊助的。」

「那好，來個請君入甕，我們且戰且走。」波心說。波心突然興致高昂，緊緊握住火木的手：「我比你瞭解他，我們再多聊聊。」

火木臉上難得展開笑容，頑皮得像個大男孩：「我知道，妳比我瞭解他。」

波心順手在他手臂上打了一巴掌：「說什麼哪。明天，他看到我一定會驚訝。他那九彎十八拐的肚腸子常說些鬼話，我來對付，你配合，看他如何招架。難得他這麼快就出現了，別讓他溜了。」波心像個大姐不放心的把他按到椅子上，很仔細的和他談些鍾正雄的個性和她知道的手段。反反覆覆，什麼情況用什麼方式，沙盤推演了半天，又怕得罪政委，最後波心為了妥靠，打電話給富晰，一再抱歉半夜騷擾，富晰不愧商場女強人，聽罷波心說的經過，叫她放心，明日餐會她和金克文一定參加，一切照波心的計畫，她會全力配合。並安慰她，在這樣的場合，鍾如果還想耍賴，那是跟他自己過不去。聽到富晰支持的話，兩人才放心，都有了睡意。

火木揉揉眼叮囑波心：「我這下會睡得安心了，師妹，現在我才體會到妳比我細心。」

「我也睏了，快去睡吧。」波心把火木送走，自己倒回床上卻無法入眠，明天，會是怎樣的局面？她默禱，求菩薩給她力量，她要求的不多，只求公平、公正。

之二　鴻門宴

這一覺睡得踏實，醒來已是上午十一點，睡夠了，精神也來了。打開手機，發現有火木的簡訊：「中午飯局，如來的是重要人物，照富晰的指示，見機把我寫好的合約拿出，務必要他簽字，要他先償還我們的債，再提其他。」波心領會，想他回到自己房中，一定招來他的律師連夜把合約寫好了。當下梳洗換裝，好整以暇的出房，在電梯口遇到詹律師，他是火木隨身專用的律師，這兩天彼此也認識了。詹律師遞給她一個信封說：「林女士，合約交給妳，我還有事，如果有情況，馬上通知我。」

波心接下紙袋抽出合約仔細看完，向詹律師笑著點點頭：「不好意思，連夜打攪你。」

詹律師笑著搖搖頭：「沒什麼，應該的。」

波心把合約裝入皮包，踏進電梯，走進大廳。一眼瞧見鍾正雄跟火木對坐在茶几前，莊靖心、李見心和幾個她沒見過的人，散坐在大廳喝飲料、聊天。她微微一愣想，這夥人來得真快，火木還是有警覺的，半夜找她商談，如果昨夜兩人心中沒有默契，面對這些人還真不知如何應付。

靖心見到她，揚著嗓子說：「林姐，剛才才聽陳火木董事長說，他進行的『古厝荷塘』都是靠妳幫忙，把妳都累壞了，說妳頭暈的毛病又犯了，害我好擔心，我乾爹也好擔心，不敢吵妳呀。這幾天所有的事全靠妳了，妳可病不得呀。」

波心向她微微頷首，算是打招呼，此時見心急步走來，笑著張開雙手。波心對見心本就有好感，兩人相互擁抱，見心打量：「姐，妳可病不得，像是瘦了些，妳來杭州多久了？怎麼不打電話給我，我打過去總是打不通，是換號碼了嗎？」

波心點頭：「我是來躲清靜的，沒想到會遇到妳，這下可好，正愁沒人當導遊，妳如有空閒，陪我到蘇州逛逛，可好？」

「去蘇州，那是自然要去，這次王府修繕必定要到蘇州看看那些名園做參考，一定要把它修得盡善盡美，把所有的名園都比下去。」靖心回坐在沙發上，翹著二郎腿，邊削蘋果邊大聲插話。

波心感到不快，望望見心，故意調侃：「靖心不錯，很有概念。」心中卻極不高興，覺得她的口氣像老闆娘。

見心給波心使了一個眼色，兩人找另一組沙發坐下。波心很自然地望著靖心，只見她低頭削蘋果，然後站起，把削好的蘋果一分為二，拿到另一張茶几前，分別送到火木和正雄面前：「要給面子呦，這蘋果我親手洗過，用心削過，我不敢吃，聞著就好香，你們不吃，就是瞧不起我。」兩個男人接過，頭也沒抬，繼續研討一份企畫資料。

波心在旁打量，才不到一年，這個莊靖心怎麼變得她幾乎不認識了，不錯，她有幾分姿色，

三十四、五歲，跟見心同年。見心樸實健壯，不善打扮，做事對人誠誠懇懇，她那種處處為人著想的個性，是波心最欣賞也最自嘆不如的地方，而這個靖心，變得讓她幾乎不認得了，她一身名牌，三十五歲的女人穿二十多歲的少女裝有點不倫不類，現在是冬天呀，迷你裙不冷嗎？她拎著一個名牌包包，腳登紅色長筒馬靴，故意不時甩甩她染成金褐色長鬈髮，波心聯想到富晰，人家的穿著打扮雍容華貴，不失優雅氣質。這個靖心，像個土撥鼠掉進五穀雜糧的倉庫，什麼好料都往身上兜，把原有的一點靈氣化成賊氣。

「自從鍾正雄收她為乾女兒，她裡裡外外都變成這樣。這不，剛來談古厝，還沒成交，她就談整修，好大的口氣。」見心半帶嘲弄的口吻說。

「真是臭味相投。」波心沒說出口，心中倒多了些警惕。

靖心走來，沒一句客套話，打量波心的穿著，坐在她對面，向服務員拍拍手，大聲命令：「上咖啡，把那張桌上的兩杯咖啡拿過來。」

「我不喝了，不必拿來。」見心說。

「我早上也不喝咖啡。」波心說。

「那好，把我那杯紅色杯子的咖啡拿來，等我喝完了，再一起去吃中餐。」

「比老闆的架式還足。」波心心中暗想，這靖心是怎麼了？人說小人乍富，她還沒富，就張牙舞爪，怕沒好下場。昨夜無法入眠之際，蓮心師父平日的教導段段句句襲上心頭，師父言諸法自在，可是現在的她卻無法自在起來。

本以為今日見到兩位朋友，會如見老友般親切。剛成交青果生意，不論台灣、中國，都是她用關係人脈促成，這兩人也心知肚明，她不出面，替她處理這筆買賣的代理商是她的合夥人，她倆一定知道，如今見了面，總該說幾句感謝的話吧。沒有，一句話也沒提，像是沒這回事一般。波心反倒覺得是自己太一廂情願，心中不免失落。隨即一想，也好，商場重利，是自己把「情」字擺在前面，她們來這兒，不是來敘舊的，說不定鍾老闆早給她們定好了規則，自己更要小心才是。

轉了念頭，一切釋懷。開始跟她倆說些無關痛癢的應酬話，見心一如過去，雖是閒話家常，性情中透著關心。靖心一副高高在上的姿態，好像跟她說話有失身分。她不是打手機，就是親自走到鍾正雄桌前替鍾跟火木換茶水，波心望著，看著她的動作，想到師父曾跟她說的一句話：「有了虛假的自我意識，必然就會萌生虛榮心。」這靖心陷得夠深了，希望她不會被鍾正雄利用。

火木走來，同波心說：「去哪裡吃？妳喜歡吃的西湖醋魚，我已經在餐廳訂了，要是妳還想換口味，咱們再另訂。」

「都可以。」波心轉頭問見心：「妳想吃什麼？聽妳的。」

見心還沒回答，靖心立刻搶著說：「吃醉西湖的花子雞還有鱔糊鰻，我最喜歡這兩道菜。」

火木像沒聽到，對波心說：「在醉西湖訂了包廂，領導、書記，還有金克文夫婦，整整一桌十二人，妳跟金太太斟酌點菜，金克文要自己帶酒，想是最好的。」說完帶著助理和師傅走出大廳，想是去開車。

鍾正雄突然走到波心面前，親熱地伸出手，波心只好和他相握。鍾正雄熱絡地說：「想不到，妳的師父這樣信賴妳，就像我信賴妳一樣，我們真是有緣，我當時還想啊，要跟陳董這樣的企業家合作，必須要有他信得過的人作保，這不，林波心出現，讓我像吃了定心丸，波心，妳說是不是？」

波心抽開手，敷衍的笑著：「當然，我非常信得過鍾董，您是言而有信的人。」

「當然，咱們是自己人，相互幫忙是應該的。」他還想跟波心套近乎，大廳外有人叫他上車，他還對靖心叮囑：「你們坐下一部車，要好好招呼波心。」

波心冷眼旁觀，鍾正雄外表裝得很輕鬆，眉宇間卻透著焦慮，他裝作沒事般的跟他的夥伴坐上汽車駛離。靖心立刻抓住波心的手：「姐，我們上車。」見心隨後，揶揄地說：「輕點，波心姐跑不掉。」三人坐上車。一路上，靖心一改常態，不是拿剝好的橘子，就是噓寒問暖地拿涼糖。波心受不住她的聒噪，推說有些暈車，讓自己清靜些。見心訕訕笑道：「多留點精神，今天妳會很辛苦。」靖心才安分的不吭聲。沒一會兒，靖心的手機響，她拿起來聽：「是，乾爹，好的，我拿給她聽。」隨後把手機遞給波心：「我乾爹要同妳講話。」

波心只好接過。

「是波心嗎？」

「我是。」波心說。

「剛才我跟陳火木談合作的事，他說好商量，不過他堅持簽任何契約均要有律師在場，這點我也同意，但我希望他給我開一張合約證明，讓我拿給客戶看，證明我的實力，這是我倆的私下交情，他卻不答應，妳能幫我這個忙嗎？」

「我盡力，不過沒把握。」波心說。

「好、好，妳一定會幫我的，希望快一點。」鍾的聲音很急迫。

車已開到餐館大門，波心看到富晰在門口和一位男士寒暄，見到她忙招手，波心把其他二位介紹後一起進了包廂。主客還沒到，富晰拿著菜單跟波心商量，沒把靖心放在眼裡，倒是不時地徵詢見心的意見，見心很隨和，點了兩道小菜，立刻贏得富晰的贊許：「蔥燜鯽魚，糖醋烤麩，道地的杭州小菜，要得。」

波心也要靖心點個她想吃的，這個人剛才在旅館大廳張牙舞爪，逞能得很，怎麼見到富晰，畏畏縮縮，一副上不得檯面的樣子，是富晰的貴氣把她壓下去了嗎？波心看在眼裡覺得好笑。這是一桌價值不菲的酒席。鍾正雄為表誠意，除了買單，還送給每位客人一份伴手禮。

酒過三巡，賓主盡歡，政委、書記、商務會長均說著恭賀的話，並說希望西湖早添美景。鍾正雄見時機差不多了，站起來向政委敬酒說：「咱中國人最講信義，現在，有這麼多貴賓作證，我向陳火木先生要一張跟他合作的證明，各位替我加把勁，我乾了這一杯。」說完，一飲而盡。

波心立刻站起，也斟滿一杯酒說：「陳董不能喝酒，他身體不適，我是他的合夥人，說話算話，我提出要求，鍾董認為沒錯，也請立刻給我一個證明，親手簽名，法律見效。我也乾了這杯。」說完一飲而盡。

富晰拍手說：「張健書記就是律師，他可以見證。」

「行，我願意。」張書記說。

鍾正雄想，他已點話給波心，量她這樣做是先給他墊場，遂說：「行，我答應。」全桌人拍手。

波心不慌不忙從手提包拿出一個信封向在座各位點點頭：「對不起，我跟鍾董是舊相識、老朋友，他是貴人，不太好找，我跟他有點私事，趁今天把它了了，免得拖延對鍾董不利。」大家把目光全注視到波心的信封上。鍾正雄並沒把波心放在心上，很看輕地望望波心，嚥下一口口水。

波心打開信封說：「鍾董，你叫我幫你以我公司的名義簽下亞東建設的庭園規畫案。我標下，第一期工程款也進了你的帳戶，而你拿到第一筆工程款卻一直沒進行工作，在你領到第一筆工程款，就該付給我的佣金，你一文沒給，算是違約，我怕工程會出問題，你用我的公司承建，出了問題，我將要承受法律刑責，這白紙黑字是你當時與我寫的契約，我沒有半點偽造。現在，我請律師替我跟亞東建設老闆另行簽約，把你的違約事項及依法該付的賠款，我也替你寫好，在律師作證下，請你簽名。」

「我並沒有不做，我是等重建杭州這兒的古厝時一併動工。」鍾有點掛不住，不高興地說。

波心淡淡一笑：「鍾董，我只想解決我的問題。你想跟陳火木合作，先把我這個小問題解決了，對你便少有罣礙。」

「我們都是老交情了，我的計畫是建古厝、修庭園，一併發包、議價施工，會省下許多成本。」鍾正雄油滑地說。

「台灣、杭州怎能一併施工？」政委插上一句。

「是呀，如果你用這種方式，我家的古厝也不敢賣給你。」富晰馬上接口。

「我們買來是要重建，這個你們大可放心。以陳火木的財力整建古厝，隨便剩下的建材整建十個小庭園都綽綽有餘。」鍾正雄邊說邊揚起酒杯敬火木，然後自己乾杯。「那我賣給陳董就是了，你何必插上一腳。」富晰毫不相讓。

「那是我們買方的事，賣出好價錢才是妳的目的，林波心妳的這些事回頭再談。」鍾正雄很不高興的把話頭轉向波心。

「就此結束吧，很愉快的飯局搞成這樣。富晰，走，不談了。」金克文站起，拉著富晰離開座位。

鍾正雄本以為有政委撐腰，沒把金氏這對夫妻看在眼裡，哪想到是這等局面，本以為撒下大網萬無一失，沒想到網進來的魚都往外跳。他一急，趕忙攔住金氏夫婦陪著笑臉說：「對不住、對不住，我說話欠考慮，抱歉。抱歉。」說完又衝著波心說：「這麼小的事拿來攪得大家不開心，波心，妳真是不會看場面。」

富晰拉著她丈夫：「走，沒意思，這種人拖拖拉拉的，跟他沒得談。」

鍾正雄不敢拖延，金克文走了，陳火木也不會上鉤。他對著波心說：「我簽。」波心把準備好的文件遞到他面前。他重新仔細看一遍，不甘心的一一簽完，往前一推：「好，該談正題了吧。」

波心把約一一仔細看過放回皮包，替鍾正雄和自己的酒杯添滿：「陳董不能喝酒，這杯酒，我要等你跟陳董之間的問題解決了，再跟你碰杯，互祝功德圓滿。」

「我跟陳火木先生初次見面，哪來什麼問題，妳不要在這裡壞我的名聲。」鍾正雄語帶威脅。

「不急、不急，我們倆是有一些台灣商人的問題，等解決了，再談金先生、金太太的房產，現在他倆坐在這裡是要看我倆是否有緣，完成古厝這筆買賣。」陳火木站起，命服務員把吃得差不多的菜餚挪開，用潔白的餐巾紙鋪在桌上，大家望著，不知他玩什麼把戲。

他慢條斯理的從帶來的公事包拿出一個大信封，把公文一一擺在紙上說：「鍾正雄，這些文件你應該不陌生。」

鍾正雄瞄了一眼，臉就發白，強辭奪理地說：「這與你無關，是我和亞東建設老闆趙子強的私人事情。」

火木指著文件：「看看這些法院通知，趙子強幾乎被你拖垮，是我出資救了他，這是他給我的委託書，要我向你要債。你還了他，等於還給我，我要拿這筆錢在這裡修河渠，建古樓。我知道你近來很發達，三億、五億，對你不算錢，你剛才在旅館親口說，願意拿出三十億跟我合作，這點錢對你不算什麼。當然，生意人都有粗心的地方。咱們台灣人不能在外地丟臉，你我都想為這裡做點事，你如不把前帳結清，後面的事我不希望像林女士那樣拖泥帶水，在座諸位貴賓，一定贊成我跟一個做事乾脆的人合作，是不是？」他的話剛說完，立刻贏得滿桌掌聲。

政委拍拍鍾正雄的手：「火木說得對，你有錢，還了就沒事了，何必欠個人情！」

「好，我簽，不就是我忘記還的那點錢嗎？不過，我有個條件，我是以現金換合約，在完成買上海古厝、荷塘手續時，你們兩個案子的錢一併付。」

「好，我張律師當見證人。」

鍾低著頭，很悶，在陳火木預備好的契約上一一簽字。他抬頭問：「在律師前，你給我一張共同建古厝及池塘的證明文件，總可以吧？」

「我不答應。」金克文冷冷地說：「等交易完成，辦完過戶手續。不需要什麼證明，你是當然的擁有者，現在我們什麼約都沒訂，律師也不會答應。各位你們說是嗎？」賣主不答應，什麼轍也沒用。

富晰看看各位，笑著打圓場說：「明天，陳董陪他們先看看田產、王府，說不定看過失望，不想買了呢。」

「我要看，我買定了。」鍾像賭氣般地說。

這桌酒席像鴻門宴般各懷心事，強顏歡笑，彼此找些笑話圓氣氛，酒足飯飽，散席，鍾正雄悶了一肚子氣，形勢比人強，他只得認了。他帶著靖心先行回旅館，見心反倒落得輕鬆。波心邀她遊西湖，她很高興，波心打手機給張芸兒，請她幫忙租一艘小一點的船，她只和一位女友單獨遊湖。

張芸兒何等機伶，自家就有大小十來艘，立刻回話：「姐，過來，我挑了一艘帶頂棚的軟椅木船，可坐可臥，我要阿強替你們搖櫓，他挺能幹的，包你們遊船遊得開心。」

「就這麼說定了，我陪朋友在西湖邊逛逛，不到十分鐘就會到妳那兒。」波心說。

「好呀，我等姐姐。」張芸兒放下手機。波心也整理一下衣服，拉著見心走出飯店。

西湖的冬天和台灣的氣候真有些相似，在有陽光的西湖堤邊散步，別有一番情趣。兩人都有一肚子話要說，跟對方又沒那麼深厚的交情，又顧慮生意上會不會犯忌諱。前幾分鐘，都說些氣候呀、愛玩、愛吃的感受呀，波心覺得該瞭解見心和靖心的情況，沒必要這樣互探心思的浪費時間，於是直截了當地說：「怎麼靖心打扮得我差點認不得了，連說話的口氣都不一樣了。」

見心笑笑：「身分提高了，自然要端起來。」

「身分？什麼身分？」波心問。

「很高啊，私下裡是寰宇貿易公司鍾正雄的乾女兒。名片上印的是『鍾正雄董事長的機要祕書』，公司裡許多事必須經過她，才能見到董事長。」見心揶揄地說。

「是這樣啊。」波心想到早上初見面的神情。不由踢了腳下一粒小鵝卵石，想了想，還是問了：「見心，我問一句不該問的話，如果傷到妳，請妳別見怪。」

「妳問吧，我也有一肚子話想跟妳說。」見心說。

「這到底是怎麼回事？她怎麼跟鍾正雄攪上了？」

見心嘆口氣：「波心呀，在中國有個名稱叫『浪女』，就是指這類人物，外表清純，勤勞儉樸，很會攢錢，為了生存，服侍男人睡覺外帶按摩，想想，這樣的女人，哪個男人不想要？」

「這個莊靖心就是這號人物？」波心問。

「是這號人物中的個中翹楚，她永遠說自己二十五歲，十五歲中學沒讀完，被舅媽趕出家，她就在深山廟裡學醫學佛，師父叫她入世長見識，她很幸運，遇到的都是貴人。」見心口氣倒很平靜：「跟易開基八年的感情，艱苦創業，剛有一點局面就殺進一個浪女。波心，她進了我家門不到半年，就鳩佔鵲巢，堂而皇之要掌握經濟大權。波心，妳不認識易開基，他好大喜功，不務實際，我跟他合作實在很累，不知道他跟莊靖心怎麼吹的，當然我倆公司的負責人是易開基，見他為了這樣一個女人對我張牙舞爪，我傷心了，算好我該有的，另起爐灶，反而逍遙自在。」

「妳過去跟我說的好似隱瞞了許多。」波心說。

見心灑然：「我倆認識不久，談的都是生意，誰願意把這些不痛快的事向一個交情不深的朋友吐苦水？本以為能跟她本本分分的做生意，哪想到她變成這樣。」

波心很不以為然的問：「這樣的人妳為什麼還跟她來往？」

見心嘆口氣：「是我一個客戶做進出口貿易，靖心是這家貿易公司的辦事員，負責這批水果進口買辦。我想到妳，妳在台灣跟青果商理事長鍾正雄關係又好，所以我迫不及待地拉妳入夥，有妳這層關係，生意就好做了。」

波心感嘆地搖搖頭：「妳應該很清楚，這筆水果網絡生意很順利，大家也賺到錢，跟你們接觸的並不是鍾正雄，而是一名台灣商會的會長陳友生，是嗎？」

「對，陳會長有提過妳的名字，他說他幫妳做事。波心姐，我今天才知道妳的身分，我是高攀了。」見心雖然口氣恭維，態度卻不諂媚。

「實話告訴妳，我們這筆生意所以這麼順利，是來自陳火木的幫助，當時妳打電話給我，以為有鍾正雄這層關係一定沒問題，其實問題可大呢，他到美國找不到人，而妳那邊對我又那麼信任，我怕妳失望，四處找關係，真是菩薩保佑，在蓮心師父那兒遇到同門師兄陳火木，他居然在上海一次商務會議上跟妳們相遇，主動找我談起妳們，他可是當今的商務會長，他很熱忱地叫他的部屬完成這筆買賣。」波心很慎重的說。

「不是鍾正雄以台灣青果商公會理事長的身分促成的嗎？」見心仍有疑惑。

波心嗤之以鼻：「妳聽誰說的？靖心？」

「不是她還有誰？」見心說。

「見心，妳做生意也不是一天了，在妳經手的買賣中，有賣方的老闆回頭又以經銷商的身分參與買方再去找銷路的蠢事嗎？」

見心重重拍一下手：「當時我也懷疑，只是靖心說是鍾正雄幫她，我想自己的利潤賺到了，何必多事。」

「是呀，這是他一貫的伎倆，搭了我們的順風車。」波心冷冷的說。

「波心，台灣的事我不懂，鍾正雄不是台灣青果公會的理事長？兩年前在上海，妳跟我介紹時……」

沒等她說完，波心就搖搖手：「此一時，彼一時，他的頭銜早過時了，只有他生意不靈，背了很多債務逃亡海外是真的。」

見心立刻想到剛才飯局的事，輕輕頷首：「難怪。」

波心望望見心還想問些話，隨即搖搖頭，認為還不是時候，轉了話題：「我沒想到鍾正雄會在上海，他是為這筆青果生意來上海的嗎？」

「當然不是，他手邊有好多生意，國內國外四處跑，靖心跟著他可盡心呢。沒幾個月，又是乾爹，又是機要祕書，這浪女手腕硬是要得。」見心揶揄地說：「她把他當一名大款，剛才的飯局，不知道她會作何感想。」

波心嘆口氣：「誠如妳說的，浪女是隨波逐流，不想後果。」

兩人已走到堤上，張芸兒從甲板上跳出搖著手喊：「姐，我在這兒呀。」兩人便走上前去。

走進遊艇，見心四目觀望，開心地嘆口氣：「好舒服，波心，妳的朋友想得真周到。」

「是呀。看，桌上茶點水果，桌下小炭爐上溫著一盆煮蟹，佐料全在陶瓷盆子裡，咱倆一面遊湖，一邊品茗吃蟹，談談心事，也是人生樂事，妳說是嗎？」

兩人坐定，阿強開始搖櫓，張芸兒不放心，跑到堤邊囑咐：「阿強，要慢慢划，看吃的東西不夠，打手機告訴我，我會派船送去。」

波心朝著堤岸連連搖手謝謝她不必費心了，轉回頭見見心躺在長靠椅上，一臉舒服，她雙肘倒枕在頭下，瞇著眼盡情地瀏覽西湖美景。波心坐在她對面，也不干擾她，今日雖非假日，遊客仍然不斷，大小船隻划行在碧波銀浪間，有的大型遊船載著觀光客，地陪拿著擴音器在講解西湖的風光典故，有的講「三潭印月」，有的講「蘇東坡修長堤」，還有講「白蛇傳中的雷峰塔」、「濟公出家的靈隱寺」，大船小船都會傳來有關西湖不同的野史跟典故，見心似乎很愛聽，她索性坐直身子伸長頸子聽。波心卻嫌吵，所幸阿強櫓搖得慢，幾艘遊艇跟他們漸漸的有了距離。

波心正覺得安靜，冷不防的從船後駛來一艘大遊船，船上的擴大器傳出地陪悅耳的聲音：「各位貴賓請向右邊看，看不到什麼是不是？再仔細看看，那一片蓊鬱的竹林柳樹下有石階，年歲太久，有一百多年，被掩蓋了，不過沒關係，我們的船會沿著邊讓你們看到一幢別致的古厝，經過一百多年的滄桑歲月已經殘破不堪，順著山往上延伸，這幢別致的古厝名叫『玉梭樓』，想想，當年這樓像一把玉梭插在山頂，把天上的雲雨彩霞隨著風，讓玉梭梳下，流進西湖，這美麗的景色讓西湖更添一份柔情。」船靠近湖邊，很多遊客伸長頸子往外看，有的還指指點點說「看到了」。

地陪透過擴大器又說：「各位貴賓，如果你們注意這幾天的電視或報紙，會看到一則大新聞，這幢古厝將會由一位企業家出資重建，這位僑胞是窮苦出身，自身生活非常儉樸，他有許多關係企業，他個人願意出資把這古厝重整成原來的模樣，不出兩年，大家來西湖會有一個更美的景點可以遊玩，我相信大家一定會很感激這位熱心的僑胞，我剛才忘了介紹他的大名。」船上一位遊客突然大叫：「他名叫陳火木。」立刻引起全船的掌聲。「哇！大家都注意到這則新聞了，陳火木先生真是了不起，讓我們拭目以待。」船漸漸開遠，擴大器的聲音仍然傳進波心的舟中，「這玉梭樓有一個淒美的愛情故事，真正的建主是清朝侍候慈禧太后的大太監李蓮英為他的姪女蓋的別墅，他姪女嫁的夫婿是恭親王的兒子，所以這幢樓又名『王爺府』……」聲音漸漸遠去。

波心沒心思聽，見心聽不到，有點意興闌珊，遂問：「妳知道這段故事嗎？」

「知道，回頭我說給妳聽。」波心說。

見心很興奮：「真不知道妳和陳火木是朋友。」

「交情不深，只是同一個師門，拜的是同一位師父。」波心想的是另一些事。

「妳跟陳火木去看過這幢古厝嗎？」見心問。

「有呀，現在的房主就是剛才同桌吃飯的金先生和他太太，昨天我們還去他家。」波心說。

見心充滿了好奇：「是呦，怎麼樣？聽說這玉梭樓是頤和園的縮小版，處處是景，無一不美，風水奇佳，李蓮英曾在那修了祕道，藏下許多無價之寶。」

波心聽得好笑：「妳聽誰說的，要是真的如此，房主把房挖翻了也不會賣。」

「或許這豪宅經過百年荒廢，寶早被人挖光了。」見心仍不死心地說。

「傳言很多，總之這是一個值得重建的古厝，我去過一次，許多破敗的地方很能發思古幽情，如果能按照原樣整建起來，更如西施臨鏡，玉梳篦頭，任遊客流連忘返。」波心望著遠處閃著銀色的漣漪說。

見心若有所思：「難怪鍾正雄處心積慮要把它買下，這可是一個聚寶盆呀。」

波心淡淡一笑：「買下，這可不是小錢。」

「他是有備而來的，他有錢。」見心說。

這話引起波心的興趣遂問：「妳確定？」

見心點頭：「有錢，而且不是小數目。」

「妳看到了嗎？」波心小聲問。

見心站起，遙望西湖東邊，波心跟著眺望，沒看到什麼。見心索性走到阿強身邊：「小師傅，你能把船往東邊沿著堤岸慢慢划行嗎？我想觀賞那邊的景象。」

「好的，沒問題，妳要靠岸到對岸走走嗎？」阿強問。

「對岸有什麼好景致嗎？我初來，除了遊湖，還真想到岸上走走。」見心說。

「上岸過了堤，有一條馬路可以通車，再往前走是高級住宅區，住的都是有錢的大老闆，也有店面，妳可以選一些外國貨，價錢不便宜，東西確實好。」阿強熱心地說。

波心直覺見心別有用心，也走上前對阿強說：「我們上去走走，很快就回來，你在這裡等我們，不要把船雇給別人。」說完順手塞了兩百元在阿強手裡：「拿去喝茶。」

阿強接過，滿意地笑著說：「你們慢慢逛，我會等二位。」

下了船，過了堤，見心一到馬路就靠在路邊指著遠處一幢高樓說：「咱們叫車，在這四周兜風。」波心不說話，聽她指揮，不久，一部出租汽車過來，見心招招手，車停下，她推波心上車，然後對師傅說：「到前面花園大廈。」

師傅開車，不出十分鐘，到了。兩人下車，停在大廈門口。波心有點莫名其妙，遂問：「來這裡幹什麼？」

「我只知道這花園大廈中的某一戶是鍾正雄叫靖心在此藏錢的地方。」見心說。

「真的？妳怎麼會知道？」波心問。

「我懷疑，卻不敢確定。」見心發現波心臉色凝重，怕她瞧不起自己愛揭人隱私，忙向她解釋：「我陪靖心從上海開車到這裡，不下三次，車上每次都有大小手拉行李箱不下五箱，車子都開在這裡停住，她一箱一箱的拉著往前面的巷子裡去，不准我跟著，叫我守好行李箱，一箱都不能丟。我問她什麼貴重東西？她直言不諱說是錢，是她乾爹鍾正雄的私房錢，為了避嫌疑，所以不讓我知道她住在哪號樓。」

「既然那麼守密，為什麼要妳陪？」波心問。

「除了我，她沒第二個朋友，自從她離開易開基，又攀上鍾正雄，在她眼裡，我是個很不會為自己打算的笨人，是個能利用的憨人，再說，她運這麼多箱鈔票，沒一個人陪伴，出了事怎麼辦？從上海到杭州，開車最起碼也要兩個多小時，中途是不能離開的。她用著我，還塞給我大紅包，叫我要保密，走漏消息會要我的命。」

波心點頭，昨夜火木跟她說的事果真有了眉目。「不要跟任何人說，我倆在靖心面前要保持距離，我懷疑鍾正雄這些錢有問題，我們看著就是。」波心語重心長的說。

「鍾正雄是從台灣來的，妳和陳火木都是從台灣來的，剛剛在餐桌上才知道，妳跟鍾老闆還有生意上的往來，他這人是怎樣做生意？」見心問。

波心拍拍見心的背：「生意人有很多種，有的長袖善舞，有的買空賣空，他們的底細怎麼能讓我們這些人知道，見心，我只能告訴妳，鍾正雄的作派不是妳我之流的人能適應的。」

見心畢竟憨直，很率性的說：「前些日子，我為青果生意常去鍾正雄的辦公室，常有人找他談生意，有時會吵得幾乎動武，沒多久，靖心就幫他運鈔票，鍾正雄在會議室公開談購買杭州王府和荷田計畫的事。」

「喔。」波心暗吃一驚，沒想到他已經開始行動了，難怪來到這裡就急行於色。波心故意放輕鬆說：「也不關妳我的事，我們跟著吃喝玩樂，見心，咱們上船，西湖還有好大片景色沒欣賞到呢。」

見心只當閒話，跟波心聊著走回船上，阿強高興難得有這樣大方的遊客，主動把船上炭爐加炭，爐上陶鍋冒出熱氣，陣陣飄出蟹香，兩人對坐，品茶吃蟹，船在櫓聲中盡覽湖光山色，見心滿心歡娛，波心忍耐不住，把剛才和見心相處所說的事，用簡訊很快地傳給火木。

船在湖中盪漾，已近黃昏，夕陽下，景色更是不同，見心船前船後瀏覽，突指岸邊一人說：「波心，妳看，那岸邊坐在石階上的可是靖心？」

波心抬頭細看：「是，正是她。」

之三　紅瑪瑙項鍊

兩人在船上看到靖心都覺得奇怪，見心遊興正濃，根本沒把她放進眼裡，很隨性地哼著小曲，遙望遠處的雷峰塔，波心卻不由自主地不時眺望岸上的靖心。

見心看到波心的表情遂說：「別管她，或許她在等她乾爹。」

「也說不定她想遊湖，找不到咱倆。」波心起了憐憫之心。

「會嗎？」見心帶著揶揄的微笑：「遊湖？跟我們多乏味。」

阿強的櫓卻搖到岸邊，靖心站起，邊搖雙手邊大聲喊：「見心，波心，我找妳們找得好苦。」

「見鬼了。」見心輕咒了一句。「不理她，敗了我們的遊興。」

「不好，她都到岸上了，怎好不理她。」波心讓阿強把船靠岸。

靖心跳上船，連說好累，見几上茶果齊備還有熟蟹，先倒茶解渴，坐在軟椅上抱怨：「妳們玩得開心，害我跑斷了腿，都找不到妳們。」

阿強轉身問：「小姐，看過的景點還要重新觀賞嗎？」

「當然要，我剛上船，什麼景都沒觀賞，當然要重新遊覽。」靖心回復了她原先的霸氣。

「行。」見心說：「我們已付過錢，準備上岸，妳來，重遊，第二趟的船資妳付。」

靖心吃慣了別人，被見心一說，愣了一下。波心立刻給阿強使了一個眼色，搖船的孩子經驗老到，馬上笑嘻嘻地說：「老規矩，半途不載客，我按時要交船的，林大姐跟我家老闆是朋友，我賣個人情，收新來的客人五百元，算是意思意思。」

「算我的。」波心接話。

「是嘛，我是找人，她倆在船上，我本也不想遊船，既然這樣，我下船等妳倆就是。」

這個「浪女」的摳錢本性看在波心眼裡，很是不屑。

阿強不愧經驗老到，把櫓一搖：「請便，老規矩，上船先付錢，付完，要不要坐船，隨便。」

靖心坐著不動。波心拿起皮包準備掏錢，見心一把按住說：「靖心，怎麼能讓林大姐付呢。上海的青果生意沒有林大姐在台灣的關係，我們什麼也辦不成的。」

「這個我曉得，我乾爹鍾正雄是台灣青果公會理事長，他不出面，誰也辦不成。好了、好了，我付錢就是。」靖心不情願的付了。

波心知道阿強要了她三倍的錢，她的一個眼神，就能讓這個大男孩明白了她的心意。她見阿強收下錢，不由對他會心一笑。靖心付了錢，不情願的大嚼螃蟹，湖光山色根本就沒進入眼簾。此時夕陽西下已近黃昏，西湖波光瀲灩，跟剛才波心、見心午時遊湖望著的又是另一番氣象。船慢慢搖向湖中，波心、見心望著離船不遠的三潭印月塔立水中與天雲波光烟影相盪，兩人屏氣凝神眺視，怕稍不留神美景閃過，留下遺憾。船划過三潭印月，阿強說：「林阿姨，妳如想看西湖夜景，春季最美，岸邊柳綠垂進湖裡，桃花盛開，湖裡盡飄著花瓣，到了夜晚，不論月圓月缺，這三潭印月把月亮全吸進湖裡，遊客乘船都想到湖中撈月。明知撈不到全是幻影，卻撈得開心。」

「會的、會的，我跟波心明年肯定要常住杭州，不管春天、夏天、秋天、冬天都有它的美，小師傅你說是嗎？」見心站在船頭，迎風而立，同阿強有一搭沒一搭的聊湖中景色。

波心遠眺玉梭閣，沿山仍能見到樓影，在古松柏遮掩下，層層石階一定是有的，或許早已毀損，雜草野藤遮蓋住原有的道路，百年前，渡船上岸，登進玉梭閣，這綿延的山道想必有前門後門，莫說王府，就是一般中上人家的住戶也有前庭、大門、後院、巷門，分家中主僕進出規矩。她望著，見心轉身回艙突然說：「妳在看遠處的王府嗎？我也在看呀。這玉梭閣百年前的繁華景象比《紅樓夢》還熱鬧，我想啊，每天必有舟子划船送西湖鮮魚到岸，富貴人家鼎彝玉食，也不為過。」

波心點頭，遠望湖面並不平靜，遊船三三兩兩載著遊客穿梭在湖面，她似無意，腦中的畫面躍上湖中，十艘、二十艘不清楚，船上簾籠箱箱鋪著紅錦緞，大船邊有小船，小船也是一艘接一艘，船上坐著吹鼓手，吹彈拉唱外加白日放鞭炮，晚上燃煙火。折騰了一天一夜，岸上站滿了人，羨慕的放下手中的工作，連飯都顧不得吃，看慈禧皇太后身邊的大太監嫁姪女，閹人的姪女嫁入王府，這排場在平民百姓眼中是百年不遇的事，怎不轟動。正想得出神，腦後被東西敲了一下，她直接的反應是摸頭，發現掉在地上的是一只蟹殼。她回頭看靖心，她拿著一隻蟹腳癟著嘴吸蟹肉，桌上、地上，全是她隨意吐的蟹殼和水果皮。

波心拿起蟹殼冷冷的望著她：「這是怎麼回事？」

「呃，不小心碰到妳了。」靖心無所謂地說。

見心舉起手機很快的把眼前的景象拍下，很生氣地說：「收拾乾淨，把桌上、地上妳丟的垃圾全放進垃圾桶裡。」

「我為什麼要做，這是搖船工人的事。」靖心端著茶喝，一副理所當然的樣子。

「沒關係，等下我來收。」阿強說。

見心不理，對靖心冷笑：「妳這種作為很威風，剛才在飯店的餐桌上怎麼畏縮得像塊抹布。被妳乾爹罵了吧，來這裡出什麼氣，有本事到金太太面前耍出來，在這裡撒潑，很好，我馬上傳給妳乾爹看，多抬不上檯面，要不，我上網給大家看，讓妳出鋒頭。」

「妳敢，不要忘了妳是我乾爹公司裡的小職員。」靖心囂張地說。

「妳說什麼？當初為了青果生意組成的公司，我是合夥人，這筆生意沒接幾筆就無疾而終，我正奇怪是怎麼回事，沒人回應我，我正為難該怎樣向波心解釋，妳倒說說看，我怎麼是妳乾爹公司的小職員。」見心越說越氣。

波心怕她們吵起來，忙拍拍見心的手，叫她別氣。

「我怎麼知道，這次把妳帶過來，就是以公司的名義，妳敢不承認。」靖心一副咄咄逼人的姿態。

「抱歉，妳知道得太晚了。」波心摟住見心：「她是我用電話約她一定要來，告訴妳，莊靖心，妳最好去問這次水果我的代理人陳友生，他為誰在辦事，真正的老闆是陳火木，陳友生專門替陳火木經營水果生意。我約見心，告訴她上海的水果經銷已改到廣州，我相信陳友生已經告知鍾正雄，鍾正雄要繼續做水果生意與我們無關，李見心也答應跟我和陳火木合作，名正言順的是裕合貿易公司副總經理，相信妳根本就摸不清狀況，不清楚就不要多事，我們還是把妳當朋友。」

波心口氣溫和，句句卻如尖刃刺進靖心胸膛。靖心愣住，眨巴著一雙黏著假睫毛的眼睛：「我乾爹說，水果生意利潤太薄，已轉給別人，我們現在全心用在杭州這件房地產上。」

「我想公司已經解散了，幹嘛說見心是妳的員工？」波心口齒犀利，轉身坐回艙內座墊，望著四處被她亂拋的垃圾：「請把這裡清理乾淨，不然讓船靠岸，大家別玩了，看著噁心。」

「不行，我要遊船。」靖心大聲說：「我是要來散心的，今天真倒楣。」說完脫掉紅長筒皮靴，拿起船邊的掃帚畚箕很快地清理穢物。

她工作起來倒很認真，椅角的旮旮旯旯塞著蟹殼果皮，她很自然地跪在地上伸手去摳那些髒物，波心從這些動作看到她樸實的一面，想到見心說她是「浪女」的行為，不由生起一份憐憫，「她跟在鍾正雄身邊早晚會出事，可現在她正樂在其中，想點醒也不是時候。」正想著，眼光不由得就在她身上打量，她翹著屁股低頭抓果皮，「喀噠」一聲，從她內衣滑落一串紅項鍊，波心一驚，直覺像是紅瑪瑙項鍊，正待仔細看，她很快的把它揣進內衣。波心納悶，該不是富晰頸上的那串吧！午餐時她沒注意，如果是同一串，靖心是怎麼得手的？她想問，但又怕引起無謂的風波，只能放在心裡，慢慢查明白。

靖心自來到船上，波心就沒了遊興，見心也有心事，波心知道是她剛才說的關於她工作的事，本應該事先跟她講的，被靖心這一攬，沒跟她商量就先說出了口。今晚有約她和火木見面說明白的必要。遠處，廟中晚鐘響起。她找了個理由跟見心下船，靖心要跟，說她乾爹要她跟波心多交心，不要有誤解。波心推說頭痛，拉著見心叫了一部三輪車轉道而去。

她跟見心直接到旅館她下榻的房間，進門就說：「談我們要合作的事。」

見心諾諾，沒放在心上，隨波心走進房內，環顧四周，羨慕地說：「這臥房還有客廳，有身分的人住旅館就是有氣派。」

「旅館的老闆是陳火木，住這裡不花錢，妳住的房間也不必付費。妳要是覺得不滿意，我給妳換一間妳喜歡的，要不，妳搬到我隔壁，妳看可好？」波心脫下外出服，換上寬鬆的便服，認真地問她。

見心搖著雙手說：「使不得、使不得，我住的那間是靖心給我訂的，現在更不宜換房間，況且他們就訂在我樓下，臨街那面大玻璃窗，下面是街景，遠處是荷塘，十二樓，居高臨下，我喜歡得連窗簾都不想拉上，景觀真好。波心，我跟妳講明白，公是公，私是私，妳如果替我付房錢，就是瞧不起我，妳給我再好的待遇，我都不會和妳合作。」

波心見她說得堅定，遂說：「聽妳的，晚上在我這裡吃便餐，我是包在住宿裡面，妳再跟我算就沒意思了。」

「好吧。」見心笑著點頭：「從來到杭州，我到現在吃飯、坐船，還沒花一毛錢，還很不習慣。」

「想花錢？我馬上按鈴叫服務生送飲料，妳買單。」波心坐在床上用玩笑的口吻說。

見心立刻提起興頭：「好呀，要現榨的柳橙汁，在上海我就喜歡這口味，甜甜酸酸，美容養顏，台灣來的柳橙最合我胃口。」

波心拿起手機撥號碼講話，見心不便聽，放下手提包，到盥洗室洗手擦臉，對著鏡子，無端端的心中一陣歡喜，很快地提醒自己，人家波心是怎樣的人，中午那餐飯、那談吐、氣勢，把一桌子高官大佬都壓下去，鍾正雄花了那麼多錢，費了那麼大心思，為自己辦了一場鴻門宴。想想自己自從大學畢業，在商場上出出進進十多年，形形色色的人見過不少，今天中午這樣的陣勢還是第一遭，難怪把靖心壓得連大氣都不敢喘。她又想：「我跟波心交情不深，她居然拉我進她公司，不是故意氣靖心的吧。」對著鏡子自言自語，突然被敲門聲驚醒，是波心的聲音：「可以出來了吧，果汁送來了。」

她走出盥洗室，波心笑吟吟地指著客廳茶几上的一個玻璃瓶：「我叫了一大瓶，足夠咱們三人喝的。」說著走到玻璃櫃前取出兩個水晶杯，分別倒了兩杯：「在船上，咱倆只顧賞景，連茶都沒喝幾杯，倒便宜了一個人。」

「她餓了，中餐她沒怎麼吃，這個人是禁不得餓的。」見心說，兩人心照不宣指的是同一個人。

兩人坐在沙發上各端一杯果汁，正放鬆心情慢慢啜飲，火木帶著服務員敲門而入，服務員推著餐車，把晚餐送來。

見心看到火木有些拘謹，畢竟不熟，趕忙站起。

波心拉了她一把：「別客氣，坐坐。」

火木看看桌上飲料半開玩笑的說：「不公平，我好心送來晚餐，連飲料的杯子都要我自己去拿。」

火木剛說完，服務員立刻到酒櫃替他取來同樣的水晶杯，替三人的杯子斟滿，四樣小菜、三碗海鮮麵，分別擺在三人面前。

服務員走後，火木對見心說：「第一次跟我們吃飯，這麼簡素，請不要見怪。」

「您客氣，我覺得很豐盛，打擾了。」見心說。

「我們邊吃邊談，見心，我跟火木在電話中談起妳，他很贊同。很多細節今晚妳要瞭解，工作上才好推動。」波心一邊替見心布菜，一邊說。

見心倒有些不安：「我不知能做些什麼，怕能力不夠。」

火木低頭吃麵，像是心不在焉的樣子，也不說話，波心吃得坦然，見心卻食之無味，有些不安。

火木先吃完，拿著飲料說：「李小姐，我是個容易緊張的人，剛才吃飯時，我一直想該怎樣跟妳講今後的工作計畫，希望妳不要拿我和鍾正雄比，波心相信妳，我就認定妳，本來我和波心進行這個古厝及荷田計畫是很美的心願，哪想到會冒出個鍾正雄，像是老天爺有意安排，要他出現還我無法討回的債務，今後咱三人是一體的，鍾正雄很滑頭，不能讓他溜了。」

「他如果想溜，怕誰也防不住，我親眼看到他就有四個國家的護照，他本事可大呢。」見心說。

火木灑然一笑：「他一定會溜，三天後，如果他跟我們這筆生意談不攏，他會躲起來，狡兔三窟，他早預備好了。」

「那我們中午簽的合約白簽了？」波心緊張的問。

「不會，中午的宴會對他雖然是意外，他為了談定這筆生意，為了展示他的實力，在這幾位他要攀住的高官面前，一定會履行這份合約。」見心肯定地說。

「簽約容易，得付錢履行。李小姐，現在或許妳能從莊靖心口中探聽到他的動機。」火木說。

「喊我見心就好，李小姐我聽了都彆扭。」見心笑著同火木說：「靖心只是鍾正雄的工具，他不會跟她說什麼，他一定會利用她向你博感情，在上海，鍾正雄就把靖心像木偶般地操縱，我看多了，下午遊船時，波心說把我拉到你們公司，這是他倆沒預料到的，說不定現在鍾正雄正在教這個徒弟明天怎樣對付我們。」

「叫他放馬過來。」火木帶著玩笑的口吻。

「這馬頭第一個衝向的就是我，靖心會警告我不要被利用等的話，甚至還會以出差費的名義給我一些錢。他們一向以為錢是萬能。」見心說。

波心慢慢放下杯子，「見心，聽我說，如果他給錢，證明他認定我約妳是氣話，認為我跟火木拉攏妳是扯他的後腿，鍾正雄現在要重用妳了，把妳當第二個傀儡來攪我和火木的局，你就敷衍他把錢收下，逗逗樂子豈不很好。」波心說。

見心聳聳肩，很不以為然：「再說吧，跟這種人敷衍很煩，以我過去對他的看法，他真正的目標是陳火木大老闆，妳、我，他們根本沒放在眼裡。」

「那好，我正缺少女朋友。」火木促狹地說。

「火木，我想把這幾日到周家、金家，他們跟咱們聊的事跟見心說說，讓她有所瞭解。」波心說。

「一定要這樣。」火木認真地看著見心：「拜託了，妳是我們的合夥人，波心給我通了電話，我就把聘書和車馬費準備好了。妳不能拒絕。」

見心有些吃驚：「這麼快，我心裡還沒有準備。」

火木從隨身帶的皮夾中拿出一個牛皮公文袋，遞給見心：「明天就要全面工作，商場如戰場，希望靠妳的福氣，一切圓滿。」

火木走後，波心坐在沙發上跟見心毫不保留地說出這幾天與火木經歷的種種見聞和事件，她甚至把她在台灣和鍾正雄的關係也坦坦白白地說給她聽。

見心聽著，表情肅穆，搖搖頭：「我相信鍾正雄處心積慮的要爭取和你們整建這個大工程，一定有他的野心。他要加入，一定會把周家排除，聽妳這麼說，百年前，這畢竟是周家的產業，我聽著都會替周家這位胖姑奶難過，這事，妳找到我，就是不拿一分錢，我也要替周家找回公道。小時候，我娘常說一句話，老天有把秤，錙銖必較，任人千方百計巧取豪奪，老天秤出不是你的，輕輕一抖，連本帶利全要吐出，還要落入畜生道。」

「妳娘信佛？」波心問。

「我娘是鄉下人，大字識不到幾個，她信良心。」見心說。

「是呀，按計畫，明天先看古客棧，一片荒涼廢墟，那荷塘啊！在周家口中是不堪回首的冤屈。我到現在還不明白，陳火木為什麼要一頭栽進去，我看了那些地方也拔不出來，更莫名其妙的是冒出個鍾正雄，這是唱的哪門子戲？亂了套了。」波心說。

見心輕輕感嘆：「只要心正，不怕天秤。」她打了一個哈欠：「我回房了，今晚靖心一定有電話。」

之四　紅石榴下的信息

波心睜開眼，床邊茶几上的小鬧鐘指向五點十分，天沒亮，夜很靜，靜得聽得到小鬧鐘的秒針有節拍移動的「咯嘎」聲。

一夜睡睡醒醒，想的都是這幾天發生的事，她一廂情願被鍾正雄利用，她悔恨慌怕之時，冒出個陳火木，像一根浮木把她拉上岸，原來他也是被鍾正雄拖累的人。本以為鍾正雄捲款逃亡再也抓不著，偏偏他出現在眼前，還要跟他們合作。她想到師父常語重心長同她閒聊時的話：「欲知前世因，今生受著是。萬般帶不去，唯有業隨身。業，是因果循環的相欠債，不管你幾世前欠下的債，佛家語是業障，無形的冤親債主，他會跟著你的靈魂向你追討，如果你前世有恩於某些人，他的先人在冥冥之中都會替他回報，『銜草結環』這個成語故事就是最鮮明的例子。今世來到人間，必有任務在身，不論遇到什麼困境都要面對，那是你消業、積福的功課。當妳遇到這些人和某些事，妳和他們在某世一定會有些解不開的緣，善緣、孽緣，都是今世該了的業，要慎重處理。」

「難道今世我要修的功課，是面前所遇到的這些問題？我跟他們相遇，工作又攪在一起，該是有某些緣分。是好緣還是孽緣，是相生還是相滅，冥冥中該有定數。如果真有輪迴，我現在所修的又是哪一世未了的心願？」她想著，了無睡意，閉上眼，好美的荷塘，滿池荷花綻放，淡淡清香圍繞在她身邊，她佇立在塘邊，望著朝陽灑向田田荷葉，清風伴著含苞待放的花蕾，裊裊娜娜，任脈脈流水穿梭在花田葉下。

她想到住在周家的那一夜，她穿上劉虹為她拿出的布衣裳，被周立鈞誤認為是他胖姑奶的化身。事後從他拿出的祖父畫像中，真有幾分相似。有一張側面望著樹梢的眼神，是畫的傳神還是眼神讓她覺得好熟悉，突然靈光一閃，心底發出一聲驚叫：「這不就是自己的眸光。」

「好像自己在為自己催眠，無聊。」她搥搥自己腦袋，倒進枕頭裡：「睡覺，養好精神，明天不管面對什麼事都不能閃神，鍾正雄可不是好對付的人。」想到這裡，突然有了睡意，矇矇矓矓直到電話鈴聲把她吵醒。她睜開眼，看看牆上掛鐘，已近九點，拿起話筒，是火木。

「該起床了，我們十點出發，早餐要送進房裡嗎？按昨天早點一樣，還是改吃西餐？」

「跟昨天的一樣。」她回答。覺得這一覺睡得很好，很愉快地換衣，梳洗，服務員已把餐點送來。

她正在吃，有人敲門，她開門，是見心。

「吃早餐了沒？」波心隨口問。

「吃過了，在餐廳等不到妳，所以就上來看看。」見心說著坐在她對面，有些疲憊地揉揉臉。

波心見她一臉倦容，遂問：「怎麼？沒睡好？」

見心點點頭：「幾乎沒睡。」

「怎麼了？是靖心的電話？」波心問。

見心搖搖頭，把身子湊到波心面前：「一夜沒電話，可是我一夜沒上床。」

「妳沒睡？發生了什麼事？」波心放下碗筷瞪著她問。

「我從妳房裡回到我房間，拉開窗簾看夜景，一部白色轎車停在旅館正門，剛好是在我的窗下。這車好眼熟，我還沒認清楚，鍾正雄自大門出來，靖心下車替他開門，爾後，開向西方，想是鍾正雄住的地方。這本是平常事，或許夜太靜，這兒車輛行駛不多，我洗過澡剛想上床，怪異的汽車行駛聲逼得我不得不拉開窗簾往下看。是靖心的白色賓士從我窗前呼嘯而過，我太習慣她故意把引擎弄出一些怪聲，車尾裝上閃亮的七彩燈，藉以炫耀自己的不同。車子在我窗下來來往往不下十餘趟，吵得我根本無法睡。」

「明天換房，不要靠馬路。」波心說。

「妳錯了，我是不怕吵的，昨晚我所以盯著她連夜開車，我是想，她必是把藏在她那兒的錢換地方。這動作八成是防我。」見心說。

波心心中一愣。要趕快告訴火木，這狡兔不知在哪兒又弄了個窟。「不要想那麼多，今天會很忙的。」波心口頭說得輕鬆，內心決定要告訴火木。

吃過早餐，和見心一起下樓，見到火木，趁見心上廁所，波心還沒開口，火木湊到波心面前小聲說：「兔子昨夜換了新窩，乖乖，他包了一棟連地下室的獨棟別墅，好幾門暗室，分門別類裝著各國鈔票，可以當銀行了。」說完到櫃台取公事包，很輕鬆地叫師傅開車。

波心心中放下一塊石頭，向走過來的見心招招手：「該出發了，要帶些水果路上吃嗎？」

「我已經準備了，還帶了咖啡。」見心指著櫃台上的提籃，臉上的倦容已消失許多。

火木派了兩部僅能坐五人的轎車，他跟師傅一輛，另一部是波心跟見心坐。他說，待會兒周立鈞會跟他同車，劉虹和翠婷會跟波心坐，鄉下村路窄，稍大些的車行路不方便，見心連誇火木細心。很快的來到古棧舊址，鍾正雄早在路邊跟一名村民聊天。靖心替鍾正雄提著公事包，站在她那輛白色賓士車前，一臉濃妝，看不出疲憊。

「早呀。」火木跟鍾正雄打招呼：「我沒遲到，約好是十點，我還怕你找不到地方。」

村民湊上來說：「陳董，我是阿兵，我家老闆叫我來這兒替你們服務。」

火木這才注意到，他是替金克文家守古厝的管家，上次去，阿兵在古厝中裡外張羅，火木對他的精明幹練留下極深刻的印象。

「阿兵，這位鍾董也想跟我合作，這古厝的歷史，想你比我更清楚，麻煩你介紹一下。」火木說。

「那是自然。」阿兵笑著說：「不過鍾先生有些概念在這裡是行不通的，我家老闆也不會答應。」

「怎麼回事？」火木問。鍾正雄把手中一本畫冊遞給火木：「我只不過想請他把這本畫冊拿給金先生替我簽個名，只不過簽個名而已，有這麼困難嗎？」火木接過畫冊，隨意翻了翻，心中一驚。這是一本精工彩繪的庭園、荷田、餐館設計圖，這些圖案是以此地古棧、百畝荷田及老王府改建後的美麗圖樣做藍圖，跟一般建築商蓋房子前只要有了地，先把房子的外形結構繪好，再把庭園設計圖畫好，以廣告的方式吸引客戶訂購沒什麼兩樣，他看後很不悅的對鍾正雄說：「這是你一廂情願的想法，他賣的是所有權，不是地上所有物，你用這樣的構圖對金先生是不尊敬的。他不會簽名，我也不會同意。」

「這是什麼話。」鍾正雄口氣惡劣：「在台灣賣房子，施工前客戶要看房子的造型，這點你應該很清楚。」

「我當然清楚，鍾先生，你必須明白，我在規畫一個觀光區，不是賣房子，你如果沒有這個理念，可以退出。」火木說。

鍾正雄立刻拉下臉陪笑：「只不過請金先生簽個名，人家並沒拒絕，你倒說些偏理，談買賣，利字優先，我和你都是買方，只要我高過你簽約的價碼，賣方會把此地賣給我。」

「那說不定。」阿兵冷冷地回答：「我家老闆跟陳董老交情了，他們不會見利忘義，他們很有意願跟陳董合作，把這個觀光區建設得有他祖上輝煌的樣子，你願意參與，他們很歡迎，他們有他們的堅持，如果和不投緣的人合作，他們情願不接受。」

沒想到一個管家，口氣都那麼硬。鍾正雄斜瞄了阿兵一眼，立刻放低姿態：「那太好了，我願意配合。」隨即彎腰對著火木：「火木，你也不跟我說清楚，看看，我精心請人花大錢畫的這些藍圖全報廢了。」

「不會，將來或許會有用處，不過不適合用在復建這古厝上。」阿兵說著在前領路：「鍾老闆，我帶你四周轉轉，我也說說這兒的過去，讓你瞭解。」

「那當然，那當然。」鍾跟著阿兵向前走。

火木慢慢跟著，心中想：「這個燙手山芋來得突然，昨晚上他到我房裡胡吹亂蓋，我以靜制動，沒承諾也不反對，看他今天的氣勢，處處有備而來。要波心小心為是。」

「你擔心什麼？」波心突然走在他背後：「你的心事不說我都知道。什麼叫狗急跳牆，這不像他過去在台灣的穩健作風，我們站在牆頭看他怎麼跳，不是很有趣嗎？」
火木回頭看到波心，很自然地摟住她肩膀：「妳說得對，我剛才想，該怎麼說叫妳防他，沒想到妳全看在眼裡。」
此時小翠婷突然從石舫前跑過來，手中拿著一顆大石榴，邊跑邊嚷：「姑姑，我媽帶來妳愛吃的石榴，這顆最大，我拿給妳。」
波心接住問：「妳爸媽都來了？」
翠婷點點頭：「我們很早就來了，有一個姓鍾的老闆，說是和你們同夥，他拿出軟尺叫我爸去量這塊地，拿了一個本子和筆，叫我媽記下地有多寬、多長，他們在那邊正忙呢。」說著指向遠處一片廢墟。
「無聊。」火木氣得一跺腳：「我去叫他們停止。」
「有什麼不妥嗎？」鍾正雄不以為然地問。
火木不理，對阿兵說：「你帶他看園子，我去叫他們回來。」說著轉身就往廢墟跑。
波心望著火木遠去的背影同見心說：「走，帶妳到石舫看看，很美的一座石舫。」波心索性拉著翠婷，也不理會鍾正雄。小翠婷跑在前面，兩人跟隨，波心見路旁廢亭邊一棵粗壯的枯樹冒出許多新芽便走過去，欣喜地拉著見心說：「快看，是棵老梅樹，枝上冒出好多花苞，不久滿樹梅花綻放，不知有多美。」
見心也湊上前觀望，老梅樹粗壯挺拔，枝梗盤錯交結伸向四周，點點花苞撒在枝間，花苞梗處包著翠綠葉瓣，緊緊貼在褐黑的枝幹上，姿態非常優雅，在斷壁殘垣中讓人觀望著它，有份超群脫俗遺世獨立之感。兩人懷著不同的心情佇立樹前，忘了邁出腳步。突然聽到小翠婷大叫一聲，兩人才不好意思的互望，會心一笑，加快腳步走向石舫，到了石舫邊才發現，靖心坐在石舫中庭的圓石桌前，把木盤中的石榴剝得七零八落，果皮散得四處都是。

見心見到她不由一愣：「妳不是跟著老闆拎皮包嗎？怎麼到這裡了？」

「乾爹叫我到石舫等他，可惜妳眼裡見不到我，我就知道妳們會來，怎麼樣。我剝好石榴，請妳們慢慢用。嗯。味道不錯。」說著，她把手中拿著的半個沒剝完皮的石榴張口咬下一塊，嘴中含著好幾顆石榴子，紅果汁噴在唇邊，順唇流下，她隨手一抹，手臂也染上紅汁。

小翠婷不高興，嘟著嘴說：「這是我媽買來給姑姑和客人的。」

靖心不理，一副高高在上的神情。

波心懶得理她，拉拉見心：「走，到別處去看看。」

小翠婷不甘心，跳進舫中，在木盤拿出兩顆石榴跑出來給見心：「阿姨，這石榴很貴的，不能全給那人吃了。」

見心笑著接過，斜眼瞟了靖心一眼，看她玩著一顆大石榴，像是在想心事，想到昨夜她在她住的旅館外馬路上開車奔波了一夜，那一箱箱的鈔票從她手中送出，鍾正雄不知給了她什麼承諾？或是給她某些任務，要她完成？看她的神情，怕是有些不知該怎樣做才好。她隨波心走著，就把心中的顧忌說了出來。

波心笑笑：「隨她，我看這兩人都有點反常。」

庭園夠大，見心隨著波心四處溜達，波心把聽來屬於這兒的傳聞軼事信口說著。見心聽得津津有味，突然提議：「到石舫上去看看，聽妳說石舫上百年前的風月，我真想去摸摸那裡的石頭，哼哼小曲，感受一下古人的浪漫情懷。」

「那就往回走。」波心說。

小翠婷已不在她倆身邊，不知跑到哪裡去了，兩人轉過一片雜樹林，順著泥徑，很快來到石舫另一邊。登上石舫，站在舫艙外的石欄前，很自然地望著坐在艙前正廳的靖心，手裡仍然握著石榴，桌上的木盤中，她用殷紅的石榴子排成一個大雞心形，陽光照在雞心上閃閃發光，晶瑩剔透。兩人同時把目光投注在紅石榴子上，紅石榴子不同角度閃出的光長短不一，風一吹動，不同的光影把透紅的榴子閃出不同的虹彩，兩人正凝視，靖心從衣袋裡拿出瑪瑙項鍊擺在石榴雞心圈裡，偏著頭左看右看，嘆口氣，把項鍊拿起放回口袋。這時一陣風刮進艙房，一朵帶著一片綠葉的紅色小花不偏不倚落在石榴雞心子正中。

「別動。」富晰突然從石舫船頭跳進來，拿著相機「啪啪」照，很快的把石榴雞心及剛落下的花朵拍下來。

波心見她來，吃了一驚：「怎麼不知會一聲，我們好去接妳。」

「不放心阿兵服務得夠不夠周全，就趕過來，剛跨進石舫就見到這美麗圖案，趕緊拍下。」富晰對著波心說話，並對著見心笑笑，兩人立刻走進艙房，三人並排坐在艙房邊的長石椅上。

「金太太來了。」靖心尷尷尬尬站起打招呼。

「不要客氣，妳坐。」富晰淡淡地招呼。

富晰把玩著相機，波心側頭望：「這是專業用的相機，看來妳對攝影一定有很深的造詣。」

「我有興趣，還在學習，波心，有些地方，我要靠妳幫忙。」富晰說。

「靠我？別開玩笑了。我對攝影是白癡，鏡頭的取向我一點概念都沒有。」波心笑著說。

富晰拍拍她的肩：「我要請妳幫我看看我拍下的照片中一些風情，有許多事我只跟妳說過，關於這古棧、這石舫，屬於我富家的故事。我文筆不好，拍下後，我會記下過去老祖宗的心情，妳一定要幫我潤筆，就當我對我曾祖母的懷念，陳董說，妳是學文的，這些連我丈夫我都不想說，妳不會拒絕吧。」

「陳火木真會賣我。」波心笑著說：「實在說，我來到這兒的第一天，就有把這兒百年的滄桑寫成故事的念頭，今天妳提起，又提供了那麼多資料，更增加了我寫作的衝動，妳今天拍下的，想是與妳曾祖母有關？」

富晰點頭：「是呀，我跟妳說了許多百年前曾祖母的故事，這古客棧、這石舫，如今雖殘破，遺留在我心中曾祖母的故事亙古如新。百年前，這華貴的石舫是斷送我曾祖母最執著純真感情的地方。」

波心有感：「我記得，妳說起妳曾祖母隨家人遊西湖，然後到這石舫觀戲的一幕。」

「是呀。她老人家就在這裡見到她繡給未婚夫的錦囊，當場被解下送給台上唱戲的小戲子。」富晰不屑地說。

「只不過是一個繡荷包，富家公子這麼做是隨性，有什麼大不了。」靖心突然答話。

「妳怎麼可以這麼說。」見心撇了她一眼：「繡荷包可以隨便送，可是，未婚妻送的又繫在腰上，明明知道未婚妻也在石舫後觀戲，居然拿下來賞給戲子，這男人不夠看。」

「不是男人不夠看，是女人沒上男人的眼。」靖心搖著二朗腿說。

波心正想回她幾句，富晰暗中用手碰碰她大腿，站起來走到石桌前，望著石榴子圍的雞心，讚嘆道：「這飛來的小紅花還帶著綠葉枝梗落在紅心正中，太美了。波心、見心，明天來古厝，我把我曾祖奶留下的繡荷包拿一個給妳們看，怎麼那麼巧，繡的圖樣跟這桌上的紅心完全一樣，我倒要問妳，妳怎麼會用石榴子擺出這麼美的心形圖。」

靖心沒想到富晰對她很客氣，還讚美她擺的圖樣，很得意地說：「我見這石榴子漂亮，就隨便擺了，哪想到會飛來一朵花湊熱鬧。」

「唔，波心，把同樣的花樣擺在一起，百年前的繡荷包跟活生生的花草石榴子，不知映照些什麼？」富晰口氣淡淡。

波心感受到她的哀傷。見心望著凝視著紅雞心的富晰，想到昨夜波心跟她說，這幾日與富晰相聚，聽她說起富家過去種種，這石舫是她曾祖母的傷心地，難怪她對此地有心結。

三人正無話可說，遠處卻傳來嘻嘻哈哈的說笑聲。原來是火木、鍾正雄、周立鈞、劉虹和小翠婷，一群人直往石舫走來。靖心第一個跨出石舫去迎她主子，只見鍾正雄揚起手中一塊磚頭大的木樽得意的同靖心說：「妳快來看，這木樽上刻著一朵荷花，掉到我頭上，要不是阿兵推了我一把，砸到頭上非受傷不可。我拾起來，荷花瓣真漂亮，我摸花蕊卻被蕊心刺破手指，流了一點血，這是好預兆呀，荷花認舊主，見紅發財。靖心，快把這木樽包好、收好，它跟我們是有緣的。」

靖心雙手接過。

富晰冷冷地問：「都看完了嗎？」

「太大，三天三夜也看不完。」鍾正雄說。

「中午我請大家吃飯，吃過飯後，你是繼續看這裡，還是去看池塘？」富晰問。

「當然要去看池塘，我要整個規畫呀。」鍾正雄得意地說。

富晰禮貌的又問：「怎麼會被荷花木雕惢刺傷呢？那木刺一定很髒，要不要到醫院去看看。」

「不必，一點刺傷而已，把血擠出來，現在已經沒事了。」鍾正雄說。

「在哪裡遇到這種事？」富晰問阿兵。

阿兵指向西南方：「臨水井的偏房，過去朱蒙家住的房子。」

「那是個財位。我帶著八卦羅盤衡量過，聽阿兵說，那間是百年前當庫房的屋子，專門放金條、珠寶和鈔票，是不？」鍾正雄認真地問富晰。

「你帶著羅盤八卦風水都看過，想是不會錯。」富晰這樣回答。

鍾正雄很滿意，大步跳上石舫，在舫頭前四處觀望，從地上撿起一塊石頭猛敲鰲頭凸出的眼珠，阿兵立刻阻止。

富晰很不高興地說：「請你放尊重，我還沒要賣給你，將來任何人買下這庭園，所有百年古蹟只有維修不可破壞，這石舫是登記有案的。」

鍾正雄自知理虧，轉身問火木：「我覺得這怪物的凸眼有邪氣，你不認為嗎？」

「我不認為，鍾董，你太累了，我陳火木對風水沒概念也不信。站在你要和我合作的分上，要尊重主人。」

「那是當然，那是當然。」鍾正雄像是找到了台階。

富晰強壓住滿心不悅對阿兵說：「阿兵，你開我的車載周家三口，我坐陳董的車跟波心、見心到『西湖春』。鍾先生，你就帶著你的助理跟我們一塊去吧。」富晰說完拉著波心往前走，來到車前等火木、見心一起上車。火木坐上駕駛座，波心只得坐前位，車才發動，富晰忍不住地說：「這姓鍾的看著就討厭，前些日子，一名姓蔡的建商，幾乎要簽約了，在同一個地方，被一塊刻著荷花的木雕砸到，沒三天就出車禍死了，怎麼現在被他遇上了？」

「你們在屋中有幾個人？」波心問火木。

「屋子不大，周家三人加上我、阿兵，還有自認走運的鍾正雄。」火木邊說邊搖頭：「我跟他說，買賣契約上都會註明土地坪數，你何必多此一舉。他堅持邊量邊拿著羅盤看風水。這敲敲，那看看，我索性把他當瘋子看。」

富晰輕「哼」了一聲：「這兩人，我不喜歡，我不明白陳董你為什麼要強拉他入夥，他既然欠你們錢，現在他出現了，把他抓起來就是了，下午我不能陪你們，告訴周家的人，下午去看池塘，要小心。」

「主權在妳手上，他有興趣就讓他四處看，我陪著他在跟他玩下棋的遊戲，這是一副天棋，我每走一步都覺得很有意思，下棋要冷靜呀，急了會亂了方寸。」火木輕輕鬆鬆地說。

波心轉頭看富晰，美麗的臉上似乎罩著一層寒霜，遂說：「富晰，相信火木，我們小心就是。」

之五　致命之傷

吃過中餐已是下午兩點，富晰隨阿兵開車先離去，火木、波心、見心跟鍾正雄約定，由周立鈞划他家三艘竹筏，載著一行共八個人繞池塘看水路。初冬，雖是好天氣，陽光卻不強烈，三艘不大的竹筏穿梭在長滿野蘆葦及雜草的池塘間。周立鈞划的竹筏較大，載著鍾正雄和火木，劉虹載著靖心、見心，小翠婷當然要和波心一組。平靜的池水探不出池下的深度，加上池底泥濘根鬚，不識水路，很容易被水中的根鬚絆住甚至翻船。池塘太大，三艘竹筏在不同的水道划行，在漫生野葦中忽而轉彎忽而撐竿平划，高過頭頂的蘆花在身邊擦過，這划舟技巧不得不令人讚服。

鍾正雄望望四周問：「看來這池塘全被雜草淹沒了，你是怎麼操作槳桿的？」

「沒什麼。看水的顏色就知道深淺，用槳撥著划。」周立鈞低著頭望著槳桿，邊划邊回答他的問題。

「這倒要小心，這池塘裡的爛泥一定會很稀鬆，掉下去不容易爬出來。」鍾正雄說著，很小心地抓緊舟邊的捆繩。「是不容易爬上來，一般人不敢到這裡來划舟，這塘裡水產很多，魚、蝦、螃蟹，還產茭白筍、蓮藕，特別肥美、特別好吃，來這裡捕魚蝦、拔筍藕，都沒有好下場。」周立鈞說。

「怎麼個沒好下場？」鍾正雄問。

「死了，屍首都撈不到。池塘太大，不知漂到哪裡。」周立鈞說。

「那怎麼辦？可以報警啊！」鍾正雄緊跟著問。

「我也不知道，總之這兒死了很多人，我只記得有一次，大概死的這個人有來頭，這池塘裡裡外外不是車就是船，把池塘裡的雜草樹根幾乎全剷除了也沒用，就是找不到淹死的人，熱鬧呀，全村都來看，連道士都來念經招魂。結果如何你猜，什麼都沒找到，卻引來一群烏鴉在池塘的一角不停地飛上飛下，道士命家屬去看看，原來烏鴉在啄死人的肉。」

鍾低下頭，像是有點怕，火木倒很坦然。

「你怎麼不怕？你沒跌下過？」鍾正雄懷疑地抬頭問。

「我自小在泥塘裡摸螺螄，拔藕網魚，繞著泥水、樹根，從池塘游到河堤，熟了水道深淺，自然不會陷進泥淖。」周立鈞說。

「這本就是周家的池塘，你家祖先保佑你。」火木說。

周立鈞重重地搖了一下櫓：「百年前的事了，我老姑奶也是死在這塘裡的。」

「快看、快看。」靖心站在劉虹划的竹筏上大叫，劉虹竹筏離火木的竹筏有五尺之遙，中間隔著一些蘆葦，與小翠婷的竹筏只是前後距離，彼此都能看到對方，被靖心這麼一叫，大家都站起來向前看，不約而同的都發出驚嘆聲。那是一層層冒出水面的白色蘆葦花被風吹起一波波滾動的花浪，在陽光閃耀下，花浪是金色的，偏偏有許多魚兒從水中躍出，閃著銀光衝向花頂，又滑入水中。

「好美，鍾董你看，好兆頭呀！」靖心拍手驚呼。

火木、波心、見心，也被遠處似蘆花瀑布的景色驚住，波心拿出手機把它錄下。偏偏划舟的周家三人改了水道，波心不解問：「翠婷，為什麼不往前划？」翠婷使勁向反方向搖櫓，波心回頭，看劉虹、周立鈞也改道往回划槳，只聽到劉虹說：「不能往前划舟，前面的池塘底泥漿向下陷，水草也跟著翻動，原來能滑行的水道被封住了，那魚向上跳就是怕被泥漿困住，在逃命呀。」波心這才發現，此刻的風並不大，再放眼看遠處塘中蘆葦並無動向，只有那一片仍然不停地翻動。心中不由一驚，想不到看來平靜的池塘，也有險惡的地方。

「姑姑，別擔心，我們繞路，從前面十三碼頭往前划，不往水塘深處走就沒危險。」翠婷說。

「行嗎？」波心不放心。

「就這麼決定吧。」鍾正雄在他坐的竹筏上高聲說，像是在發號施令。

「這樣看不清楚，你不是要進池塘中心觀察水勢嗎？」火木口氣帶著揶揄。

「不急著一天，先在岸邊觀望，看來水塘太大，都看不到邊。」鍾正雄雙手扠腰抬頭四望。

「看十個水塘岸跟一個水塘碼頭沒什麼兩樣，要看水塘能不能整渠疏通，還是要往塘深處去勘查。」周立鈞說。

火木明白，周立鈞是順著他的口氣激鍾正雄。

「你保證，坐你的竹筏沒危險？」鍾正雄問。

「這不敢說，我們不會拿自己的命開玩笑。」劉虹接口。一家三口不約而同的把竹筏划到岸邊碼頭。

鍾正雄很覺得掃興，跳上碼頭問：「怎麼池塘跟河混在一起了？池塘是堤，難道堤被沖沒了？」

「堤毀了，河床改道，打我記事起就分不清了。百年前，這河夠寬，來來往往的大帆船都能雙併進出，養荷花的池塘離它有段路，誰知道如今會變成這樣子。」周立鈞說。

「是這樣啊。」鍾正雄仍在觀望。

「當年這河可以貫穿好幾個村鎮，比陸運還方便。」周立鈞說。

「現在呢？能划筏子到村鎮嗎？」鍾又問。

「有些村鎮是可以的，我們經常穿過一些池塘到鄰鎮一家商店買糧食，那兒有一座寺廟，香火很盛，很靈驗的，我們常去燒香、祈福。」劉虹說。

「真的？那好，鍾董我們要去求菩薩給好運。」靖心興奮地說。

「姑姑，我們不要划舟，我們上山去鑽山洞，在山洞外靠瀑布的岩石上我發現了一只大鳥窩，不知是什麼鳥築那麼大的鳥窩，說不定是鳳凰。」小翠婷不想划舟，想拉波心到山上去玩。

「不行，今天要辦正事，波心姑姑也沒閒工夫陪妳。」劉虹阻止。

「什麼山洞？是屬於荷塘的地嗎？」鍾正雄像獵犬一般，馬上把嗅覺轉向岸邊山林。

「那是周立鈞家的地，山上是他家的祖墳。」火木對鍾一臉的貪婪很是厭惡。

鍾正雄不覺得，張目四望：「這可是一塊荷葉伏龜的風水寶地，把它納入整園計畫，一定名利雙收。」

周立鈞苦笑：「要是真如你所說，我家早發了，山上都是些荒草野樹，一些枯藤樹根盤結在落石上坑坑洞洞，毒蛇野蠍出沒其中，我們上山都要特別小心。」

「我懂風水，這地稍加整理一定大發。」鍾仍然仰頭觀望。

劉虹看不過，拿著槳在地上重重的敲了好幾下：「要嘛，坐筏子去鎮上，要嘛，回杭州，我家的土丘不招待客人。」

「還是去廟上香，菩薩保佑，什麼都好辦。」靖心說。

波心捏著小翠婷的手悄聲說：「改天、改天，我一定跟妳去看大鳥窩。」

在火木的首肯下，三艘竹筏重新落水，成一直線載著大家往前划。划離碼頭，各穿入池塘蘆葦叢中。鍾正雄不放心地問：「這水路可平穩？」周立鈞不理，只平穩地搖著槳，槳在水面划動，如履平地，他轉頭四望，隔著蘆葦，只聽到划水的槳聲，沒有一人說話。他望望水中的蘆葦，高大粗壯，密密實實，幾乎把竹筏遮蓋，他不明白周家三口怎麼操縱竹筏穿梭其間，連十歲不到的小女孩都能輕巧地划槳探路，這樣的本領不是一朝一夕學得成的，如果把他們籠絡過來為自己所用，將來整治池塘不知會省多少錢。

平靜的池塘划進另一片沼澤之中，遍生浮萍，水草亦少，水鳥、野鴨漫遊其中。隨手浸水，小魚浮水啄手，幾乎成群追啄不肯離去。鍾正雄得意的同火木說：「這塘將來拿來養魚，一定豐收。」火木這一路上想的都是百年前這兒荷花盛開的美景，寬闊的河流，點點揚帆，搖櫓木舟，載著周家特製的佳餚送往杭州、送往蘇州，還有更遠的地方，那是何等的風光。被鍾正雄這麼一問，突然愣了一下：「養魚？哪裡養魚？」

「當然是這裡。」鍾正雄說。

火木「唔」了一聲，望著兩隻野水鴨展開翅膀迎著陽光飛出水面，紅色鴨爪帶著水珠灑落水面閃閃發光。他看看鍾正雄的臉，陽光下，他的五官皺在一塊，擰成一個「貪」字。

「姑姑，這塘上浮著好多水胭脂、紫石榴，還有白羽毛，雖然都是野花，妳拍下來一定很好看。」緊跟在父親竹筏後的翠婷揚起槳說。

「我在拍呀，妳把槳操穩一點，不然我鏡頭抓不準。」波心說。

「什麼時候到岸上的廟呀？」另一頭坐在劉虹竹筏上的靖心不耐煩的問。

「沒多遠，穿過沼澤，前面是河，有個碼頭就到了。」劉虹說。

穿梭在法輪中的靈魂

一行人來到一個舊碼頭，很小，也很破舊，看來也有些年限了，把竹筏繫好，跳上岸，走出河堤，就是村莊，街面上店鋪不多，賣香、紙錢各種進廟拜神的供品，形形色色的小雜貨店倒有幾家。靖心站在一家店鋪前問：「老闆，這兒可有寺廟很靈驗的？」

「靈不靈驗全在個人，你心腸好，願意幫助人，菩薩就幫你，菩薩對壞心腸的人非但不幫，還會懲罰，我在這裡賣香、賣供品，好多年了，看多了，也聽多了。」老闆是個六十多歲的農民，右手兩指夾著一根抽了半截的菸，不像是生意人，開這樣一個店像是打發時間。

「菩薩自然是幫助好人的，你說的是哪間廟？」靖心又問。

「這裡只有一間寺廟叫蓮華寺，香火很盛的。」老闆說。

「就在前面，轉個彎就到，跟我來。」劉虹說著在店前買了香燭供品。

波心見店旁有家花店兼賣水果，很自然地買下三份，分別包好說：「這三份是見心、火木和我的，供佛定要自己出錢，否則不靈。」見心笑著接過，知道是說給靖心聽。

靖心也不理會，湊到鍾正雄身邊：「乾爹，你添香油錢算我一份，我替你祈福。」

劉虹走在波心身邊，有點搞不清楚問：「他倆是什麼關係呀，這女的一會喊他老闆，一會喊他乾爹，兩人有點不正經。」

「正經就不會搞在一起了。」見心笑著回答。

劉虹又說：「這女的長得不難看，不要被這男人利用才好。這男的從我見到他第一面，眉頭常常緊皺在一起，好像有許多心事，不是個好相處的人。」

波心見火木跟周立鈞帶著小翠婷走在最前面，鍾跟靖心邊走邊聊，她跟見心、劉虹墊後，故意放慢了腳步輕聲說：「鍾這人欠了陳董很多錢，答應這次跟陳董合作，先把欠債還清，所以陳董處處遷就他，免得節外生枝。」

劉虹聽著：「是這樣呀，我倒要提醒立鈞跟翠婷，小心保護你們。」

「沒那麼嚴重。」波心說。

劉虹搖頭：「我們划舟過塘，很少看到蘆葦花翻浪，那不是好兆頭，一路上聽到鍾老闆的口頭語，不是發財就是賺錢，這人這麼貪財，一定是個見利忘義的人，我跟我先生都看得出，妳跟陳董都是厚道的人，別被鍾這種人算計了。」

「謝謝，我們會很小心。」波心說。

說說笑笑來到蓮華寺。波心抬頭望，寺廟不算大，古樸雅致，庭院古松、古柏蒼勁挺立，佛堂寬宏，正中供奉在蓮花座上的是觀世音菩薩，金剛羅漢圍在佛堂四周，很是莊嚴。

堂外大理石台階一鼎香爐插滿燃香，兩旁專供祈福的銅蓮花台，紅蠟燭聳立在插座上，閃著紅光，信徒出出進進，或捻香、或跪拜、或低聲祈求，一派安詳，偌大寺廟給人一種寧靜的感覺。一行人走進寺廟，按規矩供上鮮花水果，上香、跪拜，在「獻金箱」奉上香油錢。本就大功告成，偏偏靖心一定要抽籤，要菩薩賜福給她和鍾正雄。她拜得很虔誠，念一句，磕一個頭。鍾正雄進到大殿就全身不舒服，懶洋洋的坐在佛堂邊的一張木椅子上。

一對母子走到他面前客氣地問：「請問，你也在等慧識師父嗎？」

鍾搖搖頭，沒心情答理。

「先生，你不舒服嗎？看來氣色很差。」

鍾正雄打量眼前這個中年鄉下婦女，溫厚的一張臉，嘴角掛著微笑，再看看她身邊的兒子，不出二十歲，瘦瘦高高的，一派斯文，五官端正，尤其一雙眼，大而明亮，是個聰明的孩子。他突然想到剛生下沒兩個月的兒子，為了工作，他離開美國，為了安全，他把這對母子送回台灣，讓她娘家人照顧，畢竟是鄉下人，不會用電腦網路，長途電話嫌貴，他打過去又沒人接，鄉下人就是「土」。近兩日或許事情多，心裡煩，想到兒子、老婆總感到不安，應該沒事的，留給她那麼多錢。他抬頭跟她搭訕：「等師父有事嗎？」

「有的、有的，」中年婦女坐在離他不遠的木凳子上：「我來謝謝慧識師父，他老人家慈悲呀，救了我兒子。」

「你兒子滿好的嘛。」鍾打量她兒子說。

「現在是好了，一年前可不是這個樣子。」做母親的望著兒子安慰的說。

「怎麼回事？」鍾有興趣的問。

「這事情不發生在自家人身上，打死我也不會相信，偏偏事情都發生了，要不是慧識師父化解，我這兒就毀了。」

終究是鄉下婦人，說話沒重點，鍾正雄遂問：「妳兒子很好呀。」

「當然好。」婦人得意的揚起聲音：「我們村裡，考上北京理工大學只有一名，就是我兒子。放榜那天，好多人來道賀，古時候就是中狀元，都說我家要發達了，鄰居叫我到蓮華寺燒炷香，謝菩薩庇佑。我們家不信這些，我兒子進了大學，功課好還拿獎學金，回到家來，一日，我在我家水田抓到一隻烏龜，很大一隻，我殺了一隻雞，和烏龜一起燉了鍋湯，我兒子吃得很開心。沒想到回到學校就不舒服，這痛、那痛，沒法上課，找遍醫生都說沒病，是精神壓力。只好休學，回家療養。鄰居勸我來找慧識師父，我帶著兒子來，師父摸摸他的頭，嘆口氣說：『本是好事，怎麼弄成這樣？』」

「『什麼意思，我不懂。』我說。

「『這錯不在孩子，在妳呀。話又說回來，天下最大的摯愛莫過於母愛，妳把一隻來你家的龍龜殺了給孩子補身，真是造孽呀。』

「我當時打了一個冷顫幾乎跪下：『我不知道呀，龜、鱉是大補的好東西，哪想到我犯了大錯。』

「『只能說，你家還需要多積福，少殺生。』

「『難道我兒子就沒救了嗎？』我哭著跪下來求師父。

「我兒見我跪下，他也跪下扶著我說：『媽，別難過，了不起我不上學了，我種田，有口飯，媽先吃。』

「師父慈悲，扶起我們說：『這龜怨氣很重，這樣吧，我替妳想個法子，我也念經超渡，妳這兒子來到人世間該做服務人間的事，不是種田的料，就憑他這份孝心，菩薩會保佑。』師父說完到禪房拿出一張紙，畫了一個十字，寫下東西南北四個方向，叫我們在每個方向放生九十九隻烏龜。為了救我兒子，我們全家總動員，親朋好友也來幫忙，住在山東的就在東邊的河中放生九十九隻龜，西邊託廣西的朋友，南邊找到雲南，北邊是他的同學，大家同心合力做同樣的事，為的就是救我兒子，沒一個月，我兒好了，寒假過了他就要上學了，你說我該怎樣謝師父啊。」這女人邊說邊落淚。

鍾正雄聽著，倒真想見見這位師父。

「師父來了。」男孩扶起他母親。鍾轉頭看到火木、周立鈞，陪著一位老和尚緩步走來。這對母子迎上前去，撲地跪下磕頭。老和尚彎腰扶起二人連說：「好了就好，好了就好。」火木、立鈞反倒退到一旁，怕師父要跟他母子說話不方便外人聽。師父拍拍男孩的背：「不錯，原神都回來了，回學校讀書沒問題。」鍾正雄看在眼裡，反而有了精神，站起來向師父深深一拜：「弟子鍾正雄特地從國外來拜見師父。」

慧識師父已近九十高齡，一副仙風道骨，清瘦中透著精神，他唯一的特色是一雙銀白色垂在眼尾下的長眉，他正在跟這對母子對話，鍾正雄突然插到師父面前叩拜，火木、立鈞也感到意外，火木抬頭，無意間看到師父回頭看鍾的眼神，心中一悸，那眸光如電光一閃，很快地頷首低垂，溫和地說：「很好，很好。」這對母子留下一簍水果拜謝離去，師父轉對他們說：「施主遠道而來，是貴客，到我禪房聊聊。」正合各人心意大家謝過，準備往大堂後走，此時，波心、劉虹、小翠婷自庭外趕來，見到師父都很高興。

「真巧，劉虹說，有福氣的人才見得到師父，想來我們這一夥人都有福氣。」波心說。

「是有緣人、有緣人。」師父微微頷首輕輕附和。

「師父，我拉著劉虹四處轉轉，處處都是古蹟，許多石碑都刻著此寺廟的歷史。這寺廟在一百五十多年前是一座尼姑庵，是嗎？」波心好奇地問。

「不錯，妳第一次來就來尋根。」師父顯然是個隨和的人。

從大殿步出，走進第二座院落，正中仍是佛堂，兩旁廂房迴廊呈四合院建築，迴廊外花木扶疏蔚然呈序，幾個小沙彌進進出出忙他們分內的事，見到他們均合掌打招呼。

波心跟在慧識師父身邊，不自覺的又說：「師父，我看到許多梁柱都刻有『無名氏』敬奉。這無名氏可是同一個人？怎麼百年前清朝光緒年間『無名氏』翻修此寺，到如今這寺廟許多重建也是『無名氏』，隔了一百五十多年了，還用無名氏，是同一族人用這樣的稱號，還是許多人不願出名用同一個名稱？」

師父已走到佛堂側門，停下腳，並不答覆，只轉頭看看火木，對這位他知道不願具名的無名氏說：

「施主，今日大家談談俗事，你會介意嗎？」

「聽師父談俗事是大家的福氣，大家高興還來不及。」火木說。

師父點點頭：「今日難得有閒，明日以後怕是相聚也難，這樣吧，不進禪房，到我私人書房，聊天比較自在。」說著推開迴廊另一扇木門，一行人進入一間名為書房的會客室。大家坐定，小沙彌恭敬地送上茶果素點，師父很快地進內屋拿出一只藤編小提箱，放在桌上對波心說：「這裡面有妳想知道的任何問題。」

大家把目光全集中在這只古老小巧的藤編小箱子上，靖心首先發言：「這好像是女人家拿來裝心愛物的小藤箱，有錢人家的小姐貴婦用的。」

「貴婦人家哪用藤編，首飾盒不是檀香木就是檜木，上面雕龍刻鳳還鑲珠寶，會用藤子編的八成是下人。」劉虹看不慣靖心作態，加重語氣：「別的地方我不知道，在咱蘇杭，小戶人家保留一個首飾盒，起碼也用樟腦盒，防蟲的。」

「師父保留得這麼好一定有它的價值，管它什麼材料。」火木自見到第一眼，心中猛地一跳，他立刻飲口茶，平定一下情緒，才這麼說。

「是呀。一個平常俗物寄放在寺中，從老師太就把它當寶，另放佛龕供奉，直到如今，超過一百五十多年，老師太臨終告訴掌門師父說：『這小藤箱內的三千大千世界，駐滿無量功德無量劫，因緣果報盡在其中，時間到了，自有人向你提起這寺廟超過百年滄桑，你可原物奉還，如無人要，你仍可放回原處，再修功德。』」

波心嚇出一身冷汗：「師父，我提寺廟建築是好奇，是佩服，沒問百年滄桑，我沒那麼大的福氣。」

慧識師父淡淡一笑：「不要緊張，我剛才不是說了嗎？今日談俗事，談談寺廟過去，你們一定有興趣，這寺廟的淵源跟這小藤箱有關，你們想聽嗎？」

「想。」小翠婷坐在一旁大喊。

師父像早有所備，從袈裟中掏出一副軟布手套，套在手上，又戴上老花眼鏡，才緩慢地啟開藤箱蓋子，一股檀香悠悠散發至全室。眾人眼神全集中在他手上，他站起，又慎重的從櫃子裡取出一塊白絲巾攤在桌上，小心的以雙手捧出一個檀香木盒子，把盒子放在白絲巾上，打開盒蓋，從裡面取出一個發黑污穢的手繡錢袋。大家屏氣凝神看師父又拿些什麼。師父從錢袋裡倒出兩枚銅錢。他仔細看，說：「是光緒年製的兩文錢。各位施主，託你們的福，我也是第一次看到這些寶物。」師父低頭拿出一塊厚木片。上面刻滿佛經，然後兩片，三片……總共九片，字體秀麗工整，似用鋼針深刻，然後灌進朱砂，歲月雖已久遠，仍能認清字跡。

「這是《金剛經》，」慧識師父說：「可惜沒刻完。」

「沒有署名嗎？」火木問。

師父搖頭，又從藤箱取出一片半尺見方的木板，上刻「境來不拒，境去不留，一切隨緣，能得自在，放下即得解脫」（署名「比丘尼。了音。以此句悼念往生俗家結拜姐姐玉茉莉：連婷君」）。字跡刻得大而深，上漆黑底金漆，是不同字體。師父來回望著兩個不同木片，垂在眼下的銀白色長眉不停地抖動，在座的人全感受到師父在壓抑心中的激動，沒有人敢發出一點聲音。

師父很快地穩定好情緒，很自然的從藤箱中取出用牛皮包裹的袋子，一塊懷錶抖落在白絲巾上。

「啊！懷錶，是金的，鍾董，跟你愛用的懷錶一樣。」靖心發出驚嘆聲。

大家不約而同的「啊！」聲叫起。只有火木望著那九片未刻完經文的木板，像滿身扎進尖針，痛苦得喘不過氣來。

小翠婷跑到桌前看藤箱說：「沒東西了。」

「都在這裡，一百五十多年了吧。了音師太把這工作交到我手上，一定有她的道理。我修為粗淺，願菩薩保佑，以眾生相顯示因果，讓藏在此物中的靈魂了悟真道，莫再穿梭在法輪中，飽受貪、瞋、癡念之苦。」

「看來，師父一定從這些物品中知道與這寺廟很多事情吧？」波心問。

「應該是吧。不論中外，不論大廟小寺，都會有它的來歷、傳說，甚至神蹟，讓信眾崇拜、信服，最起碼能讓信徒精神上得到安慰。而我們這間蓮華寺創始人了音師太，一件未了的世俗心願讓她無法修得正果，她雖往生，她的靈魂卻穿梭在法輪中等待，求菩薩帶領、渡化幾個與她塵緣未了的人。」師父說完，垂下頭默禱了一會兒，抬頭看看大家：「蓮華寺一百五十多年前是座尼姑庵，在寺廟大殿外石碑上記得很清楚，也記下寺廟的開辦人是『了音』師太，你們看到剛才的木刻，想也知道這木刻其中的故事，這不是故事，是事實。我的師父在世時，不曾一次跟我談起『了音』師太的事，他常帶我到西湖邊散步，指著湖邊遠處一幢古舊殘破的樓房說：『有一天，當有人來此要重建此樓，回復它百年前的風華時，我才能打開供在佛龕前的藤箱，把塵世間這百年的一段因果恩怨，藉物思情得以化解，如果我無緣替師父完成此事，徒兒你當且記，必得完成，以了我等心願。』」

此話剛說完，在座幾位像被電擊了一般，僵坐不動。

「那麼，要修荷塘古客棧，老師父也提到與因果有關嗎？」鍾正雄問。

「當然有關，諸位看到本寺廟大施主『無名氏』，是真正看到因果的人。」師父說。

「師父真的不知道『無名氏』是何許人？」鍾正雄處心積慮地問。

「只要心靈相繫，何須相識。」師父說。

「實不相瞞，我和陳火木決定要重修古樓和荷塘客棧，請師父明示，會順利完成嗎？」鍾正雄開門見山地問。

師父抬眼看看他，又望望四周的人：「是緣生緣滅的時候了，能不能達成共業，了卻心中雜念，僅在一念之間，要平息煩惱，『捨得』、『放下』才是不二法門。」

波心怕鍾正雄不分場合亂提問題，後面還跟著一位自認感應極強的靖心，把師父攪煩了，會把他們請出去，遂站起雙手合十說：「師父，『了音』師太的大悲心願晚輩很想知道。」

「妳很有文采，如果妳有興趣，我說出百年前兩個女子為情為義的情操所經歷的折磨，是一個很動人的故事。」師父說。

「師父慧眼，小女子學的是文科，平日也寫些文章投稿，不過才學粗淺，怕寫不好。」波心說。

「很好。妳以俗家心思寫女人的情懷，老師太的出世、入世及她的慈悲，是很多信徒，尤其是女信徒想知道的。妳如能把她的生平事蹟寫下，是功德一件。」師父說。

「答應吧，波心，妳一定會寫得很好。」火木急切地說。

「我盡力。」一波心眼眶紅了，望著藤箱，似在尋找那塵封已久的記憶。

「一百五十多年前，滿清、光緒年間，一名二十歲的女子，抱著一個不滿一歲的男孩，簡單的行李，住進這個靠河堤的祠堂。這個女人，名目上是在這為她剛過世的丈夫守節，實際上是被夫家掃地出門。這間祠堂是座破敗荒廢多年的舊祠，女人走進祠堂，知道夫家是回不去了，她明白，這一切全是大夫人操辦的。大夫人不喜歡她，甚至把她看成眼中釘。她被老爺帶進蔡家大戶，不到十六歲，窮家女孩，自幼被賣進船家，學唱小曲攬客。十三歲時，『清吟班』的班主在船上聽她嗓子好，人也秀麗，就從船主那把她買下，特別到他班子裡教崑曲，給她起了一個名叫谷玉環，藝名玉水蓮，要把她和清吟班另一個紅牌玉茉莉掛雙牌。

「這玉茉莉人如其名，比玉水蓮大兩歲。出落得玉潔冰清，一手琵琶彈出萬般聲調，隨著她如出谷黃鶯般曼妙唱腔，不知迷倒多少顧曲周郎。她俗名叫連婷君，有個養母很精明，讓她在班子裡唱，不訂契約，賺的錢各分半。她養母每日跟進跟出，寸步不離，連跟她配戲的小生都是她指定的乾兒子顧兆祥。玉茉莉雖是清吟班的搖錢樹，老闆對她沒有安全感，所以積極培養玉水蓮。小小年紀，在鞭子下學走身段、吊嗓子，恨不得早日替他搖錢。玉茉莉看不慣，處處護衛，兩人成了至交，玉茉莉甚至把自己的絕活毫不藏私地傳授給她。玉水蓮把玉茉莉當成唯一的親人，兩人到廟中向菩薩跪拜，結為異姓姐妹，生生世世，永不分離。

「兩年後，玉水蓮正式登台，在《亂世桃花逐水流》中扮演女主角甄宓，玉茉莉扮男主角曹植，這本是經典名劇『洛神』改編家喻戶曉的故事，此劇更加強情節的曲折，一對才子佳人，在深情濃愛中受盡淒苦，以悲劇的無奈賺盡觀眾眼淚。

「十五歲的玉水蓮扮起甄宓，那出水芙蓉、嬌怯雍容的姿態，真如甄宓活生生地站在舞台上，把台下觀眾的目光全吸了過去，加上玉茉莉反串曹植英俊儒雅的扮相，她用演技唱腔遮蓋玉水蓮生澀嬌羞的動作，而玉水蓮的顰笑顧盼因為缺少舞台上的戲劇訓練，舉手投足不時面向台下，這讓觀戲的行家一看就知道她是個還待磨練的新手，然而，一般觀眾對她稚嫩的表情像是對準每個人的心懷，癡癡迷迷地戀上了她。這齣戲很轟動，從江南演到江北，又從江北進到北京。老闆賺得包銀滿滿的，他坐在後台，正計畫下一部該排什麼戲時，來了兩位官人同他說：『我家老爺想見你，轎子在戲院門口，請隨我去。』老闆不敢怠慢，立刻隨二人到門口，一台藍呢轎恭請他上轎，坐在軟墊上，心中很舒坦，活到五十多歲，沒坐過這麼尊貴的轎子，他想啊，他押下玉水蓮這丫頭押對了，一登台就替他招來好運，比玉茉莉還招眼。北京城裡達官貴人多，他這小戲班子剛出頭，能有大官撐腰，以後就不怕跑碼頭了。正想得陶陶然，轎子停了，他下轎來到一個門前有兩尊大石獅子的府第，他打量：『這家不是王爺就是將相府第，好氣派。』進了府第大廳，傭人端上茶，他不敢動，四處觀望，古瓶字畫，富麗堂皇，牆邊那座有半個門高的落地西洋鐘，金光閃閃，發出輕微的走秒『喳喳』聲。坐了半天，沒見半個人影，他有些煩躁，端起茶一飲而盡，滿口芬芳。『好茶』他咂咂嘴，很舒服，突然『噹』的一聲，把他嚇了一跳，定定神，才發現是落地西洋鐘。

「『老爺來了。』隨著傭人的呼聲，進來一位跟他年歲差不多的中年男子，坐下來命傭人給他添茶，很隨意的問他戲班子裡的情形。說他連看了兩天，對演甄宓的女孩印象深刻。又問有關她的年齡、家世，從事演戲的過程。他都一一從實回答。

「大官聽後很滿意，點點頭說：『我不會讓你吃虧，明天你把她送來，會有人去接你們，順便把錢票送上，你到錢莊如數領取，如果你要現金，我也如數給你。這女孩給我當妾，比跟你跑碼頭幸福。』當頭一棒，打得他眼冒金星，他撲地跪在大官腳前：『您施恩，這種良才我們吃這碗飯的是百年不遇，調教一個旦角，比練十萬大軍還難，您找女人隨處都有，何必為難小的。』大官揚腿踹了他一腳，這一迎面腳踹得他鼻血僨張。大官扭頭回房，傭人趕來扶他說：『你想抄家滅族嗎？你拿一個旦角比得過將軍的十萬大軍，將軍給你臉，你卻不要臉，你想死呀。』

「他嚇出一身冷汗，忘了臉上的痛，爬起來想逃，傭人扶住他說：『我們會送你回去，這是錢票，夠你解決任何問題。』他拿著錢票，坐上載他來時的藍呢頂轎，只是，心情迥然不同。」

慧識師父說到這裡，停下，喝口茶，老人家閉目養神，摸摸袈裟，右手搓著掛在頸上的念珠，像是在思索。

「後來呢？」小翠婷像聽故事聽上了癮，忍不住問。

師父仍在養神。

「她的師姐連婷君一定很擔心。」火木突然說。

師父睜開眼，望望火木說：「河中漂流兩根木頭，你願意看著它們被人撈起烤成木炭燒，還是讓它們隨水漂流，或許也會變成朽木，或許也被當柴燒，然而它漂流的這段時間，它享受了從未過過的快樂日子，要是你，你選哪一根木頭？」

「當然要漂流。」靖心逞能的說。
「師父是用這樣的比喻形容這兩個女人的命運嗎？」波心問。
「是啊。這兩根木材是從同一棵樹上掉落下來的，本是同根生，根枝葉脈總會息息相關。」
「息息相關卻無能相助是嗎？」波心問。
師父低頭沉默不語。
「這怎麼辦呢？人死如燈滅，早已化為灰塵。」靖心自以為聰明冒出一句話。
師父輕輕搖頭：「心願未了，怎能歸塵？」
「您說的是了音師太？」見心問。
「是的，我必須說下去老師太的故事。」師父回歸正題：「你們一定想知道這位初登戲台、一炮而紅的玉水蓮，還沒嘗到成功的滋味，就被一台轎子送到將軍府，成了他第五位妾，將軍很疼愛她，任何場合都帶著她。他身邊的一妻四妾為他生下十個女兒，將軍要的是兒子，這偌大的家產和他固執的心思一定要有個兒子繼承。
「她很幸運，進門第二年就生下一個白胖小子，在將軍府真是天大的喜事。將軍視她母子為寶，自她進了門，真的帶來福氣，連生三個女兒的大老婆已年逾四十好幾，也突然懷孕生下男孩。對將軍來說，這一切都是玉水蓮帶來的好運，然而對重視嫡庶的大家族，理所當然把此子以長子看待，玉水蓮認為這是應該的，將軍愛她有增無減。出門應酬一定要她相伴。兒子兩歲出水痘，她日夜護守，卻沒留住孩子的命。她傷痛欲絕，將軍帶她另擇他居，帶她遊山玩水，將軍以大使身分出國談公務。她在外國權貴的眼中是大使夫人，這些行動對待在蘇州老家的元配婦人怎能忍受。

「她現在在將軍府可是真正的當家主人，她替將軍生下唯一的兒子，兒子很健壯，很多孩子生水痘過不了的這一關，她的兒子也平安度過。過去將軍寵愛的四個妾，生的全是女兒，如今像是她的丫鬟，乖乖地聽她差遣。良心話，大夫人是個精明能幹的女人，將軍整年在外，家業、田產、房租全在大夫人掌理中，傭人背地稱呼她是『金算盤』、『笑面觀音』，對長輩是一套，對下人又是一套，將軍府沒有人不敬畏她。」師父沉思了一會微微嘆口氣：「了音師太還沒出家之前，俗名叫谷玉環。那一年，她十九歲，秋天，抱著半歲大的新生兒隨將軍返回故居蘇州。大夫人帶頭迎立在府第門口。牽著四歲的兒子蔡揚暉，後面四妾十女，丫鬟、傭人、男僕，黑壓壓的從門外站到院裡，遠遠看到馬車駛進街弄就燃起鞭炮，劈哩啪啦好不熱鬧，大家伸長頸子，滿懷高興等將軍進門大開筵席。然後領紅包得賞賜。一個騎馬的軍士匆匆趕來。向大夫人躬身一拜：『小的是將軍隨身侍衛，將軍有令，不可放鞭炮，吵擾了孩子不好。』

「不等大夫人放賞，侍衛跨馬揚長而去。待捻熄爆竹，重新站回各自的位子，將軍的馬車已停在門前。大夫人牽著寶貝兒子揚暉喜孜孜地走近車前，等待將軍下車抱起他唯一的兒子，車門簾撩起，兩位騎馬的侍衛分別跨下馬去攙扶躺在車廂軟床上的將軍。大夫人一看不對，忙說：『別動，叫傭人把軟床扛來，把將軍慢慢抬回臥房。』將軍蒼白著一張瘦臉，勉強向大夫人笑笑：『我要走進家裡，不許扛床。』

「大夫人不敢違背。將軍下車，隨後下來的是名丫頭。她下車後，接過谷玉環遞過來的男孩，自己也跳下車，向大夫人躬身行禮：『水蓮給大姐請安。』

「大夫人表面笑著歡迎，心中可不是滋味。什麼時候又生了一個兒子？她故作親熱的抱過來觀望。這兒子像極了將軍，衝著揚暉說：『快來看，你有了一個多麼可愛的小弟弟。』將軍摸摸兩個兒子的頭，在眾人攙扶下回到臥房。從此再也沒下過床。將軍在家中沒熬過冬天就往生了。水蓮被蔡家人當敗家星看待，不到百日，就把她趕到這座破敗的家祠，讓她為將軍守靈。」

「師父說的掃地出門。難道沒給她點盤纏？」波心問。

師父嘆口氣：「幾件舊衣服。推出門前還搜身，存心逼她們母子死嘛。」

「這對母子在祠堂正不知怎麼辦才好，看門的老傭人跑過來說，大夫人做得太絕，她如果沒地方去，先到他鄉下兒媳家暫住，以後的日子再做打算。水蓮住進門房兒媳家，想到的唯一親人就是玉茉莉，她把這唯一的親人告訴門房兒媳。這家人很是古道熱腸，玉茉莉在江南崑曲界也算是位名角，玉茉莉很快的和谷玉環見面了，當她見到谷玉環的處境，既氣又憐，谷玉環本想再回到戲班子重操舊業，玉茉莉感嘆地搖頭說：『妹子，別傻了，妳要明白蔡家大夫人把妳趕到家祠堂讓妳守靈的用心，那個破爛院子總有個遮風避雨的地方，妳搬離又重操舊業，不正中了她的計，什麼難聽的話都會散播出來，妹子，她就等著妳登台成了事實，再把妳拉下馬，後面的處境妳仔細想想。』

「『老闆難道不會幫我？』玉環問。

「『那個小戲班，會用妳是將軍的寵妾做號召，為的是賺錢。當年，一台轎子就把妳賣入將軍府，妳如果再上台，肯定的，將軍府的大夫人只要找人到戲班子知會一聲，她不花一毛錢，戲班主就會把妳趕出去。』谷玉環不由打了一個冷顫：『她要置我於死地。』『她要置妳母子於死地。』玉茉莉說。

「『那我不唱戲，我替人當老媽子，我幹粗活，總能養活我母子吧。』

「『蔡家丟不起這個臉。』玉茉莉握著拳頭說：『妹子，她要妳守靈，妳就守靈，把這祠堂先佔為已有，改成『尼姑庵』，昭示給所有蔡家親朋好友，並託將軍生前在朝廷有權勢的大官，把妳的心意報請皇上，說妳出家，為將軍終身祈福。』

「谷玉環有感，點點頭：『我怎麼沒想到這一層，活到今天，最好的時光就是將軍給的，我本打算為他守一輩子，把兒子揚名撫育成人，哪想到會是今天的局面。大姐這一提，倒指給我一條明路，將軍生前好幾位當朝大官還有親王我都認識，過去將軍常帶我去他們府上吃飯應酬，和他們的夫人也有交往，這段日子，我全心都在照顧病人身上，大夫人在將軍面前對我更是呵護，將軍每每見她如此對我，總是握住她的手說：「有妳在，我不必說託付，妳會把玉環、揚名照顧得很好，我沒什麼罣礙了，這一生，我最得意的不是我的事業，是娶了一位賢慧的妻子。」說罷已淚流滿面。』

「玉茉莉環顧四周，嘆口氣說：『這兒也不宜久留，別給傭人找麻煩，跟我到我家去住，一切得從長計議。』

「『只有這樣了，乾娘可好？』玉環問。『忘了跟妳說，她老人家去年往生了，沒生什麼大病，心絞痛，睡著走的。』玉茉莉說。聽到乾娘走了，玉環一愣，猛地『哇』的一聲大哭起來，所有的悲傷委屈、所有的愛恨不捨全憑這一聲大哭從肺腑吐出來。玉茉莉也不阻止，任她哭，發洩出來比悶壞身子好，往後的日子要有好身子。

「玉茉莉把玉環母子先接回家中，推掉戲約，要她先寫好幾封信箋，陳訴目前生活狀況，以及想將家祠堂改為尼姑庵之事，然後到將軍生前好友家拜訪。玉茉莉怕玉環舟車不便，親自陪同。每到一處，都會得到熱忱的回應。這事也傳到皇上耳裡，一道御令，查明屬實。蔡家大夫人沒想到這看上去不起眼的小妾有這一手，皇上問下來，保不準她性命難保，趕緊重新修祠，刻意裝上『家祠庵』匾，擇日迎玉環入庵為將軍守靈。」

「玉茉莉真是谷玉環的貴人。」波心感動的說。

「以後應該發生了許多事，師父，我好想聽聽玉茉莉的事。」火木像個孩子般急切地問。

「阿彌陀佛。」慧識師父念了一聲佛號。站起，小心謹慎的把兩個木塊收好，放進藤箱，雙手捧著說：「施主請隨我來，這段先人的故事，當著他們的靈位說，我會更心安。過了將近一百五十多年了，或許我說得不清楚，我相信他們的魂魄會守在靈位上，給我力量，讓我不打半句誑語。」

「你們有興趣你們跟去就是，我帶靖心去寺廟後面的池塘走走，那裡好像有工人在收割什麼，用竹筏子運到岸上。」鍾正雄說。

「那是廟產，一百多年前，一位無名氏的大施主捐給本寺廟的，這池塘以蘆葦和茭白筍種植其間，每隔一段時間，就有商人包下來割葦採筍，蘆葦賣給造紙廠，是很好的製紙原料，那茭白筍是好食材，我們寺廟就靠這幾畝田維持生計。」

「噢！」鍾正雄眼睛一亮：「無名氏，死了的無名氏，現在還有一個活的無名氏，我倒要追查追查，他們到底有什麼關係。」

「那你就該繼續聽師父說先人的事。」波心說。

師父不理，逕自往外走，一行人跟著，心中充滿好奇。穿過庭院，走進另一個小跨院，此地非常清幽。兩個小沙彌出來迎接師父，帶領大家走進一間不大的祠堂，莊嚴地供奉著觀世音菩薩及一排祖先牌位。鮮花素果，清香佛燈，在明窗淨几下，似進入一個不沾凡土的寧靜世界。

小沙彌很輕巧的把靠近門邊的一張長桌子移到窗前，把十二張椅子放上椅墊，每個座位前均放一個小茶壺，一個放在小瓷盤上的小茶碗。縱然沒人坐的空位子上也擺好茶具，然後四盤水果，四盤糕點，另一荷花形瓷盤上托著一塊帕子，刀叉並排在帕子上，是供給客人方便吃水果糕點用。一切擺好，二位小沙彌悄悄走到供桌兩旁盤坐在蒲團上，輕敲一下矮几上的木魚，低頭閉目小聲誦經。大家進來很自然的先到牌位前雙手合十拜拜，也很自然地仰望牌位上的主人。

正中是了音師太，旁立慧悟師父，另一邊四個牌位緊緊地放在一個長座架上，與了音的牌位截然不同，讓人一眼就瞧出是一個家族的牌位，那四個牌位上分別立的是：先父顧兆祥之神位，先母連婷君之神位，先弟顧柏舜之神位，子顧柏堯之神位，義父范大之神位。

波心、火木望著這些牌位，心中充滿了好奇和疑問。慧識師父走近他倆說：「這是家祠，完全依照顧柏堯生前的意願做的，這位施主就是你們在寺廟功德牌上看到的無名氏。」

「真的？」波心幾乎大叫，隨後發現自己失常，連忙摀了嘴。

慧識師父平靜地點點頭：「他是連婷君的長子。」

周立鈞急忙趕來，雙手合十，向師父一拜：「敢問師父，這位顧先生用無名氏的名義做這樣大的公德，真的是在他往生後，你們才知道他的大名嗎？」

「當然不是，寺廟一向尊重施主的意願。」師父合掌回答。

「尼姑庵是蔡家的家祠，目的就是把這位唱戲的小姨太捆住，怎麼會變成和尚主持的寺廟，這點我很不明白，請你說給大家聽。」鍾正雄很不禮貌地問。

面對一連串的問題，師父望著鍾正雄：「貧僧先把你心中的不明白說清楚。」

「諸位施主走進廟內，沒看到大堂門口立的石碑嗎？石碑上刻寫從成立到改建的歷程。好吧，我從速再說一遍。」師父耐心地移動腳步，邊走邊說：「當年蔡家礙於官方壓力，把這間家祠修了一個小跨院，撥給了音師太當『尼庵』。另外，凡是連著家祠的房子或是田產，只要屬於蔡家的全賣了出去，師太帶著她的兒子在此修行，吃齋念佛，在院中種些青菜，自己做些針線活，蔡家大夫人逢年過節也差下人送些柴米，慧悟師父生前同我說，了音師太生活上最大的支助是她俗家姐姐連婷君，她兒子自幼跟她吃素，營養不良，說也奇怪，師太有時帶他去街上，他聞到油腥就會吐，身體自然不好，常鬧病，經人介紹認識了一位出家和尚，都說這位和尚精通醫理，個性很怪，醫病先看跟他是否有緣。他一見到這孩子，摸摸他的頭就說：「這孩子是有運無命的人，妳捨給我，跟我出家，我把我學的這一身救人本事授給這徒兒，讓我這生來有命無運的人跟他互補，也了了我一樁心事。」

「這位可就是您的師父慧悟大師？」見心問。

「他是師祖，我的師父是慧雲。」慧識師父說。

「慧雲是？」波心問。

「慧雲是了音師太的兒子，他拜慧悟和尚為師，法號為慧雲。」師父說，在場眾人頓時恍然大悟。

「蔡家會答應嗎？他畢竟是將軍的後裔。」鍾正雄問。

師父哈哈一笑：「蔡家大夫人為揚名出家剃度的事，特地請來高僧辦法會，明著是為蔡家庶子出家。皈依佛門，替蔡家修福報是無上功德。骨子裡，出家人沒權分得蔡家的財產，她精密的將『尼庵』改為專為揚名出家的寺廟，定名『蓮華』寺。揚名法號慧雲，由他的師父慧悟共同在此寺中修行，女尼必須離開。」

「了音師太被趕到哪裡？」沉默很久的劉虹問。

「一位當朝大臣的母親，在自家家廟另闢的庵中修持，知道了音的處境，立刻派人接她去共修，也能作個伴，這位孝順的大臣還親自去謝謝了音師太。」師父口氣帶著得意。

「唔！」劉虹嘆口氣：「這還差不多。」

「這樣也好，了音師太就能和她俗家姐姐連婷君常見面了。」波心說。

「沒有，人生無常呀。自從了音離開寺廟，幾乎和這位俗家姐姐失了聯繫，戲班子四處走，一點音訊都沒有。」師父說。

「她們還有見面嗎？」火木問。

慧識望著火木頸上的紅胎記，端詳了片刻。「見面了、見面了，這樣深厚的緣，不管在怎樣的情況下總會見面的。」

「師父可說緣由？牌位上的顧柏堯是連婷君的長子，他化名為無名氏，又立牌位在此處，一定有他的道理。」火木問得有些急切。

「阿彌陀佛，我佛慈悲，塵世間許多事，沾在『貪』『嗔』『癡』就無法脫離輪迴。」

「請師父開釋明講。」火木又說。

「我知道的有限，只是聽我師父說，連婷君以玉茉莉之名在崑曲界成了名角，被一個無賴流氓看上，非要娶她，可是玉茉莉和同台小生顧兆祥已結為夫妻並生下一子。這個名叫李天福的流氓不死心，仍然窮追不捨。起初，他對玉茉莉騷擾還不敢用暴力，直到有一天，他有一個同族堂兄李蓮英在朝中當太監得勢，他開始用各種手段要得到玉茉莉，逼得這一對苦命夫婦隱姓埋名四處流浪，也不敢跟了音師太聯絡，十幾年過去了，他們又生下第二個兒子柏舜，以為沒事了，就在這寺廟附近開間小店做生意糊口，這段時間，連婷君常到寺廟中燒香祈福，了音師太也會來這裡跟她聚會，慧雲師父跟柏堯更如親兄弟般無話不談，我現在拿給各位看的木塊上的刻字，就是她倆聚在一起共修的明證。唉！業障啊。怎知這惡魔並沒放過他們，他先找人害死顧兆祥，再設計把他的長子顧柏堯以殺人罪犯打入死牢，然後逼連婷君嫁給他，連婷君當然不依，他燒屋殺人，這母子身受重傷逃到寺中已氣絕。」火木聽到這裡，不自覺地淚流滿面。慧識師父拍拍他的肩：「施主是性情中人，莫為先人的悲苦影響心情，活在當下，盡心而為，就是菩薩。」

一旁觀望的鍾正雄心中卻發出冷笑：「又不是他親娘老子，流淚，很好，他的好心腸一定能讓我做事順利。」

「請問師父，這位顧柏堯被牢頭范大救了，他回家發現家中遭害，到寺廟中瞭解真相後，誓必報仇，又怕被追殺，就換了名字，流浪到一個專以賣荷花食品的周家，被他們收留並幫忙經營生意？」波心問。

「是這樣。」師父點頭：「這些故事在本地幾乎家喻戶曉。」

「這人不錯，還把他恩人的靈位供在這裡。」見心說。

「這人可是叫唐挑？」周立鈞迫不及待地問。劉虹、翠婷也趕過來瞪著眼，等師父回答。

師父愣了一下：「施主怎麼想到這個名字？」

「我小時候父親曾經帶我來這裡玩，他摸著柱子說：『這個無名氏，有兩個名字，真名字叫顧柏堯，假名字叫唐挑。』如果是同一個人，我們周家是敗在他手裡。」周立鈞語氣充滿了氣憤。

劉虹也提出她的看法：「顧柏堯是連婷君的兒子，連婷君跟了音師太又親如姐妹，顧柏堯發達了，以無名氏的名義幫助這間寺廟也是理所當然。師父是否對這位人施主有什麼承諾，不方便說？」

「沒什麼承諾，我剛才說過，是尊重，今日諸位因緣際會，難得湊巧來聽聽此廟因緣果報的一些真人事蹟，這些先人的牌位都在這裡，我坦白說，顧柏堯就是無名氏，他以唐挑的化名在周家做事，剛才那位施主說得不錯，周家敗在他手裡。」祠堂安靜得幾乎只聽到兩位沙彌極細微的誦經聲。

「各位施主，請到一邊坐，談先人的往事歷歷在目，都過去了，說不定啊，幾世輪迴，早已化解，不要被無形的因果感應約束自己。」

師父移動步子，周立鈞卻迎上前去說：「那個范大是唐挑的恩人，也是我家的恩人，他是個好人。」

見心望望范大的牌位，對周立鈞說：「這范大一定有好報，你看，現在天天都有人給他念經，搞不好已成仙得道了。」

九個人前前後後到桌前選了自己覺得合適的位子坐下。師父請大家吃糕點水果或是飲茶，休息一下。

「師父，你能不能告訴我們，這個還活著的無名氏是誰？他和死了上百年的老無名氏有沒有關聯？」鍾正雄問。

師父搖搖頭：「這位無名氏既然不願出名，我們更不能去追查，本寺廟的施主很多都不願具名，或許在下也是，功德無量。」

鍾正雄被師父這麼一說，認為他也被師父看著是無名氏之一，很是陶然，立刻說出他剛起的念頭：「聽到師父說蘆葦能造紙，茭白筍是好食材，心下高興，我和陳火木來這裡，經過一大片池塘蘆葦，可是現成的貨，牢牢實實的能賣上好價錢，等我把池塘買下，賺了錢，一定捐獻，師父能把為你整理這些田產的雇主介紹給我嗎？」

師父揚眉看了他一眼，淡淡一笑：「此地只談寺廟過去，不談生意。」

鍾正雄很不識相地端起他大老闆的架式：「還是要懂得生財之道，靠信徒們捐獻那點香油錢怎麼能維持。師父，我確定百年前的大施主大都是商人，包括這無名氏，師父說我是無名氏，我就是無名氏。今天我來這裡許願，把跟陳火木合作的案子順利簽下，我馬上添香油錢，陳火木你也跟我的想法一樣，是不是？」

師父垂頭頷首：「各位施主遠道而來，現在已近中午，我去禪房辦些事情，待會兒務必在此用餐。這小跨院一般人我不會帶他們來此，把心靜下，會有感應。聆聽誦經，必能消災得福。」師父說完，雙手合十，向台上牌位拜了拜，緩步走出。

鍾正雄望著師父背影很不以為然地說：「這老和尚架子好大。」

木魚聲中誦經句句灌入在座每人耳中：「莊嚴佛土者，即非莊嚴，是名莊嚴，是故須菩提，諸菩薩摩訶薩，應如是生清淨心，不應住色生心，不應住聲、香、味、觸、法生心，應無所住，而生其心。」

火木突然嘆口氣：「這不是剛才我看到先大德連婷君刻在木片上《金剛經》中的一段嗎？」

「真難想像，這麼美的一個女人會專心念佛，念得再專心，菩薩也沒保佑她被殺，這叫在劫難逃。」鍾正雄說。

火木突然狠狠地瞪了他一眼。他望著火木的眸光，心中一顫。好熟悉的眸光，眸光透入心底，如電流閃過全身，他望著遠處連婷君的牌位，覺得身邊的火木是連婷君的化身，不。是玉茉莉，她在《西廂記》裡演張生。下得戲來，換得一身便裝，俊秀的臉蛋帶點憨氣，比他演《白蛇傳》裡的白素貞還迷人，他要的是這樣的女人，他得不到，他殺了她，玉茉莉臨終狠狠地瞪了他一眼，就是火木的眼神。

他有些心慌，端起茶杯，望著淡黃的茶水，想飲，張開口，杯中的茶水被吹起漣漪，熱氣從杯中緩緩升起，他看到一個人像是他本人，穿著清朝的便服，頭後留著一根長髮辮盤在頭頂，站在茶水漣漪邊，望著升起的煙中燒燬的房子。他搖搖頭，把杯子放下，佛台上的蓮花燈明晃晃的閃著光影，他很自然的去望連婷君的靈位，像閃躲什麼，低下頭，又端起茶杯，水搖動得厲害，一抹紅光掉進茶中，他看到一個渾身是血的女人，拖抱著一個孩子在地上掙扎，黃昏的夕陽裹住濃煙，他放下茶杯，很不高興地說：「換杯茶。」靖心很順從的替他另倒了一杯，他大口把一杯熱茶飲完，望著靖心說：「希望我喝的這一杯是我女兒和火木的喜酒。」

「乾爹。」靖心望了火木一眼：「我有這個福氣嗎？人家看不上我。」

「是嗎？我女兒不配你嗎？你嫌棄她什麼？是你看不起我是嗎？」鍾突然望著火木問。

「這人自進了寺廟就不正常，妳瞧他神態恍惚眼神迷離，滿口胡言亂語，像中了邪，這廟不可能有邪靈。」波心說。

「你沒聽師父說，這兒供的靈位是有冤氣的。」劉虹望著鍾正雄說：「妳聽他剛才說的話，邪裡邪氣，不是中了邪，是過去的冤親債主找上了他。」

波心有同感地望望鍾正雄，這個唯利是圖的小人，今日不知還會做出什麼其他不法行為，警惕之心油然而生。

小翠婷坐著不耐煩，在祠堂四處走動，她停在佛台前望著蓮花燈說：「媽，妳快來看，燈花瓣上有小船，還有人在船上晃動。」波心首先走過去，低頭望著荷花瓣，在燈光閃爍中是一片花海，真的有個人在花海中划船，她緊緊握住小翠婷的手。還沒說話，小翠婷細聲說：「姑，妳看這會想到什麼？」

「像周家百十年前，老姑奶在荷花池中採蓮。」劉虹插進來說。

「媽。妳說老姑奶是荷花神，鐵定沒錯，老姑奶是神仙，可以到處走，知道我們來這裡，她顯靈給我們看。」小翠婷說。

「冤死的人要是沒人超渡，永世不得超生，她是孤魂野鬼，這麼有神佛庇佑的祠堂，她根本進不來。」靖心湊上來說。

「真的嗎？」小翠婷幾乎哭了：「我不信。」

「她不是孤魂野鬼，她早就投胎轉世兩、三輪了。」波心望著蓮花燈說。

「我相信姑姑說的話，姑姑第一次來我家，我爸看到妳的背影，嚇了一跳，妳太像畫中的老姑奶了。」小翠婷說。

一股莫名的酸楚壓進波心心中，她緩步移動走到「顧柏堯」的靈位前，滿懷惆悵，想到那日在周家所經歷的一切，那兒對她既陌生又熟悉，佛家講的是有輪迴的，所謂「萬般帶不去，唯有業隨身」。

「如果我是一百五十年前那個外號叫『胖丫頭』的周潔葉。不管我輪迴了幾世，今天的我還是過去的老樣子，是否那一世，我跟周家的緣太深，我放不下沒完成的世間作業，或許幾世前我來到世間找不到和我共業的人，死了，一再輪迴，讓我帶著百年前的皮囊，追尋那份未了的心願。我又如何能了？菩薩啊，求您大發慈悲，指點明津。」波心在心底想著。

「這個無名氏就是唐挑，都是化名，原來他的真名字是顧柏堯。」波心回頭，原來火木站在她身後望著靈位喃喃自語：「他為什麼不把恩人周潔葉的靈位也請進來？不應該。」

「你難道沒聽說，顧柏堯受刑冤死後，他的後事全是廟裡的方丈處理的，他一定是有顧忌的。」波心說。

「我想也是，連老牢頭范大的靈位都高高的供奉著，他不可能忘了胖丫頭。」見心望著范大的靈位隨手拜了拜。

「波心，我們的蓮心師父說得不錯，起心動念都是法，這樣好的女人魂魄不能沒有歸宿，我立刻請師父替她立牌位，在這裡被超渡，到極樂仙土。」火土說。

「我替先祖謝謝你。」

火木轉身發現周家三口跪在他面前。他趕忙把他們扶起：「不要這樣，應該的。」

鍾正雄也走過來，帶著嘻笑的口吻：「你要是當年的唐挑，現在替胖姑娘立靈位也沒用了，你是個薄情漢呦。」

「不要亂說話，這可是佛門聖地，小師父誦經不斷，眾仙佛也會來此，莫犯口業，當心受罰。」火木認真地說。

「佛在哪裡？仙又在哪裡？我缺少善根，你指引指引我，來、來、來。」鍾正雄強拉火木到連婷君靈位前指指點點說：「多美的一個女人呀，我看到了她精緻的臉，她一開口，那嗓音、那口調，真是繞梁三日，我的魂被她勾了去，她是個無情的女子，我得不到、得不到，你知道寧為玉碎不為瓦全的道理嗎？」他瘋瘋癲癲地胡言亂語，火木有點煩，扭頭欲離開，他一把抓住火木的肩膀，靠近他的臉：「你應該拜這個靈位，你太像她，讓我仔細瞧瞧，要不，你是她的化身。」火木氣憤地推開他。他雙眼癡呆，僵立在靈位前，除了靖心去扶他，大家都很不高興地走回位子上。

小師父突然重重地敲了三下木魚，聲音由低轉強：「須菩提，白佛言，世尊，如我解佛所說義，不應以三十二相觀如來，爾時，世尊，而說偈言。若以色見我，以聲音求我，是人行邪道，不能見如來……」幾人聽著，如雷貫耳，雙手合十，默然凝聽，隨著佛音梵唱不敢移動。誦經告一段落，小師父靜靜走出，大家還不想離開，一位小沙彌微笑著走進來，雙手合十說：「各位大德，請跟我到餐廳用齋。」說完也不等大家反應，逕自走出，大家只好跟著。

走進一間不大的餐廳，火木觀望四周，很自然的同小沙彌說：「這好像是上個月才完工的。窗簾最好用竹簾，把尺寸量好，回頭我叫師傅給你送來。」

「謝謝施主，師父有事不能陪各位大德，我會把您的美意告訴師父，請慢用。」小沙彌把大家引到餐桌，雙手合十念了聲佛號就離開。

大家隨意坐在圓桌邊，望著八菜一湯，饅頭、包子、麵條、米飯，還有荷花形狀的甜點，不由食指大動。

「太精緻了。我一輩子都沒見過這麼色香味俱全的素食。」劉虹首先讚嘆。

「當然要巴結我們，我們都是廟裡的大施主。」靖心得意地說。

「妳是大施主？」翠婷問。

「當然，出家人最勢利眼，一眼就瞧出我們不會白吃他的。」說著拉鍾正雄坐上主位，她緊靠他坐下。

「快趁熱吃，涼了就失去原味。」火木先替波心舀了一小碗湯：「嘗嘗這八珍湯，妳能說出哪八種材料燉出來的，我就服了妳。」

「服了不成，輸贏要有獎罰。」靖心搶說。

「沒問題。」火木一一為大家舀湯。

靖心沒教養的把大湯碗端到她面前，用筷子撈，根本不顧別人的表情，她邊撈邊大聲說：「金針、黑木耳、白木耳、當歸、人參、猴頭菇、筍乾。」她開始用湯匙使勁地翻攪湯碗，怎麼也找不到第八種食材。

劉虹實在看不慣，忍不住說：「妳這樣攪，這湯的原味都被妳攪散了，大家還吃不吃？」

靖心重重的把湯杓甩在桌上，哼著鼻子說：「什麼八寶！騙人！」

波心端起面前小碗品嘗了一口：「不錯，是八寶。」

「那一寶在哪裡？找出來我頭給妳。」靖心賭氣的說。

「妳的頭不值這一寶。」波心站起，用筷子撩起緊貼著湯碗的一層透明膜，展示給整桌人看：「這是八寶中最珍貴的食材，用荷花的花瓣、蕊、葉、梗、藕、蓮子、根、莖分四季採摘，曬乾，磨成粉，再熬成漿液，倒入模型裡，食材是受日月精華，這塑形成的透明膜，一片放入湯碗，加上以上七種食材蒸熬而成，此膜必須緊貼湯碗，在蒸熬中靠著蒸氣和瓷碗外的熱力，把香味徐徐散入湯中，融入其他七味食材，才有如此美味。」

「哇！這碗湯太貴重了，波心妳怎麼知道的？」火木讚嘆地問。

「大家快嘗嘗小碗中的湯，涼了就失去原味了。」波心招呼大家吃飯吃菜，不理火木的追問，她心中好笑，看不慣靖心亂攪，她看到碗邊的透明粉皮突來靈感瞎扯的，居然把大家全唬住了。

飯菜雖精緻，除了小翠婷，大家都有心事。鍾正雄不斷打量波心，他不明白她怎麼會和陳火木攪在一起，這個胖女人曾經對他死心塌地，還想嫁給他，沒想到憑她那樣子，卻迷住這樣一個美男子，「我得找機會把她籠絡過來，跟我，是我的助力，她跟了陳火木，對我是阻力，還有，周家這三口跟波心很投緣，抓住波心，這三口自然也會被我所用。」因為想得多，沒有胃口，靖心在他盤中夾滿了菜，他嫌煩，推開碗盤，逕自走出餐廳，想出去透透氣。

靖心沒一會兒也走出來湊到他身邊說：「乾爹，咱們快離開這裡，這裡鬧鬼。」

「鬧鬼？妳看到什麼了？」鍾正雄問。

「我沒看到，是周家那個小女孩看到的。」靖心說。

「她看到？她在哪裡看到？」鍾正雄問。

靖心指指餐廳：「你出來後，那個小女孩說，『林姑姑，我看到一個跟妳長得很像的女人站在妳身邊，可是穿的衣服不一樣，剛才妳站起來說話，我看到的不是妳，是那個女人。』她說完就走了。」靖心邊說邊雙手抱在胸前：「唉呦，我聽到全身起雞皮疙瘩。」

鍾正雄聽得一愣，忙問：「他們大人又說了什麼？」

「全是些鬼話，那女孩的媽說什麼：『大姐妳說的偏方，有印在破盤子上，我把那兩只破盤拼好了，不過沒仔細看，沒想到妳記性那麼好。』波心又說：『我沒看過，是瞎扯，或許像翠婷說的，老姑奶附在我身上說的。』」

鍾正雄聽罷，悄悄走到餐廳外窗下側頭探聽，只聽到餐廳裡周立鈞說：「我家那幾分水田長得最好的是茭白筍，每到初冬季節，我不用僱人，自然有大盤商來訂購，我可以拿來當我投資的本錢。」

「那倒不必，那是你家的私房錢，靠你的專業，我們就受用不盡了。」火木說。
「你們不要客氣，你們對我這樣親，就把我當姑奶，聽我的話沒錯。」波心開玩笑的說。
「當然，陳董的話可以不聽，姑姑的話一定要遵從。」劉虹說。
「來、來，吃飯吃飯，搞不好前世我們是一家人。」火木大聲說著：「這道菜叫羅漢護法，這盤九品蓮花清香鬆軟，入口即化，多吃點，在外面是吃不到的。」
「你怎麼那麼清楚？像是常來吃。」波心問。
「來吃過、來吃過，跟朋友來過幾次，波心，以後咱們這份事業能不能做得紅紅火火，全看妳的了。」火木說。
「我可擔當不起，立鈞、劉虹、小翠婷，我們好好幹，陳董才是我們的老闆，有陳董在，我們萬事順心。」
「我可是一切聽波心姑姑的，她要是不跟我合作，我一點辦法都沒有，你們一定要格外替我巴結巴結她。」火木開玩笑的說。
「別說得那麼可憐，波心不需要人巴結，她心總是顧在我們身上，看來前世我們真像一家人。」見心說。
「這倒是，有緣千里來相會，無緣對面難相逢。」劉虹說。
「有正緣，也有孽緣。剛才在祠堂，大家都有感應，想是祖上給大家某種暗示。」波心語重心長地說。

鍾正雄聽到這裡，心虛地走開，冷笑著盤算該怎樣對付這一群自認前世是一家人的蠢蛋。

飯後，鍾正雄堅持坐擺渡回杭州，去周家看看四處廢渠荷塘，免得明日到金家說起此地過去風情，自己插不上嘴，火木認為有理，本來就是坐船回去，牽著小翠婷的手，大家一起往舊碼頭走。已是下午兩點，初冬太陽不大，風有些涼，小翠婷黏波心，跳上她划慣的木筏嚷著說：「姑，來，咱倆同船。」

波心跨上船，坐在木凳上，揚聲說：「開船嘍，我們是第一名。」翠婷揚起划槳正要搖櫓，鍾正雄一個箭步跳到舟上：「我要跟你們同船。」船身本小，被他突如其來地跳上船，船身搖動得厲害，波心身子往左一偏差點掉進河裡，幸虧翠婷揚起搖櫓把鍾正雄往右一推，鍾忙扶住船欄，左右平衡，才化險為夷。

波心嚇出一身冷汗，很不高興地說：「你湊什麼熱鬧，會出人命。」

「怎麼會？我早就看出這小女孩划船的本領比她父母還強，我就要坐她的船。」

「你坐吧，我換另一艘。」波心不悅地說。

「姑，讓他坐，我的船一次可以載五個人。」翠婷說。

「小姑娘，妳開船吧，我會給妳工錢，妳要是划得比他們快，到岸上是第一名，我給妳加倍工錢。」鍾說。

波心揚頭看周立鈞載火木，劉虹載見心、靖心，分別在河中划動，只好坐在船頭木凳上。任由翠婷划槳往前，順風順水，很快地進入蘆葦叢中。

三艘船分別在三條水道划行，蘆葦太高太密，幾乎看不到其他船划動的蹤跡，翠婷在渠道中用槳撥撥弄弄，把漂浮的雜草很輕巧地撥弄開，波心望著她的搖櫓，沒心思跟鍾正雄搭理。鍾正雄無聊，隨口哼著他平日喜歡的平劇：「俺曹操一生一世就是這疑心太重，逢人只說三分話，常在虎口去拔牙，沽飲幾杯安宿罷。夢裡陽台到顧家。」然後又哼哼唧唧、唱唱念念，自得其樂。波心知道他愛平劇，過去在台灣看平劇是他唯一的嗜好，沒心思搭理，望著池中蘆葦不時穿梭跳躍的蟲鳥，別有一番情趣，正看得入神，鍾突然握住波心的手說：「我知道我對不起妳，從現在起，我會加倍償還，其他什麼話也別說。」波心嚇了一跳，猛然甩開他的手，感到噁心，向船邊移了移。

「波心，等這件案子簽成，我們共同創業，我只是利用一個年輕女孩替我生個兒子，這事妳很明白，妳辦不到，妳一定能體諒我的苦心。」她嗤之以鼻，滿心翻覆著厭惡。他不死心，伸手拉拉她的衣角：「波心，我當時把妳當自己人才讓妳替我簽那件庭園案子，妳反悔，我不是按妳的意思收回了嗎？妳還要我怎麼做才不生我的氣。」他低聲下氣的近乎乞求，波心更是不屑。心裡明白，這男人從他跳上這船，她就知道會對她打壞主意，現在果然開始了。她不理，望著搖櫓在水中划動的水波。鍾正雄輕薄地抓緊她的手：「波心，我知道有妳在，在簽約時妳會幫我說話，我不會虧待妳。」波心抽開手，不理。

「妳跟周家是什麼關係？我知道陳火木是靠妳把這層關係建立得很好，我要代替他的位子，妳能辦得到。」

「我辦不到，你休想。」波心憤怒地回答。

話沒說完，鍾猛力一推，把波心推進池塘。船身猛搖，隨著波心「啊」的大叫聲，小翠婷的槳幾乎脫手而出。翠婷畢竟是孩子，驚嚇地大叫：「姑姑，姑姑掉水了。」她欲跳下水救波心，卻被鍾正雄一把抓住，把槳遞給她：「穩住船，不許叫。」一艘木船突然從濃密的蘆葦叢中穿出，一個人影跳進池塘，朝波心落水處游去，接著劉虹的船也划到翠婷船邊，周立鈞把槳伸入水中，讓火木抓槳，火木抱著波心，很吃力，池下泥漿太多，見心見火木一手抱著波心，另一手掙扎著抓木槳，立刻跳向周立鈞船上欲拉火木，情急之下，一腳落空也落入水中。正當此時，靖心跳到翠婷船上，鍾正雄從衣袋掏出一把彈簧刀對準翠婷：「趕快搖船，搖到岸上。」劉虹見狀，欲上前搭救翠婷，鍾揚起刀：「靠近就殺了她。」劉虹只得把船搖開，顧不得火木等三人在水中掙扎。靠周立鈞一個人的力量營救，搞不好四個人全陷進泥塘。

翠婷載著鍾與靖心已慢慢划開蘆葦叢，鍾正雄手中的刀子並沒離開翠婷的頸子，劉虹當下心中一喜，見翠婷明著划到一條水澈清淨的水道，其實是一條陷泥很深，水底纏根蔓結，水草蔓生不能被攪動的危險區，莫說人落水，一根木枝落入都會被雜草纏住。劉虹一竿划近翠婷，揚手將櫓甩向鍾頭，鍾一慌，刀甩入河中，翠婷機伶地拿著櫓跳到母親船上，把船穩住。靖心抱著鍾正雄在搖擺的船中大叫，劉虹接過槳，划到鍾的船邊，使力一推，船身傾斜，兩人抱著，欲把船身扶正，怎知船輕人重，整個翻進河裡。

此時，劉虹與翠婷已經迅速把船搖到蘆葦叢中，幸得能有葦草抓住，加上周立鈞一邊穩住船身，一邊把船靠近落水三人，準備一個一個搭救，此時劉虹、翠婷趕到，同心合力把三人救起。當五個人分別坐在兩艘木筏上，氣憤之情不可言喻。

「他們掉進水裡，一定會淹死。」波心恨恨地說。

「他們會抓著我的木筏不放，想等人救。」小翠婷說。

「誰會去救？那地方根本沒人來往，你們不知道，那條水道透著邪氣，莫說過去常淹死人，就是在別處淹死的人也會漂流到那裡，撈上來的死人身上，腳上全纏著水草，像是陰曹地府繫的鎖鍊。」劉虹氣不打一處來：「這人夠惡毒，對一個小女孩他都下得了手，是人嗎？」

莫說火木、波心、見心全身泥濘，周家三口也濕泥淌水。河風一吹，都覺得寒冷。劉虹說：「先回我家換衣取暖，不要都受了風寒。」大家均認同，周立鈞划船載火木，劉虹划船，翠婷緊依在波心懷裡，委委屈屈地哭了，波心也跟著掉眼淚，見心更是不服，罵道：「太壞了，不得好死，現在他就死在河裡。」

「不能見死不救，快去救他們。」火木冷靜地大聲說話。

波心揚起頭，隔著船，陽光照在他臉上，閃著光，本是俊秀柔和的，可是那雙眼從眸光中卻透出寒光。他心中一定有他的盤算，於是附和地說：「救救看吧。他倆不是本地人，你們的船又在那，不要落上官司。」

周立鈞覺得有理，嘆口氣：「你們真是好人，這樣吧。我先把你們送上岸，翠婷帶你們回家換衣服，我和劉虹去救就是。」

「會不會來不及，淹死了？」火木擔心地問。

「淹死了就是命中該絕，有我家那艘木筏浮著，他們肯定抓住不放。」劉虹不甘心地說。

很快的，划到岸邊，波心叫劉虹夫婦回家換身乾衣服再去，立鈞搖頭說：「不了，把那兩人救起，看他怎麼說。」也不上岸。兩人各划一舟掉頭而去，臨去，劉虹轉頭對翠婷說：「要燒一鍋熱水沖洗，把放在櫃子裡過年才穿的衣褲拿出來給陳董、姑姑、阿姨換上，記得要燒一鍋薑湯，大家要驅寒。」

「記得了，媽妳要小心。」翠婷體貼地說，波心看著心中又是一熱。

一行人跟著翠婷回家，同心協力地燒開水煮薑湯，三個女人索性一起洗，讓火木早點沖洗，等四人換好衣服，除了翠婷，三人互望都像農民。坐下來喝薑湯，身上雖然暖和，心裡卻很冷。波心說出船划到一半，鍾正雄對她的舉動和言語，及萬萬沒想到置她於死地。

火木淡淡地說：「他早想把妳置於死地，我沒想到會那麼快。」

「你看出些什麼苗頭了嗎？」見心好奇地問。

「那日餐會，他把所有的窩囊全記在波心的頭上，這是個報復心極強的人，後來，他觀察波心不但有我做後盾，還有周家這麼忠心實幹的部屬，死心塌地愛著波心，他要先用這張牌，等打出去，勝算在握，他要重新洗牌，這張牌就廢掉。」

「牌還沒用到，幹嘛就毀掉？」見心問。

「他在來時，坐在筏上跟波心沒談攏，發現這張牌他是沒辦法用得著，而且阻力非常大，毀了她，對我、對周家都會受到很大打擊，這是他一刀兩面的手法。」火木說。

「他已經到了狗急跳牆的地步。明天就要正式簽約，他天真的要我說動你，先跟他簽個私下合作的契約。他打的又是什麼算盤。」波心仍然氣憤。

說。

火木拍拍波心的肩膀：「忍耐，波心，就這一、兩日了，聽我一句話，小不忍則亂大謀。」

「這是謀害人命的事呀，要怎麼忍？你這人也真是，還要去救他，我真搞不懂耶。」見心沒好氣的說。

「我自有我的用意，我拜託二位，等他回來，一定找些強辭奪理的話掩飾他的心虛，靜下心來，從他的瘋話中能聽出他的心機，豈不更好。」

「大陳董，我會忍就是了，我替波心姐叫屈耶。」見心說。

「見心，聽他的，我一定要忍，我要看這傢伙玩什麼花樣。」波心說。

站在一旁的翠婷忽然提高嗓子說：「好吧，看在佛菩薩保佑我們的分上，我也忍，這個壞人，菩薩會懲罰他。」三顆沉悶的心，被這個純真孩子一句話逗笑了。

「啊！我爸媽回來了。」翠婷到屋外迎接，他們看到跟在周立鈞、劉虹身後，拖著緩步移動的兩個幾乎垂死的人。火木站起：「見心還沒來過，到後院走走。」波心、見心知道火木的用意，也就隨火木往後院走。怎知三人剛走到院中，小翠婷就趕過來叫著說：「叔叔、姑姑，不得了了，那兩個人一進門就昏死在地上了。」三人只好返回屋中，這兩人果真昏迷得不省人事，全身冰冷，嘴唇發白，厚外套濕答答地沾滿雜草污泥，鞋襪也沒了，從腰到腳纏著水草，發出惡臭。周立鈞、劉虹顧不得自身濕衣，先把這兩人的外衣脫下，命翠婷到廚房拿來一瓶老酒，倒了兩杯，他倆各扶一人，猛灌酒入他倆口中。小翠婷端來一盆熱水擦洗兩人腳心，三人本不想管，見周家一家人如此熱心，也就加入救人行列，搓手的搓手，捏腳的捏腳，總算把兩人救醒了。

周立鈞舒口氣說：「我倆就是有力氣也不能背你們回家，你們全身冷得都僵硬了，再無力也要走，讓血液活起來，不然沒得救了。」

「謝謝。」鍾正雄微弱地說。

劉虹早已到浴室沖洗，出來對鍾說：「我幫你們叫出租車，你們最好去醫院檢查一下，免得病了我們擔待不起。」

「我全身不舒服，我要去醫院。」靖心喘著氣說：「我幾乎要死了。」

「不知道哪家醫院好，火木可幫個忙嗎？」鍾對火木問。

「師傅會載你們，杭州好幾家大醫院。」劉虹沒好氣的推推立鈞：「快去洗澡，受涼了可不好。」她把丈夫支開，開始撥電話叫出租車。

鍾望望靖心，靖心看看波心等三人全換上暖暖的農民裝，遂問：「能借我們兩套衣褲，讓我們換洗一下嗎？我們實在好冷。」

「沒衣服換，你們坐車先回住處再去醫院不是很好嗎？」劉虹說。兩人本就心虛，周家夫婦如不救他倆，準死無疑，也不敢多說，出租車一來，他倆只得離開。臨出門，劉虹仍氣憤地說：「要不是陳董要我夫婦一定要救你們，我們倆才不會冒死把你們拖上岸。」

送走兩人，大家都鬆了一口氣。小翠婷說：「媽，我們做晚飯吧，我好餓。」她一提醒，大家都感到餓。

波心捲起衣袖說：「我來燒魚，大家好好吃一頓壓壓驚。」大家開始洗菜弄飯。

周立鈞突然想到什麼，轉到屋裡拿出一個背包遞到波心手上說：「林大姐，妳的包包。」

波心這才想起：「啊！倒忘了，怎麼在你手裡？」

周立鈞淡淡一笑：「打開來看看，陳董的小皮包我放在裏面。」

劉虹回頭說：「姑姑。」她習慣用小翠婷喊波心的口吻：「妳被鍾推下水時，皮包落在舟上，那個叫靖心的女子跳到翠婷的舟上只顧活命，鍾又把刀子架在翠婷頸子上。我救不了孩子，兩條船靠得那麼近，我彎腰一抄手就把姑姑的包包拎了過來。」

波心讚嘆地搖搖頭：「妳真行，在那樣的情況下，還想到我的包包。」

「這是肯定的，」周立鈞說：「我們鄉下人一向要錢不要命。陳董跳下水時，錢包落在船上，我也是馬上揣進我內衣裡。」說得大家都笑了。

波心打開她的大背包，陳董的小皮包果然在裡面，所有文件、簿本、錢夾，完完整整，波心感嘆這一家人為了她和火木差點把命送掉，百感交集，抽出一疊百元大鈔，拉起小翠婷的手，塞進她手裡說：「孩子，收下，這是姑姑給妳的壓驚錢，不收就沒把我當親人。」說著淚水嘩啦啦的掉下，抱著翠婷把心中所有的委屈、憤恨，隨著淚水傾瀉出來。

小翠婷也哭了：「姑，不哭，妳是我的姑姑，我更不能收錢。」

陳火木向劉虹示意：「去收下，不然我們都不心安。」此時鍋裡燉的雞湯發出陣陣香味，火木立刻嚷嚷：「好香呦，我快餓昏了。」三個女人突然發現吃飯很要緊，前後走進廚房，發現見心已把飯煮上，正在炒菜，波心忙趕上：「我來燒魚。」小翠婷忙著拿鍋、碗、瓢、杓，提水打雜，大鍋小灶，熱熱騰騰地忙碌起來。

正在吃飯，火木的手機響了，他拿起，是鍾正雄有氣無力的聲音。火木皺皺眉頭說：「你請院長跟我說話。」全桌人都放下筷子，注視著火木的手機，只聽得火木說：「是，趙院長，你好、你好，是的、是的，是我的朋友，落水了，好的、好的，就這麼辦吧，明天我去謝謝你，偏勞了、偏勞了。」

火木關了手機，波心立刻問：「是醫院打來的？」

「杭州的醫院，趙院長打來證實一下鍾這兩人的身分，這兩人像兩隻落湯雞，跑了好幾家醫院沒人敢收，到了這家大醫院亮出我的招牌，院長掛電話證明，才收留。」火木冷笑：「算他運氣好，趙院長跟我有私交，會把他倆照顧得很好。」

波心怕這通電話引起周家人不痛快，遂說：「吃飯、吃飯，立鈞，你家的老酒很暖身子，拿來大家喝一杯。」

「是呀，我都忘了。」劉虹轉身去櫃子中取。

火木舀了一碗湯：「波心，我知道妳的心情。見心，今晚妳陪波心睡同一間房，身體要緊，晚上不要波心喝酒。」

「不會的，看在今天你捨命救我的分上，我聽你的。」波心調侃火木：「見心，想到一個瘦子救我卻被我拉下水，幾乎都被水草纏住，雖感謝他的義舉，真怕他隨著我的重量往下沉，勇氣可嘉呀。」

「沉不下去，妳滿有浮力。」火木調侃過去。

波心不理他，接著說：「妳突然落水，抓住立鈞那根搖櫓，那搖櫓像根稻草，妳抓草，他抓妳，我抓他，像一串螞蚱幾乎把立鈞也拉下水，幸虧劉虹過來。」

「大姐，現在想來還虧了那水草蘆葦，妳掉下水裡一定沒感受到，我當時一股勁的傾著身子拉你們，也怪了，一陣風把船吹進蘆葦中，把本來要翻的船被風吹正了，周立鈞借風使力，我抓槳拚命往前竄，劉虹一來，大家有救了。」見心說。

劉虹拿來酒，火木首先倒上一杯：「來，大家先敬救命大恩人劉虹。」劉虹連說不敢當。

見心放下酒杯嘆道：「當時不覺得，現在想想真可怕。」

「是可怕呀，心太毒了。」劉虹望著女兒說：「想到他用刀架在我女兒頸子上的那一刻，就是千刀萬剮也解不了我對他的恨。」

「本以為他還有力氣來到這裡找藉口要誣賴，沒想到是那個樣子，他是不甘心，希望他趕快好起來，把他的心願早早了結，也好辦我們的正事。」火木語重心長地說。

飯後，大家稍事休息，火木打電話叫師傅開車來接他們回旅館，叮嚀大家：「今天大家吃驚受累要休息，明天還有很多事要做，把心定下，一切有我。」一股無形的力量，深深地進入大家心中。

寒風吹渡玉門關

之一　定魂

回到旅館，見心陪波心住同一房間，房間大。兩張床中間放著一個茶几、檯燈、電話，一應俱全。兩人倒在床上都很乏，卻都睡不著，波心聽到見心翻來覆去轉動身子的聲音，索性扭開檯燈：

「怎麼？睡不著，是不是不習慣？」

「怎麼會，妳也睡不著是不是？」見心問？

「是呀。現在心情平靜了，反而想到落水的那一幕，很奇怪的感覺。」波心坐直身子，雙手攀在胸前說。

「是嚇昏了，我到現在想到我一手抓住槳，一手抓住陳董，就怕你們鬆開手，又怕槳桿斷了，說真的，周立鈞抓槳桿的臂力很強，妳在水裡也許不覺得，池塘的蘆葦四處竄著風，那風一股勁猛地吹到周立鈞的面前，把他吹得一直往後倒，像是幫著他拉我們。劉虹一來，順手一拉，就把咱三人拉上船。」見心也起身靠在床上，說出她當時的感受。

「妳還感受到什麼？」波心問。

見心搖搖頭：「上了船，喘口氣，心中連叫好險。」看波心雙手雖攀在胸前像有無限心事，遂說：「波心，妳不要想太多，這仇早晚要討回來，老實說，我在水中雖然緊張也害怕，可是我沒想到我會淹死，我們一定能被救起來。」

波心揚起頭，餘悸猶存地說：「見心，或許我被推下的那一刻散了魂，我被那壞蛋從背後推下，栽進水裡，頭朝下，他還在我屁股上踹了一腳，我又不會游泳，頭陷進泥淖，全是雜草盤根，我只要張口，污泥、雜草必定塞進嘴裡，妳想，我能活嗎？」

見心瞪大眼睛：「妳沒有呀，妳是露出頭，兩隻手臂抓住陳董的膀子呀。」

「我頭栽下，陷入水底泥淖，我雙手亂抓，不知為什麼，我好像掉近一個漩渦裡，那漩渦把我吸進去，我心中念了一句『阿彌陀佛』，身子被漩渦轉得幾近昏迷，睜開眼，看到火木，我死命地抓住火木的膀子，大口吸氣、吐氣，看到妳掉進水裡，然後我們被救上，見心，當時大家都心亂，我忘了指給大家看，我想你們一定也看到了。」

「看到什麼？」見心問。

「一朵好美的白荷花，漂浮在周立鈞划的船尾。」波心說。

「沒有，沒看到。」見心說。

「妳記得當時我跟小翠婷緊緊摟坐在船尾，那白荷花就在船尾隨著船往前漂，那股香味一直飄進我身上，聞得好舒服。直到船穿進另一條靠蘆葦的水道，那朵白荷花不知什麼時候漂不見了。」波心說。

「真的？翠婷應該有看到。」見心又說。

「忘了問了，不過我身上還留著那股香味，現在還有。」波心說著把手臂伸向見心，果然淡淡幽香飄進見心鼻裡。

「不錯，是荷花的香味，妳應該不陌生。」見心激動地說：「妳被荷仙救了。」

「我也這麼想，我甚至想，這荷仙就是周家的老姑奶。」波心說。

「一定是，波心，安心睡吧。要想到有神佛保佑，萬事皆吉。嗯，這香味聞得好舒服，我突然想睡了，別再胡思亂想了。」

波心也像受到催眠，關上燈，倒頭入睡。

之二 飄雪

見心被手機吵醒，拿起來看顯示是靖心來電，她本不想接，看看已是凌晨三點，想必這人一定是活過來了，聽聽她有什麼話說，便拿起手機問：「什麼事，妳不想睡也別吵我，我關機了。」

「別、別。」對方急促地說：「見心，我是想跟妳說心事的，我這人一向因禍得福，今天我沒淹死，是我肚子裡的孩子救了我。」

「什麼？妳肚子裡的孩子？」見心一下子醒了。

「是呀，三個多月了，還是個男孩。」靖心聲音高亢而快樂。

「說清楚，怎麼回事？」見心問。

「我跟鍾正雄在一起也不是短日子了，他用了我，還要我去勾搭陳火木，他是我老闆，我不能不聽他的。可我用不上力，陳火木是個怪人，他喜歡林波心那個像他媽的胖女人，這個鍾正雄很薄寡的，他開口閉口想的都是他台灣的兒子，這下好啦。哈哈。」

「怎麼回事，說清楚。」見心有些煩。

「告訴妳吻，我剛才不是說，我兒子救了我嗎。今夜好奇妙，我倆進了醫院，醫生救活了我倆，也做了全身檢查，妳說怎麼著？我很健康，並且有了三個月的身孕，這兒的醫生很坦白地說，如果是本地人，他們礙於規定不驗胎兒性別，對國外僑胞不在此限，而且很肯定地說，在絨毛採樣化驗中，百分百是鍾的兒子。」

「很好呀。」見心敷衍地回應，對她傳來的喜訊沒興趣，可是對方並沒放鬆。

「更巧呀，」對方緊接著提高嗓音：「今晚奇妙呀，剛認定我肚子裡的兒子是他的，他派到台灣的祕書就傳來簡訊，告訴他自美國返台的妻兒已和一年輕男子同居，並請律師辦理和鍾的離婚手續，並有醫院驗證DNA證明，此子是目前同居男子的兒子。」

「會有這種事？」見心倒覺得這是一條新聞，莫名的快感讓她不知不覺提高了嗓子。

「沒辦法，這是天意。」靖心得意地說。

說話聲吵醒了波心，她模模糊糊地聽到了一些對話，坐起來披上晨褸下床去倒杯水喝，無意撩開窗簾，卻見一片白雪飄散，心生奇怪：「沒到下雪的時候。怎麼落雪了。」波心慢慢觀賞窗外飄雪，把含在口中的熱水慢慢吞下，直到見心放下手機重重地「哼」了一聲才回頭：「怎麼？是靖心電話？」

見心笑笑，遂把剛才跟靖心的通話告訴了她，冷笑道：「她願意花一億叫我說通妳，幫鍾正雄在沒和賣方正式簽約前和陳火木私下簽一份合作合約。因為海外有很多投資者對陳火木非常信任，鍾正雄能和陳火木合作，是掛雙保證，鍾正雄拿到合約很容易募到股東資金，我們就能大展鴻圖。我馬上就回她說：『我沒妳福分大，我沒辦法。』」

波心笑笑：「我聽到妳最後一句話，回得對。我沒妳福分大，我沒辦法。」說完倒杯熱水遞給見心：「說得口都乾了，喝口水，快看，下雪了。」波心索性拉開窗簾，玻璃窗外在一片霧氣中，雪花亂飛。

之三　回音

早上七點，火木打電話給波心說要到她房中跟見心一起用早點，波心正有此意，今天可是關鍵的一刻。三個人坐在波心臥房外的小客廳，等服務員送早點，見心迫不及待的把昨夜靖心的電話託本說出，火木聽罷，很平淡地說：「真是鬼迷心竅，別理他，約是可以亂簽的嗎？八成灌進腦子裡的髒水還沒清理乾淨，滿肚子壞水，你們更要注意自身安全，離他倆遠一點。」

「難道他還想再殺死我不成？」波心忿忿地說。

「難說，妳曾經跟我說了一句很有學問的西洋諺語，什麼上帝要一個人滅亡，先要他瘋狂。我看這個人差不多了。」隨即皺皺眉頭：「見心，妳確定靖心同妳說，她懷了鍾正雄的兒子？口氣很興奮？」

「沒錯，聲音大得波心幾乎都聽得到。」見心說。

火木點點頭：「現在妳打電話問她胎兒的事，口氣就沒那麼得意了。」

「難道她沒懷孕？」波心問。

「懷是懷了，是男孩。今早趙院長跟我通電話，把救他倆的情形很詳細的對我說了，也說莊靖心懷了三個多月的身孕，是個男孩。當時他倆很興奮，醫生也不便多說，還替她注射了安胎針。婦科主任替莊小姐檢查過後，要她躺在床上最少兩星期，不可亂動，否則容易流產。胎兒在子宮中發育得並不好，如不好好調理，死胎成分很大。」火木說完很沉悶地嘆口氣。

「鍾正雄一定全力保住這個孩子。」波心說。

火木淡然一笑：「趙院長在電話中同我說，靖心拜託他不要把她胎兒不穩的事告訴鍾正雄，等和陳火木把案子簽好，她會找妥當的時間告訴他，不要擾亂他的情緒。」

「她是在自保吧。」見心說。

「希望她保得住。」波心對靖心反倒有了一絲同情。

火木把餐車上的早點一一端到兩位女士面前，自己雙手捧起一碗熱粥，喝了兩口：「好舒服，天氣突然變冷了，妳們帶的寒衣夠不夠，到我旅館下商場中的服裝部門去選幾件合身的衣服，不要著涼。」

「你那門市部衣服價錢好貴，我買不起。」見心說。

「妳儘管挑，只要妳喜歡，我照單全收。」火木說。

「無功不受祿，我幹嘛要你買單。」見心說。

「功可大了，我和波心不知要如何報答妳的救命之恩。」火木說著，他的祕書來敲門說，開會的時間到了，人員都在等他，他站起說：「等我電話，一起去金家簽約。」一碗粥沒喝完就匆匆離去。

見心倒很坦然，她望望窗外：「雪停了，外面的景色自是不同，我想到門市部替周家三口選些衣服，我倆先去他家，然後一起去金府，妳看如何？」

波心點頭：「叫火木把他常用的九人旅遊車由師傅開著，大家四處走走，散散心。」

兩人有了默契，吃起早餐很是順口，見心把熱油條放進豆漿，用筷子夾油條放進嘴裡，很滿意地吃著，波心細嚼慢嚥她習慣的白水煮蛋，看見心大口吃菜、端碗喝粥，又把油條煎蛋鹹菜配著豆漿，吃得津津有味。不由想起她昨日不顧生命跳水救她的俠義行為，這樣的女子，不論誰娶了她，都是有福之人。

見心看波心半天嘴裡還嚼著半顆蛋，遂問：「是不是看我這樣吃東西，妳連半顆蛋都嚥不下？」

波心連連搖頭：「妳吃得香，我看到好高興，見心，交到妳這樣的朋友，是我的福氣呀。」

見心推開面前的碗，滿足地抿抿嘴：「今天吃到豆漿油條拌鹹菜，是我小時候過年才吃得到的，要吃得快，不然第二碗就沒我的份了，鄉下人吃東西沒樣子，妳又不是外人，我就放開心懷吃了。」說著很開心地笑起來。

波心跟著笑，無端端的心中卻撩起一絲哀愁，為什麼自己不能像她活得如此灑脫，如此率真？什麼事都會思前慮後，想擁有，怕擁有，想放下，又放不下，幾日來，飄飄浮浮的心有如昨夜這場早來的寒雪。人情冷暖，乍暖還寒，接不住，硬要扛，如今自己面對的是比寒雪更冷酷的人，今晚，在金府談判簽約，必要時，她要用生命保護昨日為救她幾乎喪命的人。

見心遞給她一杯熱咖啡：「姐，喝杯熱咖啡，我到窗前看街景，雪一定沒完全融化。」

波心接過杯子，剛飲一口，手機響了，她拿起，是富晰：「波心姐，我是富晰，吃過早餐了嗎？」

「正在吃。怎麼那麼早就來電話，我正準備待會去找妳呢。」波心說。

「我要向妳問清楚一件事，昨天你們去看池塘船翻了，全溺水了是不是？」富晰急切地問。

「有這麼回事，不過沒大礙，全救上來了。」波心說。

「是嗎？鍾正雄一大早來電話，說他和他的助理莊靖心小姐像是被設計，幾乎淹死，他倆現在在醫院，要我們去付醫藥費，他還要告我們。」

波心聽罷為之氣結，真是做賊的喊抓賊，冷笑一聲：「富晰，妳很快就明白真相，別理他，一切有陳火木在，不要到醫院，這樣的惡人，一毛也不要付。」

「我當然是聽妳的，金克文帶著律師，和一些人和陳董通過電話就趕到他辦公室去開會了，我不放心，所以打電話問原由。」

「好吧，我們馬上見。」波心站起，知道火木為什麼一碗粥沒喝完就被祕書拉去開會，對見心說：「走，拉著周家的人去金家。」

「幹嘛那麼急，外面變天了，我又沒帶外套，妳也沒有，先買了衣服再說。」見心很實際地說出她的需要。

波心突然也清醒過來，笑笑：「對，先買衣服，不能凍著。」

一切按照計畫，替周家三口大包小包買了好幾套時髦衣裳，坐車趕到周家說明來意，這家大小說什麼也不肯收，波心只好說先放著，把昨天大家受難的經過跟池塘主人說明白，不要中了鍾正雄的計，周立鈞氣得搖頭，拉著妻女跟波心、見心上車，往金家趕。

來到金府，富晰很體貼地準備了酒釀湯圓給他們壓驚，大家邊吃邊談昨天在池塘落水的經過，最激動的是劉虹，她用湯勺攪動著碗裡的湯圓，無法送進嘴裡，重複說著同一句話：「老天有眼，他會有報應。」

富晰捧著一杯熱茶，靜靜地聽著，不時皺皺眉頭，半晌，才說：「我知道了，立鈞、劉虹，今天晚上鍾正雄來這裡簽約，你倆帶著小翠婷不要露面，出去玩，或是在我樓中其他庭院玩耍，等我電話再聯繫。」

劉虹覺得富晰對他們的遭遇沒半句安慰很失望，賭氣地說：「我們回家就是，回家舒服。」

「妳誤會了。」富晰放下茶杯：「這種亡命之徒，見到你們心虛，說不定拿你們的命做要脅，豈不更加添亂。回家？這種人說不定有他的黨羽埋伏在你家四周，對你不利。」

周家三口面面相覷，立鈞點頭說：「我們真沒想到這一層，聽你們的安排。」

波心摟摟翠婷：「別擔心，有姑姑在。」翠婷緊靠著波心，重重地點點頭。

劉虹像想起什麼轉頭問富晰：「這姓鍾的應該是有來頭，怎麼要淹死了，他的嘍囉沒出來救他，還是靠陳董的關係進醫院把命救回來，剛才聽說他居然打電話要你們去醫院付醫藥錢，還說什麼要告你們，這作為比癟三還不如，耍無賴嘛。」

富晰灑然一笑：「不拿這個做藉口，簽約時怎好討價還價。」

「真是強辭奪理。」波心嗤之以鼻。

「好意思讓你們付醫藥費，不理他。」見心說。

「你們沒來之前，我接到我先生金克文電話，他已隨同陳火木去醫院探望這兩位受難人，付點醫藥費也算不得什麼。」富晰輕鬆地說。

波心望望在座各位不以為然的表情，再看看富晰好整以暇的樣子，這個精明的生意人，也許就在這一瞬間拿定了主意。故意看看窗外說：「這天氣真怪，說變就變，周立鈞，你帶著愛人、孩子，把我早上拿給你們的衣服，到旅館的時裝部門去換，換你們喜歡的樣式，不許不聽話，不然我就不許你們喊我姑姑。」她半開玩笑的說。

周立鈞明白波心的用意，她一定有一些事要同富晰密談，遂說：「我帶她們出去玩，衣服等姑姑一起去換不遲。」

波心從皮包拿出幾張餐券：「這餐券夠你們在旅館吃大餐、喝飲料、換禮品，拿去，盡量消費，晚飯後等我的電話。」

周家三口開開心心地離去。富晰也不說什麼，只帶著波心、見心到客房休息，抱歉的說她還有急事要處理，丟下兩人匆匆離去。

客房很大，分成客廳、臥房，廳外獨門獨院一座小花園，院中幾株梅樹立在古松樹前，傾斜的樹枝稀稀落落地綻放出梅花，粉紅、淺白，交錯在閃著融雪的綠松枝上，冬陽灑進院中，把攀在牆上的枯葉下的紫色小野花添賦了生命。波心在院中漫步，一花一草都會洗滌她心中的煩憂。見心在客廳中，對一座老式的留聲機有興趣，發現還能用，抽出機旁櫃子裡一個牛皮紙袋，把一張圓形黑膠唱片放在圓盤上，放好針頭，果然有了聲音，居然是梅蘭芳的「貴妃醉酒」。說說唱唱，伊伊啊啊，見心本不懂京戲，只聽得先是小生尖著嗓子唱什麼「天上神仙府，人間宰相家，若要真富貴，除是帝王家」。接著就是一位女腔，戲中的楊貴妃由一代名伶梅蘭芳唱：「海島冰輪初轉騰，見玉兔。玉兔又轉東升，冰輪離海島，乾坤分外明，皓月當空恰便是，嫦娥離月宮，奴本嫦娥離月宮。」見心聽得有趣，不懂音律，卻暗自奇怪，天下哪有這樣的男人，掐著嗓子唱出如此腔調？一會兒對白，一會兒哼唱，胡琴鑼鼓很有節奏，自己還沒弄清楚，波心卻走到她面前：「怎麼，妳懂平劇？」見心仰頭：「不懂，隨便放的，妳懂？」波心搖頭：「不懂。」兩人合力把唱機收好，波心突有所感的說：「昨日在廟中聽師父說一個戲迷戀上名伶，戀到殺其全家的事，沉迷到如此地步也令人匪夷所思了。」

「如果他得到了，未必珍惜，我倒認為這個男人是個報復心極強的人，只看目的不擇手段。」見心說。

「鍾正雄就是那樣的人。」波心很直接的脫口而出。

見心搖搖頭：「不一樣，鍾滿腦子都是錢，女人對他說來都是賺錢的工具。」

像一把劍，直刺進波心的心窩，她直直地望著見心，她粗壯的外表裡裹著怎樣一顆玲瓏剔透心，她和鍾正雄相處這麼多年，還不如她跟鍾相處數月。

見心站起，走到書櫃前翻書，一疊畫冊引起她興趣，翻開來，原來是玉梭樓的設計圖。她翻了幾頁，有墨筆、有彩繪，很凌亂，她也胡亂地翻，一張發黃的紙上畫了一支胡琴，上寫：絲絲彈扣，仙樂渺渺，欲尋知音，千回百轉，恩恩怨怨，全在彈指之間。「寫得妙。」見心輕嘆，又繼續翻閱，然後大叫：「波心快來看，老留聲機在圖片上。」

波心過來看，果真是留聲機。旁邊寫道：貴妃醉酒，顛倒眾生終不醒，魂縈夢牽，因果循環在眼前。波心說：「這話有禪機。」見心又摸著紙看字：「這不像古字。」兩人猜不透，一個小服務員提著一壺熱水走來，禮貌的說：「我來換熱水，兩位貴賓，請問中餐想吃什麼？中餐？西餐？還是火鍋？」

「中餐是些什麼菜？」波心問。

「我會拿食譜請二位點，不過我家金太太一再囑咐，我家的老唱機很有味道，你們只聽一齣貴妃醉酒就回味無窮。」

「我們不懂京戲，聽不出味道。」見心說。

「我家老闆娘說，麻煩您倆耐心聽，晚上有貴客光臨，特愛這齣戲，您倆不用唱，心裡跟著哼，包定福至心靈。」

「說，有什麼蹊蹺？」波心問。

小服務員困擾地搔搔頭：「我也不知道，這半年來，我家老闆娘常愛請客人聽這齣貴妃醉酒，都說梅蘭芳唱得夠味，我怎麼聽都是貓叫。」

兩人聽著都笑了，也不便說什麼，波心回頭問見心：「吃中餐好不好？我不喜歡西餐。」

「我也是，你把菜單拿來，我們點。」見心說。

服務員笑著點頭，把熱水倒進保溫瓶說：「這不是一般的礦泉水，這是泉水，專門泡茶喝的，我馬上拿菜單來，請稍候。」

服務員走後，兩人對望了一眼，波心若有所思的對見心說：「鍾正雄倒是愛京戲。」

「他愛哼兩句，在上海跟他談公事，拿著契約一邊想嘴裡還哼個不停。」見心邊說邊蹲在唱機下打開櫃子，想看看還有沒有其他唱片，櫃子很深，整排豎放著黑膠圓唱片，她隨手抽出一張，發現櫃子後面空空落落，放了些廢紙舊書，她隨手一撥。「噹」的一聲把她嚇了一跳。

波心也聽到了，轉身問：「什麼聲音？」

見心把第一排擺滿的唱片取出，留出一個空隙，伸手去掏，原來是一把舊胡琴。一把只留下一根弦的舊胡琴，隨手一撥，弦音清妙。兩人正在端詳，富晰走來，笑著說：「怎麼把這玩意拿出來了？」兩人見到主人，都有些尷尬。」波心不好意思的說：「想找幾張老唱片，無意間掏出這把胡琴，很好奇，亂動你家的東西。」

「千萬別這麼說。」富晰拿起胡琴坐在她倆對面說：「前些日子，我帶工人到庫房整理東西，一堆爛木箱子，橫七倒八，發出霉味，怕是上百年都沒人動過，我想啊，這庫房挺大的，新買主搞不好會來這兒看看有打算，花了兩天的工夫，把庫房整理清爽，這把斷了弦的胡琴躺在一個樟木箱子裡，樟木箱被泥塵封得如一塊泥疙瘩，工人把清理的廢物往卡車上丟，樟木箱被摔開，這把琴拋了出來，恰巧我先生走過，一舉手就接住這把琴，可惜弦斷了，就留下這麼一根弦，他看過後當寶貝般的同我說：『看看，這琴托底的印記，是把從清宮裡帶出來的好琴。』」

富晰說到這裡，立刻引起波心、見心的好奇，像捧寶似的觀看，見心讚嘆：「我雖不懂，這把琴一定價值不菲，是把名琴呀。」

「搞不好是李蓮英從宮裡帶出來的。」波心說。

「說不定是恭親王府的東西，滿清貴族上自老佛爺，下至一般皇親國戚，不愛這一口就顯不出自身的尊貴，金太太妳說是不是？」見心問。

「我也這麼問過金克文，他說他家如果留下這玩意兒早就換大煙抽了。」富晰揶揄地說，引來兩位客人的笑。

「這麼好的東西，去把弦配全，就是不賣也是個好擺飾。」波心說。

「不瞞妳們，我找了好幾家樂器行，沒法配，北京一家老店，一個老師傅，拿著我這把胡琴聽我說經過，他玄乎的調了調那根弦說：『這是古音吶，這根弦有靈，它發出的是不平之音，胡琴一般拉出的均是竹絲婉轉裊裊柔音，哪怕只留一根，也不離其右，這弦音太強，從我手中調配的古弦並不少，沒聽過這樣的弦音。』」

「他沒辦法修，故意找藉口。」見心說。

「我也這麼認為，說一把破胡琴能有什麼靈性？琴弦全靠琴師高超的技巧撥拉出來的，沒人碰，它哪來的不平之音？可老師傅對我的說法很不以為然。」富晰說。

「這根弦，倘若誠如那老師傅說的有靈性。富晰，妳有沒有向他請教證實的方法？」波心問。

「我請教了。」富晰指指琴：「他說，此琴不見天日百十年了，不要太見光，把它放在陰暗處，要時常給它聽平劇中的各種聲音，引起它的靈性，我就只好把它放在櫃子裡，用舊報紙墊著，上面放著京劇唱片，當唱片轉動播出唱聲、鼓聲、琴聲，我就期待奇蹟。」

「有奇蹟發生嗎？」見心好奇的問。

「是不是發生作用我不知道，在你們之前，有幾個對此府有興趣的買主，都談得差不多了，在簽約的當天，我就放平劇唱片，沒放幾張，等買主來，就出狀況，簽不成。可是談別的買賣，我哪怕整天放平劇，都不受影響，客人還會跟著哼唱。」

「搞不好這胡琴在挑主人，畢竟它住在這裡最久。」波心說。

富晰點頭，半開玩笑的說：「咱們今晚試試。」

「要試就徹底試，乾脆把唱機和胡琴全擺在大廳，我負責放唱片，你們談生意。」見心說。

「別忘了，咱們也是屬於買方的，這事得靠主人。」波心說。

服務員拿來菜單，富晰擺擺手：「好，這事我來處理，現在我帶妳們去個地方，吃中餐，比這兒好，那裡吃過，休息一會兒去泡溫泉，然後再油壓按摩，全身筋骨鬆弛就能好好睡一下，然後再喝下午茶，把精神養好，晚上回來準備跟鍾正雄談判，放段平劇，斷弦的胡琴雖發不出聲，可也能思古幽情，大家緊繃的心情也能放鬆。」

波心看看見心，默認富晰的安排。說實在，晚上簽約的事，她倆也插不上手。

昨夜飄雪，今日氣溫下降，雖有陽光，寒風透著沁涼，尤其建在半山上的這座梭型別墅，寒風像來自湖上，來自雲端捲雲，傾向山頂，然後透過如梭般亭台樓宇，貫穿屋中每個角落，在屋中都能聽到風聲，待在屋裡不如出去走走。波心、見心剛邁出客廳大門，就被迎面吹來的寒風打了一個寒噤，趕緊披上外套，「怎麼比剛才還冷？」波心說。

「這幢樓依著山形而建，曲折迴廊，迎風背風，迎陽背陽，冷熱陰陽不同，連園中花草樹木都會受影響，去年有一位詩人住在這裡幾近一年，他以『風』寫了好多首詩，其中有一首『呼喚』最能引起大家的共鳴。」富晰說著，已帶二人穿過走廊來到大廳。

波心好奇追問：「是怎樣的詩，引得大家同感？」

富晰走到大廳門口的雞血石旁，向二位招招手：「快來聽，這就是詩人筆下形容的風聲。」二人好奇，走近雞血石，看到幾片枯黃的梧桐樹葉在風中滾動在雞血石邊，發出輕微的摩擦聲，風像是從庭院某個角落灌入，一股勁的向雞血石猛吹，「沙、沙、沙、沙」梧桐枯葉在石下被吹得翻翻滾滾就是翻不到石面上。兩人正納悶，富晰又說：「仔細聽，是風吹枯葉撞擊石頭的聲音，只有詩人才感受到它們的感情。」

「這詩人太有想像力了。能引起你們的共鳴，想是大家不想掃詩人的興吧。」見心說。

波心卻想到百年前這兒發生的事，一個母親在此絆倒，孩兒甩向院中。當年這兒會有風嗎？還是這可憐的嬰兒靈魂一直在此地飄蕩，或是浮在枯葉上想藉著風的力量把他投到雞血石上，那雞血石上或許有他母親的靈魂。可是呀，這寒風總是作梗，讓他們永遠都在「呼喚」中？

「波心，你們文人跟詩人都有太多的想像力，妳又想到什麼？」富晰問。

波心搖頭：「我哪算文人，沒什麼想像力。」

「像這樣上百年的老宅，又缺人長住，神神怪怪的傳說免不了。我不信邪，所以住得很舒服。」富晰拉起二人的手：「走，師傅開車在院外等我們呢。」

三人剛上車，波心就接到火木的手機，告訴她，金克文和他都帶著律師和會計師等，他們替鍾正雄、靖心辦好出院手續，現在在旅館他的貴賓室，目前鍾已答應先把我們提出的案子結清，再進行金府和池塘承購案，叫她們三人放心。不過晚上在金府晚宴後談生意簽約，大家一定要到，他一再叮嚀，把周家三口帶在身邊，晚宴時周家三口如果覺得跟一些不認識的人不方便，請富晰另闢一室安頓，直到這件案子結束，周家三口不能離開。波心聽罷，把火木的意思告訴其他二位，富晰立刻同意，叫波心先跟周立鈞通手機，然後派車接他家三口一起去溫泉旅館休息。一行六人住進豪華旅館，雖然享受著泡溫泉、吃大餐，卻不能放開胸懷，周家三口更是心懷忐忑，劉虹不止一次問波心：「姑姑，為什麼不讓我們回家？是不是真的有人想要我們的命？」

「不知道，小心些以防萬一，不要怕，跟我們在一起，有保鏢暗中保護，很安全，不會有危險。」波心說。

「這個姓鍾的到底是個什麼樣的人，我總覺得陳董處處遷就他，好像怕他似的。」劉虹追問。

「陳董做事一向謹慎，防人之心不可無呀，從昨天發生的事情看來，怕他會暗中找人傷害你們，跟著我，我也放心。」波心說。

周家三口雖釋懷，仍感不安。好不容易捱到下午五點，兩部車，回到金府。冬天，天黑得早，金府早已燈火輝煌，莫說大廳，接連著的幾間跨院廂房連走廊也大放光明。富晰帶他們到大廳旁一間套房同周立鈞說：「這裡隔壁就是大廳，待會兒開會你們都聽得到，不管發生什麼事，不喊你們千萬別出來，我會請兩位保鏢在門外暗中保護你們的安全。」

房間裡都有暖爐，富晰提前替周家三口備了飯菜，雖很精緻，這三口均食不下嚥。七點整，大廳熱鬧起來，一陣陣從老唱片播放出來的「貴妃醉酒」迴盪在整個空間。翠婷在屋裡耐不住，拉開門縫向大廳觀望，只見人來人往好不熱鬧。她轉頭對母親說：「媽媽，快來看，那個鍾正雄帶著那個女人進屋裡。」劉虹好奇，也擠到門縫前偷窺，果真看到這兩個人穿戴整齊，各自拉著一個旅行箱進大廳。富晰笑吟吟的把二位接到離餐桌很近的沙發前坐下，也客氣地招呼緊跟在鍾正雄身邊像是保鏢的客人入座。這兩人不敢坐，鍾正雄向兩人示意，兩人才敢坐下。

「媽媽。他帶來的兩個人是保護他們的嗎？」翠婷問。

劉虹眼利，悄聲說：「我想是，這兩人怕是病沒好，滿臉灰濛濛的，向失了魂一般。」

「媽，我怎麼看到他倆身邊有好幾個黑影子。」翠婷說。

「大廳人多，各個角落都有燈，自然影子多。」劉虹說。可是她的目光一直注視在鍾和靖心身上。

周立鈞也湊上前，輕聲說：「陳董和姑姑來了。」

三人把目光轉到波心這夥人身上，果真大陣勢，七、八個人直接坐在餐桌邊安排好的位子上。接著金克文也帶著幾個人簇擁著一位面帶笑容的中年紳士步入大廳，大家站起鼓掌。「是領導。」周立鈞說。餐廳的大圓桌可以坐二十多位客人，在富晰的招呼下，客人陸續入座。鍾正雄囂張的把他的旅行箱放在他和靖心坐的位子中間。搖頭晃腦的隨著唱片播出的京戲哼唱，根本漠視同桌客人的存在。

酒菜開始上桌，一片喧嘩。三人才縮回頭，坐回客房小客廳中。有人敲門，是一位五十多歲的傭人，她提著一籃食盒，笑著同他們說：「我家主人金老闆娘叫我送來『佛跳牆』還有熱湯包，慢慢用。」

「剛送來的還沒用完。」劉虹說。

女傭和和氣氣走到牆角，推開壁櫃，一個貼牆樓梯直攀到屋頂，頂邊深凹處一排木板窗，推開摺疊的木窗簾，一層玻璃清澈澈的看清大廳整個角落。「我家主人說，這兒居高臨下，上到這裡看，屋外沒人會發現。」女傭這麼一說，倒弄得周家三口不好意思。劉虹遂說：「我們不會看，剛才是好奇。」女傭認真的小聲說：「還是小心點好，我們下人在廚房聽守衛的說，今晚的宴會搞不好你認為最親的人就是來要你命的人，連公安都不敢露身分，怕上了賊人的當。」劉虹還想從女傭口中得點消息。女傭提起食籃說：「我家女主人說，把門鎖好，不許人進來，別撥電話，她會用手機聯繫。」說完推門而出。

女傭走後，周立鈞同劉虹仍感不安，立鈞說：「陳董保護我們的安全真是用心良苦。」

「早知如此，他倆掉進水裡，不救不是沒這些事了嗎？」劉虹悻悻然說。

「陳董比我們聰明多了，他有他的做事道理，劉虹，現在妳跟我一起，跪下來求菩薩保佑陳董、姑姑，還有金家，把菩薩認為對的順利完成，不對的，自食惡果。」劉虹領會，握緊丈夫的手，雙雙跪下祈禱，再美味的食物也引不起這二人的食慾，他們望著牆邊的木梯，沒興致往上爬，站站坐坐，不安的在小客房蹀躞。偶爾，傳來幾句從唱機播出的京戲：「好一似嫦娥下九重，冷冷清清廣寒宮……玉石橋斜依把欄杆靠，鴛鴦來戲水……金色鯉魚在水面飄……」

小翠婷畢竟是孩子，她悶了一會兒就不由自主地攀著木梯坐在櫃頂上，撥開木摺窗簾，隔著玻璃向大廳望，廳上杯影交錯，服務員穿梭在客人間，上著一道道美食，看得她垂涎欲滴，肚子咕咕咕的叫起來。不由自主的雙手貼在玻璃上左右滑動，怎麼？玻璃慢慢滑動，原來是可以移開的窗，她甚至可以跨出窗櫺，跳進大廳的壁櫃上。這一發現令她非常興奮，轉身想告訴爸媽，望著坐在椅子上低頭發呆的爸媽，隨手把櫃頂上放的小擺設拿起一枚往他倆身上一丟，兩人嚇了一跳，同時往上看，翠婷興奮的指指玻璃窗，音樂聲、人聲、菜飯香氣，一股腦的自開啟的窗口灌入。

劉虹作勢讓翠婷把窗關好，趕快下來。翠婷聽話，爬下來說：「他們在吃飯呢，我也好餓。」說著吃喝起來。兩人見女兒如此，也拿起筷子，有一口沒一口，邊吃邊聽大廳的動靜。沒想到，高高的屋頂僅開了一扇窗，像喇叭口般把大廳所有聲音清清楚楚的灌入。周立鈞和劉虹互望一眼，彼此領會剛才女傭是奉金太太命令叫他們上去看的。此時大廳已酒過三巡，鍾正雄推開面前碗筷，站起身說：「踏進大廳第一步，聽到梅蘭芳的『貴妃醉酒』，好生感動，金老闆可是我的知音，我們馬上把約簽成，我秀一段『貴妃醉酒』中，高力士在百花亭中跟楊貴妃對酒唱和的戲，夠味兒呀。」

「誰是楊貴妃？」一位客人問。

「在座各位，除了金太太比得過楊貴妃，沒人比得過她的雍容華貴。」鍾正雄說。

「我不行，我沒嗓子，也不懂平劇。」富晰說。

「那不行，我就認定了妳。」鍾說。

「『貴妃醉酒』是梅蘭芳的拿手戲，他是反串，這樣吧，今日在座賓客，最有資格反串梅蘭芳的男士非陳董莫屬，陳董給大家個面子，反串一下。」金克文說。

「行，陳董最合適。」賓客鼓掌。

「我？不行！我哪懂什麼京戲，我台灣來的，叫我哼幾句歌仔戲還差不多。」火木理直氣壯地說。

「歌仔戲？好呀！」政委拍手說。

「大家熱烈鼓掌，政委都要聽陳董的台灣歌仔戲，一定不同凡響，請把唱機關上，鍾董，你也是從台灣來的，你跟陳董配合，讓我們共同洗耳恭聽台灣歌仔戲。」富晰帶領大家鼓掌，起鬨。

「你唱什麼歌仔戲？是都馬調、哭調，還是七字仔調。」鍾正雄對突然掃了他的興頭很不舒服，故意用他對歌仔戲的常識質問火木。

火木倒很坦然：「剛才我說過，我只會哼幾句，哪來什麼調，大家開心嘛，我來獻醜了，就管它叫『雜念調』」。

「好呀，鍾正雄你打節拍。」政委命令。

陳火木清清嗓子：「我只會這一首名叫『薛平貴回窯會王寶釧』。」說完，他站起，一手拿勺，一手托盤，開始用台語敲敲打打的唱起來。「我聽伊在講起，叫我就來講過去，啊……你就聽仔細，我薛啊平啊貴，正是乞啦食兒。想起十多年前，彼當時，妳在花啊園祈告天，看到我來薛啊平貴，妳沒來將我來輕那視，贊助我金嗎錢，叫我下街買衫衣，呀彩呀樓配通好，求啊親那誼，得到妳啊的繡球，相府求親誼，岳父看我又不起，呀……打破不收留。」
「好，唱得好。」領導首先鼓掌，大家跟著拍手。
一位客人端著酒杯站起大聲嚷嚷：「聽不懂呀，陳董你能不能改成普通話唱。」
「沒辦法，改成普通話，我就唱不出來了。」陳火木很認真地說。「不能改，地方戲曲有它的特色，會聽戲的就要用情感體會曲中的曼妙。」領導說。
見心用手肘碰碰波心：「妳聽得懂嗎？」
「聽懂一些，沒想到陳火木真敢唱，妳看他敲勺打盤的樣子，像不像乞丐討食。」
見心聽得「噗嗤」笑出聲來。
大廳的熱鬧早已感染到隔壁廂房周家三口，三人擠在櫃台頂上，隔著玻璃俯視大廳動向，為了聽清楚陳火木的歌仔戲，把玻璃窗也拉開一個寬縫，三人忍住笑，巴不得陳董多唱幾句。鍾正雄覺得無聊，他走近唱機，隨意找張椅子坐下，或許屋裡暖爐太旺，屋裡的賓客幾乎脫去外套，鍾正雄不時的自外套掏出手帕擦汗，寬大的厚外套卻不肯脫。翠婷俯在窗頂，低下頭，成一直線看到鍾的座處，她嫌惡地望著他，想到昨天差點被他殺死，今天卻沒事般的在這裡當貴客，很是不爽，拿起櫃台上一只小玩偶，瞄準他背，用力一丟，自己縮到窗邊看。小玩偶擊到他背上，他一驚，轉身四處望，蹲下撿木偶，外套鬆開，翠婷發現他褲袋後鼓鼓的，像是裝了什麼東西。
他看看木偶，再看看放唱機邊的木架，是有些小玩意兒，以為是木架上掉下來的，隨手一放，走向餐桌。有人拉他替火木敲盤子，他只得就範。火木在眾人起鬨下又開始唱：「就是寶釧妳好意，妳有同情憐憫尪某的啊感嗎情，和我回啊瓦窯……」同桌的賓客都拿著筷子、勺子，敲打不停。一個跟隨鍾正雄的保鏢走到唱機邊四下觀望，拿起胡琴輕輕撥動僅有的一根弦，發出「噹」的一聲，聲音很響，房頂三個人聽得很清楚，很自然地看撥琴的人，劉虹一掃眼，看到富晰扭頭看撥琴的人，然後若無其事地招呼服務員送菜。

「任哪母親呀看咱無捨辭，呀。然後知影咱哪艱哪苦，叫我到相府領柴米，我因哪為入府啊去呀……岳父他見知，叫人把我打得死來……是和昏哪去唉呦微……」歌聲到此停下，火木向大家拱拱手：「我的拿手本領全拿出來了，沒辦法，想獻醜都沒有了。」

「好！饒了他。」領導命令。一桌人全笑得幾乎岔了氣。

「現在談正事，簽約如何？」鍾正雄突然站起問。

「請到這邊，有茶、咖啡、水果，咱們邊談契約邊吃喝。」富晰早已命傭人在靠近大廳門邊擺好長桌，正式談判開始，賓客陸陸續續移位過去。

趴在櫃台頂上的周家三位特別緊張起來。「爸、媽，陳董和姑姑會不會有危險？」翠婷問。

「我們要多留意，一刻也不能放鬆。」劉虹說。

「媽，妳看，剛才那個保鏢又到唱機邊放唱片了。」翠婷說。老曲子「貴妃醉酒」又播放出來。周立鈞攀爬著屋簷到另一個角落，打開玻璃窗，正好看到大廳下談判的長桌。母女兩人會意，叮著唱片旁的保鏢。

「很好，鍾老闆不愧是做大生意的人，說話算話。我做見證，把你承諾的前兩件案子先了了，再談正題。」領導說。

「其實來到中國，不該談在台灣的舊案子，為了和陳火木合作愉快，我也不計較他對我的不信任。」鍾正雄說。

「鍾董，你多慮了，我以陳火木委任的律師說明立場，雖是舊案子，找不到你，就結不了案，前案不結清，他不可能跟你合作，這是做人的基本原則，今日了結前案，續簽新案，是皆大歡喜的事，連百忙中的政委都願意做見證，很給二位從台灣來的同胞面子了，今晚就是你展現實力的時刻。」陳火木的律師補充。

「我當然有實力。」鍾正雄傲慢地說：「為了取得你們的信任，我帶現鈔。」說著示意讓保鏢把一提箱擱在桌上，打開，全是人民幣。「陳火木，把你帶來的律師、會計師，還有什麼師全招來，我當著大家的面悉數奉還，一毛也少不了你。」

「那是當然。」火木笑嘻嘻地說：「有政委作證，他很給我面子，把銀行的經理也請了來，也請了銀行的辦事員。他們帶了能辨鈔票真偽的點鈔機，我把這些錢全存在這裡的銀行，當我建設此次樓亭池塘的基金，至於你還的錢，我的律師、會計師都會開證明給你。」

鍾正雄擺擺手：「沒必要，我不是那種小雞肚腸的人。」

工作正式開始，律師、會計師、銀行專員，在一片點鈔機器「沙沙」聲中，透著緊張，連老唱片播出的「貴妃醉酒」都顯得有氣無力。

「鍾董。你應該在中國銀行立一個戶頭，直接用網路轉帳豈不輕鬆愉快。」銀行總經理望著他的成員辛苦地整理鈔票，小心翼翼地處理文件，好心地建議。

「當然、當然，今天我就要開戶。我的帳戶分散在海內外，為了取得中國對我的信任，我用的是最實際的方法，你看，我只帶了兩個替我扛鈔票的人，我連律師、會計師都免了。」鍾正雄說。

陳火木笑笑：「你還錢，我的律師替你開了證明，何需再花律師費。」

「這是自然，所以下一個案子，有你的律師和金克文先生請的律師能圓滿簽好條約就功德圓滿了。」鍾正雄理所當然地說。

波心、見心坐在一旁喝茶，見心看不慣側頭對波心說：「他真會算計。」

波心心有戚戚然，剛想回話，見靖心跑到門外嘔吐，想去扶她一把，見心拉著她說：「瞧，又作戲了，不相信妳去看，她作勢吐，是給大家看的，她有了鍾正雄的兒子。」

「那又怎樣，又不關大家的事。」波心說。

「她證明是鍾老闆的女人，不這樣露一手怎麼表明身分。」見心說。

波心往門外看，靖心坐在門口的雞血石上拿著一枚橘子，剝著、吃著，沒心思聽長桌談合約的事，也不愛跟人搭理，像滿懷心事，或許口饞，她吃完橘子就晃到放水果、點心的桌前，隨意捏點糖豆、酸梅、蜜餞，或是抓把瓜子，嗑子吐皮，桌前、門口，她隨意地走來走去。

真正的「玉梭樓及池塘」買賣契約已經開始。陳火木和金克文帶著四位律師逐條逐句的徵詢雙方意見，趴在屋頂窗欄邊的三位聽得有些乏味，自然地俯視大廳擺設。雖是屋頂，離大廳地面並不很高，只是一牆之隔，而此屋巧妙的建築是在頂窗，像一排繞著大廳的屋梁，卻是設計精美的木窗，只要把木窗簾拉開，玻璃窗推移，一閃身子就能從高處躍下，想落到大廳什麼角落或地方，只要轉到頂窗準確的位置，絕對能平安躍下。

這大廳還有些奇妙的裝飾和擺設，或許廳大，頂上水晶吊燈就有三盞晶瑩剔透、華麗無比，有花狀、百葉狀、大小球型，造型不同，閃出的光芒也不同，然而大吊燈像是點綴，真正的照明是立在各個角落壁邊和桌上的檯燈，今夜一併捻亮，光影、人影，真有交疊之感。靠牆的木櫃也從裡面閃出光芒，他們趴在頂窗可以欣賞櫃子裡擺放的各種奇巧藝術品，連櫃子外面的櫃台上都放著奇石木雕，處處顯示出富貴人家的氣派。

翠婷眼下就是放老唱機的檯子，旁邊置放著老胡琴，那個鍾正雄的保鏢走過來，無聊地拿著胡琴看了看，隨手橫放在唱機旁，唱機仍然播著「貴妃醉酒」。一樣的曲音繚繞，卻無人理會大廳突然傳來鍾正雄不高興的吼聲：「陳火木，你不趕緊在合約上簽名是什麼意思，你口口聲聲答應我，只要前債還清，這個案子就是咱倆的開始，你不簽，賣方又不信任我，這生意怎麼談。」

「鍾先生，你不必激動，陳先生有陳先生的考量，你二位要合作，陳火木在中國有不動產做抵押，他可以申請貸款。而你，什麼也沒有，你在國外的存款，除非你匯進中國任何銀行，取得賣方的信任，這生意才能談下去。」金克文的律師說。

「我付現，我不想找麻煩。」鍾正雄煩躁地拍拍手，他的另一個保鏢把一只旅行箱橫放在桌上。

「這筆生意我先出資二億，其他陳火木出，你們趕快點收。」鍾大聲說。

「鍾先生真有誠意，領導，這麼大的數目，我很擔心呀，要不要公安來維護安全？」富晰委婉地徵領導的意見。

「沒事的。」領導端著一杯酒靠近鍾正雄，半開玩笑的說：「老兄，今晚把錢送進銀行，你也落得輕鬆。這不，武裝公安守得可緊密呢。」

「要數就快一點，我這人做事一向乾脆。」鍾不耐煩地看看陳火木：「陳兄，這樣做生意，我還是第一遭。」又是一片點鈔機的「沙沙」聲。

靖心靠在桌邊認真地看著點鈔機，不時和鍾正雄低頭談話，有時也顯得很不舒服。

富晰體貼地端了一杯飲料給靖心：「這是我叫廚房特別給妳準備的熱酸梅湯，妳喝下會舒服些。」

靖心接過，走到門前，像是很不舒服，坐在雞血石上，一口氣把酸梅湯飲完，拍拍胸，閉目養神，站起來走到門口，不時伸頭往桌前看，不安的走到院中打手機，不然就坐在雞血石上看手錶，雙手抱頭沉思，或是仰頭嘆息。這些動作被離大廳長桌最近的周立鈞發覺，本來不以為意，越來越覺得奇怪，正納悶。劉虹悄悄移到他身邊：「注意那女人，像是在聯絡什麼事。」周立鈞點頭：「我總覺得會有事發生，你注意，我去翠婷那邊。」劉虹說完很快的移向翠婷處。

「現在，我以賣方金克文先生委託的律師身分宣布，買方當事人為陳火木先生、鍾正雄先生。二人合股，各出資一半，此案連同荷塘、古厝總價四億。鍾正雄先生以現金二億元付清，陳火木先生除先付一億。其餘款項待陳火木貸款下來，付清賣方，方得過戶。另外一則條文應鍾正雄先生特別要求，此案雖為兩人合資，共同營建，在買賣成立後如有一方發生意外甚至死亡，權益不可私自轉讓，由合股人第一優先全權承購。現已獲得陳火木先生認同，此案雙方已無異議，可在契約簽名蓋章。」

「痛快。」賓客一陣掌聲。在領導監督下，依次簽名蓋章，各收一份。翠婷趴在梁窗前，發現鍾正雄的保鏢以櫃台做掩護，緩緩的從後衣袋掏出手槍，向長桌前站起，走到客廳門口瞄向陳火木，她一驚，毫不猶豫用盡全力跳下，撲向保鏢，沒撲準，卻踢到老唱機旁的胡琴，胡琴彈跳碰到保鏢的手，全神貫注的保鏢沒想到會飛來一物，手一歪，槍彈射到站在門口的靖心的背部，靖心一聲慘叫，倒在雞血石上。劉虹怕女兒被害，也一躍而下，一腳踢開保鏢手中的槍。此時身穿便衣的公安一擁而上擒住保鏢。就在這同一時刻，周立鈞也發現就在他梁窗下的長桌邊，那個替鍾正雄提錢箱的保鏢也在掏槍，他縱身跳下，踢倒保鏢，保鏢卻扣下扳機，連發數彈，一槍射向屋頂水晶蓮花燈，大吊燈的水晶片噴散得滿屋都是，大家一片慌亂，叫聲四起，此時便衣公安以迅雷不及掩耳之勢，將保鏢壓制在地，奪回手槍。火木正為這突如其來的場面感到慌亂，一把尖銳的匕首迎面飛來，火木還沒警覺，站在火木身旁不遠的見心，側身一跳倒壓在火木身上，匕首直直插進見心左臂，兩人倒在門旁，與靖心僅一步之隔。幾聲槍聲在院中響起，大批公安已把大廳內外團團圍住。廳內雖有一盞大吊燈被擊毀，並不影響廳內的亮度，仍然亮燦燦地照明每個角落。

「你們誰敢妄動，我就一刀斃了他的命。」鍾正雄左手勒著領導的脖子，右手拿著水果刀抵在領導頭上，一臉殺氣。

火木摀住見心的傷口：「不要動，刀千萬不要拔出來，叫救護車。」

富晰趕來，點頭說：「已經叫了，你放心，這裡有我。」

火木走到鍾正雄面前：「把領導放下，你是衝我來的，你要什麼我都給你。」

「合約拿到手了，沒想到有人替你死，算你命大。」鍾正雄機警的邊說邊環顧四周。

「把領導放下，你想要的都給你，千萬不要做傻事。」火木提醒他說。

鍾正雄不理，滿臉殺機。火木也四處張望，波心隨著富晰圍著見心，他一陣心痛，突然發現周立鈞跟兩個公安站在一起，鍾的這個保鏢已被扣上手銬。再看看另一個站在唱機旁鍾的保鏢也扣上手銬，劉虹、翠婷和幾個公安並排站著。他心中明白，周家三口一定捨命救他，但是，他們是怎樣出現的？他搞不清楚。

客廳外一陣騷動，救護車來了，一位救護員站在門口問：「誰是主人？門外倒在石頭上的女人受了槍傷，已經沒有生命氣息。」

「什麼？」鍾正雄大聲問，左手把領導勒得更緊。

「是的，槍從背後穿進心臟，流血過多。」救護員說。

鍾正雄身子有些搖動，顯然很激動。劉虹向翠婷示意，她人小，要她向廳外走，故意把地上的胡琴不經意地踢到鍾正雄腳後。翠婷會意，滑步向前，將胡琴踢到鍾身後，又滑步回到母親身旁。整個大廳都陷進恐怖氣氛中。救護車響著笛聲，只把見心載到醫院急救，丟下鍾正雄的女人，這亡命之徒很可能殺了領導洩憤。全廳沒有一個人敢發一語，怕一句話說得不中聽，領導頸子上就會挨刀。

「你們給我派車，專程用專機送我到我指定的國家，只要我安全了，我手中的人質自然會交給你們。」

「只要領導安全，你提的任何條件我負責，都答應。」金克文說。

「你帶路，到大門口，開車，聽我的命令。」鍾對金克文說。

「好。我在門口接應你，有領導在你手上，沒人敢動你。」金克文說。

鍾移動腳步往後退，準備退到門口，他眼觀四方，怕有人偷襲，沒退兩步，突然腳下一滑，一個踉蹌，仰面滑倒，連帶的領導也被他拖倒在地上，旁邊的公安一個箭步，先踢出他手中的尖刀，再扭住他雙臂，架上手銬。金克文立刻上前扶住領導。領導倒很鎮定，他向四周的賓客搖搖手：「我沒事，讓大家擔心了。」賓客雖鬆了一口氣，仍然餘悸猶存。

金克文把這裡的狀況打手機告訴在醫院照顧見心的富晰，他放下手機同火木說：「見心的臂膀縫了五針，沒大礙。波心本要陪她在醫院住一晚，聽到這裡的好消息，說馬上要回來。」

公安隊長向領導敬禮：「這三個犯人我先押回公安局調查。」

領導點點頭：「後續還有很多事，明天我們開會再談。」

隊長又向金克文說明：「門口那具遺體已派人運走，請金先生放心。」

金克文拍拍隊長的肩：「謝謝。明日，我會到隊上重謝各位，全虧你們鼎力相助。」說著感慨的搖搖頭：「沒想到呀，一萬個沒想到是這樣的局面。」

兩個公安架著上手銬的鍾正雄欲往大門走，他望望地上，那個害他一腳踩滑的破胡琴，橫橫地躺在地上，氣憤地揚腳踩踢，怎知胡琴上那根唯一留下的弦卻彈起，弦斷了，發出「蹦」的一聲。弦絲纏在他左腿踝骨上，他用右腳猛力的搓，絲弦斷落，散落在腳邊，他拖著蹣跚腳步，垂頭喪氣，被公安架著走，跨出大門，他停在雞血石旁低頭望著那片血跡，又回頭看大廳一角的老唱機。想著老唱機一夜播唱：「……想人生在世如春夢，且自開懷飲幾盅，看娘娘酒性未足，猶恐還要飲酒……」一個打掃的工人走過來，把唱機關了，像是跟誰賭氣嘟囔著說：「別唱了，沒人聽。」翠婷和母親對望了一眼，會心一笑。

一片冰心在玉壺

之一　明白

嶄新的一天，同樣的大廳，同樣的大圓桌，廳角兩個暖爐散發出熱氣，廳內溫暖如春，四處擺著鮮花、盆栽，進門一棵栽種在碧綠如荷葉般的長方形盆缽中的梅樹，根枝粗壯相互攀繞，被花匠精心修成龍頭鳳尾狀，花蕾依形，或綻或初萌苞待放，在黃褐枝間，潔傲的閃著似雪般的瑩光，淡淡的散發出香氣，飄蕩在整個大廳。

昨日被破壞的水晶吊燈已經換過，是只大鳥巢，十二隻喜鵲或叼著或背駝著，或用兩隻翅膀捧著，不同的姿態護著不同的燈型，圍繞在大鳥巢燈四周，饒是有趣又美觀。

當波心、見心帶著劉虹、翠婷走進大廳，大家都眼睛一亮。波心轉頭，見門外的雞血石罩上一塊白麻布，想到昨晚靖心倒在石上的情景，怕是主人為避邪另有安排，也不敢多說。富晰從另一走廊推門而入，笑著說：「昨晚睡得可好？我也沒回我的住所，在南廂房睡了一夜。」

四人禮貌的跟她道了早安，也都說睡得很好。她才放心地點頭，走過來牽起翠婷的手，彎著腰疼惜地說：「翠婷，妳真了不起，救了我們所有人，孩子，我不知道該怎樣謝謝妳。」

翠婷反而扭捏不安，她回頭望著媽媽。

富晰望望劉虹：「謝謝你們一家三口，捨命救人呀。」

「沒什麼，應該的。」劉虹說。

富晰淡淡地嘆口氣：「來，吃早餐。」

大家圍桌坐下，傭人推著餐車把早點一一擺上，翠婷四周看看忍不住問：「爸爸和陳叔叔他們怎麼不來吃早餐。」

「馬上就會來，我們五個人哪裡用得上這麼大的餐桌，等下來人怕是不夠坐。」富晰邊說邊撤開身旁一把椅子，招呼見心：「來，妳坐這裡，妳左膀子受傷，千萬不能被碰到，留個空位，以策安全。」

見心反而不好意思：「我沒事，碰不到的。」

波心移過來：「我坐在她左側，照顧她夾菜。」

「別、別，還好是左臂，右手不受限制，你們看，靈光得很。」說著端起碗喝粥。

「李小姐。」劉虹對見心不熟，這樣禮貌地稱呼她：「還是要小心呀，妳昨晚一夜都沒睡好，一直在說夢話。」

「是嗎？」見心放下碗：「我說夢話，我說了些什麼？」

「妳做噩夢，怕是傷口的麻藥退了，夢裡妳也被人殺傷了，妳痛得喊：『你這個忘恩負義的東西，你居然殺我，我老獄頭不會白挨這一刀，你會得報應。』」波心說。

見心想想，「像是做了一個夢，一個白髮老人左臂插著一把刀，流了好多血，他痛苦地邊跑邊叫，想我說的夢話就是這些。」

「波心姑姑好擔心，她一夜都坐在妳身邊，怕阿姨轉身壓到傷口，她抬著妳的左臂不敢動。」翠婷說。

「是嗎？波心妳……」見心感動得不知說什麼好。

波心故意轉換話題，抬頭望新換的吊燈：「好別致，沒見過，富晰。是國外訂製的？」

富晰搖頭：「是我投資的琉璃工廠製的，怎麼樣？好看嗎？」

「我說呢，國外訂製也設計不出這樣代表東方喜氣的圖騰，這麼精緻靈巧，八成出自妳的構思。」波心說。

富晰透著得意：「掛上這盞喜鵲報喜，希望把所有晦氣一掃而光。」

「金太太，這雞血石該怎樣處理。唉呀！下面有一串瑪瑙項鍊。要不要拿下來？」一個清潔工拿著掃帚站在門外問。

這話引得廳中所有人的注意，波心更是心驚，很自然地看富晰。富晰倒很鎮定，用她一貫對傭人的口吻：「不要動，回頭我會處理。」

波心忍不住，走到雞血石旁讓工人掀開麻布。美麗的瑪瑙被一團污血緊緊地黏在雞血石下。她木然望著，心中像塞滿棉花，鬱悶得幾至昏厥。

富晰走來，拍拍她的肩：「姐，咱倆到梭樓堤邊走走。」波心望望大廳。富晰明白：「我叫服務員送上水果點心，叫她們等克文、火木那些男眘，搞不好還有些媒體記者來採訪，我倆先出來透透氣。」富晰強拉波心往堤上走，波心跟著，迎著風，呼吸才順暢起來。

「姐，妳被那串瑪瑙項鍊嚇到了？」富晰問。

「那是妳的。」波心說。

「沒錯，那是我的。」富晰點頭。

「怎麼會到婧心手裡？」波心問。

「記得那日第一次跟他們相約吃飯，妳在和鍾正雄談判，我拿這瑪瑙項鍊祈福，她的眼睛就沒離開我手中的項鍊。」富晰說。

「然後呢？」波心問。

「我把項鍊揣進外衣口袋，故意去廁所。把外套掛在洗手盆上的掛鉤，她很快的跟來，拿了就跑，快得像隻老鼠。」富晰說。

「妳為什麼不追查？當天下午，我和見心在遊船上，她硬要來，我就發現她偷了妳的瑪瑙項鍊，只是不知該如何跟妳啟口。」波心說。

富晰搖頭：「我在證實一件事，這事只有說給妳聽，妳能體會其中因果。」

「是怎樣的因果？妳又證實了些什麼？」波心不解。

「那雞血石跟瑪瑙項鍊全是被人下了咒的毒石頭。」富晰說。

「下了咒的毒石頭？這話怎講？」波心問。

富晰輕嘆口氣：「波心姐，還記得妳第一次來我家的夜晚，我們坐在大廳，妳和火木都說我這串紅瑪瑙很美，我解下來給你們欣賞，串線突然斷了，在遍找珠子時，一顆是落在雞血石上？」

「我記得。」波心說。

「當時我並不以為意，不知為什麼，一天和金克文閒聊，他不經意地說：『我母親愛拿這串瑪瑙在爐子邊把玩，她說，任何寶石在爐子邊玩久了都會熱，唯獨這串瑪瑙，怎麼烘都一樣冰涼，只要把它丟在門口的雞血石上，沒一會兒工夫，就熱得燙手。』我當時不以為意，總想到當年剛嫁進門，婆婆把她每日不離手的這串瑪瑙念珠送給我，叫我每日撥珠念佛，這一百零八顆，顆顆帶著靈氣必得神佛保佑。我誠心收下，每日不離身邊。」

「這串瑪瑙項鍊在妳身邊會保佑妳。」波心說。

富晰搖頭：「沒什麼感覺，哦，對了，我帶著它，大多數時間都不住在這裡，上海、北京各處跑，這串珠子也不離身，倒成了隨身攜帶的裝飾品。」

「妳沒拿它到雞血石前試試？」波心問。

富晰搖頭：「早把這事忘了，他也沒再提，最近為了處理這古厝，常回來住，來往的朋友住在這裡，總愛談談王府的陳年軼事，什麼都談，是去年初冬的日子吧，克文跟我帶著幾位做珠寶生意的朋友在這裡談生意，無意間又談起我這串瑪瑙項鍊，當下就試過，果真如此。」富晰說。

「或許是石頭的質感不同，妳可以去問問專家。」波心說。

「我當然去問了。」富晰搖頭：「專家說不出原因，我去問通靈的師父，師父說，這寶石裡有一股怨氣，不過不是衝著我來的，我日日念經在做好事，會把怨氣衝散，妳看我不是珠不離身嗎？」

波心點頭。

「這怨是毒咒，真所謂怨有頭、債有主，何況我跟這些累世的因果有牽連呢。」富晰說著深深嘆口氣。

「不要亂說，這與妳又有何干。」波心說。

「有的。」富晰握緊波心的手：「過去，我只曉得，門口的雞血石是百年前，那個叫唐挑的男子，為了博得李蓮英的姪女李玲芫歡心送給她的定情物，豈不知這串紅瑪瑙才是玲芫非要唐挑買給她的心愛物。」

「這兩樣寶物是他倆的定情物。」波心說。

「如果兩情相悅、至情至愛，當然是情比石堅，海枯石爛，此情不移。問題是，唐挑最初千方百計接近玲芫，為的是報她父親殺他全家的滅門之仇，為了達到目的，他會不擇手段。」

「於是，唐挑買給她任何禮物，都會把它當成報仇的籌碼在運用。」波心說。

「當然，妳想，為了報這滅門之恨，他傾其所有蓋這豪宅，背上忘恩之名，把胖姑奶置死於塘下。當他送這兩樣寶石，他怨恨的意識早已隨著他的心氣融入石中。寶石之所以珍貴，是它納天地之靈，冥冥之中，維護第一個主人灌給它的磁場，它不受年輪轉換，它的磁性要吸引石中主人當初要完成的使命，哪怕過了千百年，幾世輪迴，這人一定會出現在它面前，用氣血相融，化解石中的冤咒。」富晰凝望遠處閃出一片銀光的西湖晨光說。

波心聽得有些悚然：「妳想多了，哪有這些事，畢竟李玲芫是愛唐挑的。」

「是呀。唐挑在愛玲芫之前，最大的動機是恨。」富晰說。「這也難怪，只要是血性男子，不，就是女子，也不會嚥下這口氣。」

波心不想讓富晰多想，遂說：「別把這些無稽之談聯想到莫須有的事上，給自己徒生煩惱。」

「不。」富晰抓緊波心的手：「姐呀，這幾日，妳的出現、周家三口，陳火木、鍾正雄，還有那個莊靖心，前前後後的百年前故事，繁華富貴、破壁殘垣、恩怨情仇在笑談之間給了我好大的啟示，這不，百十年過去了，歲月沒辦法消去輪迴的舊業，現在冒出個鍾正雄，他的奸詐不下於百年前的李天福。」

「搞不好，莊靖心就是當年的李玲芫。」波心隨口說。

「對。」富晰立刻回應：「這就是我同妳說的感覺，這個莊靖心在飯店第一次見到我這串瑪瑙項鍊就像著了魔，我故意到化妝間試驗她，她果真偷走。我就想啊，她會怎麼做，她在石舫上用石榴子攤成心形，我也猜不透她想什麼。直到她跌倒在雞血石上，被槍打死，她手中握著瑪瑙項鍊，血灘在雞血石上，還有她腹中已死的胎兒，實不瞞妳，我雖然驚嚇，卻感到百般輕鬆。一個念頭告訴我：『好了，這石頭找對了人，這毒咒解了。』」

她說完，波心跟著她同時笑了，像個大姐摟住她肩膀：「沒事了，這串瑪瑙項鍊真如妳說的來歷，妳是從妳婆婆手上接過來的，金家有福，才能接下這王府、財富，更何況這瑪瑙項鍊，能在妳身邊天天受妳念佛經，它的靈性必傾向於佛，妳也修下功德。」
「我想也是。」富晰釋懷地說：「我想請工人把它丟進西湖裡，妳可同意？」
「隨妳，只要妳安心。」波心說。
「陳火木董事長可同意？」富晰不放心地問。
「妳儘管處理，我早看出他不喜歡這塊石頭。」波心說。
「我倒忘了，妳是他的頂頭上司。」
波心苦笑，也不想多作解釋：「走吧，他們一定在等我們呢。」
波心牽起富晰的手往大廳走。轉過迴廊，剛進大廳，緊跟著，門外吵吵嚷嚷的陸續進來十來個男士。
翠婷一眼看到立鈞大叫：「爸爸。」
為首的金克文看到廳門邊的白梅讚嘆的一拍手：「我的如意梅居然開花了，富晰，妳辦了一件稱我心的事。」
富晰不理他，招呼客人，原來來了幾位媒體記者，富晰招呼大家先吃早餐，要大家邊吃邊聊，飯後再拍照或攝影，不要太激動，要用平常心，這個案子才開始。
火木走近見心，關心地問：「昨夜一定沒睡好，麻藥退了，傷口很痛，一定的。」
「還好，波心照顧我一夜沒睡。」見心說。
「李小姐，妳的見義勇為真了不起，我要特別為妳來個專訪。」一位年輕的男記者根本不理桌上早點，躬身湊向見心說。

另一位男記者索性擠在翠婷和劉虹中間：「請告訴我，你們怎麼會從房梁上跳下來踢掉凶手的槍，太神了，能再表演一次，讓我拍下在電視上播出嗎？」

「各位新聞界的朋友，昨夜在此發生的事，今日各媒體已有報導，當然還有後續，請尊重我們，先吃飯，我們邊吃邊談，現在不是搶新聞的時間，如不遵守，我和當事人立刻離開，你們請慢用。」

富晰一席話果然生效，大家開始用餐。波心向見心互望，心照不宣的感受到女主人的霸氣，波心卻也想到，或許她把剛才的心結打開，顯得更有精神。

杯盤交錯，服務員的送餐車來來回回，客人彼此寒暄，也不敢太入主題，酒櫃邊的落地大金鐘「噹」的一聲指向八點，火木偏頭望望，同金克文說：「這大金鐘你昨日是不是動了手腳，怎麼昨晚它就沒響？」

「怎麼會？它是自鳴鐘，時間到就會『噹』的這麼響一下，沒誤過的。」金克文說。

「那就怪了，昨晚上，我事先跟公安局隊長約定好，八點鐘，你家金鐘『噹』的一響，他就會出現在我面前，還會打手機給我，結果怎麼樣？八點過十分了，你家的寶鐘一聲也沒『噹』，我的手機也沒響三聲，對方催著簽約，我沒安全感，拖呀。他要拉我跟他唱什麼『貴妃醉酒』，我不會，只好唱『歌仔戲』王寶釧守寒窯十八年，我唱了二十分鐘比十八年還長，苦哇。」引來全桌的笑聲。

「好了，各位記者先生，這一段你們可以當輕鬆小品寫，你們的嗅覺都很靈光，昨天你們也來採訪過，我同你們講，公安隊長所以遲到，是他派人到鍾正雄的兩個住處，都沒找到他藏的大批金錢，不好向領導交代，他也萬萬沒想到這裡會發生事情。」

早餐均已用完，服務員開始換上茶、咖啡、飲料和水果。

「據可靠消息，鍾正雄確實是國際詐騙集團的首腦，他也帶著大批資金來中國投資。他的用意是什麼？為什麼會找上你？陳火木先生，能說一下經過嗎？」一位女記者問。

「妳問得很好，我答覆妳他找我的用意。第一，我和他都是台灣來的同胞，好套交情。第二，他很仔細地調查過我的身家背景。我讀書不多，靠學徒出身，又一心向佛，有宗教信仰，很好騙。第三。我想為世間人做一點事，對一個信佛的我來說，認為什麼事都靠『緣分』。我喜歡這座百年古樓，大片荒廢的荷塘，被這兒曾經擁有的主人後代講述的故事深深感動。我要把它回復百年前的舊觀，讓遊客多一處思古幽情之勝地。我想各位前些日子在各媒體上也知道這些事。我並不以營利為目的，所以我要拉著這曾經擁有這片池塘的後代，讓他們在重整家園中體會先人的辛苦。可是我萬萬沒想到，會引來這樣一號人物。」

「陳火木先生，這個詐騙集團早把你當成釣餌，他們設計的庭園、遊樂園及古棧般的飯店宣傳畫冊，早已分散在海內外，招募股東，一般投資者一定要看到你和他的聯合契約才肯投資，所以他處心積慮要跟你簽約是嗎？」記者問。

「從他跨進中國的第一步，他所有的作為，公安都在密切注意中。陳火木先生用的是『請君入甕』這計你們都懂，是嗎？」金克文回覆在場的記者。

「可是，怎麼又跑出什麼舊債契約？我們搞不懂。」女記者發問。

「這個我來解釋。」波心把昨日與鍾正雄在台灣過去所簽的約及現在他賠償的合約裝訂好幾份，分別發給在座各位：「我昨夜在富晰女士幫助下把資料整理好，就是要公諸於世，現在拿給大家一份，比我說得更明白。」

「記者先生、小姐，你們慢慢看，看過以後再提問題，我陪其他客人到庭院走走。」富晰剛站起，一位矮小的女記者立刻追上來問：「金太太，我有個迫切的問題，一定請妳把真相告知。」

富晰微微一愣，揚了揚右眉，對這位女記者很不以為然：「難道我會向妳說謊？」

「昨晚，凶嫌在掏槍的一刻，周家三口在梁窗上跳下踢槍救主，是不是妳預先安排的？」女記者問。

「金太太沒有做任何安排。」劉虹搶先一步說：「是我們看到凶嫌掏槍，怕出事，毫不考慮的跳下去，阻止壞事發生。」

女記者不信任的看看劉虹：「我怎麼聽說是金太太叫女傭暗示廂房有牆梯，可以爬到梁邊梯窗觀看大廳動靜。」

「沒辦法，大廳那麼熱鬧，我家三口開著門縫望外瞧，金太太怕我們被凶嫌的保鏢發現，對我們不利，才叫我們上房梁的橫窗上看。」周立鈞說。

一位男記者也走過來：「這凶嫌是有計畫的要殺周家三口，鍾正雄做事一向是先利用後消滅，如利用不成，設法殺之，以絕後患。」

「你怎麼知道？」女記者問。

「嘿嘿。」男記者得意的對女記者笑笑：「這就是我先妳一步拿到第一手資料厲害的地方。」

「昨天，在池塘發生的事，鍾正雄說是受到你們的陷害，為了報仇，才動殺機。」女記者反問。

「天地良心。真是做賊的喊抓賊。」劉虹氣憤地說。

「我真的搞不懂，鍾正雄既然在池塘行凶沒得逞，他跟他的女友掉進水裡，淹死不就沒事了，你們幹嘛要救他們，還要替他倆付醫藥費。」女記者理直氣壯地問。

「這位小姐，跑新聞這碗飯我看妳沒辦法捧了。」公安隊長突然走進大廳，帶著揶揄的口氣說：「要知道，鍾正雄是國際詐騙集團的首腦，我們費了多大的心思請陳火木先生配合，才能請君入甕，他死了，多少被他坑騙的良民的錢財怎麼收得回來，妳想到這一層嗎？」

記者小姐愣住，給自己找台階：「那不是我要問的主題，我問金太太，周家三口怎麼會從梁窗跳下救人的事。」

「這還用問嗎？」公安隊長走到翠婷面前稱許的拍拍她的肩，反身對大家說：「昨晚三個凶嫌互相埋怨，鍾正雄連連罵道，他栽在一個小女孩手裡，在池塘本該把她踢下水，但顧忌沒她划不了船，哪想到她媽媽趕到，甩起槳板把他跟靖心翻進水裡，本以為到了大廳，合約到手，一切順利，但一個小女孩跳出來，壞了全盤的事，這小女孩是他的剋星。」說完哈哈大笑。

「我說是嘛。」男記者湊上來：「要是金太太安排，跳下來的應該是小女孩的媽媽，你們說是不是？」

「應該是公安來得快，現在想想都害怕。」劉虹摟住女兒：「我以為女兒從窗上摔下來了，見到凶手有槍，怕他傷到我們，本能的一腳踢開，當我踢出保鏢手中槍的那一剎那，只聽得一聲慘叫，接著好幾聲槍響，大吊燈被擊碎，尖叫聲、碎玻璃片，飛散在整個大廳。我護著女兒蹲在地上，看到我愛人趴在一個人身上，然後好幾個公安制服那壞人，我愛人站起急著走過來，看到我母女沒事，他才放心。」全大廳靜得只聽到暖爐發出輕微的「嗡」聲。周家三口反而不習慣大家看他們的眼光。

立鈞首先向大家一鞠躬：「這種事，換了誰都會這樣做，我還是不行呀，沒保護好，讓李小姐受傷。」

「我沒事，今天早報形容我是壯士，那個被他們同夥的人誤殺是『烈士』。記者先生、小姐真能比喻，我佩服。」見心用調侃自己的口吻把氣氛緩和過來。

「我來這裡提醒各位，要跑新聞趕快去法院，抓到國際詐騙集團首腦是個世界級的大新聞，多少受害者要向他討債，這裡先放下，主人很好客，隨時會歡迎你們。」公安隊長向大家宣布。

又是一陣騷動，記者們收好行囊爭先恐後離開，去追訪另一個熱門新聞。大廳靜了下來，落地金鐘又「噹」的響了一聲，十點整。

火木看著鐘，不解地說：「怪了，昨晚公安局給我的指示是，鐘聲『噹』的一響，外面一切OK，保證我的安全，叫我放心談判、放心簽約，我為了聽這聲響，邊唱邊聽，鐘聲不『噹』，我只有拖時間，荒腔走板的唱，唱得嗓子都啞了，時間都超過了，沒辦法，只好由得對方談合約。」

「天地良心，我這鐘從來都很準時，怕是響了你沒聽到，你別怪我做了手腳，我沒必要。」金克文說。

「有這回事？我忙著招呼客人，沒注意這事。」富晰說。

坐在一旁的公安隊長悠閒地喝著茶說：「金先生，你沒必要，我有必要，我一時趕不過來，叫我的手下在你的金鐘裡動了手腳。」

火木看看隊長一拍後腦勺：「我服了你，金鐘不響，害得我心猿意馬，這是個怎麼樣的章法？」

「是遇到什麼困難了嗎？」波心問。

「他的住處全翻遍了，沒有找到金庫。」隊長垮下臉說：「弟兄們不甘心，又到他女朋友住處去找，也沒收穫，擔心這裡會發生事情，慢了些時間，真的出事了。」

「看來，鍾正雄籌畫得很精密。」金克文說。

「是呀。」隊長點點頭：「他連殺手都買好了，怎知道會是這樣的下場。」

「這叫人算不如天算。」火木說：「他一心要我的命，結果要了他自己的命。」

「他的命不能馬上了結，好多案子要從他身上追查。」隊長說。

金克文走到他心愛的鐘前，摸著鐘，故作輕鬆的說：「聽說昨晚上，在公安部，審問了一整夜，鍾正雄死活不吐露他藏錢的地方，你如果把弄我金鐘發條的本事使在鍾正雄身上，『噹』的一聲，錢就吐出來了。」

「要真的那麼簡單，我替你扛你的寶貝鐘到公安部，我上發條，你來審問。」隊長說。

「我？」金克文半開玩笑的指著自己的鼻子：「老兄，你不會叫我跟他對唱薛仁貴、王寶釧吧？」

「越說越離譜，走，咱們輕鬆一下，一起去吃大閘蟹。」富晰望著大家提議。「我想回家。」翠婷望著母親說。

「對，該先回家看看，再一起去吃飯。」富晰立刻同意翠婷的要求。

翠婷牽著波心的手回廂房取她隨手背的小背包，轉到壁櫃，一塊散落在櫃旁的破木盒引起她的注意。波心撿起，是斷弦老胡琴的座底，胡琴被踩得四分五裂，弦被清理走了，底座散落在櫃角，她端詳想，昨夜真正的英雄應該是這把胡琴。拿起這塊烏黑的像半截空木盒座底，不由多看了兩眼，底座有薄木片貼著，龜裂、翹開，她隨手撕掉薄木片，裡面像刻得有字。她好奇，隨手去摳盒裡的污垢，幾個字顯露出來「琴瑟合鳴，唐挑　玲芫」。她望著，全身像受了電擊一般立在那裡，不知為什麼，莫明的妒意襲上心頭，她甩掉那木盒，隨即又撿起，望著，無端端的滿心酸楚。「姑姑，走呀。」翠婷拉她，她醒了，跟她進廂房，茫無所措，迫不及待的想離開這裡。

之二　不明白

一行人開車到周立鈞家，翠婷跳下車，第一個衝進房裡，她剛進客廳就大叫一聲，所有人都被她的喊聲驚住。立鈞、劉虹跑進客廳，被眼前的景象嚇呆了。

家中顯然遭竊，一片凌亂，從臥房到廚房，翻箱倒櫃，鍋碗瓢杓散落一地，抽屜裡存放的錢，一毛沒少。櫃子裡珍藏的畫冊，沒動。劉虹整頓的舊瓷器放在屋角的一張木床上，安然無恙。波心看到拍手稱幸。大家都不解，這賊菸癮一定很大，周立鈞放在櫃子裡的兩條菸有二十包，全被賊拆開，有的抽的只剩一半，但大都被撕成一小截一小截，散得滿地都是。

「不要破壞現場，我馬上派人到這裡取指紋。」隊長說。

「是不是昨夜來殺周家三口沒殺到，用這個方式洩恨？」波心問。

「這賊也夠大膽，拿菸來出氣，你們看，撕得滿地是菸絲。」富晰說。

「立鈞，我看你家三口還是跟我回旅館住些日子，這裡不定又會發生什麼事。」火木說。

「住在我那也很方便。」富晰說。

「我想跟姑姑住。」翠婷說出她的意見。

「我旅館有一層是我的私人專用房。你們跟波心姑姑、見心阿姨同住在一起，隨時都能照應。」火木說。

「住我那難道就不能照應？」富晰問。

「火木想得周到，你那兒現在是個新聞焦點，妳和克文又要應付媒體，不得不防備一些意外，妳想是嗎？」隊長問。大家想想，隊長不愧是公安人員，鍾正雄抓到不代表破案，還是謹慎為妙。

主意既定，立鈞把家傳的畫冊及相關文件帶好，劉虹把瓷器食譜細細擺進幾個木箱，波心幫忙，見心盯著，準備運回旅館。

翠婷幫不上忙，走到後院，拎起竹籃到土山挖野菜，又撿了些雞蛋回來同富晰說：「阿姨，這是我家後院長的野菜，雞蛋也是家裡母雞生的，我會炒雞蛋，我做給妳吃。」

富晰見滿籃新鮮蔬菜，摸摸雞蛋還帶著溫熱，很是感動，打昨晚翠婷的表現就令她刮目相看，又見她超過年齡的聰穎穩重，從心底喜歡這個孩子，遂說：「說好待會去吃大閘蟹，這菜晚上吃。」

「我會抓蟹還有魚蝦，比店裡的大，也好吃。」翠婷說。

「真的？我們今天不抓，下次阿姨跟妳一起去抓。」富晰笑說。

「不要下次，妳現在跟我來，馬上就能把魚蝦帶回來。」翠婷興致勃勃地拉她。

「不行呀！馬上就要跟妳爸媽帶東西回旅館了。」富晰說。

劉虹跟立鈞抬著木箱正往車上放，聽到女兒跟富晰的對話，劉虹揚頭對富晰說：「金太太，翠婷說得沒錯，她有個網在池塘邊，怕有三、五天沒撈網了，等撈出來妳看到就不想去吃什麼大閘蟹了。」經劉虹這麼一說，倒引起富晰的興趣。

翠婷拉起她的手：「阿姨，我們快去，說不定我把網提回來，爸媽還沒整理好。」

她被翠婷拉著，幾乎跑著碎步，很快的來到堤岸。岸邊整排青石，雖破裂或凹凸不平，但因堅固讓河堤不致沖潰。堤上石墩數枚，本是繫船定泊用的，到今天仍然屹立不動，幾棵老樹或近或遠跟它比鄰而居，相互照應。

富晰從沒來過，想當年，這裡一定繁華過，如同周立鈞說起他老姑奶一樣。「阿姨，妳喜歡這裡嗎？妳可以隨便走走，我要到前面我放船的地方把我的槳拿來。」

「需要我幫忙嗎？」

「不需要，等我把網提起來，我會喊妳，等我一會兒，我很快。」說著，她跳進池塘中一艘大竹筏，又蹦跳到另一艘竹筏，支起一根木槳，縱身一躍就跳上岸，遠遠的向她燦然一笑，很快地跑到另一個石墩，解下石墩上的繩索，又縱身一跳，跳到小竹筏上，她站在竹筏正中，揮舞著槳，在池塘中如一隻飛舞的蜻蜓，富晰站在岸邊望著，初冬正午，陽光灑進池塘，小竹筏在她的搖槳下濺起連串的彩珠，她不知不覺地移動腳步往前走，小竹筏突然隱身進蘆葦叢林，她仰頭向池塘追尋，小翠婷突然從蘆葦中冒出，筏上多了個竹簍，她高興地跳起來，向她搖手，小翠婷很快地搖槳划向她，一件紅色衣裳在水中漂浮，她向翠婷指指，翠婷會意，一搖槳桿，把紅衣裳挑到筏上。翠婷划舟上岸，提著竹簍給富晰看：「阿姨，這蟹夠不夠肥美？」

富晰接過，讚嘆地點頭不知該說什麼好。翠婷抓起紅衣裳：「回去問姑姑，這衣服是男生的還是女生的。」富晰想到鍾正雄或是靖心，帶回去或許有點用。翠婷矯健地跑到一塊斜石下，脫下鞋，淌進水裡，移開一塊活動石板，雙手慢慢拉網，富晰走到岸邊，彎腰接住網頭，順勢往岸上拉，兩人合力，滿載魚蝦，兩人樂不可支。富晰驚喜地問：「哇！這網裡怎麼什麼都有，魚、蝦、蟹、鰻還有龜、甲魚，翠婷，妳弄了個什麼網，能網住這麼多東西？」

「我也不知道，這網很深，掉進去就上不來，所以就網住了各種魚類，阿姨，我還知道有一處塘窪專養蚌類，又肥又大，要不要去？」翠婷得意地說。

「不了，今天這些貨怕是吃不完，下次，下次妳帶我去撈，一定很好玩。」富晰童心大發，邊提網邊說。

「所以我說不必去飯館吃蟹，自己抓的吃起來更香。」翠婷蹲在網旁很老練地說：「阿姨，怕有十來斤。我倆沒辦法提回家，要讓我爸媽開車來載。」

「我帶了手機，我打給妳媽。」富晰說。

兩人正說著，車已經開進岸邊。為首的就是劉虹坐的車，她跳下車大步跑過來，很自然地說：「撈了不少魚貨是不？我們來接應，到旅館餐廳大快朵頤。」說著，火木搭的另一部車也駛過來，大家一起看網及簍中的魚蝦。

翠婷指著岸邊撈起的紅外套說：「塘中漂著這件衣服，阿姨叫我撈起，我丟在那邊。」

「帶回去。」隊長親自拎起這件濕答答的外套：「不管有沒有用，總是線索。」

火木、波心、見心包括立鈞、劉虹望著這件紅外套，都覺得不是鍾正雄和靖心當日所穿的衣服。見心仔細端詳說：「這衣服看來面熟，是名牌。」

「穿名牌外套會來這種鄉下地方不常見。」周立鈞說。

「是從遠處河中漂過來的嗎？」富晰說出她的看法。

隊長拿起衣服翻來覆去的看：「這外套滿新的，丟在池塘也不撈起，怪可惜的，或許有人溺水，脫下外套呼救也說不定。」

「不愧是公安隊長，此塘常有冤魂，外地來塘邊玩，不小心滑落池塘的遊客是會有的。」劉虹說。

「咱們回去，當線索追查。」隊長指指立鈞：「幫我找個塑膠袋，我要把它帶回去。」立鈞照辦。

大家的興趣仍在那網中簍裡的魚蟹上，抬上車，開往旅館，商討該怎麼個吃法。一路上火木。金克文跟隊長同車，金克文是美食專家，就蟹的吃法他就提出好幾種，其中他最愛的是蟹黃小籠包，正得意地說怎樣從蟹黃中辨認鮮味，三人的手機先後響起來。三人拿起聽，不約而同的互望。

「真的？消息確實？」隊長問。

「暴斃？真的？你說明白。」金克文說。

「都是通緝犯？什麼？那兩個保鏢是鍾正雄從國外帶到中國的殺手，是台灣的死刑犯，偷渡到國外，被鍾正雄以重金買來殺我的。」陳火木說得很大聲。把其他兩人和手機對話的聲音全遮過去。

很快的，三人和手機對話完畢又彼此對望，表情一致，震驚又疑惑。

車已駛向火木旅館，火木當下決定同師傅說：「我會打電話給餐廳經理，叫他到旅館門口把車上的魚貨送進冷凍庫，你開車送我們去公安局。」

「對。我正有這意思。」隊長說。

此時火木的手機又響，火木拿起說：「我們都接到電話了，是、是，麻煩妳照顧好他們，我會打電話給徐經理，他會替你們安頓好，喂，波心，聽清楚了嗎？妳陪他們在樓上看電視，一定播得很仔細，我跟隊長和金先生到公安局瞭解真實狀況。對、對，安頓好，陪見心到醫院換藥。麻煩妳了。」

火木剛放下手機。機聲又響，而隊長和金克文分別拿著手機也說個沒完，此時車已停在旅館大門。大批記者見火木自車上下來一擁而上，扛著攝影機的一個鏡頭也不放過。

「你們等一等，我和隊長、金先生也是剛聽到消息，我們馬上到公安局瞭解真相，然後開記者會，有勞各位了，請到大廳喝茶。」火木有條不紊地安撫吵嚷場面。富晰、波心隨著火木在手機中安排好的工作人員，把魚貨、周家帶來的箱箱籠籠，一併放上推車，讓周家三口跟見心不要下車，由師傅開車入地下道，到了車庫，再由工作人員帶他們進電梯，直達頂樓私人居處。

記者仍不放過，三言兩語，七嘴八舌問些不相關的話。「剛才你們去了哪裡？」「鍾正雄是詐騙集團首腦，陳董，你難道不知道？」「那兩個亡命徒是死刑犯，通緝有案，你可知道？」「鍾正雄的女友莊靖心懷的是死胎，是在淹水中傷到胎兒的嗎？」火木不回答任何問題，直到手機響，他聽波心向他說一切都安置妥當，她叫餐廳把中餐送到樓上，她會隨時給他電話，叫他安心去辦事。「好。」他放下手機同隊長說：「走，去公安局。」金克文早已在車上等他們，三人上車甩下尾隨的記者直奔公安局。來到公安局，在隊長辦公室，部屬早已把相關資料呈上，隊長翻閱後苦笑，遞給坐在他身旁的火木和金克文：「怎麼會是這樣！鍾正雄這梟雄剛進法院，就挺在地上死了。」火木一愣，抖著手細看資料，一旁的金克文也充滿疑慮：「難道是他自己服毒，還是遭人下毒？」

隊長點根菸，也丟給金克文一根，知道火木不吸菸，就自顧自的抽菸沉思，重重的吐口煙說：「莫說他是經濟犯，要留活口。就是一般的犯人戴上手銬，第一件事就是搜身，赤身裸體，包括牙齒、肛門，就是怕犯人帶毒自盡，連帶犯人必須隔離，更不可能身帶凶器，你們看報告上還有驗屍證明，豈不是天意。」

火木放下報告，很自然地揉揉頸子：「或許就是天意，誰會料到，他在金家大廳，架著領導後退逃命，踩在破胡琴上，琴上一根斷弦插進他腳踝骨，那弦極髒、極毒，毒液順血管先是麻痺後亦流進心臟，死亡。」

「化驗出是這樣的嗎？」金克文問。

隊長點點頭：「國家化驗局都是專家，你們看看化驗單，註明此毒成分，看了都會心驚。」

金克文站起扭熄菸蒂：「這把破胡琴藏在庫房上百年了，積年累月什麼毒蟲劣土都浸在上面，有劇毒可想而知。」

「這細細一小截毒線插進血管，任憑再怎麼搜身也找不到，雖覺得是天意，但也頗不可思議啊！」火木說。

「化驗上還說，這毒有麻痺作用，受害者剛開始沒有感覺，到了心臟就藥石罔效，一命嗚呼。」隊長有些心煩：「真是前功盡棄，我們費了這麼大的勁，明明知道他把錢藏在中國卻毫無線索，你們說，該怎麼辦？」

「別急。」火木回復冷靜：「還有兩個嫌犯在你手裡，會有線索。」

隊長搖頭，指指卷宗：「看看這兩人在法庭上的筆錄。」

火木翻閱後搖頭，故意把內容說出聲讓金克文瞭解：「這兩個保鏢一個名叫張阿進，另一個名叫王石田。從他倆在法庭上的供詞都對鍾正雄不滿，昨天到金府簽約時，他先付給二人各十萬人民幣，聲言任務完成，他有把握帶他倆出境，護照都辦好了，到時再各付二十萬。怎知簽約時，鍾正雄所帶的資金不夠，讓他倆先把錢墊上，迫於形勢，他倆照辦。怎知會是這樣結果，鍾一路對他倆的辱罵，公安可以作證，不錯，他倆是逃亡海外的通緝犯，鍾是大老闆，現在他們才知道鍾更是通緝犯，他們被鍾利用也是受害者。認為鍾正雄這樣死是便宜了他。」

「從這點看，這兩個保鏢確實不知道他藏錢的地方。」金克文說。

「應該是。」隊長說：「昨夜三人單獨訊問，這兩人不是同夥，跟鍾正雄時間也不長，是他的保鏢不錯，為的是錢嘛。流亡海外，四處混日子，從鍾正雄那也認識一些人，現在只有從這兩人身上找其他的線索。」

「看來這兩人也沒想到鍾正雄會這麼個死法。」火木說。

隊長站起：「我會通知部下，叫他們告知媒體，案子還待查辦，記者會另日召開。」

「這就對了。」金克文說：「去旅館吃大閘蟹，我倒要嘗嘗富晰誇口第一次跟翠婷撈的魚蝦有多鮮美。」

隊長跟金克文走出辦公室，火木拿起手機撥給波心，問見心的傷口是否到醫院換過藥，傷口是否減輕疼痛。待見心親口在手機那頭回答他「好很多了」，他才放心跟金克文等跨上汽車。在回旅館的路途上，金克文突然自嘲的搓搓臉：「總以為自己是個明白人，怎麼現在好多事也搞不明白。」

之三　河渠中的雪荷

鍾正雄的死，引得社會新聞很大的震撼。一個國際詐騙的首腦，捲騙各國金錢，巧妙的用各種身分扮演各種角色，利用各色人等替他頂罪，這樣的梟雄把洗來的大批金錢帶到中國，想利用陳火木在中國經商的好名聲和實力做他另一項詐騙勾當。他縝密的計畫早在公安的追緝之中，以「請君入甕」的手法拘拿，為的就是此匪極端狡猾，本以為在他和陳火木簽下合約後，能把他藏匿的金錢追查到，未料此人在逮捕當晚踩到一根上百年的破胡琴的細弦，斷碎的細弦一小截插進他踝骨，竟有劇毒順著血管流入心臟而亡。遺憾的是，他的藏金窟至今無從查獲。

這樣的媒體報導已經七天，新聞熱賣，電視收視率飆高，鍾正雄的八卦新聞炒得火紅，兩個保鏢，張阿進、王石田已透過兩岸警方的合作押解回台灣，將受台灣法律制裁，許多被騙的投資者用各種方式向公安或是法院投訴，期盼能要回一些老本。

公安已動用了全力，見心陪著公安人員到上海鍾正雄的公司，所有和他接觸的人，包括靖心在上海、杭州居住的地方，相關的朋友，幾乎是天羅地網般搜查。資料不少，錢卻杳無痕跡，波心陪著公安到台灣找秀鑾，當波心把鍾正雄的事告訴她，她很平靜，臉上還帶著強壓制的笑容。

秀鑾很坦然的說自己被鍾正雄控制的情形，她的兒子確實是她現在的男友的，過去在台北和男友常常偷偷約會這事，鍾不知道，他一直以為是自己的骨肉，在美國生下孩子後，常常被鍾打，他打她沒有理由，心情不好或是接到一通電話情緒煩躁，就會拿她出氣，她委屈的說：「我阿姨看不下去來阻擋，他連我阿姨也打，我阿姨是鄉下人，在家種田的，怎麼會忍，出手回擊，他揚言叫保鏢打我阿姨，我就說，『你敢，我就和孩子死在你面前。』他才收斂，他給我的錢很少，處處控制我。有一段時間他常不回家，我阿姨在家像傭人，她住久了，買菜辦事就認識一些朋友，有幾位也是從台灣來的，跟我阿姨成了好朋友，看不慣我的情形，就叫阿姨打電話回台灣給我的家人，我男朋友出錢，阿姨的朋友幫我們辦手續，才回來台灣。」當她聽波心說，她是被鍾正雄送回台灣的，她嗤之以鼻：「怎麼會？他連自己都回不了台灣，我跟阿姨是偷偷回台灣的，他知道後還派人來恐嚇我，我有報警。」

「這人說的都是謊話。他一再聲明他把妻小安頓在台灣有多安心。」波心說。

「隨他怎樣講。」秀鑾望著波心咬咬牙。一臉報復躍在臉上：「我保留在美國被他毆傷的醫院證明，在美國法院也判准了我和他離婚，他行蹤不定，法院找不到他。我趕快回台，哪想到他會派朋友來台灣調查我，很好，我也不想隱瞞，很坦然的把孩子在醫院驗的DNA證明請他朋友帶給他看，證明孩子不是他的。」

波心見到秀鑾和她即將成婚的男人及嬰兒，誠心地祝福他們。這個曾經令她不悅的女子，被鍾正雄玩弄欺騙更甚於自己好幾倍，她總覺得這個善良純樸的女子如不是在她家認識鍾正雄，絕不會遭此劫難，莫名的愧疚令她無以自持，秀鑾反而安慰她，謝謝她來告知鍾的一切，私心裡，她許願，如果有一天她在事業上有能力，她要幫助秀鑾，「是彌補當時對秀鑾的妒恨嗎？」她苦笑，搖頭：「應該是不留業障。」很明白這些日子經歷的種種，誠如師父說的：「莫道前世今生，姻緣果報就在眼前。」返回杭州。她向火木及公安部門告知情況，私心裡卻莫明的安定，好像「錢」不會跑掉。公安部門把從池塘撈起的紅外套當線索般的，讓媒體登在報上或是電視新聞上，一連數日，沒音沒訊，波心在公安局辦公室見到丟在椅子上的這件沒人理的外套順手拎起，揣進一個塑膠袋：「我再試試。」很自然地帶回旅館。

金克文站在賣方的立場，不止一次暗示火木，按照鍾正雄的要求，合約不改，鍾居心叵測，報應在他自己身上，火木按法律規定承受一切，他希望買賣趕快成交。火木誠懇地請求金克文跟他配合，現在當務之急是協助公安把鍾正雄藏匿的金錢找出來，給許多受害者一個交代，他如果急需用錢，把已簽好的約及應付給他的錢拿去，畢竟不能耽擱，都是生意人，時間就是金錢，他就是把這個案子承接下來，也不會改變初衷，一切照原計畫進行。

經過了這件事，周家和火木、波心、見心的向心力更強了。他們像一家人，彼此關懷，為了同一目標，全心全力地籌畫，把畫冊、瓷盤當資料，盼望有朝一日，理想會重現。他們也盡量不去打攪火木，他整日陪著公安的一些幹部查詢、找資料，企圖能找到鍾正雄的藏金庫。

冬天，一日日轉寒，開始飄雪了，周家也搬回他們的家，旅館再舒服，也比不過自己的家自在，翠婷數著日子說：「再過十天就過年了，過完年，就要開學了，她有點想學校裡的老師還有同學。」可不是，波心聽翠婷這麼說，也想到自己的兒子，雖然每天通電話、寫簡訊，畢竟不是坐在身邊，千里迢迢，牽掛是免不了的。所幸翠婷常在身邊，拉著她村裡村外、河塘四周閒逛，走累了，找個地方歇腿，她蹦蹦跳跳的跑沒了影子，冬天的陽光很溫暖，她會坐著莫名地想起周立鈞講的一百五十多年前，他老姑奶的點點滴滴，把這樣一個偏遠的村落營建得有如桃花源，不，應該是荷花仙境。她內心深處擁有多深的情，灌注在這山水花草、鳥啼蟲鳴中，更何況對唐挑這樣的一名男子。

為情，她是無怨、無悔，還是無奈？百年前這樣善良慈悲的女子，落到這樣的下場，知道的人沒有不為她唏噓感嘆，都說世間「情」會被時間沖淡，而今自己莫名其妙的跟陳火木一廂情願的要完成這項建築，姑奶的這段情緣豈不流傳百世？難道我跟火木和周家在幾世前或無數世前，有某些解不開的因緣？這想法近日常在波心心中縈繞，從昏倒在這塘邊，被翠婷救起的那一刻，似已命中注定，她該在此完成累世沒達成的任務。想到這裡，她不由苦笑，冬陽暖暖的灑在身上很舒服，自河塘吹來的風卻透著刺寒，她無意抬頭凝望，河塘上白花花的蘆葦才幾天工夫已枯萎了大半，塌在湖上任水鳥在草上飛跳。

一隻散開銀灰翅膀、從枯萎的蘆草中飛出的水鳥衝向空中，陽光下，牠伸直黃色的腿、白色的頸子，閃閃發光，姿態優雅絢麗，順著風，牠展翅不動，舒展的任風吹動。她忽然想起富晰，今日拿這水鳥比喻富晰一點也不為過，她就像這隻水鳥，華麗、優雅、靈巧，把握時機，見機行事，不沾是非，利益當先。這不，鍾正雄死後，他的律師、會計師，還有一些他們金家官貴朋友，很快的把王府和池塘過戶給陳火木，拿了現金，去忙他們的事業，至於鍾正雄的藏金庫與他們無關，已經一個禮拜了，連通電話也沒有，波心向火木抱怨，火木反勸她：「想太多了，現在他們也幫不上什麼忙。把鍾正雄交出的錢合理化成為我獨佔的股份，就是幫了我的忙，波心，不要忘了，我是抱著回饋的心思做這件案子，妳要幫我，我們不抱怨，行嗎？」她默認，感受到火木比自己更愛周家。

翠婷拖著一捆雜木「蹋蹋拖拖」的自遠處走來，波心迎上問：「妳撿這些枯樹枝做什麼？」

翠婷停下，撥著樹枝說：「姑姑妳看，這是枯桂花枝，這是艾草，這是松枝，這是枯玫瑰枝，還有這些……妳搞不懂，等回家，媽媽會分類，跟炭火燒會除濕氣、除蟲子，還會發香氣，等我媽媽點燃，妳就聞到不同的香氣，很舒服的。」翠婷喘著氣說話，小臉累得紅通通的。

波心看著心疼，替她抹去臉上的汗珠說：「你家空氣流暢，不必點這些柴木，看妳累成這樣。」

翠婷搖搖頭：「冬天不能吹冷風，見心阿姨的傷口更不能受風寒，現在我媽在她傷口上替她套上棉臂套，就是怕她受風寒，還不准她幹重活，連跟我們到村上散步都不准。姑姑，阿姨她傷得不輕呀，她無所謂，我媽說，不注意調養好，將來會常鬧膀子痛，我們要把她看緊。」

波心見她一臉認真不由被逗笑了：「好，聽妳的，好幾天沒去看妳的網洞了，咱們去看看。」

翠婷搖頭：「網洞被我用石塊堵住了，我等春天再網魚。」

「現在魚蝦不多了嗎？」波心問。

「不是，魚蝦腥味，病人吃了犯發，傷口不容易好，見心阿姨碰不得，我們吃、她不吃，不公平，乾脆大家戒口，等見心阿姨好全了，我塘裡的魚蝦養得更肥。姑姑，到時候我帶妳去撈大的。」

難怪餐桌不見魚蝦蟹，連蛋都少見，波心近日瑣碎事情多，常常在外面吃飯，見心就得安分在周家替劉虹整理瓷器上拼的食譜。劉虹文化水平不高，這工作幾乎落在見心身上，這家人為了見心戒掉平日必食的口欲真不容易，不是翠婷說出，她真沒想到，感動得一手牽翠婷，一手拉繩子：「走，回去給見心阿姨看看，我的小翠婷多愛她。」

「嘻嘻」翠婷笑出聲音，仰起頭對波心說：「姑，妳拉錯了繩頭，這樣走，我會絆倒。」

波心趕快糾正，不好意思的說：「姑姑好笨，這點不如妳，下次妳帶我上山撿柴，教我認枯木好不好？」

翠婷又搖搖頭：「不行，姑，爬山撿柴木很麻煩，有時為了吊在樹上的枯木，我會爬上樹，攀著枝梗採下，妳會很不方便。」

「為什麼？」波心知道她的用意，故意問。

「嘻嘻。」翠婷只笑不語。

「妳是看我胖，怕我摔倒是不是？」

「姑姑，妳不要爬山。噢！差點忘了告訴妳，那個水溝溝結了一朵冰荷花，好漂亮。」

「真的？我們現在去看。」波心心中一動。

「好，現在去，怕融掉就看不到了。」翠婷放下草繩，自顧自的往前跑，波心只好緊跟。來到水溝，溝水清澈，還沒到結冰的時候，水上浮著水草，深綠淺黃，依在岸邊冒出一枝白梗，梗上開了一朵白荷花。波心直覺它不是荷花，是野草攀在梗上交纏蔓延成了花形。她蹲下來細看，是水氣凝成似荷花的瓣蕾，被寒露敷蓋住。層層疊疊，似展似舒，閃著雪白銀光，婷婷裊裊佇立在冬陽下，白枝梗貼附著一根細綠水草，綠水草根直伸入水中，與溝中的浮草枯葉連成一體，在寒冬臘月，一朵這樣的冰荷閃晃晃地立在溝沿，她望著、望著，心是空的，腦是空的，那白枝梗上的綠水草在她眼前搖動，她沉溺在渾濁的池塘中，滿塘都是荷葉梗，她悶得呼不出氣來，她快要悶死了，雙手拚命地抓，她抓住一把草，讓自己能浮出水面，剛探出頭吐出一口氣，草脫離手中，沉進水裡，呼不出氣，悶得快要死了。

「姑姑！姑姑！」

她又抓住一把草，呼出一口氣，發現抓的是翠婷的手，翠婷發急地問：「姑姑，妳怎麼了？是冷到了嗎？妳臉色好難看，哪裡不舒服？」

她回過神，深深吐口氣：「沒什麼，沒事了。」

「趕快回家吧，這兒風寒，吹久了頭會發暈。姑姑，妳吹不得。」她任由翠婷牽著往回走，冰荷花的影像卻一直在她心中飄浮，太美了，美得幾乎勾住了她的靈魂。她站住，回頭。翠婷機伶地拉住她說：「姑，看不到了，太陽一照就化了，明天咱們再來看，說不定會有更漂亮的花，都不是真的，是草露串凝在一起變的花樣，雖比真花好看，太陽一照就化了。」

「我真想多看看。」波心衷心地說。

翠婷仰起頭很得意地說：「姑姑，這村子裡有好多好玩、好看的東西，我帶妳前村後村繞沒看頭，我帶妳到一個地方可以聽到好多種聲音那才有趣。」

「真的？」波心好奇的問。

「不信，跟我來。」翠婷很自信地說。

兩人走到岸邊拎起草繩，慢慢拖著一捆雜木往前走。

在冬陽下，波心開始覺得溫暖，遂問：「翠婷，那水溝常有這樣的冰荷花出現嗎？」

「有，這次開得早，也特別漂亮。」波心「嗯！」了一聲，沒心思的走著。翠婷卻很高興地說：「姑姑，去年我家就有好多好預兆，池塘常飛來好漂亮的水鳥，有些水鴨子跑到我家後山窩生蛋，冬天水溝結冰常結冰花，我媽說我家會有好事，我爸就笑我媽迷信，這不，今年姑姑來我家，帶來這麼多好事，去年的好兆頭都應驗了。」

「給你家添了許多麻煩。」波心說。

「才不會。」翠婷說著甩下繩子，急步跑到岸邊一塊凹陷的石縫前趴下，貼耳細聽。

波心好奇，走近問：「妳聽什麼？」

翠婷站起，拉拉波心衣角：「姑，妳來聽。」

波心趴下貼耳，很清晰地聽到廟院鐘聲和敲的木魚聲。

「姑，是廟裡傳來的鐘聲，還有『叩叩』敲木魚的聲音，是不？」

波心點頭：「這裡離對岸那間廟很遠呀，怎麼聽得到廟聲？」

「我媽說，這裂縫直通水底，可以傳音，今天廟裡應該有法會，很熱鬧，所以聲音傳進河裡，我從裂石縫中就能聽到。」

波心認為有道理，年關將近，村民去廟裡祈福是很正常的事。

「姑姑，我們也去廟裡看看好嗎？」翠婷很有興頭的問。

「現在？怎麼去？」波心不以為然的問。

翠婷點點頭，指指後方：「過了水溝，不遠有一條河，還沒結冰，河邊有我一條小船，我載妳，沒一會兒工夫就到對岸，我們到廟裡許個願、拜拜佛，就回家，趕得上回家吃中飯。」

波心也有些心動，真想看看這石縫傳來的聲音是否正確。

「姑姑，柴火放著沒人要，我們趕快去。」

波心也激起了童心，跟著翠婷往回走，來到小水溝，剛才那朵耀眼的冰荷花已融化成一團亂草，稀稀疏疏地淌著水珠。她無暇多思，快步跟翠婷走到不遠的河邊，隨她跳上小船，翠婷快活的一撐竿，船輕快的划向河中。

「月光光，秀才娘，騎白馬，過蓮塘，蓮塘背，種韭菜，韭菜花，結親家，親家門口一口塘，放個鯉魚八尺長，鯉魚背上承燈盞，鯉魚肚裡做學堂，做個學堂四四方，拿個凳子寫文章。」小翠婷邊撐竿子邊唱歌，童音稚嫩嘹亮，她揚頭甩髮怡然自樂，這一灣清溪宛然為她所有，波心想到跟她到山中，她也唱這首童謠，多麼純真質樸的孩子，她望著她揮動的小手，像欣賞一個小天使，在白雲下、清溪上任意遨遊。

「姑姑。我唱得好不好聽？」翠婷放平撐槳問。

波心拍手：「好聽，我都聽得入迷了。」

「那我再唱八朵蓮花七朵開給姑姑聽，好不好？」翠婷問。

「好，妳唱。」

波心拍手，翠婷一扭身子，一隻大水鳥自她身邊擦過衝進河中，很快地銜叼一尾魚飛向空中。「啊！牠叼的是鯉魚。」翠婷望著水鳥大叫：「看到鳥叼鯉魚會走好運。」她忘了要唱歌，甩著槳說：「姑姑，聽到嗎？聽到廟裡傳來的鐘聲嗎？」

果真有。波心望望前面，已近碼頭。街上來來往往許多行人顯得很熱鬧，像是忙著採購或進廟燒香，跟她上次同火木等一夥人來的情況大不相同。正在發愣，船已靠岸。翠婷跳上岸拉著繩索：「姑，坐穩，我繫牢繩子再扶妳上岸。」一切就緒，兩人在小街上走，廟院鐘聲又起，波心不得不相信在對岸那塊裂石縫中聽到的鐘聲。她低頭望翠婷，翠婷得意地說：「其實，對岸離這裡還是滿遠的，水塘和這裡的距離，少說也隔了二畝田，我識水路，會抄小路，順風順水很快就到了。」

波心憐愛地摸摸翠婷的頭：「妳真了不起，我相信在對岸一般是聽不到廟院鐘聲。」

「那石縫平日也會發出各種聲音，下雨、漲潮、落潮、乾旱、季風會大會小，它都會發出不同聲音，我爸、媽能分辨得出，我不行。」正說著，她眼睛一亮，扯扯波心衣角：「姑，妳看。」波心隨她指的方向往前看，一個神情憔悴的老農婦背著一個麻繩編的網袋，袋子裡裝了一雙長筒紅馬靴，她手提一個布袋，袋理裝著香燭、冥紙，無精打采的往廟的方向走。兩人緊跟在老婦人背後，用心打量她網子裡的紅馬靴，翠婷小聲說：「姑姑，妳看，像不像那個靖心穿的？」波心點頭，在杭州的那些天，她都穿這樣一雙靴子，她淹水被救起，是光著腳走回來的，她記得很清楚。「姑，就是她的，那天她揚著腳踢我，鞋底下有圓鐵釘，妳看，鞋下有。」翠婷聲音透著憤怒。

波心挨近老太太，跟她搭訕：「您去哪裡呀，老大娘？」

老太太指指前方：「去廟。」

「去燒香拜佛？」波心問。

「去許願，去申冤。」老太太滿口怒氣。

「為啥事跟菩薩去告狀呀？」波心問。

「為我那沒過門的媳婦，她冤死在槍下，還帶走我沒出世的孫兒，可憐我兒子也不敢聲張，苦哇！悶出病來了呀，他在塘裡撈出這雙靴子，有人指點我，要背著這雙靴來廟中申冤，要這樣每天來，七七四十九天，菩薩就會顯靈。」

「妳拜了多少天了？」波心問。

老婦人嘆口氣：「沒多久，個把禮拜怕是有的。」

「這事怎麼不讓妳兒子來？」波心問。

老婦人搖搖頭：「他病得起不了床，怎麼能來？」

「家裡還有其他人嗎？」波心問。
「沒了，我跟兒子相依為命。」
「有病看醫生了沒？」波心問。
「飯都沒得吃，哪來的錢看醫生。」
波心從口袋裡掏出兩百塊錢給老婦人：「妳拿著，不能餓肚子，妳病不得。」
老婦人一把抓住錢，才抬頭看波心：「妳像是外地來的，妳是有錢人，妳也是好心人，妳是菩薩派來救我兒子的，一定是。」
「我在杭州有朋友，認識好醫生，我現在就打電話請他們來看妳和妳兒子，妳放心，他們都是好心人，會幫妳，不會跟妳要錢。」
老婦人嘆口氣，蹲在地上，從布包中掏出一塊乾餅，撕一塊，塞進嘴裡，嚼著，很吃力地嚥下說：「妳真的會幫我？菩薩顯靈了，我嚼著這餅，好香。」
波心扶起老婦人同翠婷說：「帶她到街邊賣餛飩的小吃店買碗餛飩給她，我要跟妳媽媽通電話。」
翠婷扶著老婦人走進小吃店，她站在路邊，找個行人少的轉角，先撥手機給劉虹，把她跟翠婷隨性來到這裡，無意見到老婦人的情形說了，劉虹聽到很激動，波心要她安靜，先帶著見心過來，看情況再通知火木，並叮囑她務必把那件從水中撈起的紅夾克帶來，是否是條線索也未定。
老婦人僅吃了一碗熱餛飩就滿足地綻開笑容，在翠婷、波心的陪伴下，慢慢往廟的方向走。波心同老婦人說她認識這廟的主持，進了廟，別跟香客擠，到休息室等主持師父親自替她做法事，會更靈驗。

翠婷也明白，波心姑姑是告訴她，她們要在休息室等人。老婦人連連點頭，波心親切地問：「我要怎麼稱呼妳呀，老太太？」

「我叫丘秀，這是我死了的丈夫給我起的名，我十三歲跟了他，我娘家姓楊，本名叫楊皮，我丈夫讀過幾年書，有文化，就給我改名叫丘秀。」

「妳丈夫走了多少年了？」波心問。

「快三十年了。」秋秀說。

「靠什麼過日子？」波心問。

「我十三歲被賣到丘家，名義上是我丈夫丘大甲的童養媳，其實就是傭人，他家靠養豬、賣豬過日子，我到丘家，天天跟著婆婆弄豬飼料、餵豬，總之所有雜活我都得沒日沒夜地幹。」

「妳很辛苦，妳丈夫呢？他也做？」波心問。

老婦人把背包換了肩膀背：「他嫌髒，跟我公公不沾養豬的事，我婆婆會養豬還會賣豬，方圓十里的豬肉販子都買我家養的豬。」

「你家的日子應該不錯。」波心問。

老婦人嘆口氣：「有什麼好，我家三個男人，我公公、我丈夫，還有我兒子，都嫌豬髒，可賣豬的錢他們花起來都嫌不夠。」

「他們可有正活兒？」波心問。

「正活兒？沒有。舞文弄墨，講文化，打老婆。」丘秀說。

「妳愛人會打妳？」波心驚訝。

「我公公打我婆婆，我丈夫打我，兒子學老子一點也沒錯。」

「真是上行下效。」波心沒說出口。「日子不好過。」波心說。

「不好過的日子在後面。」老婦人說：「我婆婆累病了，死了，我沒辦法養這麼多豬，我公公一口氣全賣了。錢花光了，日子敗了，公公、愛人前後不出一個月，都死了。」

波心聽她說「死了」，好像吐口怨氣。「那兒子呢，他可孝順？」波心問。

「兒子也沒好好念書，中學沒讀完，四處打零工，在上海認識了一個女孩，比他大幾歲，很能賺錢，對他很好，兩人交往好些日子。」

波心心中一動，終於說到重點了，不由緊緊握住翠婷的手：「妳兒子的女朋友叫什麼名字？」

「他喊她靖心，好像姓莊。」

「妳見過嗎？」翠婷也仰起頭問。

「見過。」老婦人難過地嘆氣：「很好的一個女孩，她幫我兒子很多忙，出錢跟我兒子要做生意，還拿錢給我花。」

「她要跟妳兒子做什麼生意？」波心問。

「做大生意，上個月，他倆在我家後院廢棄了的養豬場轉呀轉的。女孩說，這地廢著可惜，她能找到有錢人在這裡蓋花園洋房，這可是塊寶地。沒想到這麼好的女孩會遭到橫禍，妳說。我兒子怎麼會不急出病來？」

「是呀，我聽到都替妳難過，老大娘。妳的處境我體會得出，現在最重要的是治好妳兒子的病，妳要不見外，我倒願意找我的朋友幫妳一點忙。」說到這裡，已經來到廟門口。

翠婷很機伶地找到一位小沙彌，小沙彌認得波心，雙手合十恭敬地說：「施主，剛才陳火木大德已來電話，要我們在這裡恭候，並請到禪房休息。」

丘秀老婦平日哪裡受到這等禮遇，睜大眼睛望著波心，連喊佛號就要給波心下跪，波心忙把她扶起。她立刻拿下網袋，遞給小師父，說了一下人事原委，要小師父替她辦理超渡。小師父雙手合十念了聲佛號，請她莫急，一定會替她辦得圓圓滿滿。丘秀抱著她的網袋欲跟小師父進佛堂，被波心一把抓住，向她搖搖頭：「別急，跟我來。」老婦人才定下神來站住。

沒一會兒，小師父走來恭敬地帶波心等人進禪房，她剛落座，手機響起，她邊聽邊對著翠婷笑說：「他們都來了，分水路兩道，好大的陣勢。」

之四　訊息

小沙彌端來清茶、素果、點心，請她們慢用，波心、翠婷沒心思吃，只端起茶慢飲，丘秀拿起糕餅一口接一口，波心怕她噎著，端起茶杯說：「慢慢吃，喝點水，妳要是吃得順口，待會我請小師父包些給妳帶回去。」

丘秀瞪大了眼：「真的？這可好吃，要我帶回去？我沒錢。」

「不用妳花錢，師父會送給妳。」波心說。

丘秀喝口水，望望門外來來往往的香客，「哪能白吃廟裡的東西，一定是妳買的。」

波心見她耿直得可愛，把面前的豆沙糕推到她面前，「這糕好吃，妳多吃一點。」

「我帶回去。」她不客氣的把面前幾盤糕點很用心的用旁邊的紙包好，放進布包，邊放邊說：「我兒子愛吃，吃菩薩給的，病就好得快了。」

「請進，這裡。」隨著小師父的聲音，火木、周立鈞、劉虹、見心，伴著隊長一起走進會客室。

「媽媽。」翠婷迎向劉虹。

幾個進來的人不約而同的把目光投射在丘秀身上，丘秀敏感地站起來問：「你們都是什麼人？」

「都是好人。」波心安慰她。

她指著隊長：「我在電視上常看到你，你是公安隊長。」

「是，不錯，妳不要緊張，他也是來進香的。」

波心安撫她坐下，她定定神，望著波心說：「我能不能向隊長說我的冤屈？」

「妳盡量說，隊長來進香也是替人民申冤的。」

丘秀點點頭，「我兒子有救了。」

見心湊到她身邊坐下，「剛才我們一進廟，小師父就把妳的冤情說給我們聽了，妳放心，今天妳運氣好，碰到公安隊長來進香，知道妳兒子病得不輕，妳帶我們去看看，我們帶妳兒子去看病。」

「我兒子得的是怪病，莫說我沒錢，有錢也治不好，只有求菩薩了。」

「我們或許就是妳誠心求菩薩派來替妳解難的，妳試試。」波心勸導。

「要真是這樣，菩薩真顯靈了，我兒苦哇，能現在跟我回家看我兒子嗎？」丘秀立刻有了精神。

「沒問題，我們有兩部車在廟外，載妳回家。」火木說。

她立刻拎起包包，背起網袋，「走，現在就走。」她大步衝出會客室，火木、波心這一群人跟著，引得香客都駐足旁觀，以為發生了什麼事，彼此互問，相互猜測，議論紛紛。在丘秀的指引下，兩部車彎彎曲曲開到偏僻鄉間一排臭水溝旁。停下車，一行人跟隨丘秀跨過污水浮滿垃圾的髒溝，穿過幾窪長滿野草的菜園，及靠著土丘歪歪倒倒的廢棄豬舍和堆滿雜物的破儲藏茅屋，走到一口井前一片鋪紅地磚的院子，黑瓦紅磚牆，標準的四合院，一副小康家的院落。進到屋裡，見到的卻是家徒四壁，空曠曠的透著淒涼的破屋子。

丘秀一進門就喊：「子祥、子祥，我帶貴人來了。」

一群人跟她走進邊間臥房，丘秀拉開窗簾，屋內有了光亮。一股難聞的酸臭氣衝進每個人鼻孔，在靠近窗邊的大床上蜷曲地躺著一個奄奄一息的男人。他枕邊褥被全是他吐出穢物發出的惡臭。他的床下及枕邊有針管、廢紙等垃圾。

隊長看了看很篤定的對丘秀說：「妳兒子吸毒，妳可知道？」

「他有病，要吃藥，這是藥，不是毒。」

隊長表情嚴肅的對丘秀說：「妳兒子已經在垂死的邊緣了，我必須先救他。其他事情以後再說。」

說完拿起手機開始撥電話。火木聽得出，隊長十萬火急地撥給相關醫護單位，他馬上要送一名吸毒人就醫，顯然這位病人很重要。他打完手機，命令跟在他身邊的兩名開車師傅：「你倆把病人架上車，我隨你們去，到醫院我去辦交涉比你們方便，這裡就交給火木兄處理。」

火木立刻明白他的用意，點頭說：「你放心，我不會離開，這裡還有波心，他們會把丘老婦人照顧好。」

「我要陪我兒子去醫院。」丘秀說。

「妳待會兒再去，等妳兒子住院了，醫院會通知妳帶什麼東西或是文件，妳何必再跑一趟，等妳兒子在醫院一切安頓好了，我們陪妳一起去。」波心說。

「那樣也好。」說完她開始扶她兒子，兩個師傅幫忙用棉被把昏睡的丘子祥裹好往屋外抬。隊長機伶地摸摸床的四周，翻開墊褥，迅速的把塞在枕頭下的手機揣進口袋。火木看到，知道那是最能搜查線索的工具。丘秀望著兒子被抬走，念了聲佛號，回頭同眾人說：「菩薩顯靈了。帶來這麼多好人，我家窮，我燒壺開水給你們喝。到屋外坐，喝口水，等我兒子的好消息。」說著，她逕自邁開腳步往拐角的廚房走。

大家望著她的背影，相互走出，小翠婷第一個跑到院中，她深呼一口氣說：「好難聞的臭氣，我快受不了了。」大家都有同感，在院中隨處走動活動筋骨。

周立鈞走到火木身邊說：「這男人我見過，在我家後院轉，我起初沒留意，見過三次就起了疑心，有個把禮拜了，在我家門口，我見他像是在等人，就問，『你找人？』他說，要找一個名叫周立鈞的人，我問他，找他做什麼？他說，他的老闆叫他傳話給周立鈞『有重要的事』。我問他，『你家老闆是誰？』他說：『不管你的事，老闆有交代，這話只能同周立鈞講。』我就好奇，說我就是周立鈞，他上下打量我一下說：『我不信。』我當時就覺得這個年輕人有點神經病，扭頭沒理他。」

「你被盯梢了。」火木說。

周立鈞想了想：「搞不好我們全家都被盯上了。」

火木點點頭：「我當時總覺得你們全家會有危險，所以要你們跟著我，你確定是這個人？」

「沒錯，我不是第一次見到他，我的記憶力還不差。」

「這人會不會是鍾正雄買下的殺手？」波心過來問。

「這樣的殺手不是我的對手。」周立鈞嗤之以鼻。

「你要懂得明槍易躲，暗箭難防，況且這年輕人已被他用毒品控制，可見他在此地部署，比我們想像的早很多。」火木沉重地說。

「除了毒品還有女色。」見心也走過來：「莊靖心是他最得力的助手。」

「好好的一個年輕人被她毀了。」波心惋惜地說。

「波心，剛才老太太說，莊靖心懷了她兒子的孩子，一併死了，她好痛心是不？」見心問。

火木走到她面前悄聲說：「趙院長親口對我說，鍾正雄堅持驗DNA是鍾的種不錯，要是不出院，在醫院安胎可以保住，鍾不聽，堅持要莊靖心跟他走，這不，出問題了。」說完兩手一攤。

見心笑笑：「一個女人有了三個月的身孕還沒感覺才是怪事，搞不好，連她自己都不知道肚裡的孩子老爸是誰。這次溺水，醫院替她驗出身孕，她一定很緊張。」
「驗出是鍾的兒子，她太高興了，所以半夜打電話給妳。」波心說。
「是呀，沒想到樂極生悲在她身上應驗得那麼快。真是人生無常。」見心說。
波心也有同感，深深嘆口氣。
「鍾正雄這壞蛋是設計得真夠周全，你們瞧，他機關算計到這個地步，把自己做絕了。」劉虹走過來也加入了聊天。
火木手機響起，他拿起細聽，眼睛不時向豬圈方向眺望。
小翠婷蹦蹦跳跳的自菜園邊跑過來，指著大水溝同劉虹說：「媽，前面來了好多人。」
波心一把拉住翠婷的手：「別說，會驚動丘老婦人。」
此時丘秀提著一個大鋁壺站在客廳門口招呼大家：「進來，到客廳坐坐，我已擺好了板凳，外面風涼，吹久了會頭疼。」
大家點頭讓進，火木拉著波心小聲說：「隊長來電話，妳聽我的安排，先從紅外套談，妳的手機要把談話內容全錄下，要劉虹陪她去醫院看她兒子。隊長等下就會趕過來。」
波心從沒見過火木神色那麼緊張，想是有收穫，不便多問就跨進客廳。
大家剛落座，丘秀就迫不及待地問：「我兒到醫院可有消息？」
「有的。剛才隊長來電話，一切順利，妳兒正在醫治中。妳稍等，隊長等會派車來接妳去醫院陪妳兒子。」火木說。

「太好了，菩薩顯靈了。」丘秀感動地說。

見心故意把紅外套丟到一張空凳子上：「你們是誰撿到這件紅外套，丟到我坐的車內，我可要丟了。」

丘秀望著，走近撿起，仔細翻來覆去地看，很高興的說：「這是我兒丘子祥的沒錯。你們看，這外套所有的釦子我怕掉了找不到同樣的鈕釦來配，我都用麻線替他重新縫過，你們看。」

大家會意，見心遂問：「是妳兒子的，那太好了，怎麼會掉的呢？」

「我這兒向來做事小心，個把月前，他躺在床上，像是接到一通電話，就像發瘋了般跑出去，臨出門，我怕他受風寒，把這外套丟給他，他穿了走的。」

「他沒穿著回來？」見心問。

「沒有，他抱著這雙靴子回來，人就病了。」丘秀難過地說。

在座的幾位都在想當時的時間點。

「莊靖心一定在獲救後，在醫院發簡訊或是打手機給丘子祥，她恨透了周家三口，要他替她報仇。」火木這樣想。

「丘老婦人沒說清日期，肯定丘子祥接到靖心的手機或簡訊來我家殺人，見不到我家人，毒癮發了，把我抽的香菸全撕散一地。」周立鈞想。

「丘秀說，她兒子的女友叫靖心，還有了身孕，是不是靖心在醫院發現胎兒不保，把事實告訴丘子祥，他受不住打擊，又殺不成周家，到池塘撿回靖心的靴子，卻把外套忘丟在池塘？」波心想。

「我太瞭解靖心，她為了自己的利益可以不擇手段，丘子祥吸毒絕對是鍾正雄唆使靖心誘導上鉤的可憐蟲。事到最後，她還把他當成報復的工具。」見心想。

一陣汽車喇叭聲喚起都在想心事的人，原來是隊長，他按喇叭好像提示眾人他回來了，他走進院子，嘴角帶著一抹淡淡的笑意，火木也跟著心情輕鬆起來。隊長走進客廳對丘秀說：「妳兒子命大，能醫得好，在戒毒所半年就能把毒癮完全戒掉，成為一個健康的人。」

丘秀仍然一臉迷惑：「我兒子吸毒？他連香菸都不吸，會吸毒？」

「他吸的可不是一般的毒，這毒性慢慢沁進神經系統，麻痺腦神經，就是戒了，很多會變成白癡。」隊長說。

「真的？」丘秀幾乎哭了：「那怎麼辦？活著成了傻子，我怎麼養活他？」

「妳放心，所幸他受毒不深，救得起來，腦子沒受傷。」隊長說。

「菩薩保佑。」她向隊長深深一鞠躬：「兒子好了，我要他給你磕頭。」

「妳收拾幾件換洗的衣物去醫院照顧他一些日子，醫療費妳不必擔心，我們會替妳付清，放心去吧。」隊長說。

「我陪她去，料理好我就回來。」劉虹說。

劉虹陪丘秀搭車走後，隊長開始命令他帶來的公安人員徹底搜尋。他拿出丘子祥的手機，他留下來的簡訊幾乎都是莊靖心傳給他的。內容跟波心等人揣測的非常吻合。當公安幹部從子祥抽屜裡翻出一本記事本，更一目了然的發現，他所有的行動都是莊靖心主使，冊子上寫了太多對靖心的濃情蜜意、對未來的幻想，並把消滅周家三口定名為「滅鼠計畫」，消滅波心、火木為「奪權計畫」，替鍾正雄藏寶是「圈豬」。由於丘子祥的文化水平不高，簿子裡以圖代字，錯字連篇，卻也妙趣橫生，讓她們看得啼笑皆非。

「圈豬」圖有許多標記，想是鍾正雄把他的金庫藏在這裡，又利用靖心讓丘子祥吸毒，等事成之後，丘子祥已成一名廢人，至於靖心，也不會是什麼好下場。「他計畫得真周詳。」隊長感嘆地說：「可惜人算不如天算。」

「這叫多行不義必自斃。」火木說。

「好吧，現在已是下午兩點，大家都還沒吃中飯，我叫部下替大家叫便當來吃，大家盯著，看是否有收穫。」隊長說。

大家都有同感。在等部下開車到飯館買飯菜的時間，大家在住屋四周隨意走走，見心、火木在長滿雜草的菜園漫步，隊長跟他帶來的工兵在廢棄的豬圈、儲藏室，拆挖搬找，企圖找到一些蛛絲馬跡。波心隨著周立鈞繞過豬圈走近排水溝，這兒的水或許離不遠的山丘很近，山上的水很自然地流進水溝，然後往前流，流到丘秀家前院的菜園。波心站在溝邊觀望，同立鈞說：「這溝不是盡頭，可惜被土掩蓋了，就跟你家的河塘類似，好多地方都堆成泥丘地了。」

「這是必然的。」立鈞踩著溝上的泥土跳到對岸，山丘不高，他站上遠眺，四下觀望大聲說：「大姐，這水溝沒堵死，妳過來看，這河溝彎彎曲曲，有的溝上長滿樹和雜草，從草床上又冒出水，匯成一段清水溝。」波心跳過去，順著他指的方向看，果真彎彎曲曲像一條閃銀光的緞帶，美極了。「我琢磨，這河可能會和我家的荷塘相連，大姐，百年的滄桑，真令人難以想像。」

波心聽他這麼說著，心中突然顯現大片荷田，朵朵荷花迎風招展，一個戴著大斗笠的胖姑娘搖著小船，穿梭在荷花中，她手中拿著一枝枯蓮蓬大聲說：「找到了，我找到了。」

她有些昏眩，周立鈞一把把她扶住，緊張地問：「怎麼了？大姐，妳不舒服？」

她搖搖頭，回復清醒：「沒什麼，沒事。」

翠婷遠遠地跑來，邊跑邊喊：「姑姑、爸爸，快來吃飯，大家都在找你們。」

兩人快步迎上，走進客廳，飯菜早已擺好，是飯館老闆知道是公安隊長叫便當，哪敢怠慢，親自送來提盒，各色拿手好菜、熱飯熱湯，擺滿一桌，足夠二十人吃喝。

大家客氣一陣開始大快朵頤，隊長雖然招呼大家，臉上卻沒有笑容。火木安慰他：「慢慢來，山不轉路轉，這不，這些日子你都有收穫，黎明前的黑暗，很正常。」

「我懷疑他給丘子祥的『圈豬』點是故布疑雲，幾個點我們全翻遍了，啥都沒有。」隊長說。

「他玩這種把戲是什麼意思，再笨的人知道藏的是黃金美鈔，不可能不起貪念。」見心說。

「只有等丘子祥清醒了問出個究竟。」隊長說。

「以我的觀察，鍾正雄不可能把藏金的地方告訴丘子祥，這些圖是丘子祥自認的定點。」火木說。

「或許是莊靖心已看出鍾正雄僅把自己當一枚棋子，為防萬一，跟丘子祥合謀來個黑吃黑。」見心說。

「妳說靖心？她敢在老虎嘴裡拔牙？她不怕被鍾正雄宰了？」波心說。

「她有恃無恐。」隊長說：「莊靖心明白，鍾正雄錢不露白的本性，他在杭州唯一能用的人就是她，她也明白她這枚棋子用完被甩的命運。為了得到更大的利益，她甘願當他的棋子任他擺布，用色勾引丘子祥，用毒品讓丘子祥上癮，用丘家這塊荒僻的養豬場地藏匿錢財也是理想所在。他籌畫得很精密呀。」隊長說著開始抽菸。

見心笑了說：「我知道你會說一句諺語，『飼老鼠咬布袋』是嗎？」

隊長點點頭：「她本就是隻野鼠，她知道鍾正雄的身分，就動了咬布袋的念頭，我是這麼判斷，她利用丘子祥，兩人密切合作，等鍾正雄把和陳火木的案子簽下來，她告發鍾正雄的真面目，她會得到國家保護又能分得獎金，何樂而不為！」

「為什麼要等簽下案子？」周立鈞不懂。

「簽下這樣的大案子，全國矚目，連海外媒體都爭先報導，她在這個節骨眼揭發，立刻成為媒體搶報的人物，成名了哇。」隊長調侃的說。

「嘖嘖。」見心咂咂嘴：「千算萬算，不如老天爺一算。」

幾個人飯後正在閒聊，沒想到公安幹部早到豬圈四周挖掘。一陣吆喝，驚動了屋內喝茶的人。兩個公安提著一只裹著油布的鐵箱子快步走進屋裡：「報告隊長，挖到了一只箱子。」大家都興奮莫名。隊長命令幹部戴上手套，拿上工具，很謹慎地破開層層油布，啟開這個方寬均六尺的鐵箱，在透明膠布下整齊地擺著人民幣。撩開透明膠布，百元大鈔平鋪在眼前，隊長戴著手套翻看，大家也低著頭看，不由而同的「啊」聲迭起，下面全是廢紙。屋外，遠處、近處呼聲連連，笑聲連連，幹部前前後後抬進院子七個同樣的鐵箱，隊長似有預感，命幹部啟開，全是廢紙。大家都很洩氣，聲聲叫罵。

小翠婷蹦蹦跳跳跑到院中，看到一箱箱廢紙，知道大家白忙了一場，擔心姑姑、阿姨難過，走到波心面前說：「姑，前面河溝邊有枯的蓮蓬，妳看，蓮蓬裏有蓮子，還是青的呢。」

波心接過問：「在哪採的？」

「那邊。妳和我爸站的山丘後面，姑、見心阿姨，妳們跟我來，那山丘後面有窯洞，我在洞旁看到水溝，有枯蓮蓬。」翠婷說著就拉波心往外走。兩人也不想看到眼前這些大男人垂頭謾罵的神情，隨著翠婷走向後山丘。

誠如翠婷說的，果真有個小窯洞被雜草遮蓋，不注意根本看不出，波心看著洞旁水溝。一陣蒙昧，眼前一片荷花，跟剛才見到的完全一樣，一個戴著大斗笠的姑娘搖著小船，在花葉中揚著手中的蓮蓬大叫：「找到了！我找到了！」她恍恍惚惚，也是被見心一把扶住：「怎麼了？不舒服？」她摸摸口袋，還好，手機在，她打手機給火木，把她的感應說給他聽，請他跟隊長帶著幹部到這兒試一試。

火木帶著隊長跟幾位幹部很快地來到山丘，撩開雜草，小窯洞赫然出現在面前，洞裡很暗，堆了許多破窯罐，顯然是燒壞的廢棄物，容一個人走進去，隊長馬首是瞻，照著手電筒先進去，除了破瓶爛罐，這狹窄的窯洞不可能藏什麼錢財。隊長舉著手電筒只顧往上看，一不小心，差點被腳下的破瓶絆倒，他氣得撿起丟向窯外。不偏不倚投進站在窯洞口的火木胸前。他本能的接住，一包東西自瓶口滾出。波心撿起，是一只用泡棉裹緊的袋子。這是現代的產物，解開來一看，不由大叫：「鑽石！好大的鑽石！」叫聲立刻引來騷動，隊長自窯洞走出。眾人知道，寶物在這裡。窯洞不大，他們傾力拿出洞裡的破瓶爛罐，找到十二只保麗龍袋，裝的全是價值連城的鑽石及各色頂級寶石及金塊。

這突來的收穫令隊長反而有些不敢相信，他不止一次問周圍的人：「會不會又是假的！」

火木很篤定地說：「十二包，連同裝這些寶物的破瓶罐都要交給上級，這些價值超過十幾億的寶物，我們可要趕快交出去。」

「隊長，火木也做珠寶買賣，他可是鑑賞專家。」波心說。

「那好，那好！」隊長衝著火木說：「老兄，你說的黎明前的黑暗已經過去了吧。」

「那是當然，我信佛，一定在冥冥之中有菩薩保佑指點，找個時間。去廟裡燒香還願，謝謝菩薩。」

「那是當然。」隊長說。

之五　一花一世界、一瓣一輪迴

難得杭州在過年前有這樣一場大雪，銀白世界，更顯風情。火木、波心、見心三人漫步在河堤，火木站在堤邊眺目四望：「來杭州這麼多年，從未見過這樣的大雪，雪後這片銀色世界乾乾淨淨，我連呼吸都覺得好輕鬆。」

「我也覺得好輕鬆，火木，尤其是你把鍾正雄在合約上付出的兩億多承購金全部拿出，由國家轉付給那些被鍾正雄詐騙的善良老百姓，我好感動。」波心說。

「那是應該的，況且當初我的本意就是獨自承擔，哪想到半路殺出個程咬金。」火木說。

「應該是殺出個鍾正雄。」見心糾正。

火木看看見心，靦靦的笑笑：「那是、那是，我讀書不多，用句成語都不恰當。」

「我可沒笑你呀，你別多心。」見心說。

「鍾正雄。」波心嘆喟望著遠處天空：「一個人才，被個『貪』字毀了一生。」

「他看不透，費盡心機，落得這樣下場，令人嘆息。」火木說。

波心更是有感而發：「沒想到來到杭州兩個多月，像度過幾世輪迴，這鍾正雄是來導引我們的，這片河塘、周立鈞這戶人家、王爺府百年前的滄桑，一連串發生的事，在這兩戶人家的後代孫子輩的口述中，我聽著好像我也經歷了那些事，既親切，又遙遠。」

「我跟妳有同感，良心話，十多年來，我做生意跌跌撞撞並不順利，來到杭州，無意間做「蓮藕」生意，像是天助，怎麼做，怎麼賺。靠蓮藕發展各種行業也是風風火火，順利無比，我直覺與這裡有緣，是怎樣的因緣自己也不清楚，直到有一天，在台灣蓮心師父那，她點示我，要幫助一個名叫林波心的師妹，前世今生兩人都有解不開的因果業障，在師父的指引下，我認識妳，波心師妹，妳雖然比我大八歲，沒辦法，我比妳入師門早，按輩分妳比我小，妳認了吧。」火木說得有點得意。

波心攏攏胸前的圍巾，望著眼前的白雪，任風吹散她額前散髮，淡淡地說：「師父不愧是修道上人，咱倆的因果業障全繫在鍾正雄身上，以你的個性只圖做個平實的商人，做好事都不願張揚，怎麼會義不容辭的要跟中國的公安局合作，誘引鍾正雄上鉤？因緣際會，你們把這個四海俱吃的詐騙首腦底細摸得清清楚楚，資料搜集全了開始工作，這工作首當其衝的是我被鍾正雄利用簽下的『庭園案』，幸得你這位師兄及時伸手，解了我的困難，不過我還是不明白，你是怎樣的機緣參與這工作？」

「沒什麼機緣，在中國一次飯局，公安局局長提到鍾正雄這個台灣人是個經濟犯，現在在國外以各種身分行詐騙勾當，很多受害者的畢生儲蓄被他騙去，弄得家破人亡，公安局局長希望我如有這人線索，能助他一臂之力，我就一口答應了。」火木輕鬆地說：「波心師妹，我真的要謝謝妳，當我正一籌莫展之際，妳的出現，妳簽的『庭園案』牽引我找到欠我的債主。這個鍾正雄就這麼出現了，冥冥之中，菩薩用周立鈞家的荷塘、金克文家的古王府，引導他來還他欠的累世業債，說也奇怪，我也不知道為什麼，當我走到塘邊，當我邁進王府，心情激動得如同回到曾經幾世都居住的地方，那是屬於我的。當時我只有一個念頭，我要收回，我要重建百年前的舊觀，在我的直覺中，這荒廢的池塘、破舊的王府，歷盡百年滄桑沒有夷為平地，該有某些因由，我跟公安局談起我的構想，其實也是我的心願，我大手筆的把計畫公諸於世，加上中國各種媒體的配合，這一著棋果然押中了鍾正雄的心，他在國外賺夠了錢，已被黑道窺視，他怕被殺，在中國的公安也怕他死在海外，用方法誘他回中國，不為別的，只想把這個挾著大批錢財帶回中國的詐騙首腦，在適當時機抓他歸案，把他不法詐騙的錢財歸還給被他欺騙，而手中握有憑據的善良老百姓。」火木說到這裡，深情地望望波心：「現在的結局妳都看到了，這盤棋廝殺得很厲害，妳、我、包括周家三口，還有見心，都是鍾正雄滅口的對象，結果如何？都有菩薩保佑。現在想起，總覺得不可思議。」

波心抿了一下嘴唇，感嘆地說：「他殺我們有理由，為什麼還要用那種方法戲弄靖心，用毒癮傷害一個善良的青年？」

「一個沒有安全感的歹徒，為了自保，什麼手段都用得出來，靖心本性不壞，這樣的下場我也難過。」見心說。

「我懷疑，靖心既然跟鍾正雄一起把鐵箱藏在某個地方，為什麼不叫丘子祥偷偷運走？哪怕偷走一箱也會發財。」波心不解。

「小姐們，這叫調虎離山計。」火木平靜地說：「這些假鈔箱是鍾正雄帶著這兩個傻蛋共同埋的，鍾正雄趁這當口讓他倆工作，他把鑽石珠寶藏進窯洞，真是神不知鬼不覺。」

「是丘子祥在公安局招供說的嗎？」見心問。

「我得到的是第一手資料，過兩天法院審判會有電視轉播，媒體又是一番熱鬧。」火木說：「當時，把假鈔箱和鑽石袋呈現在丘子祥面前，他很驚訝也不肯吐實。公安導之以理，把鍾正雄的各項罪狀攤給他看。並告訴他以同是被害人的身分會酌減刑期，他才說出他和靖心的關係，兩人很恩愛，靖心為他懷了孩子，兩人剛開始都吸毒，是鍾正雄供給。後來靖心因為有了身孕就不抽了，可是他戒不掉，靖心每次來巡視定點，都會給他帶『糧食』。有時也不給，勸他戒掉，他說，等鍾正雄把和陳火木的大案子簽下，她告發，他再戒毒，現在戒，怕鍾正雄那老小子懷疑。」

「唉！」波心、見心同時嘆氣。

「這傻子，他確定靖心懷的是他的孩子？」波心說。

「肯定以為。」見心說：「她那種人，自己也搞不清楚。」

波心又起了菩薩心腸：「年紀輕輕的，他母親為了他這樣奔波，火木，想辦法救救他。」

「當然要救，沒有他，還破不了案。」火木說。波心聽了「噗嗤」一笑說：「真正破案的應該是靖心那雙紅馬靴。」見心也點頭：「別看莊靖心那樣兒，她抓男人有一套。」

「那要看是什麼樣的男人。」波心說到這裡突然想到自己，一年前對鍾正雄一廂情願的情感，有點尷尬地低頭瞄了見心一眼。

「鍾正雄這個魔頭害了多少人呀，死有餘辜，倒是丘子祥在戒毒所對莊靖心念念不忘，說她懷了他的孩子，死得冤枉，他要替她報仇。」火木感嘆。

「報什麼仇？」見心摸摸臂傷：「靖心是被鍾正雄的保鏢打死的，他該向鍾正雄討債。這仇要到地府向閻王爺告狀。」

「這是他的過渡期，以後他自會明白，見心，我擔心妳手臂的傷，變天會不會痠痛？」火木關心地問。

「還好，沒事。」見心說：「你要注意自己身體，不要忙得連吃飯睡覺都忘了。」

「不會，我有一大堆事要處理，妳們二位可是不能離開我。」火木看看波心，有些耍賴的說。

「你沒看到我的簡訊，兒子催我回家過年。」波心說。

「妳兒子也跟我通電話，請我勸妳回到他爸爸身邊，妳可有這打算？」火木問。

波心搖頭：「曾經滄海難為水，火木，你願意我回去跟前夫重修舊好，替他死了的老婆照顧兩個未成年的兒女，和守著一個沒生意的西藥房、自私又精打細算的丈夫嗎？他是我兒子的父親，血緣永遠不會斷，他們隨時可以相聚，以目前的情況，他應該替我想想。尤其來杭州這段日子，我發現了另一個林波心，我喜歡這裡。」

火木嘴角隱隱露出一絲微笑：「我也要回台灣過年。」

「過年後，我會帶兒子來杭州認識周家三口。我要跟他們過一輩子。」波心笑說。

「我尊重妳的選擇，周家很依賴妳。」火木說。

「你還是要按照原來的計畫整建？」見心問。

「當然，這是我今世的作業。」火木堅定地說：「見心，妳不會回家過年後就不回來了吧。」

見心耿直的搖搖頭：「我會回來，把我爸媽接來玩兩天，開心開心。」

波心深深地望望火木、見心，問：「火木我們定下的所有規畫，過完年就要一步一步完成。」

「那是當然的。」火木邊說邊走，兩人跟著，很自然地走到小溝邊，一朵雪蓮，冰雕玉鑿，佇立在溝中。

「啊！雪蓮。」波心驚呼。

「好美，快瞧，它的枝梗還有紫綠色的斑痕。」見心蹲下細看讚嘆地說。

火木看著，愣著，突然全身滾熱，波心望著他說：「火木，天地為憑，雪荷為證。你的心思我全知道，你母親希望今年你帶個媳婦回台灣，昨天我是怎麼跟你說的，該是表達心思的時候了。」

見心站起，不知波心在跟誰說話，再看看兩人神情，有點失措。火木有些害羞，鼓足勇氣，很快地解下腕錶，抓住見心的手，替她套上：「我這錶，時間永遠不會停，也不會出毛病，波心一再鼓勵我，我再不向妳求婚就再也沒有勇氣了。」見心哭了，她愛火木，也崇拜他，這樣的男子，她不敢高攀，不敢有任何企求。這突來的幸福把她傻住了，火木把她摟進懷裡，見心頭靠在他肩上，淚濺到他頸間，火木掏出手帕替她擦淚，她接過，把濺在他頸子上的淚也擦掉。

一陣寒風吹來，波心知道一向儉樸的見心沒有用圍巾的習慣，怕她情緒激動會受風寒，就取下自己的圍巾替見心圍上。見心接過，波心突然愣了一下，很自然地摸火木的頸子，火木也抬手摸，見心也細心看，火木出生就帶著的紫紅斑痕消失無蹤。

後記

當我把這個故事寫完給我的朋友閱讀。他們七嘴八舌地提出看法，如果有輪迴，前世的胖丫頭應該是今世的波心，那個負心的唐挑是今世的陳火木。他倆今世該結成連理，成為夫婦。怎麼會讓前世的老牢頭范大投胎到今世女兒身的見心和火木成夫婦？這對波心是不公平的。杭州真有這麼美的景點嗎？我點頭，告訴他們，佛家論的因果絕不是在某一世。人活在這一世，就要完成這一世隨身帶來的「業」。所謂萬般帶不去，唯有「業」隨身。「業」非業障，而是來到人間該修的功課。累世在人身上最放不下的是「情愫」、「心念」。隨著魂魄在輪迴中浮轉，在無形中執著罣礙，這心念似宿命，讓他有意無意間接觸必須跟他修完共同課業的「債主」，就是所謂的「相欠債」或是「共業」。一世、百世、千世、萬世，輪迴不斷，直到功德圓滿。我希望這本書能讓讀者多一份感受，願以千年的荷花魂魄牽引一個在你我心中激起不同感受的故事。

國家圖書館出版品預行編目（CIP）資料

在今生，找到屬於你的印記／古梅著
-- 初版. -- 新北市：臺灣商務印書館股份有限公司, 2023.10
面；14.8×21公分（Muses）

ISBN 978-957-05-3510-5（平裝）

863.57　　112008431

Muses

在今生，找到屬於你的印記

作　　者—古梅
發 行 人—王春申
選書顧問—陳建守
總 編 輯—張曉蕊
特約編輯—陳怡君
責任編輯—翁靜如
封面設計—張巖
內頁設計—黃淑華
版　　權—翁靜如
業　　務—王建棠
資訊行銷—劉艾琳、謝宜華
出版發行—臺灣商務印書館股份有限公司
231023 新北市新店區民權路 108-3 號 5 樓（同門市地址）
電話：（02）8667-3712　傳真：（02）8667-3709
讀者服務專線：0800-056196
郵撥：0000165-1
E-mail：ecptw@cptw.com.tw
網路書店網址：www.cptw.com.tw
Facebook：facebook.com.tw/ecptw

局版北市業字第 993 號
初版一刷：2023 年 10 月
印刷廠：沈氏藝術印刷股份有限公司
定價：新台幣 450 元

法律顧問—何一芃律師事務所